ミステリーしか読みません

イアン・ファーガソン&
ウィル・ファーガソン
吉嶺英美 訳

I ONLY READ MURDER
BY IAN FERGUSON AND WILL FERGUSON
TRANSLATION BY HIDEMI YOSHIMINE

ハーパー
BOOKS

Published by K.K. HarperCollins Japan, 2024

ミステリーしか読みません

おもな登場人物

ミランダ・アボット――女優
アンドルー・グエン――ミランダの付き人
マーティ・シャープ――ミランダのエージェント
ビー・マラクル――B&Bの主人
ネッド・バックリー――ハッピー・ロック警察署の署長
カール――ハッピー・ロック警察署の巡査
ホリー――ハッピー・ロック警察署の巡査
ジュディ・トレイナー――劇団の演出担当
マーレー・〝ドク〟・メドウズ――医師。劇団の団員
グレアム・ペンティ――高校教師。劇団の団員
デニース・ペンティ――グレアムの妻。劇団の音楽担当
ティーナ・カリフォード――グレアムの元教え子。劇団の裏方
ロドニー――劇団の裏方
バート・リンダー――劇団の舞台装置担当
スーザン・ラッドゥレイグ――劇団の経理係兼事務局長
アネット・ベイリー――元テレビ番組のキャスター。不動産業者
フィンケル・アーデリー――新聞記者
エドガー・アボット――ミランダの夫。元脚本家。現在はミステリー専門書店を経営

1　過去からのはがき

役者がひとり命を落とす。観客たちが反応する。だがその反応は拍手ではなく、混乱だ。恐怖と困惑があたりを包む。死が舞台に忍び寄り、脚光を浴びてさまよっている。ほかの出演者たちはなすすべもなく、不安げに顔を見合わせる。彼らは指示を待っていた。でもその指示を出す者はいない。ひとりの役者が舞台の上で命を落とす。目撃者は二百人。けれど、誰も、何も見ていなかった。

六週間前……

史上最悪の日とはいつだろう？　ローマ帝国が滅亡した日？　ベスビオ山が噴火した日？　それとも、味を一新して、消費者から総スカンを食ったニュー・コークの発売日だろうか？　女優で大スターのミランダ・アボットにとって、史上最悪の日は、彼女の代理人《エージェント》、マーティ・シャープから始まった。まあそうだろう。もし地獄があるとすれば、そこはエージェントのオフィスだと、ずっと前からわかっていた。

ミランダは、赤毛と非の打ちどころのない頬骨を引き立てる、緑色のサテンのスカーフをはためかせてオフィスに入っていった。「ハロー、ダーリン、わたしよ」とハスキーな声で言う。

マーティは刺繍《ししゅう》針から目を上げ、ため息をついた。嘘だろ、やめてくれ、今はだめだ。彼は「黄金期の映画スター」刺繍ポートレート集を制作中で、今もちょうどそのひとりを刺繍しているところだった。それがマリリン・モンローか、ジョン・ウェインかは判然としない。たいていの場合、誰を刺繍しても結局は両生類、つまりカエルとか、オオサンショウウオ風の顔になってしまうのだ。

太鼓腹で、いつもネクタイをゆるめているマーティは、ミランダが有名になる前から、そしてそうではなくなったあともずっと、彼女のエージェントをつとめてきた。この長年のクライアントがいつものように前触れもなしに現れたのを見て、彼はひどく不機嫌になった。

「ミランダ、来るならアポをとってくれって前にも言ったはずだぞ」

「あら、マーティ、わたし、アポはとらないの。アポは入ってくるものよ」

ミランダ・アボットは深遠に聞こえなくもない、格言めいたことを口にするが、その言葉に意味があることはほとんどなく、たとえあったとしてもせいぜい感情レベルの話だった。そう、ミランダが重視するのは感情的知性であり、そこにアポをとるとか、支払いをするとか、期限までに所得の申告をするといったささいなことが入る余地はいっさいなかった。さらに、彼女はこれまでお金のことを考えて行動したこともなかった。ミランダが全財産を失ったのも、そしてすっからかんになるという状況を繰り返してきたのも、おそらくはそのせいだろう。

しばらくすると、ミランダの辛抱強いアシスタント、アンドルー・グエンがやってきた。細身で仕立てのいい服を一分の隙もなく着こなしているが、なぜか疲れ果てた顔をしている。

「すみません。車を駐《と》めていたもので。このあたりって、まだパーキング・メーターがあるんですね、驚きましたよ」

この日、ふたりはここまでアンドルーのプリウスで来ていた。ミランダのBMWが先般、差し押さえられたからだが、彼女に言わせれば、車は「修理工場に持っていかれた」だけらしい。

アンドルーの両親は、大勢の難民とともに粗末な小舟でベトナムを脱出したボートピープルだった。ふたりは苦労に苦労を重ね、爪に火を点《とも》すようにしてお金を貯めて頑張ってきた。それもひとえに、息子がこの国でアメリカンドリームを追えるようにするためだった。そんな彼らの息子の叶えた夢が、気まぐれなミランダ・アボットの付き人だった。ミランダに振り回され続ける彼が、リンクトインの〈現在の仕事〉欄に「スターの子守り」と入力したくなったのも、無理はない。

でもそれも、完全に正確とは言えなかった。間違っているのは「子守り」の部分ではなく、「スター」の部分だ。

アンドルーはミランダのとなりに腰をおろすと、彼女に〈アクアフィーナ〉の水のボトルを手渡した。ミランダは少し戸惑った表情でボトルを見ていたが、彼がキャップを開けられるように、ボトルを返してきた。

「ありがとう、アンドルー。少なくともわたしのことを気にかけて、世話を焼いてくれる人が、この世にひとりはいるってことね」水を受け取ってひと口飲むと、ミランダは本題に入った。「ねえマーティ、よく聞いてちょうだい。今日は月曜の朝で、わたし、気が立っているの」彼女はボトルをアンドルーに返し、彼は律儀にキャップをしめる。

「きみはいつだって気が立ってるじゃないか」とマーティは言い返した。

「このあいだ言っていたリアリティ番組のシリーズだけど、あの話はどうなったの？　どうして、そのままになってるわけ？」

「『真実のビバリーヒルズ／なつかしのあの人は今』のことか？」

ミランダは顔をしかめた。ほんとうに嫌なタイトル。これについてはプロデューサーと話をしなければ。もっと品のあるタイトルにしてもらわなければ困る。『銀幕の女王たち』とか、『ハリウッドの真のスター女優たち』なんていうのもいいかもしれない。どちらにしろ、ビバリーヒルズなんて今どきありえない。

「それで？」ミランダが尋ねた。

「売り込みはしたよ」

「それで？」

「おれは売り込んだ。で、向こうにパスされた」

ミランダは傷ついた表情で、革張りの椅子に背中をあずけた。アシスタントのアンドルーはその表情をよく知っていた。その表情の裏に、深い悲しみがあることを。

「今じゃわたし、『あの人は今』にも出られないほど無名ってこと？」

「いや、いや、そうじゃない」とマーティはあわてて打ち消した。「きみが有名人なのは間違いない。ただちょっと」適当な言葉を探して言いよどんだ。「変人さが足りないんだな。きみは……普通すぎるんだよ」

アンドルーは驚いて、思わず片方の眉を上げた。

「つまりこういうことなんだ」とマーティ。「リアリティ番組のプロデューサーは派手で、ちょっとイッちゃってる、ナルシストっぽいスターを探してる」

「それで？」とミランダ。

「いや、誤解しないでくれよ。きみだってかなりのナルシストではある」

「それは、どうもありがとう」

「だが、まだナルシストさがちょいと足りない」

アンドルーは、もう片方の眉も上げた。

「ああ、ちょっと待ってくれよ」マーティは山積みになった書類をぱらぱらとめくりはじめた。「きみに仕事があるんだ。コマーシャルでね」

なんだ、そのほうがいいじゃない、とミランダは心のなかでつぶやく。ティファニーのダイヤモンド？　サックス・フィフス・アベニュー（マンハッタンの五番街を拠点とする高級デパートチェーン）？　それともセリーヌ・ディオンの新ブランドとか？

「メタムシルだ」マーティは台本を引っ張り出し、彼女のほうへすべらせてよこした。

「メタムシル？　それって便秘サプリじゃない」

「まあ、そう言うなよ。この世に端役なんかない、ってよく言うじゃないか。それにこれはたんなるコマーシャルじゃない。視聴者の琴線に触れる感動のシーンがあるんだよ。サマードレスを着た母と娘と孫の三世代がピクニックでお通じのトラブルについて話すんだ。きみのセリフのところはペンで囲んである」

ミランダはぱらぱらと台本をめくった。

「祖母？　マーティ、あなた祖母役のセリフを囲んでるわよ？」ミランダは彼の厚かましさに愕然《がくぜん》とした。「もちろん、母親役の間違いよね。まあ、照明をちゃんとしてくれれば、娘役でもいけるけど」

「彼女は若々しい祖母なんだ」マーティがなだめるように言った。「それに決めゼリフを言うのも彼女だ。満たされた人生に、おなかが張ってる暇なんてないわ、ってセリフだ。まさに名ゼリフだよ、ミランダ！　きみだったら、情感たっぷりにやれる。余韻のあるセリフだ」

だが、彼女は怒りに震えていた。「おばあさん役なんて、絶対にイヤ！　そもそも、そこまで年寄りじゃないわ」

「そりゃそうだがね」マーティが肩をすくめた。「だが、女優も四十や四十五になると、そのへんの境界線は曖昧になってくる」

次に何が起こるかを察して、アンドルーは身構えた。五……四……三……いつもなら、カウントダウンは十から始めるが、最近ミランダの導火線はとみに短くなっていた。

「言っておきますけどね」ミランダの血圧も声のボリュームもぐんぐん上がっていく。「わたしは『フラン牧師の事件簿』のフラン牧師として六年間も犯罪捜査をしていたの。トップ10にランキングされてたテレビドラマ・シリーズで、六年間も主役をつとめてたのよ！」

「五年だ」とマーティ。「視聴率だって最後はガタ落ちだっただろ？　きみが飲酒運転でつかまったうえに、ゴールデングローブ賞の授賞式でも飲んで乱闘騒ぎを起こしたからだ。あれで聖職者役のきみのイメージは地に堕《お》ちた、覚えてるだろ？　いずれにせよ、『フラン牧師の事件簿』が終わって、もう十五年は経《た》ってる」

「わたしはスターだったのよ、マーティ！」

「きみは今だってスターだよ。ただちょっとスランプなだけだ」

「十五年も続くスランプなんてあるわけないでしょ！」そう言った拍子にスカーフがすべり落ち、彼女はそれを勢いよく後ろに払った。「もし、ちゃんとした仕事を取ってくる気があなたにないなら――」

これにはマーティも面食らった。「プライドのせいで、せっかく来た仕事を断るのか？　便秘サプリのCMをやれば、家賃が払えるじゃないか」普通なら住宅ローンと言うところだが、持ち家など、ミランダはとっくの昔に失っていた。

「昔は、わたしのアクションフィギュアだってあったのよ！」ミランダは叫んだ。「暗いところで光るポスターだってあった！　わたしがプリントされたランチボックスもあったし、Tシャツだってあった。わたしの名前が入ったベダズラー（衣服などにラインストーンやスタッズをつけるマシン）だってあったんだから！　そのわたしに、『お通じのためにもっと食物繊維をとりましょう』なんて言えっていうの？」

「ミランダ、まあ、落ち着け」

この宇宙の悠久の歴史のなかで、落ち着けと言われて落ち着いた人間など存在するのだろうか？　ミランダは椅子から勢いよく立ち上がると、完全な芝居モードで両腕を広げ、一言ひと言、強調しながら言い放った。「わたしは人気者なの！」

「人気者だった、だ」とマーティ。

「なんですって？」

「ミランダ、きみは人気者だった。だが、もうそいつは昔の話だ。今のきみはスランプだ。だからもっと戦略的に動かないといけない。きみはすでに自――」と言いかけたが、ぎりぎりのところで次の言葉を飲み込んだ。

ミランダがジロリとにらむ。「言いなさいよ」

まあ、まあ、とアンドルーが立ち上がったが、ミランダは振り払うように大げさに手を振り、彼を黙らせた。

怒りに燃えた目はマーティをにらみ続けている。

「ほら、黙ってないで言いなさいよ」

「落ち着けよ、ミランダ。ただのコマーシャルじゃないか。急場をしのぐちょっとした仕事っていうだけだ」

「だから、さっさと言いなさいよ！　女優としてのわたしはもう、自殺したっておかしくない年齢だって言いたいんでしょ」この時点で、彼女の顔はその髪の色と同じくらい真っ赤になっていた。

アンドルーがちょっと落ち着いてください、と割って入る。「やめてくださいよ。ねえ、ちょっとクールダウンしてから――」

「嫌よ！　ここで黙って侮辱されてるわけにはいかないわ。マーティ、あなたがここまで来られたのは、わたしのおかげでしょ！　自殺したっておかしくない？　ばかにしないでよ。すでに自殺のお年ごろ？　とんでもない、今じゃ殺しのお年ごろ。〝サラダのフォークでエージェントの目をぶっ刺したい〟お年ごろなの！」

とそのとき、マーティの顔に見慣れぬ表情が浮かんだ。いつもの、わざとらしい愛想のよさも、親しげな笑みも、年季の入ったごますり顔も消え失せ、その目には厳しく、冷徹な光が宿っている。

「出てってくれ」とマーティ。

「上等よ！」これが最後とばかりに、彼女はスカーフを思い切り後ろに払った。「さあ、行くわよ、アンドルー」と言うと、マーティに向かって「よく覚えておいて、マーティ。あなたがオフィスって呼んでるこのちんけな部屋に、次にわたしが来るときには、もっとましな仕事を用意しておきなさい。孫娘とお通じの話をするおばあちゃんよりもっとましな仕事をね」と吐き捨てた。

「次があるなんて、思わないでほしいね」マーティが言い返した。「きみとはこれで終わりだ。本日付けで、きみはクビだ」

「はああ？　あなたがわたしをクビになんかできっこないでしょ、あなたはわたしのエージェントなんだから。わたしがあなたをクビにするのが筋ってもんよ」

「はい、はい、ご自由に。そちらのほうがお気に召すならそれで結構。きみがおれをクビにした。どっちにしても、もうこのオフィスには来ないでくれ。きみはもううちのクライアントじゃないし、おれもきみのエージェントじゃない」

オフィスを飛び出したミランダは、猛スピードで階段を駆けおりた。そのあとをアンドルーが追いかける。

「戻ったほうがいいですってば」アンドルーは懇願した。「彼に謝りましょうよ」

「絶対にイヤ！」

罵《のの》りの言葉を吐きながら、蒸し暑いサンセット大通りへ出る。

するとなんと、アンドルーのプリウスは、フロントタイヤに駐車違反の車輪止めがはめられていた。まるで奇妙な植物でも見るように、ミランダがその場に立ち尽くす。

「ほら、言わんこっちゃない！」とアンドルー。「コインを入れないと駐車できない、ってぼく言いましたよね。なのに、取りしまりなんて誰もしないってあなたが言うから」

「じゃあ、それをはずしなさいよ。そうすれば車は出せるでしょ」

「はずす？　いったいどうやってはずすんです？」

「そんなの知らないけど。付き人はあなたでしょ。電話をかけたら?」

「電話? 誰にです?」

「誰かに、よ」とミランダ。「誰かに電話をかけなさい。ねえ、この車は動かせるの?」

「無理して動かしたら、フェンダーが剝がれちゃいますよ」

「それはそうだけど、でも動かすことはできるでしょ? フェンダーの代金はわたしが払うから」

「どうやって払うんです? この三カ月、ぼくは給料をもらってないんですよ? いわば、無給のインターンだ」

アンドルーがミランダに雇われたのは、彼女がスターの座から転落したずっとあとだった。それでも最初のうちは、いい給料を払ってくれていた。給料だけでなく、彼の弟の大学の費用まで払ってくれたのだ。そのうえ彼女には、恩着せがましいことを口にしない品のよさもあった。「お金はね、そういうときに使うものよ、アンドルー」と。だがその後、彼女の蓄えは蒸発するようにすべて消え、アンドルーの堪忍袋の緒も切れた。

「お給料をもらってないの?」ミランダが心底不思議そうな顔で訊《き》いてきた。「じゃあ、さっさともらいなさいな。お金を管理しているのはあなたなんだから」

「お金なんて、ありませんよ」

「今は仕事の切れ目っていうだけよ。それより問題は、市がつけたこのばかばかしい車輪止めね。もし、ここから車で帰れないなら、しかたないわ。バスに乗りましょ。ほら、ちょうど一台来たわ」

ミランダは車道に出ると、タクシーでも止めるみたいに片手を上げた。バスが排気ガスをまき散らして通過していく。

「いいですか、バスはタクシーみたいには止まりません」とアンドルー。「ものごとにはルールってものがあるんだから」

「わたし、ルールには従わないの。ルールがわたしに従うのよ」そう言うと、彼女は歩きだした。スカートとグリーンのスカーフをはためかせ、ヒールをカツカツ鳴らしてサンセット大通りをハリウッドヒルズへと歩いていく。アンドルーはその後ろ姿を見つめながら、「もうこれ以上は無理だよ」とつぶやいた。

けれど、ミランダをひとり放り出すこともできない。彼はタクシーを止め、午前中のLAの暑い靄《もや》のなかを闊歩《かっぽ》していたミランダを乗せた。

「ハリウッドヒルズまでお願い」ミランダは、タクシーに乗り込むと、ドライバーに告げた。

「もう住所は伝えてあります」アンドルーはそう言い、ドライバーに身を乗り出して、誤解がないか確認した。「ハリウッドヒルズの下のほう、サンタモニカのちょっと上で」

「ヒルズはヒルズよ、上も下もないわ」とミランダ。「サンタモニカより上は、ぜーんぶヒルズなの。うちは、サンタモニカより上だもの！」

「かろうじて、ですけどね」とアンドルーは小さくつぶやいた。

今日、ミランダを家に送ったら、そこで辞表を出そう、と彼は心に決めていた。もうこれ以上は無理だ。彼の両親は『フラン牧師の事件簿』の大ファンで、毎週金曜日には欠かさずテレビを観ていた。ふたりはあのドラマで英語を覚えたのだ。だから息子が、その憧れの大スター、ミランダ・アボットの運転手になったと知ったときは、それはもう大騒ぎだった。「彼女、フラン牧師みたいな人かい？」と父に尋ねられるたび、アンドルーは嘘をついていた。

「うん、まさにフラン牧師そのものだよ、パパ」と。

けれどもう嘘をつくのも終わりだ。ミランダの防御壁になるのも終わり。もう、すべてがこりごりだった。ミランダにはずっと尽くしてきた。でも、どんなにあつい忠誠心も、貧困と彼女の摩訶《まか》不思議な思考には耐えられない。

ミランダが住む〈ザ・デ・ラックス・アームズ〉は一見するとモーテルだが、実際はアパートメントだ。緑色の漆喰《しっくい》は陽に灼《や》けてパステルカラーに変色し、コンクリートのプールもヒビだらけで、ふだんは水も張られず干からびている。建物の正面には、数本のヤシの木が炎天下で力なく揺れていた。

〈デ・ラックス〉から坂をもう少しのぼったところには、ハリウッドヒルズの壮大な豪邸が階段状にそびえ、貧相な下々の住宅を眺めおろしていた。

そんなハリウッドヒルズの大豪邸に、かつてはミランダ・アボットも住んでいたのだ。

ミランダとアンドルーが、階段で二階に上がっていくと、オーバーオール姿の赤ら顔の男がミランダに満面の笑みで話しかけてきた。「やあ、こんちわ！　アボットさんですよね？」

「ええ、そうよ」

どんなときでも、ファンと会うのはいいものだ。

男はクリップボードを差し出し、「サインをもらえますかね？」と言った。

ミランダが華麗な手つきでペンを受け取り、「お安いご用よ。それで、誰宛てに書けばいいのかしら？」と尋ねる。

「えっと、家具屋宛てじゃないっすかね」

そう言われて、ミランダはその書類に目を通した。「あなた、うちのダイニングテーブル・セットを持っていくつもり？　あれはモロッコ産の本物の籐《とう》なのよ！　いったい、いくらしたと思ってるの？」

「七百八十一ドル五十セントってとこですかね」彼は書類の延滞金の欄を指で叩きながら言った。

「ローンなんかで買うんじゃなかったわ」

「だから、ダメだって言ったじゃないですか」とアンドルー。「支出が収入を上回ったら……」

だが彼女は、聞いていなかった。「わかったわ」そう言って書類の一番下に手早くサインする。「あれをeBayで見ることにならなきゃいいけれど」

eBayがどういうものか、ミランダはよくは知らなかったが、そこでセレブが自分のサインを売っていると聞いたことはあったので、ある種の記念品ショップだろうくらいに思っていた。

赤ら顔の男が下にいたスタッフたちを口笛で呼び、ダイニングルームの家具を運び出すよう指示をする。ミランダは大きなため息をつくと、芝居がかった大げさな口調で「今日という日がこれ以上悪くなることなんてあるのかしら」とつぶやいた。

回収業者を入れるために部屋へ向かうと、なんとドアには立ち退き通知が貼られていた。「わたしの名前のスペルが間違ってるじゃない」ぶつぶつ言いながら通知を剝がし、ミランダはなだれ込む回収業者をよけて脇にしりぞいた。「アボットはbがふたつ、tもふたつよ。なんで覚えられないのかしら」

部屋に入ると、収納式ベッドは引き出されたままだった。色あせた壁紙には、無数の写真が貼られている。昔はフレーム付きの写真だけだったが、最近は無造作に画鋲《がびょう》で留められた写真も交ざっていた。ゴシップ雑誌が乱雑に積み上げられ、バラエティ誌（エンターテインメント専門の情報誌）の最新号は未読のまま放置され、クローゼットには『フラン牧師』の記念グッズが詰まっている。

ミランダ・アボットの最後の砦《とりで》……

アンドルーは床に散乱した郵便物を拾い上げた。回収業者が踏みつけたらしく、ワークブーツの足跡がついている。彼にとってそれは、ミランダの付き人としての最後の仕事だった。

息を整え、覚悟を決めた。ほら、今言わなきゃだめだ。

「ミランダ」と声をかけた。「ちょっとお話ししたいことがあるんです。話しておかなきゃいけないことが」そうは言ったものの、万感胸に迫って別れの言葉が出てこない。

ミランダは冷蔵庫のほうを手で示した。

「とりあえず冷蔵庫は持っていかれずにすんだみたいね。不幸中の幸いとはこのことだわ。あ、アンドルー、そこにつくったばかりのレモネードが入ってるわ。あなたのためにつくっておいたの。あなた、わたしのレモネードが好きでしょう？」

それはレモンジュースに砂糖を一キロほどぶち込むだけという、シンプルな、シンプルなレモネードだった。愚かにも一度、おいしいと褒めてしまったせいで、ミランダは彼が来るときは必ずこのレモネードを用意してくれていた。胸が張り裂けそうな気分で、アンドルーは藤の花とその先のハリウッドヒルズが見渡せるバルコニーに出た。手にはレモネードと踏みつけられた郵便物。

郵便物はほとんどが請求書で、あとは絵はがきが一枚あるだけだった。ファンレターが一日に何百通も届いた時代もあったのに……

だがそれも、今は昔だ。

「ミス・ミランダ」そう声をかけると、彼は世界一まずいレモネードの最後の一杯を飲もうと、ミランダのとなりに腰をおろした。「うちの両親のことでは、ほんとうにお世話になりました。両親にとって、あなたの番組がどれだけ大きな意味を持っていたかはご存じですよね。ぼくだって心から感謝してます。それで言っておきたいことが……」

「ねえ、あの家見える？ 丘の中腹の赤い家。あれがわたしの家だったって、知ってた？」

もちろん知っていた。バルコニーに出るたび、車であの家の脇を通るたび、そしてアルバムでその写真を見るたび、聞かされてきたのだ。

「夜、眠ろうとするとパーティの物音がここまで聞こえてくることがあるの」ミランダはグラスのレモネードをぐっと飲み干した。「人は、『あなたのことは絶対に忘れない』って言うけど、そんなのは嘘。誰も覚えてなんかいやしないわ」つらさを笑顔でごまかすように、彼女は目を輝かせて訊いてきた。「それでアンドルー、さっき言ってた話したいことって何？」

「たいしたことじゃありません。あなたに感謝してるって言いたかっただけで」

ミランダは彼の手に自分の手を重ねた。「それであなたのボーイフレンドは？　彼は元気？」

「ぼくの婚約者ですか？　ええ元気にしています」

「ふたりとも、ほんとうに前途有望な若者だものね」

「あ、そういえばはがきがありました」胸が潰れそうなこの悲しさをまぎらわそうと、アンドルーは話題を変えた。「たぶん、ファンレターですよ！」

そう言ってはがきをミランダに渡した。霧に包まれた山々を背にした、緑豊かな港町の絵はがきだ。ミランダがはがきを裏返すと、そこにはこう書かれていた。


ミランダ、あれから十五年だ。

もうそろそろ、いいころだと思う。


「うーん」とアンドルー。「なんか、謎めいてますね。どういう意味でしょうね？」

けれどミランダには、その意味がはっきりとわかっていた。そして久しぶりに、ほんとうに久しぶりに、彼女の顔に華やかな笑みが広がった。幸せそうな、そして深く安堵《あんど》しているような笑顔。そして……すごく美しかった。

「アンドルー」ミランダが声をあげた。「荷物をまとめてちょうだい！　わたしを呼んでいる人がいるの」

役者がひとり命を落とす。

観客たちが反応する。

2　ハッピー・ロック行きのバス

ロサンゼルスからオレゴン州のポートランドまでは、夜行の長距離バスで十六時間三十七分かかる。

「ずいぶん細かいのね」アンドルーから所要時間を告げられたミランダが言った。

「チケット代は片道百五十六ドルでした」

「高速バスはないの？」

「これが高速バスですよ。普通のバスならもっと時間がかかる」

「十六時間？」あまりの長さに声が出た。

「と三十七分です」

ふたりは、ホーリー・クロスからハイウェイを渡ったところにある、サンフェルナンドのバスターミナルにいた。この炎天下にもかかわらず、どうしてもここまでタクシーで来るとミランダが言い張ったからだ。ハリウッドヒルズ周辺でバスに乗るところを誰かに見られて、ＴＭＺ（エンターテインメントとセレブリティに関するニュースサイト）のハゲタカどもにチクられたら困るというのがその理由だった。

そうはいっても、頭をきっちりスカーフで覆い、大きなサングラスをかけたその姿こそが、人目を忍んで変装したセレブそのものだ。彼女はすでに、バスで話しかけられたり、ファンに見つかったりしたときに言うセリフも決めてあり、そんなときは「役づくりのためなの」と言うつもりだった。

「十六時間三十七分」ミランダはうめいた。「それだけの時間があったら、カンヌまで飛んで、戻ってこられるわ」

「そりゃあそうですよ、でもカンヌに行くお金はない。それどころかぼくたちには、ポートランド行きの飛行機に乗るお金もない」

彼は「ぼくたち」と言ったが、実際の主語は「ぼく」だ。タクシー代同様、このバス代も、その出所はいつかもらえる予定の、そしておそらく絶対もらえないであろう彼の将来の給料だった。車輪止めをかけられた車を回収する費用もまた、その架空の給料から捻出することになるだろう。プリウスに車輪止めがかけられたとき、これでもう「無料の駐車スポット」を確保したようなものだとミランダは言ったのだ。けれどあとで彼がその場所に戻ると、すでにプリウスはレッカー移動されてしまっていた。そりゃあ、そうだろう。ミランダが考える世界は、彼女がこうあるべきと考える世界であって、そこに現実が入る余地はない。ミランダ・アボットの世界では、車がレッカー移動されることなどなく、テレビのスターが夜行バスに乗ることもない。そう、役づくりの目的以外では。

アンドルーはミランダのためにチケットを買うと、彼女と一緒にバス乗り場まで行き、〈アクアフィーナ〉のボトルを手渡した。シューッという油圧の音とともにバスのドアが開き、乗客たちが乗り込みはじめる。

「大勝利を収めて帰ってくるわ」とミランダ。

「ええ、わかってます」そう言った彼は、もう少しでその言葉を信じそうになった。もちろん、信じそうになっただけで、信じたわけではない。じつはミランダがどこに行くのかも、何をしに行くのかも、よくわかっていなかった。わかっているのは、彼女が戻ってきたとき、自分はもういないということだけだ。これでお別れです、と告げようとしたが、言葉は喉につかえて出てこなかった。

「もし、回収業者がすべて持っていこうとしたら、フラン牧師のアクションフィギュアだけはひとつ、取っておいてもらえる？　思い出として持っていたいの。頼んでもいい？」

ええ、そうします、と彼が答えると、ミランダ・アボットが小型のスーツケースを手に取った。背筋を伸ばしてバスのステップを上がり、グレイハウンドに乗り込む。アンドルーは手を振ったが、着色ガラスの窓の内側はよく見えず、彼女がどこにいるのかもわからなかった。

バスが乗り場を離れて、ローレル・キャニオン・ブルバードに入っていく。アンドルーは歩道に立って手を振り続けたが、こみ上げる感情の波にわれながら驚いていた。ほんとうならほっとしていいはずだ。それどころか、喜んだっていいはずだ。ふと目に指をやってびっくりした。これはなんだ？　もしかして、ぼくは泣いてるのか？

いや、泣いてるどころじゃない。ぼくは、嗚咽《おえつ》しているじゃないか。

いっぽう車中の人となったミランダは、例のはがきを手に、遠ざかる街を眺めていた。州間高速道路に入り、バスがスピードを上げていく。低木の林や乾燥した丘陵地帯を抜け、サンタ・クララのスタジオも猛スピードで通過した。『フラン牧師』の最初の二シーズンを撮影したスタジオだ。

「犯罪の街にましますわれらが聖女！　そのこぶしを讃《たた》えさせたまえ。弁舌もあざやかに、難事件を解決する聖女、ここにあり」という象徴的なナレーションで始まるあのドラマのオープニングは、かつての人気番組『600万ドルの男』や『ハワイ5-O』に並ぶ、インパクト満点のオープニングだった。

バスはハイウェイを北へとひた走った。太陽が沈んで夕闇が忍び寄るうち、バスの窓ガラスは徐々に鏡へと変わっていった。窓の外の景色が宵闇に沈み、そこに映る自分の姿をミランダはじっと見つめる。

『フラン牧師』で人が死ぬのは、必ず番組の中盤、コマーシャルの直前だった。視聴者は、前半で誰が殺されるのかを推理し、後半ではなぜ殺されたのかを考えるという仕掛けだ。

ちなみにフラン牧師がその事件を解決できるかどうかは、誰も気にしない。なぜなら彼女は必ず事件を解決する。それが、このシリーズのお約束だったからだ。

人生もそんなふうだったらどんなにいいだろう、とミランダは考えていた。後半にはすべての問題が解決する、と断言することができたら、どんなに気が楽だろう。でもこれはテレビドラマの一場面ではなく、車窓に映るのは、ひとりグレイハウンドに乗り、あの絵はがきとより良い未来の約束に向かっているミランダだ。

高速バスの唯一の停車地、サクラメントのバス・ターミナルに着いたころには、すっかり日は暮れていた。ミランダはカフェテリアで食事をとったが、ハーブティーは薄くてぬるく、クロワッサンはパサパサだった。シェフに文句を言わなくちゃ、と思ったが、誰かに気づかれたらまずいと思い直した。

文句を言う代わりに、決めておいた言い訳を頭のなかで今一度、おさらいしてみた。

(「どうしてひとりバス・ターミナルで食事をしてるのか、ですって？　もちろん、役づくりのためよ。ええ、そうなの！　『フラン牧師』が再開されることになったの。訊いてくださってうれしいわ。でもこれはまだ極秘情報だから、誰にも言わないでくださいね。撮影所は突然発表して、話題づくりをするつもりなの。ええ、もちろん。写真を一緒に撮るぐらいお安いご用よ。ファンの方に会うのはいつだって大歓迎！」)

けれど、ミランダに気づく人はおらず、たとえ気がついても、近寄ってこようとはしなかった。ミランダはお茶を飲み終えると、頭を包んだスカーフをきっちりと結び直し、ふたたび高速バスに乗り込んだ。もう夜だったが、サングラスはかけたままだ。乗客はさらに増えたが、暗がりのなか誰もミランダのとなりには座らず、彼女は窓ガラスにおでこをあずけ、深い眠りに落ちていった。

そして彼女は夢を見た。夢に出てきたのは、レッドカーペットと黄金色をしたラブラドール・レトリーバー……

バスがポートランドのバス・ターミナルに入っていくと、ミランダはぼんやりした頭と乾いた口を感じて目を覚ました。ポートランドの日差しはやわらかい。

ここでバスを乗り換えるのはわかっていたが、おもてに掲示された時刻表を探すうちにパニックになった。グラッド・ストーン？　あの町、そういう名前だった？

サングラスをかけたまま、チケットカウンターの若い男性のところに行き、横柄な口調で話しかけた。「グラッド・ストーンって、海沿いの町よね？　緑の多い丘とヨットがある町でしょ？」

「いや、そんなことないですよ。グラッド・ストーンはポートランドの郊外ですからね。お客さんが言ってるのは、ティラムック湾沿いにあるハッピー・ロックじゃないかな」

喜びの石《グラッド・ストーン》。幸せな岩《ハッピー・ロック》。「どうして似たような名前の町がふたつあるわけ？」

「同じネイティブ・アメリカンの単語を英語に訳したらしいですよ。でも、使った辞書が違ってた。結果的には、それで助かったわけですけどね。ハッピー・ロックの町がふたつあったら、それこそたいへんだ」そう言って彼はにやっと笑った。「ひとつでじゅうぶんですよ」

「で、どうすればそこに行けるの？」

「道がなくなるまで、まっすぐ行けば着きますよ。海に出るちょっと手前がハッピー・ロック。足が濡れたら、行きすぎだ」

そこからティラムック湾までさらに一時間半、ミランダはサスペンションの壊れたスクールバス同然のバスに揺られることになった。悪路を走るバスは大揺れに揺れた。わざわざ道路の穴すべてを踏んでいるのかと思うほどの運転で、ミランダはカップのなかのサイコロのように車内でとびはね続けた。前の座席の背を握りしめ、必死に平然とした様子を装っていたが、頭を覆ったスカーフはすでにずり落ちてしまっていた。幸いにも、ミランダの憎悪をその背に一身に受けていた運転手は細く曲がりくねった道をスラロームで走るのに必死で、自分が誰を乗せているかに気づいてはいない。

その日、バスの乗客はミランダと、あともうひとりだけだった。緑色の髪に鼻ピアスをし、みすぼらしいジーンズをはいた垢ぬけない娘で、ミランダの座席とは反対側の列の少し前方に座っている。彼女はカメラをとなりの座席に置くと、マニュアルらしきリング綴《と》じの分厚い冊子を開いたが、あっという間に眠ってしまった。頭をのけぞらせ、大いびきをかいている。小柄な身体には不釣り合いな、驚くほどの大いびきだ。好奇心をかき立てられ（カメラはつねに彼女の好奇心をかき立てる）、ミランダはその娘が読んでいた冊子を盗み見た。見えるのは扉ページのタイトルだけで、そこには『毒性報告書：ポートランド検死局』とある。ずいぶん変わったものを読んでるのね、とミランダは心のなかでつぶやいた。役づくりのためだろうか？　ミランダは、ほとんどの人は一生をかけて役を研究し、いつか演じたい役のために鍛錬を重ねていると考えていた。だがまあ、それもあながち間違いとは言えない。

ティラムック湾に続く道は、松とベイマツが茂る森を縫うようにして走り、清らかに流れる川を越えてのびている。ミランダはこの道を覚えていた。この先に広がる港も、湾を抱くように曲線を描く半島も、その先の霧に煙る丘や水面に浮かぶヨットもよく覚えている。湾の端には、赤と白の縞《しま》模様に塗られた灯台があった。そして湾を正面に望む場所には、ツタに覆われたあの壮麗なホテル。

ついに戻ってきたのだ。

十五年もかかったけれど、でもようやく帰ってきた。ミランダ・アボットはついに、ハッピー・ロックへ戻ってきたのだ。

あちこち青あざだらけになっていたが、それでも彼女は意気揚々とバスを降りた。そこはロイヤル・ダッチェス・インペリアル・ホテル、略して〈ダッチェス〉と呼ばれる格調高いホテルの前だ。

ぴりっとしたさわやかな空気と、冷たい水。

「戻ってきたわ！」と口に出して言ってみた。往年の名女優、メアリー・タイラー・ムーアばりにくるりと回転してスカーフを放り投げたいところだったが、このスカーフは上等なのでやめておいた。それに自分はまだ変装中だ。

さあて、と。あれはどこだった？

丘をのぼる細い道は覚えていた。二重勾配の屋根には見晴台があったはずだ。ヴィクトリア朝様式の、あの上品な家。

日差しのなか、小型のスーツケースを引きずりながら港沿いの道を歩きだした。ホテルの広大な芝生の前を通り、のぼり坂に続く小道を探す。まるでここだけ時がゆっくり流れているみたいに、この町では誰もがゆったり、のんびり動いていた。水彩画に命が吹き込まれたかのような町。街灯から下がる花カゴにはマリーゴールドやベゴニアがこぼれるように咲き誇り、その美しさはまるでレース編みのようだ。ハッピー・ロックという町は建設されたのではなく、誰かがかぎ針で編んだのに違いない、とミランダは思った。

そうやって歩いていても、探している小道はなかなか見つからない。

ダッチェス・ホテルを過ぎると、建物の正面に玄関ひさしがある重厚なオペラハウスがあったので、ミランダは道を渡ってポスターを見た。

ハッピー・ロック合同&統合小劇場協会がお届けする
上演十周年記念公演
「ディケンズ家の死」
歴史に残るフーダニット!

ミランダは、掲示されていた昨年の出演者の写真には目もくれず、脚本家の名前を探した。ダグ・ダークス、とある。

ああ、よかった。

ダグ・ダークスという名は聞いたことがなかった。この情報に安堵すると、いま来た道を振り返った。やはり、どちらの方向に行ったらいいかわからない。

「いいところに来たじゃない!」

ミランダが気がついたのは、港沿いにこちらへ走ってくる一台のパトカーだった。車道へと歩み出て、道の真ん中に立ち、ホテルの駐車係にでもするみたいに手を挙げる。驚いたパトカーは一度だけサイレンを鳴らすと、道路の脇へと大きくハンドルを切った。

「ハッピー・ロック警察です! お怪我《けが》はありませんか?」

心配そうな顔でパトカーから降りてきたのは、ころころ丸っこい男性警官だった。大きな太鼓腹から、ふっくらとなめらかなほっぺたまで、すべてがちょっとずつ膨らみすぎている。でも、気が優しいのはひと目でわかった。そう、ミランダ・アボットの人を見る目に狂いはない！

彼女はスカーフをたたみ、サングラスと一緒に荷物が詰まった大きなトートバッグにしまった。いまや警察の保護下にいるのだから、わざわざ変装する必要はないだろう。

「道に迷ったの」エベレスト制覇を宣言する登山家みたいな口調で彼女は言った。

「ああ、なるほど。それはお困りでしょうな。わたしはネッド、ネッド・バックリーです。あの咳《せき》止め薬のバックリーと同じバックリー」そう言ってミランダに笑いかけ、ミランダもほほ笑み返した。

「バックリー巡査――」

「署長です」と彼は気恥ずかしそうに訂正した。「正確にはハッピー・ロック警察署長なんですよ。といっても警官は三人しかいない。カールはパートタイムだし、ホリーは妊娠中。だから、前の署長が引退したとき、署長をやれるのはわたししかいなかった」

「つまり、犯罪はそれほど起こらない町なのね？」

「ええ、まあ犯罪って言えるものはほとんどありませんよ」そう言って彼は笑った。「最近だったら、〈消えた財布事件〉ですね。財布を盗まれたという女性が警察に電話してきましてね。でも不思議なことに、なくなったあとも財布に入っていたクレジットカードや

IDカードが使われた形跡はない。そこで、訊いてみたんですよ。『ほんとうに盗まれたんですか？』とね」

　そこで、署長は口をつぐんだ。沈黙が続く。

「で？」とミランダ。「その事件は解決したの？」

「財布の件ですか？　まあ、そう言えるでしょうね。いずれにせよ、捜査は終了しました。何日かあとに、彼女がしまっていた場所から出てきましたから」

「じゃあ……盗まれたわけじゃなくて、置き忘れたのね」

　彼の笑いはふくみ笑いに変わった。「でも彼女は、そうは言っていない。今でも誰かに盗《と》られたと思ってますよ。ま、これがハッピー・ロックですよ」

「じゃあ署長さん、もうひとつ事件を解決してくださる？　わたし、ある通りにある、ある建物を探しているんだけど」

「もう少し、具体的に言ってもらえませんかね？」

「美しい建物よ。玄関からはやわらかな光が差し込んで、午後になるとそよ風が吹いて、建物がやわらかな輝きを放つの」

「なるほど」

「ヴィクトリア朝様式の格子細工があって、庭もあったわ」

「ハッピー・ロックの家の半分は、それにあてはまりますね」

「もしかしたら書店かも」

　署長は難しい顔になった。「この町に書店はありませんよ。人殺し書店以外はね」

「人殺し？」

「スリラーとか、殺人ものとか、そういう本だけを扱ってる本屋ですよ。専門店っていうのかな。置いてあるのはミステリー本だけです。ダッチェス・ホテルの裏、ビーコン・ヒルを上がったところにある」

「それよ！」

　そしてミランダは、お抱え運転手にでも頼むみたいに警察署長に荷物をまかせると、さっさとパトカーの後部座席に乗り込んだ。

「え？　まあ、しかたないか」と署長。

　彼はスーツケースを持ってパトカーに戻ると、トランクに入れ、運転席側に回った。

「すぐそこですよ」とシートベルトを締めながら言う。「坂を上がったところです」それからバックミラーの角度を変え、彼女をじっと見た。「初めてですか？」

「パトカーに乗るのが？」

「いいえ、ハッピー・ロックに来たのがですよ」

　ミランダは窓越しに、港のヨットを眺めた。

　曲線を描く湾、立ちのぼる蒸気。湾に入ってきたフロート付き水上飛行機が残していく

V字形の波。それはミランダの記憶と同じように美しかった。いや、もっとかもしれない。美しくて——そして息が詰まる。

「来たことはあるわ」と答えた。「一度だけ。もう何年も前だけど」

「一度だけ？　じゃあ、お帰りなさいですな」彼はウインカーを出すと、後方から車が来ないのを確認してから、車を出した。

その瞬間、すべてがミランダの脳裏によみがえった。ホテルの裏から丘のてっぺんまで続く、急傾斜の小道。眼下に広がる絵はがきのような港の景色。そして、ああ、あった！　何もかもが、あのときのままだった。ヴィクトリア朝様式の装飾、玄関ドアの上部にはまったステンドグラス、屋根の上の見晴台。シャクヤクの花が咲き乱れる前庭。そして玄関ドアの上には、クラシックなガラモンフォントで〈ミステリーしか読みません〉と書かれていた。

「書店の名前にしちゃ妙でしょう？」バックリー署長が、パトカーをゆっくりと玄関前に駐めながら言った。「以前は、湾の名前をとって〈ティラムック・ブックス〉って名前だったんですが、新しいオーナーがこの名前に変えたんです。おすすめ本を提案した店員に客のおばあさんがキレて、『わたし、ミステリーしか読みません！』って怒鳴ったらしいんですよ。それを聞いたオーナーが、ここをミステリー本の専門店にしようと思いついたらしい」

「そう」ミランダはうわの空で相づちを打つと、「車に乗せてくださってありがとう。ほんとうに助かったわ」と礼を言った。

けれど署長は何も言わない。彼はバックミラー越しに、さっきよりも真剣にミランダを見つめていた。いっぽうミランダはドアを開けて車を降りようとしたが、それができないことに気づいた。内側にドアを開けるハンドルはなく、後部の窓には鉄格子、そしてバックミラーには署長の目があるばかりだ。

「申し訳ないけど、おまわりさん……じゃなくて、署長さん。降ろしていただける？」

だが彼はやはり無言だ。ミラー越しにじっとミランダを見つめている。

「ここで、降りたいんですけど」

それでもドアのロックは解除されない。ミランダはパトカーの後部座席に閉じ込められていた。車のエンジンはかかったままだ。

そしてついに彼は口を開いた。声は落ち着き払っている。「今すぐあなたを逮捕しちまったほうがいいみたいですな」

「なんですって？」

署長は振り返ると、じっとミランダを見つめた。「どうもあなたの行く先々で、死体の山ができるみたいなんでね」

ミランダはバッグに手を入れると、ペッパースプレーの缶を探した。まさか、これをハッピー・ロックで使うことになろうとは思いもしなかった。ハリウッドでは使う可能性もあったし、〈ザ・デ・ラックス・アームズ〉では必需品だった。でもまさか、このハッピー・ロックで使うことになろうとは。とりあえず、彼がドアを開けるまでは使うのを待とう……。

けれど次の瞬間、思いがけないことが起こった。署長がにっこりほほ笑んだのだ。それもとびきりの優しそうな笑顔、そこでマシュマロを焼けそうなほどあたたかい笑顔で。

「あなた、フラン牧師ですよね？」

ミランダはペッパースプレーの缶を握っていた手をゆるめ、缶はバッグの底に落ちていった。

「ええ、そうだけど」

「やっぱり！」彼の笑顔は、これ以上ありえないほど大きくなった。

ミランダの全身に安堵の波が広がっていく。この署長、危険人物なんかじゃなく、わたしのファンだったのだ。とはいっても、このふたつのカテゴリーが重なるケースは少なからずある。

『フラン牧師』のドラマで登場人物が死ぬのは、必ず物語の中盤だ。だから、とりあえず今はまだ大丈夫……と、そこまで考えて、これはドラマの『フラン牧師』ではなかったと思い出した。そう、これはテレビドラマなんかではないのだ。

3　人殺しの店へ

「いやあ、ドアをロックしちまって悪かったですね。警察の標準的手順ってやつですよ」署長は陽気に言っているが、それでもまだエンジンはかかったまま、ドアもロックされたままだった。「あなたが、わたしの武装解除を企《たくら》んでないか、確認しなきゃならなかったんでね」

「武装はもう、解除したと思っていたけど」とミランダは艶然と言い返した。「わたしの笑顔で」

バックリー署長の丸い頬がゆるみ、赤面一歩手前になった。フラン牧師に色目を使われるとは。

「ちなみに、わたしは独身でしてね」

「あらそう、じゃあ覚えておくわ」

署長は満面の笑みで小学生の男子みたいに全力でうなずき、その様子はミランダに首振り人形を思い出させた。フレンドリーな首振り人形ではあるが、所詮、首振り人形は首振り人形だ。

じつはずっと前には、フラン牧師の首振り人形もつくられていた。第三シーズンのアクションフィギュアほどは売れなかったが、それはしかたがないだろう。あのフィギュアが人気だったのは、空手チョップができたからだ。背中のプラスチックレバーを押すと、フラン牧師が腕を振り上げ、特許取得済みの〝罪人《つみびと》よ、退け〟チョップを繰り出すという仕掛けだった。格闘シーンでは必ず、「ハイ・ヤー！」というかけ声とともに空手チョップをお見舞いすることになっていたが、じつはミランダはこれが苦手で、結局、その声だけは別の女優に吹き替えてもらっていた。ミランダのハスキーな声は色っぽすぎて、威勢のいい「ハイ・ヤー！」に必要な高音が出なかったのだ。

いっぽう首振り人形署長のほうは、依然としてパトカーの運転席でニコニコしているだけだ。

「ドアを開けてもらえる？」

「おっと、失礼」そう言って、ロック解除ボタンを押す。そして、彼女を解放する前にこう言った。「あなたが町にいるあいだに、ぜひ会ってもらいたい人がいるんですよ」

この言葉にミランダは固まった。この人、わたしのことをどの程度知っているの？　そもそも、わたしがハッピー・ロックに戻ってきた理由をどの程度知っているの？

けれど署長が会わせたいと言っているのは、この書店にいる人物ではないようだ。よく聞き取れなかったけど、この人、ビーズ・ビーズ・アンド・ビーズって言ってない？　それともBBB？　それって商事改善協会《ベター・ビジネス・ビューロー》かなんかのこと？

「ビーですよ」と署長。「彼女、港のそばでB&Bをやってましてね。コテージ風の家で、ポーチからの眺望が絶景だ。ビーは、あなたの大ファンなんです。大ファンって言葉はよく使うけど、彼女こそ正真正銘あなたの大ファンだ。あなたが出た番組はすべてVHSで録画してましてね。それで金曜日は〈フラン牧師フライデー〉と銘《めい》打って、VHSの鑑賞会をするんです。わたしはポップコーンを持っていって、彼女のVHSを一緒に観る。ポップコーンはキャラメル・ポップコーン」と彼は説明した。「ビーはキャラメルが好きでね。彼女、あなたのセリフは全部暗記してるんです。すべての回のセリフを諳《そら》で言うことができる」

最高、とミランダは心のなかでつぶやいた。今、一番勘弁してほしいのは、映画『ミザリー』に出てくるような熱狂的ファンだ。

「彼女、ビー・マラクルっていうんですよ。しばらく前に旦那を亡くして、今はB&Bをひとりで切り盛りしてる。だからその名も〈ビーのB&B〉。居心地は最高ですよ。もちろん、あなたのようなハリウッドの大スターだったら、ダッチェス・ホテルのスイートをまるごと借り切っているんでしょうな。でも、チャンスがあれば、ちょっと寄ってやってくださいよ。そりゃあ喜びますよ。まあ、さっきも言ったように、あなたみたいな人がビーのところに泊まったりはしないでしょうがね。ちょっと思いついたんですが、もしよかったら、今度われわれの〈フラン牧師フライデー〉に来ませんか？　もちろん、その気になればでかまいません。ご迷惑じゃなければの話だ。押しつけになっちゃ申し訳ないし」

ミランダの笑顔がこわばった。ハッピー・ロックのフラン牧師フライデーに参加するよりマシな苦行を、頭のなかでリストアップする。荒波に揺れる船で歯科治療、目隠しをしたままトランポリンでチェンソーのジャグリング、便秘サプリのコマーシャル出演。

でも……

それが、ほんとうに毎週恒例のイベントだとしたら、わたしの名をふたたび世に知らしめる絶好のチャンスになるかもしれない、とミランダは思い直した。ジェリー・ルイスはフランスで天才ともてはやされたし、俳優のデヴィッド・ハッセルホフはドイツで大スターだった。だとすればミランダ・アボットも、ハッピー・ロックの大スターになってもいいのでは？

「それで、フラン牧師フライデーには毎週、何人ぐらい集まるの？」

署長はしばらく難しい顔で考えてから言った。「ビーとわたしだけ、ですかね」

やれやれ、とミランダは内心ため息をついた。

「じゃあ、そろそろ失礼するわ、えっと……」あやうく「首振り人形さん」と言いそうになった。「のど飴のヴィックスさんでしたっけ？　じゃなくて、シロップ薬のロビタシンさん？」彼の名の記憶はすでに溶けてしまっていた。顔を覚えるのは得意だが、名前を覚えるのは苦手だ。とはいっても、画面に出る俳優の名前は別だ。

「バックリーですよ」と彼は答えた。「ネッド・バックリー。あの――」

「ああ、咳止めシロップのバックリーと同じだったわね。じゃあ、ネッド、そろそろ失礼するわ。お目にかかれてほんとうによかった。でも」そう言って、書店のほうを向いてかすかにうなずいた。「わたし、約束があるの」

「へえ？　こりゃ驚いた」彼の表情が曇った。「あのオーナーと知り合いですか？」

「ええ、まあ」

署長はまたも難しい顔になった。「気をつけてくださいよ。彼は……変わり者だから」

「オーナーが？　どうしてそう思うの？」

「日がな一日、人殺しの本に囲まれてますからね。嫌でも警官のアンテナにはピピッとくる。そういう人物が何をしでかすかなんて、わかったもんじゃありません」

「ああ、さっき言っていた消えた財布事件のことね。つまりあなたは、書店のオーナーを疑ってるわけね」ミランダは冗談のつもりだったが、彼はそれを真剣に受け止めた。

「容疑者リストには入っていますね」

田舎町の警察官は、しゃれというものがわからないらしい。

ハッピー・ロック警察署長は淑女に対するマナーをようやく思い出したらしく、車を飛び出て、ミランダのために後部ドアを開けた。もし制帽をかぶっていたら、きっと彼女に向かって帽子を傾けていただろう。

「気をつけてくださいよ。さっきも言ったように、ここのオーナーは、ちょっと変わっていますから」それでも人の悪口は言いたくないらしく、署長はすぐに付け加えた。「でも、魅力がないわけじゃない」

ええ、知ってるわ、とミランダは心のなかでつぶやいた。すごく魅力的よ。何もかも放り出したくなるくらい、魅力的。

ミランダは署長にチップを渡そうとしたが、彼はとんでもないと断った。じつは、ミランダにとって、これはかなりありがたかった。というのも、その金は彼女の所持金の最後の数ドルだったからだ。（ハリウッドを出るとき、アンドルーがバッグに二十ドル札を何枚か忍ばせてくれていたのだが、ミランダはまだそれに気づいていなかった。だがいずれにせよ、彼女のバッグに入れれば、その金は井戸に投げ込んだのと同じだ）。

けれどもう、そんなお金の心配も無用だ。あの扉をくぐりさえすれば、しばらくはお金のことを心配する必要もなくなる。

扉につけられた鈴がチリンと鳴り、ミランダは店に足を踏み入れた。店内の空気はしっとりと暖かい。ずらりと本棚が並んだ廊下を奥へ進んでいく。玄関の欄間から差し込んだ光が色とりどりに屈折して、カーペットを彩っていた。まさに本だらけの家だった。廊下の先は、かつてはヴィクトリア朝様式の居間だったらしいが、今ではすべての壁が、天井まであるオーク材の本棚に覆われていた。小さな車輪付きのテーブルには最新のハードカバーが並べられている。どの本もタイトルに〝死〟や〝殺し〟、〝殺人〟といった言葉が入った不穏なものばかりだ。

部屋の片隅には、蛇腹《じゃばら》巻き上げ式の木製ロールがついた、大きなオーク材のロールトップ・デスクが置かれていた。

居間の先、かつて食堂だったと思われる部屋の入り口のアーチには、手書きの看板が掲げられていた。「古本&ロングセラーはこちら」と書かれ、アガサ・クリスティーの古本とペンギン社のロングセラー作品が並んでいる。

ミランダは、その看板の手書き文字、とくに不格好な&と、なめらかな曲線を描くSの文字に見覚えがあった。分厚い学術書の陰に隠されたスピーカーからは、低くジャズが流れている。カウント・ベイシー・オーケストラだ。それもまた、彼女には聞き覚えがあった。

メインルームに戻ったとき初めて、ミランダは例の巨大なデスクの後ろで店番をする小柄な女性の存在に気づいた。デスクの陰にいて最初は気づかなかったが、女性は小さな明かりの下、熱心に本を読んでいた。その姿は、背後のレースのカーテンと同じぐらい優美ではかなげだ。

床がきしみ、彼女はミランダの気配に気がついた。

「あ、ごめんなさい」と、ミランダに声をかけてくる。「コージーに没頭していて、気がつきませんでした」

コージーに没頭？　それって、オレゴン特有の言い回しか何かだろうか？

「居心地《コージー》がいい？」たぶん店番の女性が座っている椅子か、この書店のことを言っているのだろうと思いながら聞き返した。だがそうではなかったらしく、その女性は本の表紙を見せてきた。タイトルは『ミセス・ペチュニアの完全犯罪』とある。

「最新作なんです」

「そう。面白いの？」

「シリーズの最初の四十七作品ほどじゃありませんけど、最近の十二作品よりはいいですよ。でも、一番よかったのは『ミセス・ペチュニアの最後から二番目の謎』ですね。犯人がなかなかわからないコージーが好きなので」

どうやら、〝コージー〟というのは、本のジャンルらしかった。

女性はミランダの表情に気づいて言った。「わたし、スリラーみたいな血なまぐさい話も、細かい描写が延々と続く警察小説も、連続殺人犯が出てくるような話も苦手なんです。だから、腕利きのアマチュア探偵、それもできれば女性の探偵が主人公の、小さな町を舞台にしたコージー・ミステリーが好きで。もちろんグロい殺人もありませんしね。それであなたは、どんな作品がお好き？　どんな殺しがお好みですか？」

この奇妙な質問にミランダはしばし考えこんだ。お好みの殺しって、何？

そこで、自分が演じた役柄について考えた。たしかにフラン牧師はアマチュア探偵だ。殺人シーンは出てくるものの、人が殺される瞬間、悲鳴をあげる女性や砕け散るティーカップに場面が切り替わる。けれどあの番組には、カーチェイスや爆発の場面が多かったし、毎週、最低一回は空手チョップが登場した。そのうえプロデューサーはつねに、牧師にミニスカートかビキニを着せようと画策していた。「フラン牧師、セクシーなディスコに潜入！」とか、「フラン牧師、ビキニ倉庫に潜入！」といった調子だ。そう考えると、あのドラマをコージーと呼ぶのは少々厳しいかもしれない。

「よくわからないけど」とミランダ。「アクション・ミステリー・スリラー・コージーっていうカテゴリーはある？」

「左側のふたつ目の棚です」と女性はすらすら答え、その言葉どおり《アクション・ミステリー・スリラー・コージー》と書かれた棚があった。《アニマル・コージー》と表示された棚もある。別の棚には《時代ものコージー》という表示があり、古代ローマのミステリーから、ジャズエイジのフラッパー探偵作品までがそろっていた。《ハードボイルド》の棚には、強面《こわもて》の男性やグラマラスなブロンド美女、人目を忍ぶ凶悪犯が登場する物語が並んでいる。たんに《探偵もの》と書かれた本棚もあり、そのとなりには《時代ものの探偵もの》の棚があったが、《時代ものミステリー》と《歴史探偵もの》は、その違い自体がミステリーだった。そのうえ《コージー探偵もの》まであるのだ。これだけでも、ミランダは目が回りそうだった。

店の中央のテーブルには《ドメスティック・スリラー》が、そのとなりには《インターナショナル・スリラー》が積み上げられていた。ようやく、まともなカテゴリーに出合ったとほっとする。インターナショナル・スリラーといえばやはり、バリやパリ、ベニスやウィーンなどエキゾチックな場所を舞台にした海外ものだ。だとすればドメスティック・スリラーはこの国のどこか、あるいは著者が住む国を舞台にしたスリラーだと思ったら、話はそう単純ではなかった！　説明書きを読むと、インターナショナル・スリラーは文字どおり海外を舞台にした作品だったが、ドメスティック・スリラーは国内のスリラーではなく、家庭内殺人のことらしかった。配偶者がパートナーを罠《わな》にはめ、欺瞞《ぎまん》の網にからめとる作品群だ。だとしたらベニスを舞台にした夫婦間の殺人は、インターナショナルなドメスティック・スリラーということになるのだろうか？　ミランダの頭はどんどんこんがらがってきた。

若い読者向けの本棚は《ＹＡ探偵もの》と表示され、『少女探偵ナンシー・ドルー』や、『少年探偵ブラウン』、四人の少年少女と一匹の犬が活躍する冒険物語『フェイマス・ファイブ』、兄弟探偵の『ハーディー・ボーイズ』といったシリーズが並んでいた。その先には生々しくて扇情的な《犯罪ドキュメンタリー》があり、その上の棚に重々しく並ぶのは、ホームズのシリーズやカッフ部長刑事の『月長石』といった《古典》作品だ。これはどうやら時代ものの探偵小説のカテゴリーではないらしい。なぜなら、当時これらの作品は、現代ものとして書かれていたからだ。箱を開けたと思ったら、さらに次の箱が出てきた気分だった。いったいミステリーというひとつのジャンルをどれだけ細分化すれば気がすむのか。けれど一見したところ、『フラン牧師』のノベライズは一冊もなかった。きっと店の奥にある値引き商品ワゴンにでも入っているのだろう。もしかしたら《時代もの》か《ビンテージ》の棚かもしれない。

たしかにあのノベライズはあまり売れなかった、とミランダは思い出した。

それについては、いま思っても残念でならない。なぜならそのノベライズの著者こそが今日、彼女が会いに来た人物、その人だったからだ。「あれから十五年だ。もうそろそろ、いいころだと思う」とはがきをミランダに送ってきた当人だ。

「オーナーはいらっしゃる？」店番の女性のもとに戻ると、最新刊のミセス・ペチュニアに没頭していた彼女にもう一度、声をかけた。

「エドガーですか？　まだ、おりてきてませんね。店は朝、わたしが開けて、夜は彼が閉めることになっているんです。わたしは早起き、彼は宵っ張りなので」そう言って彼女は天井を見上げた。「彼、この上に住んでいるんですよ」

「ひとりで?」と少し食いつき気味にミランダは尋ねた。

「ひとりがどういう意味かにもよりますが」女性はそう言うと、読みかけのペーパーバックにしおりをきちんとはさみ、それを傍《かたわ》らに置いた。

そのとき、天井から何かが歩いているようなくぐもった物音が聞こえてきた。続いて人の足音と、床を爪で引っかくような音、そして缶オープナーの音が続き、ミランダの心臓が大きく跳ねた。

色白の女性は、首をかしげてミランダを見る。「エドガーのお知り合いですか?」

「わたし、ミランダよ」それだけ言えば通じるとばかりに宣言した……が、あいにく通じなかった。

「スーザンです」と返事が返ってくる。ふたりとも握手の手は出さなかった。「もう一度うかがいますが、エドガーとはどういうお知り合いでしょう?」

「ミランダ・アボットよ」ともう一度名乗ると、相手もようやくピンときたらしかった。

「ああ」とスーザン。「あなたが。もう出ていってしまわれたのだとばかり思っていました」

「ええ。そのとおりよ。でも、戻ってきたの!」ミランダは喜びの笑みがこぼれるのを止められなかった。もうこれで大丈夫。フラン牧師は戻ってくる。そしてあの喜びも、ハリウッドヒルズの家も戻ってくるのだ。「新しい時代の幕開けよ!」と思わず高らかに宣言した。

「なるほど、そういうことですか」と答えたスーザンの表情は、ミランダの表情とはまさに正反対だった。たぶん動揺しているのだろう。それに明らかにエドガーをかばう口調だった。「彼、あなたが来るのを知っているんですか？」

「彼に招かれたの」とミランダは言った。呼び戻された、と言おうとしたが、スーザンの表情が固くなるのを見て、ミランダの自信は揺らぎはじめた。

バッグを引っかき回して例の絵はがきを探したが、見つからない。その瞬間、彼女はスーツケースをパトカーのトランクに忘れてきたことに気がついた。

「まあ、いいわ」とミランダ。「わたしが来ること、彼は知っているから」

上階のドアがきしみ、階段をミシミシとおりる足音が聞こえてきた。調子はずれの口笛の音。今もまだ、彼は口笛がちゃんと吹けないのだ！　その口笛と一緒にコトン、コトン、コトンと足音が聞こえてきた。人間の最良の友の足音だ。

金色のラブラドール・レトリーバーがしっぽをぶんぶん振りながら、うれしそうな足どりで部屋に駆け込んでくる。

「オスカー？」ミランダが声をかけた。

駆け寄ってきた犬は、耳の後ろをかいてもらうと、すぐにまた向きを変えて戻っていった。もう一度、今度は主人にかいてもらうつもりらしい。

「ああ、オスカー。会いたかったわ」ミランダの目が喜びにうるんだ。

「やあ、ミランダ」

顔を上げると、涙の向こうに彼が立っていた。歳《とし》は重ねていたが、それでもやはりエドガーだ。今もなお、昔のままのシュッとした細身で、デニムに格子縞のシャツを合わせている。こめかみには銀色が交ざり、顎の輪郭は少しやわらかくなっていた。それでも、あたたかみと皮肉の両方を宿した瞳はあのころと変わらず、ありえないほど青い。海辺の日差しと柔和な表情のせいで、顔にはしわが刻まれていた。

「オスカーがこんなに元気だとは思わなかった」ミランダは泣きだしそうになるのをこらえて言った。

「オスカーじゃないよ。オスカーの娘のエミーだ。オスカーはもう逝ってしまったよ。ずいぶん歳をとっていたし……」

そう聞いたとたん、ミランダの口から嗚咽がもれた。オスカーではなかったのだ。それはそうだろう。オスカーであるはずがない。彼女がいないあいだも、時間は止まっていなかった。ここハッピー・ロックでも、ほかの場所と同様、犬は歳をとり、虹の橋を渡るのだ。

エドガーがやってきて、ミランダの肩に手を置いた。力強くて優しい手。それは、彼女がなぐさめを必要としたときや、わたしはひとりではないと自らに言い聞かせたかったととき、必ず彼がしてくれた仕草だった。

「来たんだね」とエドガーが言った。「どうしてこんな遠くまで？」まさに信じられないといった口調だ。彼は店番をしていた例の女性を振り返った。「スーザン、こちらはミランダ・アボット、ぼくの妻だ」

元妻ではなく、ぼくの妻。

「さっきお目にかかりました」スーザンの声は冷ややかだった。

「絵はがきを見て、飛んできたの」涙で喉がつまったが、言葉が勝手に転がり出た。「あなたの言うとおりよ、エドガー。あなたの言うとおり！　こんなに時間が経ってしまったけど、今こそまた一緒になるときよ。ハリウッドはわたしに意地悪だったけど、今、わたしはここにいる。わたしはあなたの妻だもの、この苦境を一緒に乗り越えましょう。あなたはまた脚本を書き、わたしが演じる。ふたり一緒に前よりもっと高みを目指して、再始動よ」

エドガーは明らかに面食らっていた。「再始動？」

だがミランダは、彼の言葉の最後についたクエスチョンマークに気づかなかった。「そうよ！　再始動よ、エドガー。もっと大きく、もっと上手に、そしてもっと強くなるの。ここに来るまで、いろんなアイデアを考えたわ。『フラン牧師』シリーズのフィナーレを覚えてる？」

「あのシリーズにフィナーレなんてなかったじゃないか。予告もなしに、打ち切られたのを忘れたのか？　話をまとめる暇もなかった。すべてが尻切れトンボで終わったんだ」

「そう、そのとおりよ！　たしかにちゃんとした結末はなかった。フラン牧師はまたも崖から突き落とされ、わたしが崖を落ちていくところで画像は止まり――わたし、いつだって落ちるのはうまいの――『次回に続く』の字幕が出た。でも、その続きはなかった。フラン牧師はそこで終わっているの。落下はしたけど、着地はしてない。それで考えたんだけど、話をそこからまた始めたらいいんじゃないかしら。幕が開くのは同じ崖。わたしは途中で何かの蔓《つる》につかまるか、水に落ちるかして、窮地を脱出。ね、いいでしょう？　でも、今度のシリーズの始まりはその十五年後の現代にしなきゃだめ。ということは、衣装も今の時代のものにしないとね」

「ずいぶん時間のかかった落下だな」エドガーが言った。「十五年だぞ」

「まあ、落下の途中から始めなくてもいいけど。それでも、インパクトのある再始動にはなると思う。そういうの今、大流行《はやり》だもの。大事なのは、わたしが今、ここにいるっていうこと」

　この一連のやりとりを、スーザンは心配そうに見守っていた。

「ミランダ」エドガーがふたたび口を開いた。「たぶんきみは誤解していると思う。たしかに、あれからもう十五年だ。でもぼくは、そろそろ元のふたりに戻ろうと言ったつもりはないよ。もう十五年も経ったから、そろそろ離婚してもいいだろうと言ったつもりだ」

その彼の言葉に、ミランダ・アボットの世界は砕け散った。

4　オウム探偵！

ミランダの世界が崩壊したのはこれが初めてではなかった。NBCが『フラン牧師の事件簿』をなんの前触れもなしに打ち切り、落下するフラン牧師を文字どおり宙に浮かせたままシリーズを終えたときも、彼女はあまりのことに呆然《ぼうぜん》とし、何も感じることができずに、ただただ打ちひしがれていた。

セレブが集うレストラン〈ダン・タナス〉に行けば、みなに陰口を言われている気がしたし、ショッピングで気分を上げようとロデオ・ドライブの高級店に買い物に行けば、店員がカウンターの後ろでせせら笑っている気がした。そして楽屋を最後に片付けたときには、ふたりの裏方がうれしそうに彼女の不運をあざ笑っているのが聞こえてきた。「ありゃ、見事な大転落だったな！」と言って、裏方のひとりが笑う。

そのときのことを思い出すと、今もミランダの胸はきりきり痛む。

そしてそのあとがとどめのひと突きだった。「最後に崖から落ちるところは笑えたよ。目をぎょろぎょろさせて、腕を大げさにぐるぐる振り回してただろ。スタントマンは、あの妙な動きに合わせるのにずいぶん苦労したらしいぜ。崖から落ちるスタントマンより、オーバーアクションってのは、さすがにいただけないだろ」

落下のシーンを吹き替えるスタントマンは、つい身振りが大げさになるが、ディレクターたちはそれをひどく嫌がるのだ。

番組を打ち切られたとき、ミランダはひどく動揺したが、エドガーは違った。彼にとって、シリーズ打ち切りはある種の祝福だった。ここでひと息つき、人生の優先順位を見直すいいチャンスだと考えたのだ。

「ずっと計画倒れになっていたハネムーンに行こう」と彼は言いだした。

長いあいだずっとあわただしく過ごしてきたこのハリウッドの夫婦にとって今回の番組打ち切りは、のんびりと過ごすことができる、それもふたりだけで過ごすことができる絶好の機会だった。

エドガー・アボットはかつて、テレビシリーズ『オウム探偵!』の脚本家だった。葉巻をくわえた私立探偵と彼のペットのオウム、バスター・ジョーンズが活躍する探偵ドラマで、重要な場面になるとオウムのバスターが手がかりになる言葉をわめき立て、それをヒントに主人公が事件を解決するというのが、お約束のパターンになっていた。

今では考えられないが、主人公の相棒が動物というテレビドラマは一時期かなり人気があった。たとえばトラックドライバーのB・Jと相棒のチンパンジー（名前はなぜか熊《ベア》）

が活躍する『トラック野郎！　B・J』は、映画『ダーティファイター』で主人公の相棒をつとめたオランウータン、クライドから着想を得たドラマだ。当時、野外撮影所にはそういった生き物が至るところにいた。愉快なおしゃべり犬もいれば、人間と話す謎めいた猫もいたし、一九五〇年代のコメディ映画で人気者になったラバのフランシスもいた。そして『オウム探偵！』だ。これは唯一、ほんとうに自分の口で話す動物が登場したテレビシリーズだったが、あいにくオウムのバスター・ジョーンズはかなりの根性曲がりで、探偵役を演じる主演俳優は四六時中彼につつかれたり、嫌がらせをされたりでさんざんな目にあっていた。主人公の私立探偵が、指に包帯を巻き、目に恐怖の色を浮かべていたことも一度や二度ではなく、あれはまぎれもなくオウムPTSDだった。

エドガー・アボットは、もともとはニューヨークの演劇シーンで活躍する脚本家だった。オフブロードウェイの仕事で認められてハリウッドに招かれ、『オウム探偵！』の脚本チームをまかされたのだ。これは一種の出稼ぎ、と彼は考えていた。カリフォルニアで楽しく稼いで借金を返し、あとはまた舞台芸術の世界に戻るつもりだったのだ。どうせ『オウム探偵！』は失敗するから、そのときは稼いだ金を持って舞台の世界に戻ればいい、と。けれどどんな頑固者をも懐柔するすべを持っているのがカリフォルニアで、番組がヒットすると、彼はいつしかスタジオの脚本部屋で缶詰状態の日々を過ごすようになっていた。ミランダと出会ったのは、『オウム探偵！』の第五シーズン、「天使さえも恐れる場所」

の回の本読みだった。この回には、大麻の売人からティーンエイジャーを救おうとするフランという若い牧師が登場し、それを演じたのがミランダだった。

　彼女は面白くて快活、そのうえすばらしく魅力的で、エドガーはたちまち夢中になった。もともと赤毛の女性がタイプだったが、それ以上に惹《ひ》かれたのがミランダの大胆不敵さだった。全速力で線路を渡り、悪党の魔の手から少女を救い出すという危険なシーンも、ミランダ・ベイカーは怖《お》じ気《け》づくそぶりすら見せなかったのだ。その大胆さが気に入られ、たった一回の出演だったにもかかわらず、番組の冒頭では「初登場のミランダ・ベイカー」と彼女の名前が大きくクレジットされることとなった。このときミランダが演じた気骨のある若い牧師はおおいに人気を集め、やがてほかの回でも再度登場することになった。そして一回の出演が二回になり、三回目に出演したころには、彼女はエドガーと結婚し、ミランダ・アボットになっていた。

　けれど『オウム探偵！』のスピン・オフ番組の話が持ち上がり、ふたりは新婚旅行を延期せざるをえなくなった。なんとミランダ主演の新シリーズが始まったのだ！　もちろん脚本はエドガーだ。こうして『フラン牧師の事件簿』シリーズが誕生し、結局、新婚旅行に行く時間を捻出することはできなかった。

　『フラン牧師』が打ち切られたとき、エドガーは彼女に、ふたりでオレゴン州の海辺に旅行をしようと持ちかけた。ハッピー・ロックを行き先に選んだ理由はただひとつ、幸せな《ハッピー・》岩《ロック》というその名前のせいだった。岩のような無生物でさえ感情を持つことができるかのようなその名が彼の琴線に触れたのだ。そのうえハッピー・ロックには、海辺に建つ高級ホテルがあった。

もともとミネソタ育ちのミランダは、森や湖といった自然には特別魅力を感じなかったが、エドガーはかたくなにハッピー・ロックに行きたいと言い張った。

「わたしがミネソタを離れたのは、そういうものから逃げたかったからなのよ。湖？　湖なんかよりは、スパに行ったり、ドン・ペリニヨンを飲んでるほうがずっとマシ」

「湖じゃない、湾だ。海辺の町なんだよ。ヨットが浮かぶ港もある。それはすばらしい眺めなんだ。趣のある古い店もあるし、歴史あるダッチェス・ホテルで世界レベルのグルメを楽しむのも悪くない」

「それ、パンフレットの受け売りじゃない」と言って、ミランダは笑ったのだった。

そしてふたりは旅に出た。たしかにサーモン料理は明らかに世界レベルだったし、ふたりの愛の営みはそれ以上だった。そんなとき、エドガーがあの書店を見つけたのだ。港を眺めようと、ふたりでビーコン・ヒルの坂道をのぼっているときだった。職業柄、彼は書店には目がない。そこで店に入ると、店内は埃《ほこり》っぽくてかび臭く、引退間近の店主は店の買い手を探していた。

「ここなら、やれそうだ」店内を見て回りながら、エドガーはミランダにささやいた。

「ここに引っ越して、本屋を開こう。劇団をやってもいい」

またまた冗談ばっかり、とミランダは思ったが、それは冗談ではなかった。

「これだよ」彼は両腕を広げ、書店とこの店に続く小道、そして眼下に広がる港を指し示した。「これこそが人生だ。ハリウッドのゆがんだ世界とは大違いだ」

休暇はそろそろ終わりに近づいていたが、エドガーはこの町から離れがたくなっていた。

「じゃあ、ニューヨークはどうするの？」ミランダは訴えた。「ロサンゼルスは？　みんな、わたしが帰るのを待ってるわ。これからまたいろんな人たちとアポをとって、ゲームに戻らなきゃ」

「まだわからないのか？　きみの言うとおり、あれはたんなるゲームだ。ただのゲームなんだよ。でもここは違う。ここは現実だ。ハッピー・ロックに来るまで、ぼくは自分がどれほど疲れているかわかっていなかった。ためしに二週間くれないか？　それだけでいい。部屋を借りて、この町のことをもっとよく知ろう。それで、ここに住むかどうか決めればいい」

そして翌日、ミランダはハッピー・ロックをあとにした。

ホテルの部屋を出たとき、エドガーは薄明かりのなか、コットン・シーツの海で眠っていた。ミランダはドレッサーに彼宛てのメモを残し、そっとドアを開けて部屋を出たのだ。

ごめんなさい、でもわたしは戻らなければいけないの。もう一回挑戦しないと、一生後悔することになると思う。あなたはさんざん働いたから、今はゆっくり休んでね。

必ず連絡します。


けれどミランダが連絡することはなかった。

そして別のメモが、彼女をここに呼び戻した。そう、例の過去からのはがきだ。けれどすべては誤解だった。エドガーが求めていたのは夫婦の再会などではなく、離婚だったのだ。

ふたりは今、書店の上階、質素だが居心地のいいエドガーの部屋にいた。二階なのに、まるで屋根裏のような部屋だった。天井は低く、小さなダイニング・コーナーがあって、部屋の片側にあるテーブルにはコンピューターとプリンター、その脇には紙の束が置かれていた。

「三階はおもに倉庫として使っていてね」と、エドガーは申し訳なさそうに説明した。「どの部屋も箱だらけ、本が詰まった箱だらけだよ。だからこの二階がぼくの生活の場だ。店にも簡単におりていけるから便利なんだ。豪華な部屋とは言えないが、ぼくの生活にはぴったりだ」

わたしたちハリウッドヒルズに家を持っていたのに、とミランダは心のなかでつぶやいた。

　というか、ミランダは、、、ハリウッドヒルズに家を持っていた。『フラン牧師の事件簿』の第三シーズンの放映が決まったとき、頭金をキャッシュで払って買ったのだ。彼女はその家で業界の大物たちをもてなし、エドガーは自室にこもってひたすらキーボードを叩いていた。いまや電子式タイプライターはPCにとって代わられたが、それ以外のことはほとんど変わっていない、とミランダは思った。エドガーはやはりエドガー。良くも悪くもエドガーのままだ。

　だがそれも、はがきがふたりを分かつまで、の話だった。

「お茶でいいかな?」エドガーが訊く。「さっき沸かしたばかりだから、ケトルはまだ熱い」

　彼がカモミール・ティーをいれ、ミランダは笑ってしまうほど小さなキッチンテーブルについた。カモミール・ティー。昔、これを飲んでいたのは彼女だった。ミランダに出会うまで、エドガーは根っからのコーヒー党、それもかなりのカフェイン中毒だった。カップから花の香りが立ちのぼる。ハーブティーとあたたかい風呂。それが夫婦としてともに過ごした最後の夜だった……

　だが今日はどうだろう。欠けたティーカップとミスマッチのソーサー。そしてエドガー・アボットは、じっとテーブルを見つめている。

「わざわざ来ることはなかったのに」とエドガーは言った。こんな残酷な言葉があるだろうか？　声が優しいだけに、いっそう残酷だった。「電話ですむ話だ。何枚か書類にサインをするだけだからね。こっちから書類を送ることもできた」

「でも、わたしは来たわ。ねえ、エドガー、今、わたしはここにいるの。また一緒にやり直したい。離ればなれが長すぎたわ」

エドガーもその点では同じ意見だった。たしかに離ればなれが長すぎた。「あのときの続きをするには、もう時間が経ちすぎたよ、ミランダ」

またもミランダの心臓はえぐられた。

水に飛び込む前にまず水温を確かめるように、彼女は慎重にひと口、お茶を飲んだ。だいぶ冷めていたが、それでもやはりカモミールだ。

「ねえ、エドガー、一緒に帰りましょうよ。少しのあいだだけでいい。マーティがきっと——」そこまで言って、彼女は自分がクビになったことを思い出した。「いえ、わたしが何件か、打ち合わせのアポをとる。それでもやっぱり戻りたくないと思ったら、わたしも一緒にここに戻るわ。約束する。だから、最後にもう一度、缶蹴りの缶を蹴ってみない？」

「『フラン牧師』の再開は無理だよ、ミランダ。あの船はとうに港を出てしまった」缶は蹴られ、船は出てしまったのだ。

「でも、船はまだ航海には出ていない。船首を返して戻ってきたの。ね、エドガー、わからない？　最近は、昔の作品がまたリバイバルで流行ってきてる。じっくり待っていれば、一周回って戻ってくるのよ。一九四〇年代の大人気漫画『アーチー・コミックス』だってドラマにもなったじゃない。『フラン牧師』だって再開できるに決まってる。ほら、よく言うじゃない？　古ければ古いほど、新しいって」

「誰もそんなこと、言っちゃいないよ」

「まあ、もしかしたらその逆かもしれないけど。とにかく、機は熟したわ！　『フラン牧師』のことだけじゃなくて、わたしたちもね。そうだ、ロマンスものなんてどう？」と言ってはみたが、彼女自身もそれが自分たちのことなのか、次のテレビ番組のことかよくわからなかった。

「ロマンスもの？」

「わたしのゲイのアシスタントはロマンス本が大好きなの。彼に何冊か送らせるわ」ミランダは自分に男性の影がないことを匂わせようと、ゲイという言葉を巧みにすべり込ませた。自分は若い男を餌食にする年増女優《としま》ではない、と念を押すためだ。

だがエドガーはほほ笑んだだけだった。「ロマンスもの？　ぼくは殺人ミステリーしか読まないんだ、覚えてるだろう？」

「ねえ、エドガー、考えてくれない？　わたしの頼みはそれだけよ」

「考えていたさ。十五年間ずっとね」

「わかった。じゃあ『フラン牧師』が嫌ならあの『オウム探偵！』は？　あれは最近、また人気が出てきてるの。ユーチューブで公開してるって、ゲイのアシスタントのアンドルーが言ってたわ。若い人たちはあれを〝アイロニカル〟な作品ととらえているんですって。もちろんわたしは彼を信じるわ。だって彼も若者だもの。そのうえゲイよ。とってもゲイなの。たしか、オウムって二、三、四百年ぐらい生きるのよね。だったらあのときのバスター・ジョーンズにまた出演してもらえるかもしれない。オウムと一緒に捜査する私立探偵の役は……」

「きみが何を考えているのかはわかってる。きみが、その探偵役をやりたいんだろう？」そんなことは考えてもいなかったとばかりに、ミランダは肩をすくめた。「まあ、そうねえ。ぜひに、と言われればやぶさかじゃないけど」

「ばかなこと言うなよ、ミランダ。絶対にやめたほうがいい。あのオウムの根性の曲がり具合は普通じゃない。それに、あの脚本でぼくは燃え尽きたんだ。毎週、毎週、犯人がわざわざオウムの前で自分の犯罪計画を説明するストーリーを考えるのは、きみが思ってるほど簡単じゃない。それも、あとでオウムがそれを繰り返せるぐらい、くどくどとしゃべらなきゃいけないんだぞ？　だから『フラン牧師』の脚本担当に代わったとき、ぼくはほんとうにうれしかったんだ。そして『フラン牧師』が終わったときはもっとうれしかった」

ミランダは泣きそうになるのをこらえ、声を荒らげそうになるのもこらえた。階下のスーザンに気づかれたくなかったからだ。彼女、絶対にほくそ笑むに決まってる。

「エドガー、わたしは今、再放送の収入で食べてるの。だから深夜に、〝あの人は今〟風の番組で『フラン牧師』のクリップが流れると、やった、また二ドル四十九セント入る、って思うのよ。あと三回流れたら、安物ワインのカラフェが飲める、ってね」

「きみ、金に困ってるのか？」

不思議なもので、悲しみが一瞬にして怒りに変わるということはある。そしてこのとき、彼女の全身は怒りの閃光《せんこう》に貫かれ、緑の瞳と赤い髪に短気の炎が燃え上がった。

「そんなわけないでしょ！　お金がほしくて、こんなところまで来たと思ってるの？　わたしが来たのは、お金のためじゃない。わたしの夫がいるから来たの。また、ふたりでチームを組みたいのよ。わたしたちが若かったときみたいに」

「でもミランダ、もうぼくたちは若くない。もうあのころとは違うんだ。すっかり歳をとってしまった」

「そんなことわかってるわよ！」

「この町にいるあいだ、泊まる場所はあるのか？」

「夫の家に泊まれると思ってたわ」

「じゃあ、このソファを使うといい。引き出すとベッドになるから」

この人は、なんと残酷なことを言うのだろう？

「長距離バスに十六時間三十七分も揺られたあげく、さらに小さなバスに乗り換えて、そのあとはパトカーに乗せてもらってやっとここまで来たのは、折りたたみソファなんかで寝るためじゃないわ！」

「じゃあ、ぼくがソファで寝よう。きみはベッドで寝るといい」

「エドガー！　わたしはあなたの妻なのよ！　あなただってまだわたしの夫でしょ」

茶葉占いでもするかのように、彼はゆっくりとお茶をかき混ぜた。

「ミランダ、もうずいぶん長いあいだ、ぼくはきみの夫じゃなかった」

「そんなの嘘よ」ミランダの声がこわばった。

「それじゃぼくたちふたりは、いったいなんだったんだ？」

「夫婦よ、ちょっと中休みが入っただけ。でも、わたしは戻ってきた。また、もう一度やり直せる。再出発できる」

「ぼくがきみの夫だったのは、法律上だけだ」

「エドガー、あなたほかに誰かいるの？　だからこんなことを言うの？　誰か一緒になりたい女がいるの？　古女房なんて捨てたほうがいい、とか思ってるわけ？」

「ああ、たしかにそういう人はいた」

「浮気してたのね！　そんなことだと思った！」

「浮気？　そう言われてもしかたない。ぼくたちは三年半つきあってた」

「それで、その女はどこにいるの？」ランプシェードの後ろに下着姿の女性が隠れてでもいるかのように、ミランダはあたりを見回した。

「振られたよ。ぼくは過去に囚《とら》われすぎてる、と言われた。今じゃ彼女は結婚して、ほかで暮らしてる。もうここにはいない」

じゃあ、彼は今ひとりなのだ。それでも別れたいというなら、事態はそれこそ最悪だ。

「わかったわ！」ミランダは言った（というより叫んだ）。「わたしに来てほしくなかったってことね！」

そう言い捨てると、部屋を飛び出し、階段を駆けおりた。バッグを抱えたまま店内を走り抜ける。思い切りドアを叩き閉めようとしたが、あいにくそれはうまくできなかった。シャクヤクの花の前を通り過ぎ、非難がましいゼラニウムの前も素通りする（シャクヤクは内気に、マリーゴールドはちょっと偉そうに見えるが、なぜかゼラニウムは非難がましく見える、とミランダはいつも感じていた）。通りを半分ほど来たところで、背後から「待って！」という声がした。

だがその声はエドガーではなく、スーザンだった。

スーザンが息を切らして、ミランダに追いつく。「申し訳ありません、ミセス・アボット。わたし、エドガーのことをすごく大事に思っているんです。だからあんな失礼な態度をとってしまって。人は等しく敬意と配慮をもって対応されるべきなのに、ほんとうに申し訳ありません。でも、わかってあげてください、ミスター・アボットは傷ついているんです。ただ、それを認めたくないだけ」そう言うと、彼女は声をひそめた。「彼、いつもあなたの話ばかりしているんですよ」

「ほんとうに？」

「あなたは、彼が人生を懸けた最愛の人だったんです。だからあきらめられなかったし、あのはがきもなかなか出せなかった。少なくとも、わたしはそう思っています」

ということは、ゲームはまだ終わっていないということだ。まだ、チャンスはある。

「ありがとう、スーザン。優しい言葉をかけてくれてうれしかったわ」そう言うとミランダ・アボットは、背筋を伸ばし、くるりと向きを変えて、長い坂道を港に向かっておりていった。

「行くあてはあるんですか？」スーザンが大きな声で訊いてきた。

「もちろんよ！」ミランダも肩越しに声を張りあげる。もちろん、行くあてはちゃんとあった。

ビーのB&Bを経営するビー・マラクルがパイの仕上げをしていると、誰かがコテージのドアを乱暴にノックする音が聞こえてきた。

「そうあわてなさんな、って」

粉だらけの手をエプロンで拭きながら、誰が来たのかと玄関に向かった。今週は週末まで予約は入っておらず、お客が来る予定はない。

そしてビーがドアを開けると、そこにはこの戸口に現れることなど絶対ありえない人物が、両手のひらを広げ、ジャジャーン！　というポーズで立っていた。

「ハーイ！　わたしよ。たしか、ここの誰かさんがわたしの大ファンだったはずなんだけど」

ビーはあんぐり口を開けた。オー・マイ・ガー！

5　ダイヤル式電話の黄金期

水曜の朝：事件が起こるまであと一カ月と十二日

物憂いけだるさを感じながら、ミランダ・アボットは羽布団の上で寝返りをうった。覚醒と眠りのはざま、意識が戻るぎりぎりのところでたゆたいながら、まだ目を開けたくない、現実の世界に戻ってこの感覚を台無しにしたくはない、と抵抗するあの感じだ。一瞬、そうほんの一瞬だが、ミランダ・アボットの世界は完璧だった。彼女がいるのは、ハリウッド大通りにあるルーズベルト・ホテルのスイートルームで、傍らにはエドガーがいた。もうすぐルームサービス（ミランダはルームサービスをモーニングコールまたは目覚まし代わりに使っていた）がドアをそっとノックし、新鮮なフルーツと搾りたてのオレンジジュース、そしてフレンチプレスのコーヒーとオーブンであたためたスコーンが銀のトレイで到着したことを慇懃《いんぎん》に告げるはずだ。

ミランダは満足のため息をもらし、そして――

そんな彼女の夢想は乱暴にドアを叩く大きな音で破られた。扉の向こう側からは、ありえないほど陽気な大声が聞こえてくる。

「おはようございます！　オートミールの用意ができましたよ！」

ミランダは小さくうめくと、恐ろしく古めかしいナイトテーブルに置かれた、こちらもまた時代物の時計を充血した目でのぞき込んだ。真鍮《しんちゅう》製の時計。バイエルン風ナイトテーブル。どちらもアンティークと呼べる代物《しろもの》ではなかった。ただ……古いだけだ。

ハッピー・ロック……とミランダは頭のなかでつぶやいた。わたしはまだハッピー・ロックにいたんだ。

そして今、彼女はルーズベルト・ホテルでエドガーに寄り添っているのではなく、舞台『ミザリー』のセットみたいな部屋にいた。扉の向こうではビーなんとかという女性が、オートミールができたと叫んでいる。

ミランダは伸びをすると、あたりを見回した。室内には、ガラクタがところせましと置かれている。キルトのクッション、この部屋には大きすぎるドレッサー、そして凝った装飾が施されたランプ、そのとなりにはクイーン・アン様式の古ぼけた椅子が置かれている。まるで、高齢の伯母の〝古風でくつろげる〟寝室をつくれと命じられた舞台装置係が、仕事熱心のあまりに暴走して、やりすぎてしまったみたいな部屋だ。

これが、この宿で一番いい部屋……

じつはここは、コテージ内を案内したビーが最初に見せてくれた部屋ではなかった。

「ああ、信じられない……フラン牧師があたしのB&Bに来てくれるなんて……」

大興奮のビーは、ミランダに空いている四つの部屋をすべて見せて回ったが、ミランダはそれぞれの部屋を見るたび、即座に却下した。共同の洗面所？　問題外ね。廊下の突き当たり？　とっても無理。屋根裏部屋？　わたし、KGBから逃げてるわけじゃないのよ？

そんな彼女が足を止めたのは、二階の寝室の前を通りかかったときだった。大きくてふかふかのベッドがあるうえ、港も見晴らせ、バスルームもついている。ミランダはようやく「まあ、ここならいいわ。この部屋をお願い」と言った。

「ええっと、そこはあたしの部屋なんですけど」とビー。

「あら、そう。じゃあ、わたしが泊まれるように準備しておいてくれる？　すぐ戻ってくるから」

ミランダはそう言うと、バスオイルと切りたてのシャクヤクを忘れないようにね、と念を押し、港へと出かけた。彼女には大切な用事があったのだ。

昨日、書店からの坂道をおりてきたとき、警察署がどこにあるのかは確認してあった。名前が残念な〈TB食料品店《フーズ》〉——普通、TBと言ったら「結核」の略語だが、たぶんこれは〝ティラムック・ベイ〟の略だろう——のとなりにある地味なレンガ造りの建物で、ハッピー・ロック警察署の青い看板が掲げられている。もちろん、くだんの食料品店同様、警察署も港にあった。というより、ハッピー・ロックではすべてが港周辺に集まっているらしかった。例外はビーコン・ヒルにあるエドガーの書店だけだ。

ミランダはまっすぐ警察署に入っていくと、呼び鈴を鳴らして署長を呼んでほしいと告げた。

話をするなら、トップと話すのが一番だ。

ビーに頼んで、誰かに警察署まで行ってもらい、スーツケースを取ってきてもらってもよかったが、スーツケースはたんなる口実にすぎなかった。もしミランダが夫の心を取り戻すつもりなら、夫を説得し、その思い違いを改めさせるつもりなら、まずは味方が必要だ。それは、ハリウッドのオーディションで役を勝ち取るのと同じだった。制作側に味方が多ければ多いほど、ディレクターに抜擢《ばってき》される可能性も高くなる。

〝帰還した愛《いと》しい妻〟の役をエドガーにキャスティングしてもらうためには、自分に加勢してくれるチーム――そう、チーム・ミランダが必要だ。スーザンは絶対メンバーになってほしかったし、ビーも有力候補だ。そして警察署長のネッドはぜひメンバーに加えたい。籠絡するのが簡単そうだし、おだてにも簡単に乗ってくれる逸材だ。

だがあいにく、署長は不在だった。

代わりに出てきたのは、すばらしく大きなおなかを抱えた身重の女性警察官だった。

「通報があったので、ネッドはいま、オペラハウスに行っています。裏の窓が開いているというので、泥棒が入ったかどうか調べに行ったんですよ。われらがネッドは正真正銘のエルキュール・ポアロですからね。でも、すぐ戻ってきますよ」

ストレッチのきいたマタニティ・パンツとボタンをはずした制服の上着を着たホリー巡査が言った。署長のネッドが、わたしのスーツケースをうっかりパトカーのトランクに入れたまま持っていってしまったとミランダが言うと、ホリーは当直のもうひとりの警官に声をかけた。

「ねえ、カール！　ネッドはスーツケースのこと何か言ってた？」

「スーツケースってなんの話だ？」不機嫌そうな声が遠くのデスクから聞こえてきた。

「だから、スーツケースのこと何か聞いてる？」

すると、受付デスクにいたミランダの耳にさえ届く大きなため息が聞こえ、ものすごく重要な仕事を邪魔されたとでもいうように、仏頂面でひどくやつれたカール巡査が現れた。もしかして、例の消えた財布事件の有力情報でも調べているのだろうか？　カール巡査は彼女のスーツケースをゴロゴロと引っ張ってきたが、その顔は画家グラント・ウッドの『アメリカン・ゴシック』に描かれたピッチフォークを持つ農夫を彷彿《ほうふつ》とさせた。

「ここに署名して」とカール巡査。

ミランダはあきれて思わず抗議した。「でも、わたしのスーツケースよ」

「確認しないといけないんですよ」と彼が険しい顔で言う。

「ええ、そうでしょうね。もしかしたらわたしは町から町へと渡り歩くスーツケース泥棒かもしれないものね。行く先々で警察署に寄っては、忘れ物のスーツケースを自分のものにしようと狙っている悪党かもしれない」

「その可能性もゼロじゃない」とカール巡査。

しかたないとあきらめ、ミランダは書類に署名した。「これでいい？」

だが彼は、スーツケースをミランダのところに持ってくる代わりに、署名の偽造でも疑うかのように、彼女のサインをまじまじと見ている。

そしていかにも不機嫌そうな顔で、どう考えても場違いなことを口にした。「オーディションの告知がもう出てるのは知ってますか？」

オーディション？

「『ディケンズ家の死』ですよ。もうオーディションの日程は決まってる。まあ、あんたが受けるにはもう遅いでしょうがね。ネッド署長は、あんたが女優だとかなんとか言ってたから。女優なんですよね？　ネッドはあんたの名前を言ってなかったけど」そう言うと、カールはもう一度ミランダのサインに目を落とした。「あんたの署名、なんて書いてあるか読めないな」

ここまで言われては、さすがのミランダももう我慢できない。

もはや答える気にもならず、スーツケースをガラガラと引いて無言で警察署を出る。なんて失礼なんだろう、とにかくあのカールとかいう警官がチーム・ミランダのメンバーになることは絶対にありえない！

港沿いを歩いていたミランダは、気持ちを落ち着けようと水辺に並ぶベンチの前で立ち止まった。ベンチには不動産業者の顔写真がでかでかと貼られ、それがまたミランダの癇《かん》にさわった。こんなときは何を見ても癇にさわるものだ。ベンチに広告！　それも、人の顔写真を貼った広告！　ベンチに人の顔を貼った不動産屋の広告とは、なんて悪趣味なんだろう。これをいいアイデアだと思う人間がいること自体が不思議だわ！

腹立ちがおさまらないまま、ミランダは港のビストロに入った。ツタのからまる見事なダッチェス・ホテルを眺めつつ、ムール貝を食べ、ポートランドで人気のカクテル、スパニッシュ・コーヒーを飲む。あのホテルのスイートルームに滞在できたらどんなにいいだろうと思わずにはいられなかったが、倹約をしなければいけないことは、よくわかっていた。

「スパニッシュ・コーヒーをもう一杯と、ムール貝ももうひと皿お願い。請求書はコテージに送ってちょうだい」そう言って彼女は、B&Bの方角を指し示した。

「ああ、ビーのB&Bですか？　ビーは知り合いなんですよ」ウエイターに呼ばれてやってきたビストロのオーナーが言った。「彼女、B&Bをうまく切り盛りしてる」

ということで、ミランダは今そのB&Bの羽毛布団にくるまり、ビーが騒々しくドアをノックしているというわけだった。これまでの四十八時間を、まるで夢でも見ていたかのように思い返す。検死局の報告書を読んでいた小鬼みたいな緑の髪の娘、バックミラー越しにミランダを見つめていた警察署長、エドガーの爆弾発言、そして恥ずかしさと無念さをかみしめながら歩いた、あの長い坂道。

でも、今日は必ず昨日よりいい日になる、とミランダは自分に言い聞かせた。さすがに、これ以上は悪くなりようがない。今日が昨日よりいい日になると思えるのは、ちゃんと計画があるからだった。たとえ何があろうと、彼女はしっぽを巻いて引き下がるタイプではないのだ。とにかくまずはチーム・ミランダを結成しよう、と意気込んでいた。

ポプリを湯船にまき散らし、ゆっくりとバスタブにつかる。お湯から上がると、廊下から聞こえてくる、「オートミールが冷めちゃいますよ」という声は無視して、室内を歩き回った。使ったタオルを投げ捨て、濡れた足跡を残しながら歩き回る――ふたたび家政婦のいる生活ができるなんて最高だ。そして絹のようになめらかなグリーンのドレッシングガウンを出そうと、スーツケースを開いた。たとえしがないコテージに滞在していても、スター女優の品格は保たなければいけない。と、そのとき彼女はあることに気がついた。このスーツケースを開けた人がいる。ミランダにはそれがはっきりとわかった。

でも誰が？　わたしが寝ているあいだに、ビーが開けたのだろうか？　それとも警察署の誰か？　悪徳警察官？　『フラン牧師』には、そういうやからがゴロゴロ登場した。いったい何を嗅ぎ回っているのだろう？　何を企んでいるのだろうか？　ドラッグでも仕込むつもり？　ポルノ写真か緊縛道具でも探してる？　ゴシップ雑誌に売りつけようと、スキャンダラスな写真でも撮ろうというのか？

おあいにくさま、わたしのスーツケースに怪しいものなんて何も入っていないわ、とミランダは心のなかでつぶやいた。緊縛道具もちゃんとロサンゼルスに置いてきていた。緊縛道具といっても裏地が毛皮の手錠で、以前、ファンのひとりが「次はぼくを逮捕して！」というメモとともにプレゼントしてくれたものだ。

ガウンをまとって階下の応接間におりていくと、ビーが緊張と憧れが混ざった表情で待っていた。

「朝食はベランダでいただくわ」とミランダ。

「ベランダ……ですか？」通り過ぎるミランダにビーは聞き返した。「それって……玄関先のフロントポーチのことですかね？」

「ええ、そうよ」ミランダの声が返ってきた。「シャンパンとオレンジジュース、あとはなんでもいいから季節のフルーツをお願い」

地元の人がフロントポーチと呼んでいるそのベランダはかなり傷《いた》み、並べられた屋外用の木製チェアもだいぶささくれ立っていた。ポーチのペンキは剝げていたが、それも趣があるとか、絵になるとかいう剝げ方ではなく、正面の庭は草が伸び放題に伸びて、いわゆる〝英国風〟になっていた。タチアオイや蔓性植物が手に負えなくなった庭を、庭師たちが「英国風庭園」と呼んで、よしとしたのと一緒だ。ガーデニングのスタッフとあとで話をしなければ、とミランダは心のメモに書き留めた。

そういえば寝室には鍵がなかったし、玄関のドアも施錠されていなかった。これでは誰でも簡単に宿に侵入できてしまう。もしミランダにストーカーがいればそちらを心配したのだが、彼女が気にしていたのはエンタメのニュースサイト、ＴＭＺのほうだった。あとでセキュリティ担当者とも話をしなきゃ、とふたたび心のメモに書き留める。

ビーが、オレンジドリンク、サニーＤのグラスと、薄切り食パンをカリカリに焼いたメルバトースト、そしてマーマレードを持って現れた。

「シャンパンはあいにく切らしちゃってるんですよ。それからフルーツも。でも、マーマレードはいつでも旬だから、大丈夫ですよね？」

「ランチはもう用意してしまった？　もしまだなら、なんでもかまわないから、本日のおすすめを予約しておくわ」そう言ってミランダはペンキの剝がれた埃っぽいポーチを見回した。「ランチはアルフレスコ（イタリア語で屋外の意）じゃなく、屋内でいただこうかしら」

ビーは答えに窮した。「ランチですか？　でもここはＢ＆Ｂ、ベッドと朝食だけの宿ですよ」

ミランダは薄くほほ笑んだ。「じゃあ、ブランチっていうことにしましょうか。妥協案ということで。マスでもサーモンでもかまわないわ。わたし、こだわらないほうだから。でもフライパンでは焼かないでね。もちろん揚げるなんて問題外。ゆでてさえくれれば大丈夫よ。それからベアネーズソースにはタラゴンは入れないでちょうだい」そこまで言うと、機密情報でも打ち明けるみたいに声をひそめた。「あれを食べると消化不良を起こしちゃうの」

「魚市場には、朝市が閉まる前に立ち寄れると思いますけど……」

「そうこなくっちゃ！　さっきも言ったけど、わたしはこだわるほうじゃないから大丈夫。お勘定は、部屋につけておいて。それからこの宿の電話を持ってきてもらえる？　わたしの携帯電話は使えないみたいなの。電話代も部屋につけておいてね」

「とんでもない、あなたからお代をいただくなんてできませんよ、フラン牧師……じゃなくてミズ・ミランダ。あなたはわたしの個人的なお客さまで、宿のお客じゃありませんから」

「いいえ、宿代は払わせてちょうだい。これからゲイのアシスタントに電話をするわ」とミランダは〝ゲイ〟を強調した。万が一、ビーがエドガーと話したり、ＴＭＺに話したりしたとき、年の差ロマンスが疑われては困るからだ。「そうしたら、彼がちゃんと支払いを手配してくれるわ。それで、電話を持ってきてもらいたいんだけど？」

じつはビーの家の電話は固定電話、それもかなりのアンティークで、置かれていた居間もまたアンティークだった。

「ダイヤル式なんですよ」と言い訳をしながら、ミランダを居間に案内する。

「あら、懐かしい」ミランダは歓声をあげると、不格好な電話の横にある、これまたかなりすり切れたクイーン・アン様式の椅子に腰をおろした。「『フラン牧師』でもダイヤル式電話はよく登場したわ。あのシリーズでは、まだダイヤル式電話の黄金期が続いてた。たしか、こういう電話を取り上げた回が――」

「ええ、ええ、第二シーズンの第七回ですね！『死がダイヤルを回す』ですよ。あなたはダイヤルが回る音を聞いて、殺人者の電話番号を割り出した。ダイヤルが戻る音がジーッと長ければ七、短いと二、っていうふうに読み解いていったんです。聖具室に隠れて、ダイヤル音を聞いていたんですよね。あの教会に電話があって、それも聖具室のすぐそばにあってほんとうによかった！」

「ええ、ほんとうに。わたしはダイヤル式電話の達人ね」

ビーは、ミランダがダイヤルを回し、また回し、さらに回していく様子を、ぎょっとした表情で見つめていた。

「ええっと、ずいぶん長い電話番号ですね」とビー。「それ、長距離電話ですよね？」

「ええ、ハリウッドよ」そう言うとミランダは、通話口を片手で覆った。「ちょっと個人的な話をしたいんだけど」

「あっ、そりゃあそうですよね」ビーは居間から出ていったが、完全にいなくなったわけではなかった。万が一に備えて、部屋を出たところで待機する。

じつはミランダは前日、到着を知らせるショートメッセージをアンドルーに送っていたが、そのメールはまさに不平のオンパレードだった。〝率直に言って、あなたが手配してくれたバスは、『フラン牧師』のロケで使っていたトレーラーハウスよりも小さくて、乗り心地も最悪だったわ。そのあとに乗ったハッピー・ロック行きの地元のバスときたら、もう話すのもイヤ〟

アンドルーもその話を聞きたくはなかった。そこで〝例のミステリアスなはがきの差出人はどうなりました？　彼に会うことはできたんですか？〟とメッセージを返した。

ミランダは、ことの衝撃を伝えようと絵文字を使って大急ぎで返信したが、その絵文字はかえってアンドルーを混乱させただけだった。

〝大きな帽子とサルとトーストの絵文字？　いったいどういう意味です？〟

けれどミランダが解説の返信をする前に、携帯電話のバッテリーが切れてしまった。それが昨日のことだ。そして今、ミランダは居間《シッティング・ルーム》と呼ばれる部屋で、文字どおり耳に受話器を押し当て座っていた。呼び出し音が、何度も、何度も鳴り続ける。

ようやくアンドルーが出たが、その声には警戒感が漂っていた。「もしもし？」

「わたしよ！」

けれど、発信番号はアンドルーの知らない番号だ。

「わたしの携帯電話、使えないのよ」とミランダが説明する。

「ええ、電話料金を支払わないと、そういう事態にはなりがちですよ」

「じゃあ、わたしのアシスタントとして――」

「元アシスタントです」

「元、ですって？　何をばかなこと言ってるのよ。とにかくアンドルー、電話のことはあなたにまかせたから」

しばしの沈黙。「なんとかやってみます。たぶん、ぼくが一部支払えば、緊急電話ぐらいはできるはずです。でも、長く話しちゃダメですよ！」

そこでアンドルーがふたたびはがきのことを訊くと、ミランダは「あれはおとりだったのよ！　夫はわたしに戻ってほしいなんて思っていなかったの、離婚したがってるのよ！」と叫んだ。

そして突然、泣きだした。芝居がかった涙ではなくほんとうの涙だ。彼女は鼻をすって涙を拭くと、必死に声の震えを抑え込んだ。

アンドルーは（え？　夫がいたなんて聞いたことないぞ）と思いつつ、「ほんとうに？　ご主人が本気で離婚をしたがってるってどうしてわかるんです？　実際にはなんて言われたんですか？　あなたはときどき早とちりをするところがあるから」アンドルーは「ときどき」と言ったが、これは「いつも」と同じ意味だ。

「わたしは空気を読むのよ！」ミランダが言い返した。「すべては行間に込められているの。そんなこと俳優なら誰だって知ってるわ」

「でも、正確にはなんと言われたんです？」

「きみには戻ってきてほしくない、離婚してほしい、って」

「なるほど」

「もうほんとうにつらいことばっかりなのよ、アンドルー。ほんとうよ。パトカーに乗せられて、夫の書店まで連れていかれたの。パトカーよ！　信じられる？　そのうえシャンパンは切れてるし、ムール貝はそこそこだし、あろうことか、わたしの知らないあいだに誰かがスーツケースのなかをチェックしたみたいなの」

「まあ、落ち着いて。どうしてそれがわかったんです？」

「だって、わたしが荷造りしたときより、荷物がずっときれいに収まってるんだから」

泥棒のほうが整理上手なんてことが起こるのはミランダぐらいだよ、とアンドルーは苦笑いした。

とりあえず、ご主人と仲直りをしてみたらどうですか、とだけ提案した。事態を改善するのは無理そうだったし、そもそも自分に何かできるとも思えなかったからだ。

「ぼくとブレットがけんかをして、彼が出ていったとき――」

「ブレットって、あなたのボーイフレンド？」

「婚約者ですよ。とにかく彼は出ていって、ぼくも最初は、もうこれで終わりだと思いました。でも、ぼくは彼の心を取り戻そうと頑張った。弱気になることも、あきらめることもしなかった。いいですか、ミランダ。今はプライドにこだわっているときじゃありません。謙虚にならなくちゃ」

「でも、どうやって？」

「それは、ぼくにもわかりません」

ミランダはアンドルーの周囲で、くぐもった人声がするのに気がついた。

「あなた、今どこにいるの？」

「バーバンクのゴルフコースです」

「あら、すてきね！　ロケハンをしてるの？　それともわたしのためのネットワークづくり？」

「タオルをたたんでるんですよ」

「いったいどうして、そんなことをしてるわけ？　あ、わかった！　それって、ゴルフコースを舞台にしたミステリー？　わたしのために役づくりの研究をしてくれてるんでしょ」とミランダは希望に胸を膨らませて言った。希望と絶望は表裏一体、同じコインの表と裏だ。

「違います。ぼくにとって唯一のミステリーは、なんでゴルフがスポーツとされているかってことですよ。ほら、よく言うじゃないですか。ゴルフは台無しになった散歩みたいだ、って。とにかくミランダ、ぼくはここで雇われているんです。これが今のぼくの仕事なんです」

「でもわたしのアシスタントとして――」

「元アシスタントです」

「――ねえ、アンドルー、大事な質問があるんだけど」

「はい？」

「わたし、大丈夫よね。すべてうまくいくわよね？」

それは、彼にも答えられない質問だった。

「とにかく、電話のことはなんとかしてみます。そろそろ仕事に戻らないと」彼もまた、涙をこらえていた。「さようなら、ミランダ」

6　フラン牧師、カムバック

俳優がひとり命を落とす。観客たちが反応する。

電話を切ったミランダは、グリーンのドレッシングガウンの袖で懸命に涙を拭ったが、サテンの生地はたいして吸水性がなく、涙は流れ続けた。

ビーは戸口でミランダの電話に耳を澄ましていた。もちろん、彼女が詮索好きというわけでは断じてない。ただ、この長く、感情がダダもれの、そしておそらく非常に高くつくであろう長距離電話が気になってしかたがなかったのだ。少なくともそれが、ティッシュペーパーの箱を持って居間に戻ってきたビーの自分自身に対する言い訳だった。

「きっとそうだ、ってずっと思ってたんですよ」そう言ってビーは舌打ちをした。「たとえ彼が認めなくてもね」

グレーヘアをボブカットにし、どっしりした腰と陽気な瞳を持つ中年女性、ビー・マラクルは、『フラン牧師の事件簿』に登場する脇役たちととてもよく似ていた。たとえば物語のヤマ場で、フラン牧師に重要な、けれど謎めいたアドバイスをする賢明な未亡人、

「もしわたしがあなただったら、あの釣りの穴場からは絶対に目を離さないわね……」なんてことを言う脇役だ。そういう脇役は控えめで、自分からのこのこ出てきて「密輸業者が密造酒を隠しているのは、釣りスポットのあの波止場」などと言ったりはしない。いつも意味ありげな横目でゆっくりとフラン牧師を見つめてから、謎めいたヒントを口にするのだ。当時のミランダは、そのスローな物語運びがじれったく、エドガーに文句を言ったこともある。けれどエドガーが言っていたように、もし、あのゆっくりした流し目や謎めいたヒントで時間を稼がなかったら、きっと一回分のドラマは八分もあれば終わってしまっていただろう。

じゃあ、このビー・マラクルもそういう脇役と同じなのだろうか、とミランダは考えた。長年、熱心にフラン牧師のドラマを観続けたせいで、あのドラマのパターンが身についているのかもしれない。

「きっとそうだと思ってた、ってなんのこと?」

「エドガーがあなたのご主人だってことですよ。あなたがうちの玄関に現れたとき、あたしはピンときたんです。あなたがここにいるのは、きっとエドガーと関係があるんだろうってね。だってあたしがフラン牧師の話をしだすと、あの人、たちまち貝になっちゃうんですよ。それどころか、自分の店にフラン牧師のノベライズ本さえ置いてない。まるで、過去をすべて水に流したいと思っているみたいで、あなたが実在することさえ認めたくないって感じでしたからね」

どうしてそんな態度をとったのだろう、とミランダは不思議に思った。書店にいたスーザンはまったく正反対のことを言っていたからだ。「彼、いつもあなたのことを話しているんですよ」と彼女は言っていた。ビーの言っていることとは大違いだ。ビーによれば、エドガーはミランダの話をすることを拒み、彼女の存在さえ事実上否定していたという。なぜエドガーは、このふたりにまったく正反対の印象を与えたのだろうか。

ビーはミランダのとなりに腰をおろすと、膝の上で手を組み、穏やかな声で話しだした。

「こういうとき、あたしはいつも自分に訊いてみるんですよ。もしフラン牧師だったらどうするかしらって」

「胸に空手キックとか？」

「まさか。あたしは彼女の捜査能力をかっているんです。もしフラン牧師だったら、きっと彼を調査すると思いますね。そして真実を突き止める」

「真実は突き止めるまでもないわ。エドガーはもうわたしのことなんて必要としていない」

「もしかしたら、そう思って、そう感じて、そう言ってるだけかもしれませんよ。だからといって、それが彼の本心かどうかはわからない。ただ、自分のほんとうの感情がわかっていないだけかもしれない」

「たしかにそうね」ミランダは元気が戻ってくるのを感じた。「もしかしたら彼は、自分の気持ちがわかった気になっているだけなのかも」

「そう、そのとおりですよ」とビーが請け合った。「とにかく、着替えてきてくださいよ。あたしは電話をかけなくちゃ」

「誰にかけるの?」

ビーは驚いた表情で目をぱちくりさせた。「もちろん、警察に決まってるじゃないですか」

もしもミランダが、ビーはエドガーを感情的虐待の罪で警察に逮捕させる気だと考えたのだとしたら、残念ながらそうではなかった。

ミランダが、さっきのスレンダーなドレッシングガウンより少しだけゆったりしたグリーンのワンピースに着替えて階下におりてくると――ミランダは断じて身体の曲線を隠すタイプではない――そこで待っていたのは警察の特殊部隊ではなく、警察署長のネッド・バックリーだった。

「やあ、こんにちは!」と、彼は陽気に声をかけてきた。「ポップコーンと死んだ魚を持ってきましたよ」そう言って、片方の手で血がにじんだ紙包みを、もう片方の手で〈キャンディ・ショップ〉と書かれたプラスチックの容器を掲げた。

「そのふたつ、混同しないように気をつけないとね」とミランダ。

「いやあ、ポップコーンはスイーツ用の容器に入っているから大丈夫」と署長。どうやら、ミランダのジョークは通じなかったらしい。

　そこにビーが現れた。エプロンをはずし、花柄のスカートをはいて、なんと口紅をつけている。「わざわざ悪いわね、ネッド。そのサーモン、こっちにもらうわ」そう言って、ミランダにほほ笑んだ。「ギンザケですよ。市場から買ってきてもらったんです。ネッド、お代はいくら？」

「ピーチ・コブラー（パイ皿に桃を詰め、皮をかぶせて焼いたパイ）をごちそうになれれば、じゅうぶんだ」

　ビーのピーチ・コブラーは有名だった。少なくとも、ネッドの話を聞くかぎりはそうらしい。ミランダはリビングルームに案内され、ネッドはキャラメルがけポップコーンの容器の蓋を開けると、ソファにゆったり腰をおろした。サーモンを冷蔵庫にしまったビーが戻り、テレビの横にあるキャビネットの扉をスライドさせる。そこにはＶＨＳテープがずらりと並んでいた。

　ミランダの戸惑った表情を見たネッドが説明する。「フラン牧師フライデーですよ」

「でも今日は水曜でしょ」とミランダが言い返す。

「小さいことは気にしちゃいけません」ビーはテープをひとつ選ぶと、ビデオデッキに押し込んだ。「フラン牧師フライデーは何曜日でもいいんですよ。たとえ水曜日でもね。本物のフラン牧師と一緒に観る絶好の機会を逃すわけにはいかないじゃないですか！」

「そのとおり《アーメン》」ネッドは大きくうなずくと、ミランダに向き直った。「ポップコーンはどうです？　何、いらない？　じゃあ、わたしの分が増えるってわけだ」と言って大笑いした。あたりの空気が震える見事な大笑いだ。

まんまと罠にはめられたわ、とミランダは心のなかで悲鳴をあげた。ここはB&Bなんかじゃない。これは人質事件だ。

ビーはビデオデッキのリモコンを手に取ると、ミランダとネッドのとなりに腰をおろした。照明を落とし、再生ボタンを押す。出演者名の字幕が現れ、「犯罪の街にましますわれらが聖女！　そのこぶしを讃えさせたまえ」という、あの有名なナレーションが流れた。

「今日のこの日にぴったりの回を選ぼうと思ったんですよ。まさにふさわしい物語をね」そう言ってビーはミランダを見た。「第六シーズンの九話ですよ」

そう言われてもミランダには皆目見当がつかず、ビーは説明を続けた。

「『罪深い街』と副題がついた回ですよ」

それでも、さっぱりわからない。

「フラン牧師はラスベガスで潜入捜査をしましたよね？」

「ああ、あれ。あれは覚えてる。ディレクターはわたしに、コーラスガールの格好をさせようとしたのよ」

「そう、それですよ！　あのときのあなたは、ほんとうに勇敢だった」とビー。「マリファナの密売グループに潜入しようとしたんですよね」

「あなたは、殺人犯を追ってマリファナの密売グループに潜入しようとしてたから」

「わたし、いつも殺人犯を追っていた」

「ええ、でもこの回では、殺人犯は劇団に入ったんです。主役を演じる恋敵の俳優を殺すためにね。あたしが何を言おうとしてるか、わかりますよね」

もちろん、全然わからなかった。

そこでネッドが口をはさんだ。「ひとつ、どうしてもわからないことがあるんですよ。どうしてあなたはいつもあの白い、聖職者用の襟をつけてるんです？　潜入捜査のときでさえつけてる。そもそも牧師は、ああいう襟をつけるんでしたっけ？　たしかミスコンに参加したときと水着姿のときははずしてたけど、以前、木こりとして働いてたときでさえあの襟をつけてた。いつだって襟付きだ」

ミランダは、ビーが彼を黙らせてくれることを期待したが、ビーはビーで彼女に訊きたいことがあるようだった。

「第五シーズン第二十一話、『裁かれる死』で、あなたは、フランシス・マリー・ラムという名で宣誓してましたよね。でも第一シーズン第八話の『追い越し車線の死』であなたが改造車を借りたとき、免許証がちらっと映ったんですよ。それであたし、ビデオを一時停止して、免許証の名前を確認したんです。かなりぼけてる文字をなんとか読んだら、フランシーヌ・ラムって書いてあった。あれは、どうしてなんです?」

「そんなこと、知らないわよ」とミランダ。「そもそも、クローズアップになった手はわたしの手じゃないし」

ビーは驚いて首を振った。あの手が、ミランダ本人の手ではないなんて。いったい誰がそんなことを思いつくのだろう?

「それと、〝さすらいの牧師〟ってのは、実在するんですか?」ふたたびネッドが訊いてきた。「町から町へ、教会から教会へとさすらって、説教をし、信仰を守る。ああいう牧師ってほんとうにいるんでしょうかねえ。どの回も、あなたが次の町へとヒッチハイクで向かうところで終わってる。それに、どうしてあなたが逮捕されないのかも不思議なんですよ。だって毎回、あなたが新しい町に着いたとたんに誰かが死ぬんですよ? 誰が見たって怪しくないですか? まあ、これは法の執行者としてのわたしの疑問です。ファンとしてではなくね。もちろん、わたしはフラン牧師を連続殺人犯として逮捕なんてしませんが、ほかの警官だったらわからない」

けれど、ピンヒールの足でマフィアに次々とキックを見舞い、そのごついこぶしから銃を叩き落としていく画面のなかの自分を観ていたミランダの頭にあったのは、あのころ自分はほんとうに若かったという感慨だけだった。若くて、動きがしなやかで、生命力にあふれていた。

歳月はわたしたちをむしばんでいく、とミランダは思った。歳月はわたしたちをむしばみ、やがてエンドロールが流れるのだ。

気がつくとすでにエンディングのテーマ曲が始まっていた。ハモニカの音が低く、悲しく響き、最後のナレーションが流れる。「きっとこの次は、わたしの居場所も見つかるはず。たぶん今度こそ、やすらげるわが家が見つかるはず。今度こそ、主はわたしのさすらいの旅に終止符を打ってくださるはず。今度こそは……」

長い沈黙が続き、ビーがようやく口を開いた。「さあ、これであたしが何を言いたいかはわかりましたよね」

ネッドは何も言わない。キャラメル・ポップコーンはほとんど手つかずのままで、ミランダはもの悲しさと孤独をかみしめていた。何を言いたいか？　いったい何が言いたいわけ？　わたしたちは歳をとるってこと？　若さは色あせ、かつて勇敢だった若い娘も、いまや捨てられた妻になる、っていうこと？

「いったい何を言いたいわけ？」とげのある口調でミランダは聞き返した。

ビーがネッドに視線を送り、彼は制服のポケットから折りたたまれた紙を取り出す。その紙を開くと、コーヒーテーブルにのせて手でしわを伸ばした。

それはハッピー・ロック合同&統合小劇場協会の公演を告知するチラシだった。

「『ディケンズ家の死』ですよ」とネッドが厳粛な口調で言う。

ビーも、重々しい表情でうなずいた。「今年の主役はオーディションで決めるんです」

「それで？」

「さっきのフラン牧師を思い出してくださいよ。彼女が追いつめた男、自分を振った女性のそばにいたくて、ラスベガスの劇団に入りましたよね」

「でもそれは、恋敵を殺すためよ」とミランダ。「それも砂袋で！　劇場の梁《はり》から砂袋を落としたの」

「それはわかってますけど、とりあえずそこはあんまり考えないようにしましょう。それより、ここを見て」彼女はチラシに書かれた劇団名を指で軽く叩いてみせた。「この劇団は十年前、ハッピー・ロック小劇場とティラムック・ベイ劇団が合併して、そのあとペニンシュラ・プレイヤーズと統合されて誕生したんです」

「それ以前の小劇場コミュニティは、暗黒時代だった」とネッド。

「あたしたち、ほんとうにバラバラでした」とビー。「分断されて、いつもキャストや会場を奪い合って」

「わたしはティラムック・ベイ劇団に所属していた」とネッド。

「あたしは、ペニンシュラ・プレイヤーズ」まるでハイランドの氏族間抗争でも語るかのようにビーが続けた。「当時は、団員も少ないし、予算も少なくて、まともな公演もできなくて。おかげでチェーホフの『三人姉妹』は『三人姉妹』、『十二人の怒れる男』は『八人の怒れる男』で上演するていたらく。子ども向けマチネなんて、『白雪姫と四人の小人』でしたからね」

「事情はこっちもおんなじでね」とネッド。

分裂していた当時を思い出したのかふたりは、暗い顔でうつむいた。「でも、ある人のおかげで三つの劇団がひとつになったんです」とビー。「内輪もめと分裂の惨状を見かねたその人は、わたしたちをまとめて、ひとつの小劇団をつくった。その人物っていうのが、エドガー・アボットなんですよ」

いきなりの展開にミランダは驚いた。

エドガーが言っていた言葉が、歳月を超えてよみがえった。それはハネムーンで訪れたこの町で、たまたまビーコン・ヒルのあの家を見つけたとき彼が言った言葉だ。「ここに引っ越して、本屋を開こう。劇団をつくってもいい」と言ったのだ。どうやら彼はそのどちらかではなく、その両方を実現したらしい。

「エドガーは、公演にすごく力を入れていて」とビー。「もし、誰かが主役に抜擢されたら、その人はエドガーと長い時間を一緒に過ごすことになる。すごく長い時間をね」最後のところを、ビーは意味ありげに強調した。

やっぱりチーム・ミランダは頼りになる。ミランダは胸の内で快哉《かいさい》を叫んだ。

でも——

「警察署にいたあの気難しそうな巡査が、オーディションの受付は締め切ったようなことを言ってたけど」だがもちろん、ミランダならオーディションを受ける必要なんてないだろう。なんといってもスターがやってきたのだ。文句なしに拍手喝采でキャスティングされるに決まっている。でも、そんなにうまくいくだろうか？

「カール巡査？　まあ、厳密にはカールの言うとおりですけどね。まずは劇団の事務局長と話をしなきゃ」

ビーはネッドと顔を見合わせた。

「まあ、ちょっとやっかいなんですよ」とビー。「でも、大丈夫。ミス・ラッドゥレイグは杓子定規《しやくしじようぎ》なだけで、根はいい人なんです。ちょっと頭が固いだけ」

「ウェールズ出身だからな」まるでそれですべての説明がつくみたいにネッドが言った。「彼女がすべてを牛耳《ぎゆうじ》ってる。会員登録もスケジューリングも一手に引き受けて、上演中はプロンプターもやってる。会費を集めるのも、領収書を出すのも彼女だ。だから、味方につけておいたほうがいい」

ミランダはチラシを裏返すと、黙って片手を出した。そして魔法のように現れたペンを取り、ネッドが言うことをメモしていく。「それで、その人の名前のつづりは？」

「ほぼ、発音どおりですよ」とビー。

制作側に味方が多ければ多いほど、ディレクターに抜擢される可能性も高くなる、とミランダは心のなかで繰り返した。今、大事なのは、とにかくエドガーに拒絶されないようにすることだ。

「ほかに重要人物は？」ミランダが尋ねた。

「わたしは舞台装置づくりと設営を手伝ってましてね」とネッド。「ビーはボランティアでチケット販売と座席の配置を受け持ってる。ほかの連中は……」

ビーは身を乗り出すと、ハッピー・ロックのアマチュア演劇界の重鎮の名を一人ひとり挙げていった。「ジュディ・トレイナーは演出担当。彼女は腕利きですよ。ジュディのおかげで、公演は必ず時間どおりに幕が上がるんです。時間にはすごく厳しくて」

「そのうえ、袋に入れて振り回されたヘビみたいに根性が悪い」とネッド。

「彼女は根性が悪いわけじゃないわ。根性悪っていうんじゃなくて……プロフェッショナルなの。あたしたちの公演はいつだってプロフェッショナルに見える、ってみんな言ってるもの。すごくプロフェッショナルだ、って」

「いや、根性悪だよ」ネッドが繰り返した。「旦那が逃げたのも無理はない」

「ネッド！　彼は車の事故で亡くなったのよ」

「ああ、それはそうだがね。だがおれはこう思ってる。ヘアピンカーブを見たとき、やつはこのあと家で何が待っているかを考えた。それで思わずハンドルを切っちまったんだ、とね」

ビーはまったく取り合わなかった。「殺人犯は、グレアム・ペンティですよ」

え？　え？　え？

「お芝居の話ですよ。毎年、グレアムは男性の主役、バッキンガム卿を演じるんです。裕福な実業家で殺人者の役。ああ、ごめんなさい、ネタバレになっちゃいましたね。グレアム自身は、演劇の教師が本職で」そこで彼女は声を落とした。「イェール大卒なんですよ」

「イェール大の演劇大学院を出た御仁が、何が悲しくてハッピー・ロックの高校で演劇を教えてるんだろうな、不思議でしょうがないよ」とネッド。

「だって、奥さんがここの人だもの」

「そりゃそうだがね。彼はシガニー・ウィーバーと同じクラスだったんじゃなかったか？　いや、ジョディ・フォスターだったかな。エイリアンと戦ったのはどっちだった？」

「たしか、どっちもじゃない？」

「あら、でもわたしはイェールには行ってないわ」ミランダは、自分より少しばかり成功している女優たちの名が出たことが、面白くなかった。「わたしの学び舎《まなびや》は人生よ。そして人生もわたしを学び舎にしているの。それで、ほかには誰がいるの？」

ほかのメンバーのことも、もっと聞きたかった。

「あとはドク・メドウズ。彼は善意あふれるお医者さんの役。台本の注釈にもちゃんと書いてあるんですよ、〝善意あふれる医師〟ってね」

「ちょっと待って」ミランダが口をはさんだ。「その人、名前がドクなの？　ドクター役に、ドクっていう名前の人をキャスティングしたってこと？」

「いいえ、本名はマーレー。でも、みんなドクって呼んでるんです」

「で、その……マーレーっていう人は、舞台に出ていないときは何をしてるの？」わざわざ訊かなくても、想像はついていた。

「町のお医者ですよ」

やっぱり、ね。

「今年、彼が出演するって言ったのには驚いたよ」とネッド。「なんか夫婦でもめてるって聞いたがね」

「あとはティーナ・カリフォード。かわいい子ですよ。まだ若くってね。裏方をよく手伝ってくれるんです。ボランティアの花形。グレアム・ペンティの教え子のなかでも、一番有望な生徒のひとりだったんです。彼もずっとかわいがってた」

「ああ、たしかにな」ネッドが小声で同意する。

「彼女は高校時代、すべての公演で主役を演じてたから」

「おっと、バートのことも忘れないでくれよ」ネッドが勢いよく付け足した。

「バートン・リンダー」とビー。「彼の担当は、舞台装置と小道具の制作と照明」

「そして、彼はスパイだ！」

「と言われてますけどね」ビーが言い添えた。

ネッドは意味深な目でミランダを見て続けた。「すでに引退してる——と言われてる」

ちょっとよくわからない。

「引退した、と言われてるってこと？」

「スパイだ、と言われてるってことですよ」

ミランダは、手元のメモに目を落とした。

ジュディ・トレイナー——演出家、根性悪、夫は死亡
グレアム・ペンティ——主役、演劇教師、イェール大卒
マーレー・〝ドク〟・メドウズ——医師のドク、夫婦間でモメてる？
ティーナ・カリフォード——裏方の手伝い、グレアムの元教え子
バート・リンダー——装置、小道具、照明、それほど重要じゃない

「ほかにもたくさんいますけど、まあ、最初はこのへんですね」とビー。

ミランダはほほ笑んだ。エドガーのもとへと戻る道がふたたび開《ひら》けた気がしていた。

「とってもいい人たちばっかりの集団みたいね。早く会ってみたいわ」

これを聞いて、ビーは息をのんだ。「ということは……ということはほんとうに……？」

「ええ！　わたし、やるわ」

フラン牧師が、ハッピー・ロックで公演をするのだ！

「そうと決まったら」と言ってネッドは警察の制帽をかぶった。「車で送っていきますよ。ミス・ラッドゥレイグに会いに行こう。彼女、午後はたいてい劇場にいるから」

「五分だけ待ってて」とミランダ。「顔をつくってくるから」まるで仮面でもつけるかのような口ぶりだったが、おそらくそうなのだろう。「五分以上は絶対にかからないから」

ネッドとビーは不安そうに顔を見合わせたが、何も言わなかった。

そして四十分後、寝室のドアを何度も叩かれ、さんざん催促されたのち、ようやくミランダはネッドのパトカーに乗り込んだ。全速力で港をぐるりと回り、ダッチェスの前を通り過ぎてハッピー・ロック小劇場協会の本拠地、オペラハウスに到着する（気がせくネッドは、サイレンを鳴らすのをやっとのことで我慢した）。ネッドはミランダを建物の脇に案内すると、楽屋口のドアを叩き、にやりと笑って後ろに下がった。

ミランダが背筋を伸ばし、スカーフを直す。そしてドアが開くと、見覚えのある笑顔が彼女を迎えた。

「ミセス・アボット！」

「スーザン？」

7　スパイ（と言われている）バート

スーザンはネッドとミランダのために、重いドアを押さえて立っていた。「もういらっしゃるころだと思ってました」

「ビーが電話したのか？」とネッド。

「きっとみんなに電話してるわ」そしてスーザンはミランダにあたたかな笑顔を向けた。「彼女、あなたの大ファンだから」

「ええ、そんなことを聞いた気がする」ミランダは苦笑いを浮かべた。

ふたりはスーザンのあとについて、狭い廊下を進んでいった。

「どうして横のドアから？」スーザンはふたりを、ハッピー・ロック合同なんとかの事務局になっている部屋に案内しながら尋ねた。

「ロビーを通りたくなかったんだ」とネッド。「騒ぎになったら困るからな」警官のネッド・バックリーはつねに騒ぎを恐れていた。それが大騒ぎとなればなおさらだ。

事務局はスーザンと同じくらい、小さく整然としていた。スーザンが自分のデスクにつき、どうぞおかけください、とミランダたちを手招きする。デスクには小さな金庫が置かれ、その横には薄紫色の領収書帳があった。

「これでよし、あとはスーザンがなんとかしてくれる。まだ――」そう言って時計を確かめた。「二十七分、いや二十六分ある」

「申し込みの締め切りまでに？」

「オーディションまでにさ」

「えっ、ちょっと待って。オーディションは今日なの？」

「ええ、そうですよ」とスーザン。「オーディションは今日ですけど、あなたをねじ込むことはできます。適切な手続きさえすませれば、ですが」

ミランダにも、事務局の外を通り過ぎる人声や足音は聞こえていた。きっと町内会の集まりか、何かの昼公演でもやっているのだろうと思っていたが、そうではなかったのだ。『ディケンズ家の死』の配役決めがこれから、ここで行われるのだ。これでは、準備をする時間どころか、チーム・ミランダを動員する暇もない。

「あのチラシに書いてあったじゃないですか」ネッドが耳元でささやいた。チラシとは、さっき彼がくれた紙、ミランダがその裏に劇団の有力者リストを記した紙のことらしい。

「一番下のところにオーディションは本日一時からって。ほら、もうすぐ一時だ。タイミングはばっちりだな」

ミランダはもともと、細かい字を読むタイプではなかった。だから、エージェントのマーティがいたのだ。

いずれにせよ、発声練習も、腹式呼吸も、ヨガのポーズもやっている暇はないということだ。

「ええっと、オーディションにはミスター・アボットも来るのかしら?」ミランダはスーザンに尋ねた。

「いえ、今年は欠席なんですよ」とスーザン。「あなたがここに来る前、わたしも店に電話をして訊いたんですけど、自分は行かないほうがいいだろうとのことでした。でもちょっと変なことを言ってたわ。あなたへのことづてだったんですけど、たしか『親指をくじけ』とかなんとか。どういう意味かはわかりませんけど」

ミランダは思わず笑いをかみ殺した。それがどういう意味かはちゃんとわかっていた。ふたりのあいだだけで通じる内輪のジョーク、撮影の前にいつもエドガーがかけてくれた言葉だった。一般に、本番前の俳優に「グッド・ラック」と声をかけることは縁起が悪いとされ、人々は「脚を折れ《ブレイク・ア・レッグ》」と声をかける。エドガーがことづけた「親指をくじけ《スプレイン・ア・サム》」は、いわば「脚を折れ《ブレイク・ア・レッグ》」のマイルドなバージョンだった。じつは以前、ミランダはフラン牧師の衣装のまま暴走する馬から投げ出され、もう少しで文字どおり「脚を折る《ブレイク・ア・レッグ》」ところだったのだ。それ以後、彼は縁起が悪いと言って、言い回しを変えた。最初は「足首を捻挫しろ」だったが、そのあとは「膝に青あざを」に変わり、最終的に「親指をくじけ」に落ち着いたのだった。

ネッドが腕時計に目をやった。「あと二十一分」

「わかったわ」ミランダはスーザンに向き直った。「どこに署名すればいいの？」

「まず、あなたの会員登録を済ませないと」彼女はここに記入を、と言うようにクリップボードをミランダの前にすべらせた。「住所はビーのコテージでいいそうです。彼女には電話で確認をとりました。それで問題ないそうです」

ドアの外のざわめきが大きくなってきた。ドアの前を、多くの人たちが通り過ぎていくのが聞こえる。

オーディション開始までもう時間がない。「記入するのはあとでもいいかしら？」

「申し訳ありませんが、オーディションに参加できるのはハッピー・ロック合同＆統合小劇場協会の会費を払ったメンバーだけなんです」スーザンは「会費を払った」を強調した。

「それで、会費はいくらなの？」映画俳優組合の法外な会費を思い出しながら、ミランダが尋ねた。

「今年の年会費は四十三ドル八十七セントです」

たいした金額ではないが、今のミランダにはそれを払う余裕もなかった。とりあえずバッグのなかを探すふりをする。もしかしたら、支払いはオーディションのあとまで待ってもらえるかもしれない……

「ずいぶん、半端な金額なのね」

「そうなんです。町の小劇団が合併されて――」

「さらに統合もされた」とネッド。

「そのとき、年会費は三十五ドルに設定され、物価や水道光熱費の値上がりに合わせて毎年調整することになったんです」

「なるほどね」

「それでわたしが毎年、連邦政府の年末の物価上昇率を利用して調整してきました」

「なるほどね」

「でも幸い、会費については心配ありません」

「免除されるの？」ミランダが聞き返した。

「すでに支払い済みです。第三者によって」そう言うと、スーザンは申し訳なさそうに、薄紫色の領収書帳に片手をのせた。「ですが、その方のプライバシーを守るために、残念ながらあなたに領収書を発行することはできません。この十年、わたしは劇団の管理部門の経理係と事務局長をつとめてきましたが、そのあいだに学んだ一番大切なことはなんだと思います？」

そんなこと、ミランダにわかるはずもない。「さあ、見当もつかないわ」

「領収書を事前に作っておかないこと、です。信じられないかもしれませんけど、毎年払わない人が必ずひとりは出て、帳尻が合わなくなるんです。でもご心配なく、あなたの年会費はすでに全額支払われています。そうじゃなきゃ、オーディションへの参加は認められませんでしたよ。ほかの参加者たちに不公平になりますから」

きっとエドガーね。とミランダは思った。彼が払ってくれたに違いない。絶対にそう！仲直りの意思表示？　それとも、もしかして愛？

スーザンは、几帳面《きちょうめん》な筆記体で書かれた会員カードをミランダに手渡した。明らかに、彼女はパーマー・メソッドの筆記体を完璧にマスターしていた。いや、それ以上に美しい文字だ。ミランダの名前のスペルも正確に記されている。

「あと十八分」とネッドが告げる。

するとスーザンは「会則と規定」と書かれた、大きな革表紙の本を取り出してきた。

「最後にあとひとつ……」

そう言って、一ページずつ目を通しはじめる。

ちょうどそのとき、事務局のドアがノックされ、ゆったりとしたデニムに格子縞のフランネルのシャツを合わせた白髪頭の男性が入ってきた。小柄だが引き締まった体格で、硬そうな髪は刈り上げられ、ずっしりと工具が下がった作業ベルトを締めている。

「言われたとおり、窓の掛け金は修理しておいた」そう言ってから、バックリー署長にうなずき「よお、ネッド」と挨拶した。

「やあ、バート！」

ああ、この人がバートン・リンダー、別名「バート」か、とミランダは思った。ハッピー・ロックが誇る名スパイ。舞台照明と装置、そして不正行為が担当らしい。

たしかにバートは元軍人に見えた。身のこなしも姿勢も、歯切れのいい話し方も軍人のそれだ。その横ではネッドが興奮しきりで、誰が見てもバートに憧れているのはすぐわかる。さっきまであれほどオーディションの時間を気にしていたのに、バートが来たとたんに、その切迫感はあとかたもなく消えていた。

「バート、最近は何かやってるのかい？」と訊いてから、ネッドは声を落とした。「話せることだけでいいんだが」

「いや。窓の掛け金の修理ぐらいだな。それよりネッド、掛け金を壊した犯人は見つかったか」

まだ見つかってはいなかった。〈壊れた窓の掛け金事件〉はいまだ未解決のままだ。

「まあ、謎のまま終わるってこともあるからな」とバートは言い、ニヤリとしながらスーザンに尋ねた。「今年も、アティカスは参加するのか？」

少し皮肉めいたジョークらしく、スーザンもそれは察したようだった。

「もちろんしませんよ。わかっているくせに」

ネッドはミランダのほうに身を乗り出した。「アティカス・ローソンは、公衆の前でしゃべるのがまったくダメでね。あがっちまってひと言も出なくなる。前にＬＯＪＩＣ《ロジック》でスピーチをしようとしたら、なんと失神したんですよ。ありゃ完全に気を失ってたな」

「ロジックでスピーチ？」

「〈陽気な火成白亜質レンガ職人騎士団（Loyal Order of Joyous, Igneous & Cretaceous Bricklayers）〉、略してＬＯＪＩＣのことで、まあ一種の社会奉仕クラブだね。毎月、劇場で定例会を開いてる」

いっぽうスーザンは、探していたページをやっと見つけたらしかった。

「うーん」と言って顔をしかめる。

ミランダは嫌な予感に襲われた。時間は刻一刻と過ぎていく。準備もなしに、このままステージに直行するなんて絶対に無理だ。いや、それもありだろうか？

バートはいまだにミランダの存在に気づいていないかのように振るまっていた。きっとスターの登場に驚いているのだろう、とミランダは考えていた。彼はミランダに挨拶するでもなく、小さく笑いながらネッドに言った。「カールは今年も挑戦するらしいな」

「嘘だろう。さんざん落とされたのに、まだこりないのかね？」

カール？　ミランダは耳をそばだてた。スーツケースを取りに警察署に行ったとき、署名をしろとうるさかったあの警官のことだろうか？

「レジナルド・バッキンガム役でオーディションを受けるって話だ」とバート。

「主役の？　あのカールが？」ネッドはミランダを振り返った。「あいつはいい警官だけど、役者ってガラじゃない。執事役のオーディションを受けてるが、役をもらえたことは一度もなくてね」それからまたバートに向き直った。「それが今度は主役だって？　あいつ、いったい何を考えてるんだか。あの役は毎回、グレアム・ペンティと決まってるのに」

「高校の演劇の先生？」ミランダが尋ねた。

「ええ、毎年、彼が演じてるんですよ。それでもグレアムがオーディションを受けるのは、たんに形式的なものでね。カールのやつ、今回はセリフのある役で落とされたくなったのかね？」

バートがうなずいた。「ま、そんなところだろうな。カールは変わったやつだから」そこで意味深な間を置いてから、続けた。「五十にもなるのに、まだ母親と住んでるんだから、ほんとに変わったやつだよ」

ミランダはスーザンの背後の壁にかかった時計に目をやった。オーディション開始まであと十分。

この町の人たちがのんびりしているのは知ってるけど、いくらなんでもこんなのは馬鹿げてる、とミランダはあきれていた。

「ああ、ありました。ほら、ここです」スーザンが劇団の会則と規定の該当箇所を読み上げた。「〝新規会員の入会は、前述の会員の三分の二を下回らない定足数の過半数の投票によって認められるものとする〟」

「おいおい、そんな時間はないぞ」とネッド。「そいつは免除できないのか」

「ハッピー・ロック合同&統合小劇場協会の経理係および事務局長のわたしなら、この条件を免除できる――」

「そいつはよかった！」とネッド。「これで、フラン牧師、もといミス・アボットの問題は解決だ」

「でも、免除するには理事会の承認がいるの」

と、ここで振り出しに戻った。残る時間はあと九分。

「ただし」スーザンは副条項のそのまた副条項を読み上げた。「〝新会員の入会は、会費支払い済みの理事会メンバー一名が本人を保証すれば、会費の支払いをもって認められる〟」

やれやれ、とミランダはひそかにため息をついた。これは、俳優組合に入るよりもおおごとだ。

「それなら問題ないな。彼女の保証はおれがする」とネッドは言い、ミランダに向かって「そろそろ行かないと。遅れたらオーディションを受けられないかもしれない。これは演出家しだいだから」

すでに、ドアの外のざわめきは消え、いまや不吉なほど静まりかえっていた。たぶんもう、全員が着席しているに違いない。

スーザンが残念そうに首を振る。「ごめんなさい、ネッド。でもあなたは理事じゃない。あなたは運営委員だから」

「そんなのおんなじようなもんじゃないか。じゃあ、スーザン、あんたならどうだ？　あんたが保証人になってやれよ」

「残念ながら、それは無理なの。利益相反になってしまうから」

どうしてよ？　ミランダは叫びだしそうになるのを必死にこらえた。どうしてそれが、利益相反になるの？

あとになって思うと、ミランダはもっと注意を払っておくべきだった。そう、すべてに注意を払うべきだったのだ。年会費や配役や複雑な手続き、そして舞台上に置かれた椅子の数に至るまで。そのすべてが重要だったのだ。だがそこが、手がかりの難しいところだ。手がかりとは、あとで振り返ったときに初めて、あれがそうだったとわかるものだ。

オーディションまであと七分。

そこに、思いがけない救世主が現れた。「おれがなろう」とバートが言ったのだ。「おれが保証人になるよ」

「あんたが理事だとは知らなかったな」とネッド。

「おれは終身会員なんでね」とバートが答える。

「さあ、これで完了！」スーザンは立ち上がり、ネッドに向き直った。「ミセス・アボットを会場にお連れしてもらえる？　追加の椅子を出すように、ロドニーに言っておくから」そして彼女は、ひどく真剣な目でミランダを見つめて言った。「大丈夫、あなたなら絶対にうまくいくわ」

その心優しいまなざしと言葉に、ミランダは戸惑った。こういう優しさに、ミランダ・アボットは慣れていなかった。これまでも、畏れられることはあったし、嫉妬されるのはしょっちゅうだった。でも優しくされたことってあっただろうか？

「わたしのために、なぜここまでしてくれるの？」とミランダは尋ねた。「どうして？」

「あなたがエドガーにとって、どれほど大切な人かわかっているからです。そしてこのコミュニティにとって、エドガーがどれだけ大切な人なのかも」

「でもビーは、彼はわたしの存在すら認めたがらないって言ってたけど」

スーザンは驚いた顔で唇をぎゅっと結んだ。「ビーはどうしてそんなことを言うのかしら。わたし、エドガーのことはよく知ってますけど、彼、しょっちゅうあなたのことを話してますよ。ビーがそんなことを言うなんて不思議ですね」

ネッドがミランダの肘をつかんだ。「そろそろ、行こう」

彼とミランダが事務局の出口へ向かうと、「グッド・ラック！」とバートが声をかけた。

やめてよ、バート、縁起が悪い！ ミランダは心のなかで悲鳴をあげた。ロビーへとネッドにせかされながら、ひそかにバートを罵る。オーディションの前に、グッド・ラックなんて言葉をかけるのはほんとうに勘弁してほしかった。

オーディションには、なんとかぎりぎり間に合った。きつすぎるタートルネックを着た、ボランティアの案内係らしい大柄の青年が、ちょうど扉を閉めるところで、ネッドとミランダは強盗映画のワンシーンのように扉の隙間をすり抜け、客席へすべり込む。

かつては美しかったであろう劇場のロビーは、いまやすっかり色あせていた。ロビーを通ったとき、まるでわたしみたいだとミランダは思ったが、それでも一歩、客席に足を踏み入れたとたん、彼女は背筋を伸ばし、顔を持ち上げ、まっすぐに前を向いた。さあ、スターの登場だ、と自分自身に言い聞かせる。

もしこのとき、ミランダが喝采を期待していたなら、それは期待はずれに終わった。彼女を迎える拍手はまったくなかったのだ。けれど客席がおおかたふさがっていることを考えると、これは不思議だった。とくに、前から六列目までの座席はすべて埋まっている。まさか、この人たち全員がオーディションに参加するなんていうことがあるだろうか？

ネッドは後方の座席に座り、ミランダはひとり残された。「グッド・ラック」とネッドが声をかける。

ネッド・バックリー、おまえもか、と思わずにはいられない。

ミランダは、さて、長い通路をステージまで歩くべきか、それとも誰かに呼ばれるまでここで待っているべきなのかと考えた。ステージ上には、十二脚の折りたたみ椅子が客席に向かって半円状に並べられ、中央には大きな革張りのウイングバック・チェアが置かれている。

そのとき照明が落ち、あたりは暗くなった。ミランダが暗がりに目を慣らしていると、誰かが声をかけてきた。「初めての方ですね」

振り返ると、若い女性がほほ笑みかけていた。髪は栗《くり》色で、人のよさがにじむ大きな目をしている。

「あなたがいる場所は、ここじゃありませんよ」その若い女性がささやく。

同感、とミランダは心のなかでつぶやいた。もちろん、今いる場所のことだけを言っているわけではない。

「ボランティアとして参加するんですか？　それともオーディションを見学に？」

相手が何を言っているのか、ミランダにはさっぱりわからなかった。

「ここの人たち……オーディションを見学に来るの？」

「ええ、そう」と若い女性が答えた。「すごく面白いですよ。みんな、オーディションを見て、立ち稽古を見て、ドレスリハーサルも見て、初日公演も見に来るんです」

同じ芝居を？　ミランダは驚いた。どうやらハッピー・ロックという町は、ほんとうにやることがないらしい。

「あ、わたしティーナっていいます」

「わたしはミランダ、ミランダ・アボットよ」

「犠牲者1です」とティーナが言う。

ミランダは頭が痛くなってきた。ここの人たちが話す言葉はたしかに英語なのだが、何を言っているのか全然わからない。

「その役に挑戦しようと思って。犠牲者1は第一幕で死んじゃう役なんですけど、緊張してきたので、気持ちが落ち着くまで、この後ろの席で待ってたんです」

まだミランダは、この若い女性の最初の質問に答えていなかった。

「それで……あなたはここに見学にいらしたんですか？」ティーナがもう一度訊く。

「オーディションの見学？　いいえ、オーディションを受けに来たの」

「すごい！　どの役を？」

「なんの役だったかしら。とにかく主役の女性よ、それがどういう役かはわからないけど」

「台本は持ってます？」ティーナが尋ねた。「持ってない？　じゃあ、わたしのをさしあげますから使ってください。わたしのセリフはひと言だけだし、もうすっかり頭に入ってるので」

「ええ、そう。最初に殺されるメイド役です。ずっとやりたかったんですけど、ほら、そうもいかないじゃないですか、わかるでしょ？」

「犠牲者1の役？」

「わからないわ」

「その役は毎年、ホリー・ヒントンが演じてるんです。彼女、死ぬのがすごくうまいんですよ。毎回、拍手喝采を浴びてます。大歓声があがるし、口笛を吹く人もいるぐらい。でもホリーは妊娠中で、今じゃおなかがかなり大きいんですよ……だからチャンスがあるかもしれない」

「ホリーって、あの警察官の？」

「ええ、お知り合いなんですか」

「まあ、ね」

「だからわたし、今年こそあの役をやりたいんです。メイドは、第一幕の最後にほんとうにいい死に方をするんです。それが終われば、あとは舞台の袖で芝居を見ていればいいので、カーテンコールまで何もしなくていいんです。ホリーはよく、制服に着替えてパトロールに出ていましたけど、最後のカーテンコールまでにはちゃんと戻ってきてました。立ち往生していた車の運転手に手を貸したせいで、戻ってこられなかったことが一度だけありましたけど」

ステージでは、さっきロビーにいた大柄な青年が、折りたたみ椅子をもう一脚持ってきて並べていた。きっと彼がロドニーだろう。全身黒ずくめの彼は、大きなゴミ袋の山がいつのまにか感覚を持ち、歩き方を覚えたみたいに見えた。

ミランダは台本のページをめくりはじめた。けれど、照明が暗すぎて、自分がオーディションを受ける役のセリフが見つからない。

「ほかの役者たちはみんな、一列目に座ってます」ティーナがささやいた。「名前が呼ばれるまで、わたしたちはあそこで待つことになっているんです。わたしについてきて」

ティーナとミランダは客席の一番前までおりていき、緊張や期待のさまざまな段階で待っている彼らの列に加わった。それでもなかには、平然としてみえる人たちもいた。そのひとりが、カーディガン姿でしゃれたボウタイをし、きれいに手入れした口ひげのある四十代前半の男性で、彼はミランダたちがとなりに座ると、ふと顔を上げた。

「やあ、ティーナ」と男性が声をかけてくる。

ティーナの口元に笑みが広がった。「こんにちは、ペンティ先生」

「きみはもう生徒じゃないんだよ、ティーナ。グレアムって呼んでくれればいい。堅苦しい呼び方はもういいよ」そう言うと、ミランダを見て首をかしげた。「それで、あなたは？」

ああ、彼が主役を演じる地元の演劇教師。イェール大卒と言われている人物だ。けれどミランダはスパイのバート同様、イェール大卒というふれこみの彼のことも疑いはじめていた。なぜなら彼女にはハッピー・ロックが、人が自分ではない誰かになりすますため、あるいは人目を忍ぶために訪れる場所に思えてきたからだった。

8 八番目の大罪

照明が落ちた客席に、まるで天からの声のように拡声装置の雑音とアナウンスが響いた。

「キャストのオーディションに参加する方は、ステージへとお進みください」

ミランダは最後にステージに上がり、悠然と舞台を横切った。けれど客席からはなんの反応もない。きっとタングステン照明のせいで、みんなわたしのことに気づいていないのだ、と彼女は判断した。

ミランダはステージ中央に置かれた座り心地のよさそうな大きな椅子にかけると、余裕たっぷりにほかの役者候補たちに目をやった。ステージには十三脚ある折りたたみ椅子がひとつだけ誰も座らないまま残っている。時間に間に合わなかった人がいたのだろう。

そう思ったとき、ティーナがミランダの肩を軽く叩いた。「その席は、座る人が決まっているんです」

ああ、なるほどね。

ミランダは椅子から立ち上がると、屈辱に耐えつつ、残っていた折りたたみ椅子まで歩いていった。

ステージ上の人たちは足元にバッグを置き、汗ばんだ手で台本を開いたり、シャツのポケットからそっと老眼鏡を出したり、水筒の蓋を開けたりしていた。それぞれが台本の違うページを開いている。それを見てようやく、ミランダは状況が飲み込めた。

そこでとなりの男性に声をかけてみた。「ちょっとうかがってもいいかしら？」

白髪まじりの豊かな黒髪の男性が、愛想よくうなずく。「なんでしょう」

「わたしたち全員が一緒にオーディションを受けるんですか？　ここで、いっぺんに？　それも観客の前で？」

「ええ、そうですよ。そうすれば、一番うまい役者がその役を獲得したことがわかるし、えこひいきがなかったこともわかりますからね。ちなみにわたしはマーレーです」そう言ってから、さらに付け加えた。「マーレー・メドウズですが、ドクと呼んでください。わたしが挑戦する役は――」

「ドクター役ですよね」

「そのとおり。誰から聞いたんです？」

「なんとなく、そういう気がして」

そのとき、客席で拍手がさざ波のように広がり、ミランダはやれやれ、やっとわたしのことに気づいたのね、と思った。拍手はさらに大きくなっていく。

だが、それはミランダに向けられたものではなかった。

盛大な拍手は、一見したところ低予算のヒーロー映画に登場する悪役にしか見えない女性を迎えるものだった。背が低く、でっぷりとしたその女性は、緋色《ひ》と赤紫のワンピースにぺらぺらしたつばの広い帽子をかぶり、存在しないに等しい肩には闘牛士のマントのようなショールをかけている。

まるで極彩色の消火栓みたい、とミランダは心のなかでつぶやいた。

その女性はステージ中央に進み出ると、拍手を受けながら芝居気たっぷりに帽子を脱ぎ、女たちが化粧室であれこれ言いたくなる類いの、妙に黒々としたヘアカラーの髪をあらわにした。

「ようこそ！」と彼女が客席に呼びかける。「みなさん、ようこそお集まりくださいました」

さらなる拍手。

どうやら、彼女が演出家のようだ。

「みなさんご存じだと思いますが、ジュディス・トレイナーです」そこで言葉を切ると、ふたたび拍手がわき上がった。「そして」と言って、両手をその豊かな胸元にあてる。「今年で十回目になる『ディケンズ家の死』の演出をふたたび依頼されたことを心からうれしく思っています。それも上演十周年となる特別記念公演ですから、喜びもひとしおです」

そこで、ジュディはステージ中央に置かれたウイングバック・チェアに腰をおろした。手にはクリップボードと色あざやかな鉛筆を握っている。

「オーディションを観覧にいらしたみなさんにも心からお礼申し上げます。今年の公演では、いくつかの役柄を新たな俳優が演じることになりますから、わたしたちも非常に楽しみにしています。タコマに引っ越してしまったタビサには、彼女の今後の幸せを願うとともに、過去七公演ですばらしい演技をしてくれたことに心から感謝したいと思います」

するとステージ上の役者たちからも、なぜか拍手が起こり、ミランダはこれまで経験したオーディションとはまったく様子が違うことに面食らった。

「タビサがいなくなったということは、この作品の主役、極めて重要な役どころのメイミー・ディケンズ役が空席になったということであり、本日お集まりいただいた勇気あるみなさんのうちのひとりがこの役を演じることになります」ジュディはステージに半円状に並んだ人々をゆっくり見回した。勇敢にもその役に挑戦しようという何人かに目をやったあと、ミランダに気づき、首をかしげて困惑の表情を浮かべる。

「また」とジュディはなおも話を続けた。「ご存じの方も多いと思いますが、わたしたちの愛するホリー・ヒントンは現在、おなかに赤ちゃんがいます。たいへん喜ばしいことですが、ほんとうに、ほんとうに残念な事態です」

観客たちは大きくうなずき、ほんとうに残念だと口々につぶやいた。

「第一幕の終わりにヒントン巡査演じるメイドが死ぬシーンは、みなさんがとても楽しみにしているこのお芝居のハイライトのひとつですし、わたしどももそれはよく承知しています」

ここでまた、観客たちから失望の声がもれた。

「なんとか今回もお願いしたい、と彼女に懇願し、哀願し、ぜひに、と頼み込みもしましたが、彼女の気持ちを変えることはできませんでした。メイドの役を、身重のメイド役に変更することもいとわないという大胆な提案もいたしましたが、残念ながら彼女に演じてもらえる手段を見つけることができませんでした」

ドク・メドウズがミランダの耳元でささやいた。「わたしが、出演は辞退するよう彼女に言ったんですよ。もういつはじけても、おかしくないですからね」

「はじけるって、出産という意味の医学用語なんですか?」

ドクは小さく笑った。「まあ、このあたりではね」

ジュディは、ミランダたちをジロリとにらんで静粛を促すと、さらに続けた。「ヒントン巡査によれば、現在の彼女の不運な状態ではこれまでのように気合いの入った演技はできないとのことでした。ほんとうに残念でなりません。けれど、人生は続きます!　そしてわたしたちは果敢にこの難局を乗り越えなければいけません。ですから、この件でホリーを恨むようなことはかたく慎むよう、ここでみなさんに強く要請したいと思います」

観客たちはしぶしぶその言葉に同意した。

「では俳優のオーディションに入る前に、ボランティアのオーディションから始めましょう」ジュディは両腕を広げると、客席に座っている人々全員を包み込む仕草をしてみせた。「公演は、みなさんがいなければできません。ポーンがいないチェスのクイーンに何ができるでしょう。従僕がいない王に何ができるでしょうか。もちろんそれでもクイーンはクイーン、王は王ですが、彼らを支えるポーンや従僕がいなければじゅうぶんな力を発揮することはできません。わたしたち全員が、みなさんの協力と参加に心から感謝しています。どうぞみなさん、自分自身に拍手を送り、自分の背中を叩いてご自身を褒めてあげてください」

いったいどうすれば拍手をしながら、自分の背中を叩くなんていう器用な芸当ができるのかはよくわからなかったが、それでもふたたび拍手がわき上がった。この人たち、きっと何を言っても、こうやってアシカみたいに手をばたつかせるんだわ、とミランダは思いはじめていた。「紳士、淑女のみなさん、わたしたちは空が青いことを発見しました！」と言っても拍手、「雨は上から降ってきます、下から上には降りません！」と言っても大歓声と口笛だろう。ミランダは、伝道集会にでも紛れ込んだ気分になっていた。

「では、ボランティアのオーディションを始めます」ジュディは手をひさしにして、暗い客席をのぞき込んだ。「誰から始めますか？」

て尋ねた。

「オーディション？　ボランティアにもオーディションがあるの？」ミランダは声を殺し

「たいていは誰かが立候補して、拍手で決まりですよ」とドク・メドウズが答える。

するとと前から三番目の列の誰かが立ち上がった。「オーケー、じゃあ、おれからいこう」

その口調に、ミランダは聞き覚えがあった。

「バートだ。わざわざ言わなくてもみんな知ってると思うがね。舞台装置と照明」そこで

言葉を切ってから、「音響はなしで」と続けた。

ジュディは観客を見回し、「この役割をバートと争いたい人は？　誰もいませんか？」

と言った。

その言葉に、ドク・メドウズがまたも小さく笑う。「まあ、そうでしょうね。彼と争っ

たら、親指一本で殺されてしまう」そう言ってから、ミランダには解説が必要と思ったの

か、「彼はスパイなんですよ。もう引退していますが」と付け加えた。

「そうらしいですね」

バートは着席し、ふたたび拍手が起こる。どうやら観客は、誰かが立ち上がれば拍手を

し、座ってもまた拍手をするらしい。やれやれだ。

次は、客席の後ろのほうから声がした。

「みなさん、こんにちは、デニースです。わたしは――」

「どうぞ、みんなに見えるように立ってください」

「あ、はい、わかりました」ほとんどが陰になった背の高い女性が立ち上がった。「ハッピー・ロック高校で音楽を教えているので、ボランティアとして音響と音楽を担当させてください。ただし――」そう言って、ジュディを見た。「去年から音楽が変わっていなければ、ですけど。音楽は去年と同じですよね？」

ジュディ・トレイナーがうなずく。

「わかりました。それなら今回も音楽担当で。あと音響効果も。そちらも去年から変更はありませんか？」

「ええ」ジュディが淡々と答える。「去年と同じです」

「じゃあ、それでお願いします！」

デニースが着席すると、また拍手が起こった。

こうして、ボランティアは粛々と決まっていった。

町の薬剤師は、ヘアとメイクアップを担当。美容師はプログラムのデザインを担当。そして地元のグラフィックデザイン会社は公演に必要な応急処置の認定書を取得することになった。

〈ハッピー・ロック・ワイナリー〉は「最高級ワインを五箱」寄付すると表明し、年配のふたりの女性――メイベルとマートルとかそんな名前だった――は、初日公演のレセプシヨン用に料理を「ちゃちゃっと」手配すると約束した。

「メイベルは以前、学校のカフェテリア・チェーンで働いていたんですよ」とドク・メドウズが教えてくれた。「今でも外食産業にかなりコネがあるから、一流の料理を調達できる。マートルは、〈コージー・カフェ〉の朝食用グリルで働いていましてね。彼女、片手で卵を割るんですよ。それも卵に殻が残ることはほとんどない。だからフード関連は、メイベルが手配できなきゃ、マートルがなんとかしてくれる。あれ、違ったかな。学校のカフェテリアで働いていたのはマートルのほうだったかな?」

メイベルにマートル。その名前の古くささにミランダは驚いた。もちろんミランダという名は完全に現代的だ。

〈タンヴィルの金物と釣り餌の店〉のオーナー、タンヴィル・シンは、舞台装置づくりの手伝いを申し出、バートは慇懃にうなずいて了承した。

タンヴィルの妻、ハープリートも立ち上がって、みんなに手を振った。彼女は、夏らしい鴨の羽色《ティールグリーン》の薄手のチュニックに裾を絞ったパンツを合わせ、頭にはゆったりしたヘッドスカーフをつけている。ファッショナブルな女性ね、とミランダは思ったが、それも当然で、彼女はハッピー・ロックきっての腕のいい裁縫師だった。衣装を担当したいと言い、

「去年も、その前の年も、さらにその前の年も衣装を担当して、とても楽しかったから」とのことだった。

「さらにその前の年もだ」とドクが言った。「すばらしい腕なんですよ。衣装にエキゾチックな味が加わる」

「エキゾチック？」

「ええ、彼女は都会のポートランド出身ですからね」

「体重が増えた方がいたら、教えてくださいね」とハープリートは舞台上の俳優たちに声をかけた。「それから、体重が減った人も」

客席から、クスクス笑いがもれた。体重が減った人など、ハッピー・ロックにはひとりもいないからだ。

「もしかして」とミランダ。「衣装は毎年、同じものを使っているの？」

「ええ、まあそうですね」とドク。

最後のボランティアが希望の仕事を申し出、すべての係が決定したころには、ミランダはもう目が回りそうだった。名前を覚える努力はすでに放棄していた。舞台袖ですべてを書き留めているスーザン・ラッドゥレイグが気の毒でならない。

ネッド・バックリーは舞台装置のバラしと組み立て（もちろん、バラしと組み立ての順序は逆だ）に立候補した。また、オーディションに参加できなかったビーに代わって、彼女は今年もチケット販売係をやると思うとも伝えた。「もちろん、ロドニーも一緒に」と付け加える。

ビーは、案内係のリーダー役と、メインのもぎり係にも立候補していたから、ロドニーはある種の副官だろう。

「おれ、照明も手伝いたいな」ロドニーが脇の通路で小さくつぶやく。

バートはそれにも同意した。

ステージの上では、一番左端の椅子に座ったキャスト候補のひとりがミランダをじっと見つめていた。はじめのうちは、私服姿の彼が誰かわからなかったが、ようやく気がついた。カール巡査だ。ミランダは彼から目をそらしながら、やっぱり『アメリカン・ゴシック』に描かれたあの陰気な男性にそっくりだと思った。どこかにピッチフォークを隠し持っているのでは、と思うぐらいにそっくりだ。

でっぷりしたジュディ・トレイナーが椅子から立ち上がった。背は低いが威風堂々、迫力満点だ。パン、と一回だけ手を叩き、みんなの注目を惹きつける。

「これで全員ですか？　すばらしい、たいへんすばらしいわ、ほんとうに」そう言って、舞台の袖にいたスーザン・ラッドゥレイグに目をやった。「これで、必要な係は全部埋まった？」

スーザンが確認のためにリストに目を通していく。そのまどろこしさに苛立《いらだ》ったのか、ジュディの笑みがこわばった。

「じゃあ、次に移りましょう」とジュディが言った。「ラッドゥレイグさん、ぐずぐずしている暇はありませんよ。あなたが書類をチェックしているあいだも、時間はどんどん過ぎていくの。そろそろ本番のオーディションに進んでもいいかしら？」

「はい、大丈夫です」

「彼女、時間に厳しいんですよ」ドク・メドウズが分別くさくうなずいた。

かわいそうに、とミランダはスーザンに同情し、次に彼女に会ったらもっと親身になって話を聞いてあげようと思った。でもそれは、ミランダがこのことを忘れていなかったら、または疲れすぎていなかったら、あるいは彼女自身のオーディションがうまくいったら、の話だ。もしオーディションに落ちたら、親身になってもらいたいのはミランダのほうということになる。

でももちろん、自分のオーディションは大、大、大成功するに決まっているとミランダは思っていた。

たしかに、台本を読んで下準備をする時間はなかったが、ミランダはオーディションで使えるいくつかの名ゼリフを暗記してあった。だから必要とあればいつでも、演出家に向かってそれを榴弾《りゅうだん》砲のように発射することができるのだ。

ジュディはまず右を、そして左を振り返ってから、ステージ上に並んだキャスト候補者たちに話しかけた。

「登場人物は九人ですが、今年は十二人、失礼、十三人の方々がオーディションに集まってくれました。もちろん、微妙な確率であることはわかっています。同時に今日、集まったみなさんが全力を尽くしてくださることも、心の底からわかっています。なかには、これまで演じた役よりも重要な役を射止めたいと思っている人もいるでしょう。オーディションに挑戦するのは初めてという方もいらっしゃいます――」

このときミランダは、ジュディがちらりと自分を見たような気がした。

「――けれど、ロシアの演出家、スタニスラフスキーの言葉、『小さな役などない、小さな役者がいるだけだ！』をどうか忘れずにいてください。これをオーディションとは考えず、演技をするチャンスだと考えていただければと思います。では、主役のオーディションから始めましょう。言い方は悪いですが、これは一番重要な役柄です」ジュディはふたたび腰をおろすと、クリップボードに目を通していたが、そこで意外な名前を見つけたようだった。「カール巡査？　ほんとうに？」リストの紙を裏返して間違いはないか確かめたが、どうやら間違いではなかったらしい。「わかりました」と言い、彼女はカールに呼びかけた。「では、どうぞ」

カールは咳払いをしながら立ち上がった。咳払いというよりは、むしろ息切れ、緊張の息切れだった。その手は台本をきつく握りしめている。

「カール、こんにちは」ジュディが声をかけた。「いつもは、執事の役でオーディションを受けていたんじゃなかったかしら？」

「ええ、そうです」

「でも、今回は男性の主役のセリフを読んでくださるのね。それで間違っていない？」

「ええ、そうです」

「わかりました」

「おっと、まずいな」ドク・メドウズがささやいた。

「まずいって何が？」ミランダがささやき返す。

「彼女、物差しを取り出した」

たしかにジュディは透明のプラスチックの物差しを取り出していた。それをクリップボードの上に置き、待機の姿勢に入る。

「彼女、役者がうまく演じると、その役者の名前のとなりに大きなチェックマークを書き入れるんですよ」とドクが説明した。

「彼女がそれをやるときは、まさに一目瞭然で、遠くから見ていてもすぐわかる。反対に、演技が気に入らないときは、定規でまっすぐ線を引き、名前を消してしまう。これもまた、遠くからでもよくわかる」

「ではカール、九ページの第三場を見てくれる？　ちょうどページの真ん中ぐらいのところ」

「壊が出てくるところですか？」

カールがそのページを開いた。それは、第三代レジナルド・バッキンガム卿が、執事が見つけたガラス壜をひったくり、入っている液体の臭いを慎重に確かめる場面だった。ドラマチックな展開で終わるシーンだ。

「アーモンド臭がする」カールの棒読みの声が響いた。「なんてことだ、これは青酸カリだ。第三代レジナルド・バッキンガムの名に懸けて、まさしく青酸カリだ。ドクター、あなたの言うとおりこれは殺人だ、彼女は殺害された、ええ殺されたんですよ、誰かが彼女の命を奪ったんだ」

セリフを読む彼の声は、上がりもしなければ下がりもせず、抑揚はゼロ。そのうえ句読点の意味も理解していないようだった。ぱらぱらとお義理の拍手がわき、カールが席につく。ジュディはにっこり笑うと、定規を手に取り、横に一本線を引いた。

「どうもありがとう、カール。すばらしかったわ。とてもすばらしかった。ただちょっと訊いておきたいのだけど、執事役もトライしてみる気はない？　もしも主役にキャスティングされなかったら、の話だけど。たしかエヴァートンはあの役から引退したはずだから、きっと……」

「引退なんてもんじゃない」ドク・メドウズが言った。「教会の金を横領した罪で、五年から十年の懲役ですよ。まったく恥さらしだ」

「でしょうね」

「ええ、ほんとうに大騒ぎでしたよ。でも執事役はうまくてね。舞台裏で死ぬところは名演技だった」

舞台裏で死ぬ名演技ってどうやってやるのだろう？　ミランダにはさっぱりわからなかった。

「執事は難しい役なんですよ」ドクがミランダにささやく。「第三の犠牲者で、セリフはひと言もないし、芝居のあいだずっと飲み物を全員に渡して回って一度も腰をおろせない。でもエヴァートンはそれをすごくうまく演じてた。あれをカールができるかどうかは、まあ、未知数ですね。エヴァートンがいなくなった穴を埋めるのはたいへんだ。ハードルがずいぶん上がっていますから」

カール自身は、ジュディの問いに困惑していた。「執事役ですか？　まあ、できるとは思います。舞台上で撃たれるように、台本を書き換えてもらえるなら」

「それは検討します。スーザン！　メモしておいてね」そう言ってジュディは振り返り、今度は気取った声で「では、ミスター・ペンティ？」と言った。

ティーナに何かささやいていたペンティが、にこやかにジュディを見上げる。

「はい、なんでしょう？」

「これまで、レジナルドを何回、演じられましたか？」

「これまでずっと、つまり毎回です」

彼はこれを笑顔で、というか笑顔に似た表情で答えた。たぶん照明のせい――ステージの照明はまぶしいので目つきが悪くなりがちだ――だと思うが、ミランダは彼の目に苛立ちのような、怒りのようなものがよぎるのを見た。とはいえ、それはほんの一瞬で、彼女自身もほんとうにそれを見たのかどうかはわからない。

しかしミランダが彼の表情をさらに分析するより先に、客席のドアが大きな音とともに勢いよく開いた。ロビーの明かりが、観客たちを照らし出す。そしてひとりの女性が、つかつかとまっすぐ舞台に向かって通路を歩いてきた。

「勘弁してくれよ」ドクが言った。「アネットじゃないか」

ミランダはまだ知らなかったが、このとき現れた人物こそが本物のスターだった。嫉妬は七つの大罪のひとつだ。だが奇妙なことに、殺人は七つの大罪には数えられていない。

9　アネット登場

彼ら《ゼイ》、殺った《キルド》な。

俳優がすばらしい演技をすると、人はよくこういう言い方で賞賛する。けれど「彼ら《ゼイ》、殺られたな《ワー・キルド》」とはあまり言わない。殺《や》った者と、殺られた者。同じ演技の裏と表。けれど両者のあいだの溝は海と同じくらい大きい。

客席に現れたその女性は明らかに、殺られに来たのではなく、殺りに来ていた。

彼女、歩いてないわ、とミランダは思った。その女性はすべるようにして通路を歩いていた。紅海の水を分けたモーセのように、客席の通路をなめらかに進んでいく。人々の興奮したざわめきが、彼女を追うようにして階段をのぼり、ステージへと上がっていく。女性はステージ中央まで進むと、キャットウォークを歩くファッション・モデルよろしく、くるりと方向転換してほほ笑んだ。その笑顔は、輝いているどころの話じゃなかった。蛍光を発するような笑顔。観客たちはその笑みが放つ強烈な光に、すっかり圧倒されていた。

「こんにちは！」と彼女が言うと、客席からは大喝采が巻き起こった。

ドク・メドウズがミランダにささやく。

「〈ハッピー・ロックの誇り〉の登場だ」

その女性の長い脚はタイトな巻きスカートに包まれ、ゆるい巻き毛の黒髪は芸術的な美しさで肩にこぼれていた。すらりと長身で、自信に満ち、圧倒的な存在感を放っている。

「アネットはポートランドのテレビ局、KGWの朝番組で何年もキャスターをしていたんです」ドク・メドウズが説明した。「しばらくは自分のコーナーも持っていた」

「わたし、彼女のこと知ってるわ」ミランダがささやき返す。

どこかで見たことのある顔だった。でもテレビではない。いったいどこで見たのだろう?

「まあ今じゃ、トライ・ロック地域で大成功を収めた不動産業者ですがね」

ああ、そうだ！　ミランダはようやく思い出した。港に並ぶベンチに貼られていたのは、たしかに彼女の顔写真だった。

興奮のざわめきは、アネットの〝まあ、落ち着いて〟という仕草で静まった。「ありがとうございます」と彼女の声が響く。「みなさんほんとうにいい方たちばっかり」

「まあ、まあ、まあ」思いもよらぬ展開に狼狽《ろうばい》とうれしさが混ざり合い、演出のジュディはしばし言葉に詰まった。「なんということでしょう！　みなさん、あのアネット・ベイリーがいらしてくださいましたよ！」

ミランダも思わず拍手をしそうになり、すんでのところで思いとどまった。実際、両手の上に座って、拍手を我慢したくらいだ。スターは熱狂してはいけない。スターは人々を熱狂させるもので、誰かに熱狂する存在ではないからだ。それがセレブの第一の法則だ。いっぽうアネットはいっこうに席につこうとはせず、憧れのまなざしで自分を見つめる人々に、オーラ満点の笑顔を振りまいていた。

「わたしは」とついに彼女が語りだす。アネットの話は、そこかしこに「わたしは」や「わたしに」がちりばめられていた。「タビサがタコマに引っ越したと聞いたとき、自分に向かって言ったんです。わたしはハッピー・ロックの出身よ。そしてこの劇場のことはずっと、わたしのふるさとと思ってきたわ。だとしたら、わたしは行かなくちゃ。絶対にオーディションに行かなくちゃ、って」

「ということは……」演出のジュディは言葉につまった。いまや顔が真っ赤になっていた。「オーディションに参加していただけるの……？」

その返事の行方に、みなが固唾《かたず》をのむ。

アネットは茶目っ気たっぷりの笑顔で、観客に向き直った。「あの役が空いていると知ったとき、わたし思わず言ったんです……」

すると観客が声をそろえてその先を続けた。「アネットにおまかせ！」

大感激するジュディを尻目に、アネットは、ダメ、ダメと言うように立てた指を観客たちに振ってみせた。

「ほんとうにみなさん、わたしのことをよくご存じね！　まさにその言葉を、わたしは自分自身に言ったんです。わたしなら、ハッピー・ロック劇場を救うことができるんじゃない？　そうよ、〝アネットにおまかせ！〟って」

客席からどっと歓声があがった。ミランダがドク・メドウズにささやく。「ねえ、もしかして朝番組の彼女のコーナーって、『アネットにおまかせ！』だったの？」

「そう、そう、そのとおり！　どうして知っているんです？　いやあ、すばらしい勘の持ち主だな、えっと……」

ミランダは自分がまだ名乗っていなかったことに気がついた。

ついに正体を明らかにする、緊張の一瞬が訪れたのだ。「ミランダ・アボットよ」

「いやあ、驚いた！　もしかして、ミステリー本屋のオーナー、エドガーの親戚か何かですか」

けれどミランダが、その質問をかわすより先に、ジュディがステージ中央に立つアネットのとなりに進み出た。あらら、消火栓がやってきたわ、とミランダはことの成り行きを見守る。

アネットより頭ひとつ背が低いジュディは、自分のウイングバック・チェアを指さした。

わが町の誇りであるアネットを安っぽい折りたたみ椅子に座らせるなんて、とんでもないというわけだ。

「どうぞ、あちらに」とジュディ。

「まあ、そんな申し訳ないわ――」

「ほんとうに遠慮なさらずに」

「困ったわ、ご迷惑をおかけするつもりはないんです。わたしはただ、ほかの方たちと同様、オーディションを受けに来ただけだから」

なんという小芝居！　とミランダ。

結局、アネットはジュディが座っていた椅子に腰をおろし、ロドニーはあわててジュディのためにもうひとつ、折りたたみ椅子を持ってくるはめになった。もたもたと椅子を開いている彼を、ジュディが「早くして！」とどやしつける。

アネットは、ジュディが予備の椅子に座るのを待ってから、愛想のいい口調で声をかけた。「どうぞ、続けてくださいな。わたしのせいで、予定を変更させては申し訳ないわ」

と、そのとき、グレアム・ペンティの目にふたたび閃光が走った。ほんの一瞬だったが、間違いない。さっきよりも、さらに強い光をミランダは見逃さなかった。純然たる憎しみの表情だったが、それもまた一瞬で消えてしまった。

そしてグレアムはジュディにほほ笑みかけた。「たしか、ぼくがセリフを読もうとしていたところでしたね」

「ああ、そうそう」いまだに興奮冷めやらぬ様子のジュディが答えた。「では、進めましょう。グレアム、七幕の最後の場面を開いてくれる?」

「去年から、何か変更がありますか?」

「いいえ、いつもと同じで結構ですよ」

それを聞いたグレアムは、台本を膝の上に伏せた。そして大きくひとつ深呼吸をして目を閉じると、セリフを完璧に諳んじていった。「なぜ、わたしがこんなことをしたのか? なぜ、わたしが彼女を殺したのか? ディケンズさん、よく鏡を見てごらんなさい。わたしは長いあいだずっとあなたの陰で生きてきた。だがもうこれ以上、そんなふうに生きていくのはごめんだ……」

セリフを言い終えて目を開けた彼に、観客たちが大喝采を贈る。ミランダも、つい感動してしまった。彼の演技は本物だ。うまい。すごくうまい。でも、それはイェール大卒と言えるほどのうまさだろうか? ミランダはまだ懐疑的だったが、その気になれば調べはつくとも思っていた。ハリウッドにはイェールの演劇大学院を出た人たちがゴロゴロしているから、もしペンティ氏の言う経歴が真実なら、彼のことを知っている人もいるはずだ。

グレアムがセリフを言い終えると、ジュディはリストに大きなチェックマークを書き入れ、アネットは砲台のようにぐるりと首を回転させ、彼ににっこり笑いかけた。だがなぜか、その目はまったく笑っていない。

「すばらしいできだったわ、グレアム。ほんとうにすばらしかった。それで高校の演劇クラブのほうはいかが？　今年の公演の準備は順調に進んでいる？　演し物《だ》は『ヤムヤムの木の下で』だったわよね？」とアネット。

グレアム・ペンティがほほ笑み返した。「わざわざ訊かなくてもご存じでしょう」ドク・メドウズはグレアムに聞こえないよう声を殺してミランダに説明した。「毎年、彼の教え子たちは同じ芝居を上演するんですよ。毎回必ず『ヤムヤムの木の下で』なので、もう、みんなうんざりしてる。わたしと妻も、去年はもう少しで観に行くのをやめるところでした」

ミランダは、黒髪で特徴的な顔立ちのこの医師をまじまじと見た。高校生の子どもがいるには歳をとりすぎているが、高校生の孫がいるほどの歳でもない。

「もしかして……あなたと奥さまは、高校生の演劇公演を観に行くの？」

「ええ、行きますよ。チケットはいつも完売だ」

やはりハッピー・ロックの町には、やることがほとんどないらしい。けれど彼女がそう思ったのはこれが最初ではなく、また最後でもなかった。

「では次はみなさんの憧れ、ヒロイン役にいきましょう。アマチュア探偵、メイミー・ディケンズ！」ジュディはリストのページをめくった。「では次の方。ミランダさん？」

ミランダはさっきから台本に目を通し、そこに出てくるさまざまな役を把握しようとしていた。執事、メイド、第三代レジナルド・バッキンガム卿、力持ちのセス、医師、ウセックス伯爵、偉大な予言者オリヴィア。そして消去法で、どうやらメイミー・ディケンズなる人物がヒロインらしいとあたりをつけた。

　そこでミランダは立ち上がった。ようやく、栄光の瞬間が訪れたのだ。ミランダに気づいた観客たちが、驚きに息をのむのをじっと待つ。けれど何も聞こえなかった。きっと驚きに声も出ないに違いない。

「オーディション用に用意してきた一節をやらせてください」とミランダは言い、セリフを語りはじめた……。

　彼女の第一声が響いたとたん、客席は水を打ったように静まりかえった。

　やがてミランダの声が大きくなり、感情がほとばしる。傷心から傷心へと場面が変わっていくのにともない、彼女の声は高く、低く、ときに厳しく、ときに傲慢に、そして優しく、たおやかにと表情を変え、ついにはカタルシスをともなうフィナーレへと突入した。

「わたしが負けたとでも思っているの？　いいえ、わたしは負けてなんかいない。わたしは傷つき、壊れ、疲れて、孤独ではあるけれど、負けてなんかいない。ええ、絶対に。わたしは苦いワインも失望という甘い毒もなめてきたわ。星に手を伸ばしたけれど、結局は届かずに落ちてしまった。もう一度手を伸ばしたけど、やはり落ちてしまった。でも、わたしは負けてなんかいない。わたしのこの腕を、この身体を、檻《おり》に閉じ込めることはできても、この身の内ではばたく魂までも閉じ込めることはできないはず。風に憧れる鳥を閉じ込めることができないように。思い出で曇った窓に落ちる一滴の雨粒を閉じ込めることができないように。負けたのか、ですって？　とんでもない。わたしは勝利者よ。あなたのパートナーのバスター・ジョーンズに訊いてご覧なさい。そうすれば何度だって教えてくれるはず。わたしは負けたわけじゃない、決して負けたわけじゃないってね」

これは、『オウム探偵！』でミランダが一番好きなモノローグだった。あの番組に三度目に出演したときの彼女のこのモノローグを聞いて、プロデューサーは確信したのだ。ミランダには、ドラマシリーズの主役を担う力がある、と。

モノローグが終わり、ミランダは着席した。あたりが、完全なる静寂に包まれる。そのあと、観客はいっせいに歓声をあげた。

客席を走ったエネルギーは波となり、その波はスタンディング・オベーションとなってはじけた。涙と喝采が相半ばする興奮。それは役者冥利に尽きる一瞬だった。そしてその瞬間、ミランダの意識はかつて代役をつとめていたミネアポリスのオルフェウム劇場へ、そしてLAへと引き戻された。劇場で過ごした長い夜、喜びと疲労、そして全身を包む幸福感。それは彼女がフラン牧師になる前の時代、すべてが始まる前の時代だった。

ジュディはミランダの名前の横に大きな――特別に大きな――チェックマークを書き入れた。「やあ、驚いたな」ドク・メドウズが感嘆の声をあげる。「いやあ、たいしたもんだ。

あなた、本物の俳優になるべきですよ」

ミランダは優しい目で彼を見た。「わたしは本物の俳優よ」

そのとき、ミランダは客席の後方で細く光がもれたのに気づいた。ドアが開き、誰かが暗がりから外に出ていく。記者だろうか？　それともスカウトマン？　それが誰であれ、次の役者を見るためにここに残る気はないらしい。

そして次に、観客全員の視線が注がれたのはアネットだった。彼女の笑顔は凍りついている。

「ではベイリーさん、お願いします」とジュディが声をかけた。「読むのは、メイミー・ディケンズのセリフですよね？」

けれどアネットは、立ち上がろうとしない。

そこでジュディは「じゃあその前に、有名人のアネットには無用とも思えますが、とりあえず彼女のことをご紹介しておきましょう。ベイリーさんは、このトライ・ロック地域屈指のアマチュア女優で、これまでにも歴史協会のミュージカル『ハッピー・ロック・ホー！』に出演されています。また、彼女が出演した〈オットーの自動操縦サービス〉のコマーシャルのことは、みなさんもよく覚えていらっしゃると思います」

こうしてジュディがアネットの経歴をつらつらと紹介する横で、ミランダはドク・メドウズに「みんな、トライ・ロック（三つの岩の意）地域って言ってるけど、あれはどういう意味？」と小声で尋ねた。

「ああ、それは喜びの石《グラッド・ストーン》と幸せな岩《ハッピー・ロック》とすてきな小石《ジョリー・ペブル》の三カ所を指してるんですよ」

「でも──グラッド・ストーンはポートランドの郊外でしょ？」

「そのとおり。トライ・ロック地域はグラッド・ストーンからここまでのびて、さらに海岸沿いにジョリー・ペブルのビーチまでつながってる。道はありませんがね」

「つまり、地理的なまとまりはないっていうこと？　たんに名前が似ているだけ？」

「そう、そのとおり。あなたは飲み込みが速い」

おかげでようやく、謎が解けてきた。

「もともとは〝ティラムック〟という言葉からきているんです」とドク。「これはサリシュ語（アメリカの先住民が話す言語のひとつ）で、たくさんの水がある土地っていう意味です。それがなぜか『グッド・ウォーターズ』に変わり、さらに『ハッピー・ウォーターズ』に変わり、そのうちに『ウォーター』が『ロック』に変わってしまった。どうしてそうなったかは、わたしも知りませんがね。というか、このふたつの言葉もサリシュ語ではまったく違う意味なんですが、それもまた誤訳された」

「三回も誤訳？　それも三回とも違う言葉に？」

「そのとおり」

「たしかグラッドストーンって、イギリスの首相か何かじゃなかった？」

「たぶんね。でも、彼はサリシュ族じゃありませんよ」

「シーッ」ジュディはまたもミランダたちをにらんでから、ふたたび相好をくずしてアネットを見た。「ベイリーさん、ではそろそろお願いします」

そこでようやく、アネットは立ち上がった。台本を傍らに置き、観客たちのほうを向く。

「わたしは」と言って言葉を切ってから、さらに続けた。「みなさんに心から感謝しています。わたしが感謝していること、そしてこれからもずっと感謝し続けることをみなさんにお伝えしたい。そう、ほんとうに心から感謝しています。ハッピー・ロックはわたしの心のふるさとであり、これからもずっとふるさとであり続けます」

彼女、時間稼ぎをしてる、とミランダは思った。いい兆候だ。

「メイミー・ディケンズって誰？ ここに来る途中、わたしはそう自分に問いかけました。そして、それはわたしという答えしか出なかった。そう、わたしこそがメイミー・ディケンズなんです！ 彼女を骨の髄で感じることができ、心の底から彼女を知っているのがわたしです。わたしは多くの夜を彼女とともに旅してきました。ああ、懐かしいメイミー。みなさんご存じのように、わたしはメイミー・ディケンズを演じたことがあります。そしてふたたび彼女を演じるのを楽しみにしています。ええ、心から楽しみにしています。この役をいただければ、こんなに光栄なことはありませんし、身の引き締まる思いでのぞみたいと思います。ご静聴ありがとうございました」

そしてなんと彼女は、着席してしまった！

ミランダはあっけにとられた。アネットはセリフをひと言も口にしなかったのだ！　これではさすがにアネットをキャスティングすることはできないだろう。いくら観客の感情に訴えても、これで役を勝ち取ることなどありえない。

これは願ってもない展開だった。このままいけばミランダは、これから始まるリハーサルの何週間か、ずっと夫のそばにいることができる。そのあいだに、彼が思い違いをしているとわからせることもできるはずだ。わたしのことも、ふたりの関係についても、エドガーは思い違いをしている。ふたりの結婚はまだ終わってなんかいない。ただ保留になっているだけ、再生中の一時停止というだけだ。

このあともオーディションは続いたが、うれしさのあまり、ミランダはほとんど見ていなかった。ほかにもふたりがメイミー・ディケンズ役に挑戦し、ひとりは覇気なくぼそぼそと、もうひとりは大声を張りあげてセリフを披露した。まさに数直線の両極端。結局ふたりとも、ジュディの定規でその名はあっさり消されてしまった。

ウセックス伯爵役にはふたりが挑戦したが、そのうちのひとりは豊かな頰ひげをはやしていたので、この役を射止めるのはほぼ確実だった。

犠牲者1（別名メイド）に挑戦したのは、ティーナ・カリフォードだけだった。ライバルもいないため、ティーナに決まることは確実だったが、それでも彼女は全力でこの役を演じてみせた。毒を飲んだ彼女が喉を苦しげに鳴らし、あえぎ、自らの喉元をつかむ。そしてさらに毒が回ってくると、彼女は痙攣《けいれん》し、うめき声をあげ、身体を小刻みに震わせた。そして最後にただひと言、渾身《こんしん》の名ゼリフを絞り出す。「ああ、毒を盛られたわ！　ゲエエ！」

控えめな拍手。どうやらみんな、メイドはホリーが適役といまだに思っているようだった。ドク・メドウズが言っていたように、ホリーが抜けた穴はずいぶん大きいらしい。

足を引きずる庭師役は、十中八九、義足の応募者に決まると思われた。

そしてこの庭師役を最後に、『ディケンズ家の死』十周年記念公演のオーディションは終了した。

じつはミランダは、ふたたび演技の世界に戻ってきたことにすっかり舞い上がってしまい、アネットが着席したとき、ジュディがその名前の横に、ミランダのときよりさらに大きなチェックマークを記したのを見ていなかった。

客席の照明がともり、ステージライトが消えると、ロドニーが椅子をたたみはじめた。オーディションの参加者はそれぞれ、自分の台本と水筒――ラインストーンで飾られたアネットの水筒は、よくあんなものを持つものだとミランダが感心するほどド派手だった――を回収し、足早にホールを出てロビーに向かう。

「残りますか？」ドク・メドウズがミランダに尋ねる。

「残ってどうするの？」

「打ち上げですよ」

オーディションの打ち上げ？　ミランダは驚いたが、そりゃあオーディションの打ち上げもあるだろう。だって、ここはハッピー・ロックだもの、と思い直した。ここで、不可解じゃないことなんてあるだろうか？　ドクと一緒に通路を歩いていると、人々の流れと逆行するように誰かが入ってきた。ドクの知っている顔らしい。

「おっと、マスコミが来たぞ」とドク。

しまった！　ミランダはキャリーバッグを引き寄せたが、時すでに遅し。もはやスカーフとサングラスをつける暇はなかった。忌々しいパパラッチのやつ、とミランダが歯ぎしりをする。

「急がなきゃ。裏口はある？」とドクに訊く。

けれどもう、手遅れだった。

肩にカメラをさげ、ペンとノートを手にした、いかにも不機嫌そうな女性が現れた。髪は緑色で鼻にはピアスをしている。

「やあ、フィンケル、どうしてオーディションなんかに来たんだい？」ドク・メドウズが尋ねた。

いったいどこの親が、娘にフィンケルなんていう妙な名前をつけるんだろう、とミランダは心のなかでつぶやく。

「有名人が来てるって情報があったから。ボスに行ってこいって言われただけ」

ドクがミランダにフィンケルを紹介した。「ミランダ、こちらは週刊ピカユーン紙のフィンケル・アーデリー」

「あなたのこと、知ってるわ」とミランダは彼女に話しかけた。

フィンケルが腫れぼったい目で彼女を見る。べつにどうでもいい、という目つきだ。

「誰だって、あたしのことは知ってる。だって、ここはハッピー・ロックだもの。もし、あたしのことを知らなかったら、そっちのほうが驚きだわ」

「そうじゃなくて、わたしあなたを見たわ。バスに乗ってたでしょ? 昨日、ポートランドからのバスに」

フィンケルの目つきがきつくなった。「なんかの間違いでしょ。あたしポートランドからのバスになんか乗ってない」

「そんなはずないわ。わたし、ちゃんと見たもの」

「あたしはポートランドには行ってないし、バスにも乗ってない。わかった?」

そう言うと、彼女はミランダを押しのけ、「ベイリーさん! 週刊ピカユーン紙のフィンケル・アーデリーです。写真、いいですか?」と叫んだ。

10　いわゆる「打ち上げ」という名の、いわゆる「パーティ」

くるりと巻いて、おしゃれな爪楊枝（つまり、端にぴらぴらがついたプラスチックの爪楊枝）で留めたハムに角切りのチェダー・チーズ、箱ワイン、そしてデザートには大きなボウルに入ったミント・キャンディ。これが、ハッピー・ロックの豪華な〝打ち上げ〟パーティだった。

「でも、打ち上げるようなこと、何もやってないじゃない」ミランダが言った。「まだ、始まってもいないでしょ」

「パーティの口実になりゃ、なんでもいいんですよ」ネッド・バックリーが角切りチーズを口に放り込みながら言った。

彼は紙コップに注いだワインをミランダにすすめると、「これは当たり月だ」と箱ワインの側面を見て言ったが、ミランダは差し出されたワインを断った。

彼女がここにいるのは社交のためではなかったし、このあたりで安物ワインとして売られている、エナジードリンクまがいのものを飲むためでもなかった。

そんなことをしている暇はないのだ。ミランダはスナイパーの目つきで、ロビーにいる人々を見渡し、標的を、味方を探していた。もしチーム・ミランダをつくるなら、まずはスタッフとキャストのなかから見つけたい。

ドク・メドウズは当然、候補者リスト入りだが、その前にネッドに彼がどんな人物か訊いておく必要がある。

「いやあ、さっきの演技はよかった」ネッドはもうひとつチーズを口に入れると、「まさに大喝采ものだった」と言ってワインを飲み干し、満足そうなため息をついた。「あれ、『オウム探偵!』のセリフでしたね?」

「ええ、そうよ」

「あの番組は面白かった。絶対に続編をつくるべきだ」

「あのオウム、視聴者に大人気だったのよ。『フラン牧師』の第六シーズンがイマイチだったから、局はオウムのバスターをカメオ出演させて視聴率アップを狙ったわけ。二週くらいはうまくいったんだけど、そのあとにあの崖から落ちるシーンがあったでしょ」

「あの回のことはよく覚えてますよ!」とネッド。「二週間前に、ビーが観せてくれてね。オウムのやつが『ポリーはクラッカーがほしい』って繰り返すと、それを聞いたあなたは、ポリーっていうのは誘拐された女性の子ども時代の愛称で、クラッカーはリッツ・クラッカー、すなわち犯人たちがその女性を監禁してるホテルの名前だと気がつく」そこでネッドは少し考えこんでから、さらに続けた。「でもなんで、あのオウムが、クラッカーとホテルが同じ〝リッツ〟っていう名前だと知っていたのか、そこんとこがよくわからなかった」

「まあ、バスターはすごく賢い子だったから」とミランダはごまかした。そのうえセットでは、悪魔のようにたちが悪かったのだが、とりあえずオウムのバスター・ジョーンズの話はこのへんで切り上げたかった。「それより、ドクター・メドウズってどんな人？」

「ドクですか？　いい男ですよ。ドクター役は、はまり役だ。演技もすごくうまい」

「毎年、出演してるの？」

「ほぼ、毎年ですね。やらなかったのは、釣り旅行に出かけた一回だけ。そのときはオーウェン・マッキューンが代役をつとめたんですがね、次の年にはまたドクがやることになって、みんな喜んでましたよ。オーウェンがどうってわけじゃないが、ドクほどはうまくなかった」

「オーウェン・マッキューン？」

「自動車整備工ですよ。あそこでドクとしゃべってる」

そのオーウェンは見事な頬ひげの持ち主だった。

「ああ、ウセックス伯爵役の？」

ネッドは顔をしかめた。「いや、正式にはそうじゃない。まだです。オーディションの結果は出てませんからね。でもオーウェンのやつ、三月からあのひげを伸ばしてたんですよ、この役のために」

いっぽう、マスコミのインタビューを終えたアネット・ベイリーは、劇場の豪華なロビーにいた。ジュディのとなりの座り心地のよさそうな椅子に陣取り、人々に囲まれている。パーティの参加者たちはみなうやうやしく、帽子を脱いでふたりのほうに近づいていく。

あのふたりはどう考えてもチーム・ミランダ要員じゃない、とミランダが考えていると、「最悪のふたり組ですよ」とネッドがつぶやくのが聞こえた。「少なくとも、わたしたちはそう呼んでる」

やっぱりね、とミランダは思った。ほら、だんだん面白くなってきた。みんなが敬愛するミズ・ベイリーに何か問題があるのだろうか。あの笑顔の裏に、どす黒い何かがあるとか？

「わたしたち、って？」と無邪気に聞き返した。「みんな、っていうこと？」と期待を込める。

「わたしとビーだけですよ。ジュディが舞台稽古で若い女優を泣かせているのをこの目で見てるもんでね。それに前にも言ったとおり、ジュディはヘビみたいに底意地が悪い」

ミランダは、グレアム・ペンティについて訊くことにした。

「彼、あの教え子の彼女とすごく親しそうね」とかまをかける。

「ティーナのことですか？　あの子はお気に入りの生徒だったから、そりゃあ親しいでしょうよ。高校で『ヤムヤムの木の下で』を上演するときは、毎回彼女が主役をやってた」

グレアムとティーナは、今も何やら熱心に話し込んでいる。

「それで彼の奥さんは？」つとめて何気ない調子で尋ねる。「今日は来ていないの？」

「彼の奥さん？　ああ、あそこにいますよ」

なんとそれは、あの音楽教師のデニースだった。ロビーの奥で、おどおどと居心地悪そうにしている。

「雑談はあまり得意じゃないみたいだが」とネッド。「でも、立派な女性ですよ」

どうやらネッド・バックリーの見る世界は、いい男と立派な女性だけでできあがっているようだった。もちろん、〝最悪のふたり組〟は別だ。

「ミスター・ペンティのオーディション、圧巻だったわね」とミランダは、ペンティに水を向けた。

「いつも圧巻ですよ。大学は――」

「聞いたわ、イェールなんでしょ？」そう言いながら、ミランダはさっきグレアムがアネットに放った鋭い視線のことを考えた。

「エドガーもグレアムの演技は気に入っていて、『役者のなかの役者』だって言ってましたからね」

なるほど。だとしたら彼もチーム・ミランダのメンバー候補だ。

ネッドは、忌々しそうな目つきでアネットを見る。

「彼女のファンじゃないみたいね」ミランダも視線をアネットに向けた。

「まあね」とネッド。「彼女、根性が悪いんですよ。ああやって愛想を振りまいているけど、だまされちゃいけない。血管には氷が流れてますからね。ジュディの旦那が亡くなったとき、アネットは事故を整備工のオーウェン・マッキューンのせいにしようとしたんですよ。ハビーの車は、道路からはずれて事故を起こした。ただそれだけのことだったのに、そのあとアネットは何年も彼への中傷作戦を展開したんだから、たまらない。おかげでオーウェンは廃業寸前まで追い込まれた。今だって、かろうじて持ちこたえてるだけでね」

「でも、あなたはその中傷を信じてないのね？」

「事故の直後、自分で車のブレーキ痕を調べましたからね。あれは車が道路からはずれただけ、それ以上でも以下でもない。よくあるんですよ。居眠りしてたとか、不注意だったとか」

「すごいわね。ブレーキ痕を調べたり、不審死を捜査したり。まさに本物の捜査官じゃない」

ネッドは顔を赤らめた。「さすがにフラン牧師みたいにはいきませんよ。でも、アマチュアだろうがそうでなかろうが、人なみに手がかりを追うことはできる。そうやって捜査した結果、ヘアピンカーブはたんなるヘアピンカーブで、事件なんかじゃなかったってこともある」

「なるほどね」

「ジュディもたちが悪いが」とネッドは続けた。「あのアネットの意地の悪さはレベルが違う。彼女がオーディションに出なくなったときは、ほっとしたんですがねえ。だから今日、アネットが強引にオーディションに割り込んできたときは、こいつは面倒なことになると思ったんですよ。まあ、そんなふうに思うのはわたしだけだ。彼女のファンは多い。一種のセレブリティなんですよ。このあたりじゃもっとも本物のスターに近い存在だ」

わたしの前でそれを言うわけ？

「よく覚えておくわ」とミランダは言い、「じゃあこれから、ほかのテ、、、、テスピアンたちに挨拶をしてくるから」と続けた。

ネッドが、まじまじと彼女を見る。

「テスピアンって、俳優のことよ」とミランダ。

「ああ、なるほど。べつに説明してくれなくてもいいんですよ。全然かまわない。ハッピー・ロックは、誰が来ても大歓迎だ。たとえそれが、その……テスピアンでもね」

ミランダは、飲むためというよりは小道具としてワインの入った紙コップを手に取ると、ロビーを横切り、グレアム・ペンティのもとへ向かった。エドガーが彼のファンだというなら、わたしだってファンになれるはずだ。

彼はまだティーナと話しこんでいた。ふたりともこちらに背を向けている。そこでミランダがいつもの調子で「ハーイ！　わたしよ」と宣言しようとしたそのとき、あの頬ひげ男が「やあ、いとこのグレアム！」と叫んで横から割って入った。

グレアムがため息をつく。「オーウェン、いったい何度言ったらわかるんだ？　ぼくを呼ぶときは、いとことか、ミスターとか〝教授〟とかつける必要なんてない。そういうのはいらないから」

「でも、いとこは、いとこだ」オーウェンは言い返すと、ティーナのほうを見て「女房の側のいとこだがね」と付け加えた。

「頼むから、ただグレアムとだけ呼んでくれよ」

「よし、わかった。ところで、さっきのおれの演技はどうだった？　合格すると思うかい？」

「少なくとも、その頬ひげはあの役にぴったりだ」

「ハッハー！　おれもそう思ってたところさ、いとこの——」とそこで思いとどまり、「グレアム」と続けた。

そこにドク・メドウズが加わり、彼はオーディションでのミランダのすばらしい演技をまたも賞賛した。

グレアムも「ほんとうに、すばらしかった」と同意し、笑いながら「アネットはぎょっとしただろうな」と付け加えた。

「またそんなことを」ティーナがたしなめる。「意地悪を言うのはよくないですよ」

「たしかに、きみの言うとおりだ」とグレアム。「だが、アネットが女主人公役を逃せば、ぼくは第二幕で彼女とキスしなくてすむし、三幕で彼女の手から毒薬をもぎ取ることもしなくてすむ。それだけでじゅうぶんにありがたいよ」

キスですって？

ミランダは彼の口ひげとカーディガンに目をやると、過去にはもっとひどい相手とキスしたこともあるし、と思い直した。

「アネットを見たときは、わたしも驚いたよ」とドク・メドウズが言った。「彼女がこの町で、どれだけ多くの人間関係をぶち壊したかを考えれば、そりゃあ驚くさ」

「今もまだトライ・ロック地域の教育委員だから」とグレアム。「どんなに頑張っても、アネットからは逃げられない」そう言うと、ミランダを見てにやりと笑った。「不動産業者で教育委員会の理事、そのうえ、地元のテレビ番組の元キャスターですからね。ハッピー・ロックでいうところの三大脅威だ」

彼はミランダに握手の手を差し出した。

「お目にかかるのは初めてですね。正式に、という意味では。でもあなたのお仕事はよく存じ上げていますよ」

なるほど、フラン牧師のファンなのね、とミランダは思った。

「シアトルの五番街劇場で『欲望という名の電車』のブランチ・デュボアを演じられたのを拝見しました。すばらしかった」

それはフラン牧師が打ち切られたあとの仕事、そして『真実のビバリーヒルズ／なつかしのあの人は今』の出演を断られる前の仕事だった。

「でも、劇場側はそうは思わなくて」とミランダ。「プロデューサーが早々に公演を打ち切ったの。向こうは、わたしの名前でもっと観客が集まると思ってたから」

「連中、見る目がないな。すばらしい舞台だったのに。上演を続けていれば、絶対に人気が出たはずだ」

こう言われてすっかり気をよくしたミランダは、もしかしたらこの人、ほんとうにイェール卒なのかも、と思いはじめた。たしかに、芸術を見る目はあるようだ。それともお世辞を言っただけ？　だとしたら、狙いはなんだろう。

そのとき、彼の表情が急に変わり、ミランダの疑念はまた深まった。その視線はミランダの背後に注がれている。彼の表情は……苛立っているというよりは、疲れているように見えた。

「妻があそこにいるので」と彼は言った。「ちょっと行って、救出してきます」

「優しくしてあげてくださいね」ティーナが、さっきよりも厳しい口調で念を押した。

「ああ、ただ――妻はこういう場が苦手なのに、それでも無理して来るから、こういうことになる」彼は「デニース！　どうしたんだい？」と言いながらロビーを横切っていった。

「わたしも、もう行ったほうがいいみたい。ミランダ、お目にかかれてほんとうによかった！　あなたが主役を射止められるよう、心から祈ってます」とティーナ。

ミランダは優雅にうなずいた。「わたしもよ」

ティーナが去り、オーウェンもいなくなり、その場にはミランダとドク・メドウズだけが残された。だがむしろミランダにとっては、この状況は好都合だった。ドクターはチーム・ミランダのキー・パーソンになると確信していたからだ。

「ドクター・メドウズ、教えていただきたいんですけど――」

「ドクでいいですよ」

「わたしの夫のことはご存じ？　エドガー・アボットのことですけど」

「エドガーがあなたのご主人？　ああ、なるほど。いやあ、なんで気がつかなかったのかな」

「あら」と、少々食いつき気味に言ってしまった。「彼、わたしの話をしてたんですか？」

「いや、全然。でもあなたの苗字《みようじ》で気づくべきだった。確率はわかりませんが、このへんじゃアボットって名前はそうそうありませんからね。メドウズなら、海岸沿いにごまんといる。棒を投げたら、わたしの親戚にあたるぐらい多いんですよ。でもアボットはどうかなあ。たぶんあなたとエドガーだけじゃないかな」

「ええ、わたしたち結婚してますから」とミランダは言ってから、そうだ、人を味方につけるには、まずは相手の仕事に関心があるふりをするんだったと思い出した。

そこで「一般開業医でいらっしゃるの？」と訊いてみた。

「ええ、そうですよ。家庭医です。わたしの父も、その父も、そのまた父も、家族は代々みんな家庭医なんですよ。うちは十四代とかそのぐらい前からずっと医者の家系でね」

またぞろハッピー・ロックの奇妙な住人の登場だった。最初はスパイ、次はイェール大卒と思われる高校の演劇教師、そして今度は先祖代々続く医者ときた。十四代も続いていたら、それこそシェイクスピアの時代までさかのぼる。

「十四代？」彼に訂正のチャンスを与えようと、ミランダは訊き直した。「ほんとうに？」

「たぶん、もう少し古いですよ。あいにく、それより前の記録はいささか曖昧でね」

「ずっと、ここハッピー・ロックで？」

「ええ、そうです」

「でもホテルの正面プレートには、創業一八八七年ってあったわ」彼女は昨日、散歩の途中にそれを見ていた。

「そうですよ」

「この町は、十九世紀に保養地として始まったんですよね。ホテルと一緒に始まったって」

「まあ、そうですね」

　またも、うさんくさいハッピー・ロック話が出てきて、頭が痛くなってきたところにスーザン・ラッドゥレイグが現れ、ミランダはほっとした。しかも、このハッピー・ロック合同&統合小劇場協会の経理係および事務局長は、うれしいニュースを持ってきたのだった。

「彼、来てましたよ」とスーザンがミランダにささやく。「観客席にいたんです」

　ああ、たぶんスカウトか記者のことね、とミランダは思った。彼女がオーディションのモノローグを言い終えたときに客席から出ていった人物のことだろう。

「エドガーですよ」スーザンは有頂天だった。「彼、来てたんですよ、客席に。来なきゃだめですってわたしが言ったときは、けんもほろろでしたけど。ほら、機嫌が悪いときのエドガーがどんなだかは、あなたもご存じでしょう？　でも、やっぱり来たんですよ。店を閉めて、劇場の裏からこっそり入って、あなたの演技を見ていたんです。そして、誰にも気づかれないようにまた出ていった」

「でも……どうして来ることを教えてくれなかったのかしら」

「知られたくなかったんじゃないですか？　自分が来たら、あなたがあがっちゃうんじゃないかと心配したんですよ、きっと。へんに緊張させたくなかっただけだと思いますよ」

「わたし、これまで舞台であがったことなんて一度もないわ」実際、ミランダという人間は緊張などとはまったく無縁で、むしろ人前に出ていないと不安になるくらいだ。

「でも、これがどういうことかはわかりますよね？」とスーザンが言った。「エドガーはあなたのことを気にかけてる。まだ、あなたのことを想ってるんですよ」

「ビーはそうは言ってなかったけど」

ドク・メドウズはすでに前菜《オードブル》――角切りのチーズと爪楊枝を刺したハムをオードブルと呼ぶのであればだが――を取りに行ってしまっていたが、それでもスーザンは肩越しに振り返り、誰も聞いていないことを確認した。

「どうしてビーはそんなことを言うのかしら」とスーザンは言った。「彼女らしくないわ。でもわたし、エドガーのことはよく知ってます。もう何年も、ボランティアであの書店を手伝っていますから――」

「え？　あなた、あの店をボランティアで手伝っているの？」

「ええ、わたしがいれば、彼もゆっくり眠れて、店も長い時間開けていられますからね。〈ミステリーしか読みません〉はこのコミュニティにはとても重要な場所で、一種の拠点になっているんです。でも、店員を雇う余裕がないから、わたしが手伝って、報酬はコージーで払ってもらってます」

「コージー？」

「好きなだけ読んでいいっていうことになってます。これは内緒なんですけど」そこでスーザンはまた、あたりを見回した。「単行本のときは、読み終えたあとでそれをまた店の棚に戻してます。古本用じゃない棚へ！　エドガーはかまわないって言ってくれてますけど、やっぱりちょっと……気がひけて」そう言って彼女は笑った。「それでビーのことですけど……」

どうやら、スーザンはビーのことが気になってしかたないらしい。

「ま、気にすることないと思うわ」とミランダは口をはさんだ。「きっとエドガーの言ったことを、聞き違えたんでしょ」

「そうかもしれませんけど」スーザンはまだ納得していないようだった。

「バックリー署長も、ビーの言っていることは、それほど真に受けてなかったみたいだし」

「ネッドですか？」スーザンはフフンと鼻で笑った。「彼の言うことは、あんまり信用できませんよ」

「そうなの？　どうして？」

「いえ、彼は愛すべき人物ですけど、コージー・ミステリーをさんざん読んできたわたしには、このあたりで何かが起こっているとわかるんです。たとえ彼はそう思っていなくても」

「このあたりって、ハッピー・ロックで？」

ミランダはまわりを見回した。古びたバロック風のロビー。やわらかなゴールドと、色あせたベルベット。真鍮の手すりにステンドグラスのランプ。「幽霊って信じますか？」

スーザンが訊いた。

「まさか」ミランダは、自分で思っている以上の力を込めて言った。

「わたしもです。どんな謎でもそこには必ず、論理的に説明できる原因があるものです。それでも……数週間前……」

ミランダはごくりと唾を飲んだ。舞台の奈落から鎖を引きずる音がするとか？　楽屋ですすり泣きが聞こえるとか？　エアコンとは関係なしに、妙な冷気が桟敷に流れるとか？

「わたしのお財布が」とスーザンは続けた。

「あなたの、なんですって？」

「財布です。数週間前、盗まれたんですよ。というか、見えなくなったって言ったほうがいいかもしれません。結局、あとから出てきたので」

「あれ、あなたのだったの？」ミランダが聞き返した。「財布が消えた事件でしょ？」

「そうです。でもネッドは、まともに取り合ってもくれずに、きっとどこかに置き忘れたんだろうって言ったんですよ。ねえ、ミランダ、わたしが財布を置き忘れるような人間に見えますか？　財布じゃなくても、何かを置き忘れるような人間に見えますか？」

「じゃあ、ネッド以外の誰がその〈消えた財布事件〉を解決したわけ？」

ミランダは冗談のつもりで訊いたが、スーザンの答えは大真面目だった。

「エドガーです。彼が解決してくれました」スーザンの声は一気に明るくなった。「それで思い出しましたけど、あなたに渡してほしいって、彼からメモをあずかっているんです」

スーザンは、折りたたんだ一枚の紙を差し出した。

ミランダがその紙を開く。するとそこには「トラの前で会おう」と書かれていた。

11 トラが吠える

ダッチェス・ホテルの一番奥、アーチ型天井のダイニングルームを抜け、シダやセントポーリアの葉が茂るサンルームを抜け、あざやかに咲き誇るハイビスカスや控えめな優美さを放つ蘭の花の前を通り過ぎると、そこがベンガル・ラウンジだった。壁の木製パネルには何世代分ものパイプの煙と尊大さが染み込んでいる。

寄せ木細工の床と羽目板の壁。マハラジャとインド人の傭兵《ようへい》が描かれたフレスコ画。ベンガル・ラウンジは気軽にふらりと入っていけるところではなく、チーク材でできた二頭の象のあいだを通り抜け、分け入るようにして入っていく場所だった。

入り口には、別の時代のものとしか思えない、但し書きが掲げられていた。〝女性および淑女には、信頼のおける男性が付き添い、その身元を保証しなければならない〟とある。

いったいどうやって〝身元を保証する〟のか、ミランダにはよくわからなかった。女性と淑女がどう違うのかはもっとわからない。ミランダとしては、自分はその両方だと思いたかった。

ラウンジには座ると深く沈み込む、革張りのソファが並んでいた。いったん座ったら、沈み込んで立ち上がるのがたいへんなタイプのソファだ。ビリヤード台や読書用のランプ、使われていない大理石の灰皿。

翡翠《ひすい》の化粧板を貼った暖炉の上には、このラウンジの名前の由来でもあるベンガルトラの巨大な毛皮が飾られていた。大きく広げられたトラの毛皮は、まさにこのラウンジに入って真っ先に目に留まるフォーカルポイントだ。入り口を守っているチーク材の二頭の象と同様、このトラも百年前にここに滞在したシャムの国王からの贈り物だった。時間も、ダッチェス・ホテルでだけはじっと進まずにいられるらしい。トラの毛皮は少しすり切れているように見えたが、それでもトラはトラだった。

赤毛のミランダは、子どものころからトラに親近感を持っていたし、エドガーは彼女のことを「ぼくのトラ」と呼んでいた。といっても、それはベッドのなかだけだ。「トラの前で会おう」というエドガーのメモは、このホテルで過ごしたハネムーンの数々の思い出をよみがえらせた。満たされた気分で目覚めた朝やハイ・ティー（夕方の早い時間にお茶とともにとる食事）、そしてクロテッドクリーム。

「マダム、どうぞこちらへ」赤いベストを着たウエイターが、トラの毛皮が見下ろすテーブルに案内し、彼女のために椅子を引いてくれた。

カクテル・メニューには、ボンベイ・ジンガー、ガンガ・ジン、愉快なマルガリータといった名のついたドリンクが並んでいた。

ファジー・ネイヴル（産毛のおへその意）は、ミランダがハネムーンでオーダーしたカクテルで、あの夜、彼は彼女のおへそにキスをしてくれた……。

そこにエドガーが現れた。コーデュロイのジャケットにデニムという出《い》で立《た》ちの彼は、ほっそりとして、髪は白くなりつつあったが、それでもやはり、彼女が結婚したエドガーだった。ミランダに気づいたエドガーがほほ笑む。テーブルまで来ると、その笑顔はより明るくなった。

「それで、どうだった？」と彼が訊く。

「おかげさまで、親指は完璧にくじいたわ」

「そいつはよかった！　きみなら大丈夫だと思ってたよ」

今度はミランダがほほ笑む番だった。「わたしも、あなたが観客のなかにいるってわかってた。スーザンが教えてくれたの」

照れくさそうに、彼は咳払いをした。「きみの演技を見る機会をみすみす逃すことはできなかった。きみはいつだって舞台の空気を支配していたからね。今日はすばらしかったよ」

「さっきわたしが語ったセリフ、あれはエドガー、あなたの言葉。あなたが書いたセリフよ」

「いや、違うよ、ミランダ。あれはきみの言葉だった。いつもそうだったが、あのセリフもきみは完璧に自分のものにしていた。ぼくがどんな脚本を書こうと、きみが語ればそこに命が吹き込まれた。でも最後の、バスター・ジョーンズについてのくだりはカットしてもよかったかもしれないな」

ミランダはまわりを見回した。「ベンガル・ラウンジね」

「きみにもう一度見てもらいたかったんだ。すべてが終わる前にね」

ミランダに緊張が走った。「終わる？」

「ここは取り壊すそうだ。ラウンジ全体を改装するらしい。まあ、そのほうがいいかもしれないな。遠い過去を再現した埃だらけのジオラマみたいになってきているからね。まあ、過去なんてみんな埃っぽいものだけど」

背中を枕にあずけ、ベッドに戻っておいでと彼が彼女を呼んだときの目つきがよみがえる。

「さあ、それはどうかしら。すべてが埃をかぶっているなんて、わたしは思わないわ」そう言うと、少し陰謀めいた笑みを浮かべて、身を乗り出した。「それよりあなたにお礼を言わなきゃ。会費を払ってくれたのはあなたでしょ」

エドガーは戸惑いの表情を浮かべたが、言葉を発するより先にふたたびウエイターが現れた。

「ご注文はお決まりですか？」

エドガーはカモミール・ティーをオーダーした。

「ファジー・ネイヴルを」ミランダはカクテルメニューを閉じながら言ったが、エドガーはそのオーダーの意味に気づかなかった。

「覚えてないの？」注文した飲み物が運ばれてくると、ミランダが言った。「一緒に過ごした最初の夜、わたしがオーダーしたのがこれよ。それから、そのあとも……ファジー・ネイヴルのこと、ほんとうに覚えていない？」

「たぶんあのときは、きみの瞳に吸い込まれそうになっていたんだな」そう言って彼は笑った。「きっとピクルスの漬け汁を飲んでいても気づかなかったと思うね」

エドガーがジャケットの内ポケットに手を伸ばしたとき——彼はコーデュロイを着こなせる数少ない男性のひとりだ——ミランダは誰かがこちらに歩いてくるのに気がついた。あの緑の髪の小鬼、例の仏頂面の新聞記者だ。やれやれ、やっとわたしが誰かわかったらしい。

だが記者が会いに来たのはミランダではなかった。「どうも、エドガー」

「やあ、フィンケル」そう言って、エドガーは取り出そうとしていたものをポケットに戻した。「ダッチェスのラウンジになんの用事だい？」

「土曜の新聞にアネット・ベイリーの折り込みチラシを入れるんだけど」週刊の新聞なの

で、すべての号は土曜に出るのだ。「トラの毛皮はいい背景になるんじゃないかと思って。なんか、彼女にぴったりって思うんだよね、わかるでしょ?」

「たしかにそうだな。そういえばミランダとは会ったかい? ミランダ、こちらは——」

「もう、会ってるわ」とミランダ。「バスで一緒だったから」

フィンケルは無言でミランダをにらみつけるといなくなってしまった。

「彼女、何を怒っているのかな?」とエドガー。

「あの子、いつもあんなに……」もう少しで「惨めったらしい」と言いそうになり、あわてて言い直した。「無口なの?」

「いや、フィンケルはいい子だよ。この町から脱出するチャンスを探しているだけさ。本物のジャーナリストになりたいんだそうだ。たしかにこのあたりじゃ、エキサイティングなことはそうないからね。彼女には、ここで育ったことがどんなに幸運かわかっていないんだよ。きっと〝大きなネタ〟を探しているんだろうな」そう言ってエドガーは面白そうに笑った。「自分ででっち上げてでも、大きなネタがほしいのさ。自分のキャリアが開けるようなニュース、このハッピー・ロックを脱出して、ポートランドやユージーンみたいな日のあたる場所に出ていける大きなニュースを探してる。いや、もしかしたら全国紙を狙っているのかもしれないな。彼女はうちの書店の常連客なんだ」

「人殺し書店」

「なんだって?」

「みんな、そう呼んでいるんでしょ? 人殺し書店って」

エドガーは笑った。「だから、ヒントン巡査はうちの常連客なのかもしれないな。でもホリーはミステリーよりは、昔懐かしい本を読んでるよ。たいていは若い子向けの棚を見てる。『少女探偵ナンシー・ドルー』のシリーズとか、冒険小説の『フェイマス・ファイブ』のシリーズとかね。もうすぐ子どもが生まれるから、『この世にもうひとり、読者を誕生させる』って言ってる」

昔懐かしいという言葉にはっとする。過去はつねに、現在の行動とともにある。

テーブルクロスの上に置かれたエドガーの手に、ミランダは手を伸ばした。何を、どのような抑揚で話すか、どのように視線を合わせ、どのくらい圧をかけるかを考え、その手を取ろうとする……だがそのとき、なんとアネットが現れた。

写真撮影のためにやってきたのだ。彼女は、ヒョウのように音もなく背後から近づいてくると、ゆるく巻いた髪を揺らしながら、エドガーの椅子の背を撫《な》でた。

「こんにちは、エドガー」と甘い声を出す。

彼は振り返った。「アネット。そういえば、きみが来るってフィンケルが言っていたな」

アネットは猫のようなまなざしをミランダへ向けた。

「公演でご一緒できるのを楽しみにしてるわ」と言う。その表情にちらりと浮かんだのは、ほほ笑みだったのだろうか？

そしてアネットは暖炉の反対側、フィンケル・アーデリーが反射板を設置している場所へ行ってしまった。

「あなたにすごく興味のある人がいるみたいね」ミランダが皮肉っぽく言うと、「まあね」とエドガーが冗談めかして答えた。「トライ・ロック地域では、ぼくはもっとも魅力的な独身男性と思われてるらしい」けれどそう言ったとたん、彼は自分がたいへんな失言をしたことに気がついた。「いや、そういう意味じゃなくて」

けれどもう遅かった。ミランダの緑色の目が燃え、炎が立ちのぼる。「そういう意味っていうのは、いったいどういう意味？」声が大きくなるのを、必死に抑え込む。

「ちょっと、落ち着いてくれよ。このあたりの人たちは、そういうことを冗談で言うんだよ。みんな知らないからね……ぼくたちのことは」

このひと言で事態はさらに悪化した。

「ええ、エドガー、そのことはわたしもちゃんと知ってるわ！」もはや声を抑えるのは無理だった。アネットとフィンケルも撮影を中断してこちらを見ている。「あなたは、わたしが存在しないふりをしてるんでしょ！」

「それは違う。そんなことは、きみだってわかってるはずだ」

「ビーから全部聞いたわ！」

「ビー・マラクルはただの詮索好きなんだよ」と彼も言い返した。「他人のプライベートにあれこれ口出しなんてすべきじゃない」そう言うと、エドガーはひとつ深呼吸をして気持ちを落ち着かせると、ジャケットのポケットから封筒を取り出し、ミランダの前に置いた。「こんなことになって残念だよ、ミランダ」

ミランダはじっとその封筒を見つめた。そこに何が入っているのかは、うすうす見当がつく。

「もし、わたしに何かをくれる気なら」彼女はバッグを手に椅子から立ち上がると、幽霊のように蒼白《そうはく》な顔で彼を見下ろした。「稽古のときにくれたらいいわ。稽古以外であなたと話すことなんてなんにもないし」

バッグを引っかき回し、折りたたんだ二十ドル札をエドガーの前のテーブルに叩きつけた。

「今朝、これをバッグのなかで見つけたわ。余計なことはしないでちょうだい！　まだ、施しを受けるほど落ちぶれちゃいないわ。わたしはひとりでも、ちゃんとやっていけてるから」

「いったいなんの話だ？」

「あなたがこっそりわたしのバッグに入れたお金よ」

彼はテーブルの上の二十ドル札を彼女のほうへ押し戻した。「誰がこれをきみに渡したのかは知らないが、ぼくじゃない。ぼくが渡そうとしたときだって、きみはプライドが高すぎてはねつけたじゃないか。覚えてるだろう?」

彼女はひったくるように二十ドル札をつかむと「じゃあ、いいわ!」と叫び、ベンガル・ラウンジを飛び出した。カーペットが敷かれた通路を進んでサンルームを抜け、港が見渡せる広い芝生に出る。

エドガー・アボットのばかやろう!

ミランダは肩にかけたバッグを大きく跳ねさせながら、港沿いの道を、ビーのコテージに向かって足早に歩いた。はるか遠くに、B&Bが見える。

その途中、アネットの顔写真がでかでかと貼られたふたつのベンチの前を通り過ぎた。最初のベンチには**家を売却? そんなときはアネットにおまかせ! 最高の価格で売却します!**と書かれ、そのとなりのベンチ、そう、そのすぐとなりのベンチには、**家を購入? そんなときはアネットにおまかせ! 最安の価格でご紹介します!**と書かれていた。

そんなの無理でしょ、とミランダは思った。いったいどうやったら、そんなことができるの? やっぱり、この町は何もかもが意味不明だ。

そこにパトカーが走ってくるのが見えた。ああ、ネッド・バックリー! 彼ならビーのコテージまで、乗せていってくれるだろう。ミランダは車道に出ると、タクシーを止めるみたいに片手を挙げた。

だが、それはネッドではなく、カール巡査だった。

巡査は車を止めたが、何も言わずに、ただじっと彼女を見ている。

五十にもなるのに、まだ母親と暮らしている、とバートは言っていなかっただろうか？ほんとうに変わったやつだよ、とも。

ミランダはパトカーから離れ、歩くペースを上げた。パトカーがゆっくり彼女を追いかけてくる音が聞こえる、というよりはその気配を感じたミランダは、パトカーから逃げようと、さらに歩みを速めて車の前を横切った。あやうくパトカーとぶつかりそうになり、カールが急ブレーキを踏む。ミランダは悲鳴をあげて車をかわすと、バッグを勢いよくはずませながら、さらに歩くスピードを上げた。

想像力がそれほど豊かじゃない人なら、このニアミスは不幸な、けれど不慮の事故だと思うだろう。けれど興奮していたミランダ・アボットはそうは思わなかった。そしてミランダへと車を突進させたカールのこの行動がこの先、より暗く、不吉な意味を持つようになることは言っておかなければならない。

やっとのことでビーのコテージに着いたころには、ミランダはすっかりうろたえ、ぜいぜいと息を切らしていた。「お水をちょうだい、氷はなしで。わたし、もう少しで車にひかれるところだったわ」キッチンカウンターで洗い物を片付けていたビーは驚いて振り返った。「お水ですか？」

「ええ、氷はなしで」

「ああ、はいはい」ビーは手を拭くと、蛇口から水をくんで、グラスをミランダに手渡した。ミランダはそれが〈アクアフィーナ〉じゃないことに一瞬ためらったのち、ひと口だけ飲んだ。「ありがとう」と言って、グラスをビーに返す。

ビーはそこでひとつ咳払いをすると、「あなたが床に置きっぱなしにした濡れタオルのことなんですけどね。それからくしゃくしゃのままのベッドと洗濯物と、テーブルに置きっぱなしのお皿とティーバッグのことなんですけどね……」と苦情を言い、最後には、資源ゴミのリサイクルについても念を押した。「ちゃんと、ドアの横の青いボックスに入れてくださいよ」

ミランダは苦情を並べるビーをにこやかに止めると、「ええ、あなたが言っていることはよくわかってるわ。でも、もうそんな心配はいらないわ」

「もう、心配しなくていいんですね」ビーがほっとしたように聞き返す。

「ええ、あなたが忙しいのはよくわかっているし、わたしも四つ星ホテルの客室清掃を期待しているわけじゃないの。少なくとも、最初のうちはしかたないわ」そして、舞台でささやくときのように、声を落とした。「でも、遺伝子組み換えじゃないスキンケア用品はある？　お部屋にあったスキンケア用品はちょっと、ええっと、なんて言ったらいいかしら、ちょっと安っぽいの。といっても、悪い意味じゃないのよ」

もちろん、悪い意味じゃない。

「はあ、わかりました。じゃあ、今度ＴＢの店に行ったときに探してみましょう」とビー。

「うれしい！　ね、それこそがわたしが求めるおもてなしよ。あなたのこのＢ＆Ｂ、ハリウッドの友人全員にすすめておくわ」

そこでミランダは思い出した。

「そうだわ、アンドルーに電話をして、いいニュースを伝えなきゃ」

そしてミランダはふたたび居間で長距離電話をかけはじめた。ミランダがダイヤルを回して、回して、回すのを見ていたビーの顔が赤くなる。

やがて電話は留守電につながった。

「ハーイ、アンドルー！　わたしよ。いいニュースがあるの。地元の舞台公演に出演することになったの。とっても趣があって、いい作品よ。とにかく、それをマスコミにリークしてもらいたいのよ。ＴＭＺに電話をしておいてくれる？　ユーチューブもいいかも。ミランダの世界は万事絶好調よ！」

大興奮で電話を切ると、ミランダはビーに言った。「ねえ、これから何をするかわかる？　わたし、レモネードをつくるわ！」

ミランダが食料庫を引っかき回していると、ネッドがやってきた。彼がキッチンにやってきたのはちょうど、ミランダが砂糖を一袋、水の入ったピッチャーにぶち込み、レモンジュースを数カップ分入れて混ぜ、一番最後に「わたしの秘密の隠し味！」と言ってひとつかみの塩を入れたところだった。

「塩は甘さを引き締めるの」と、ジュリア・チャイルド（アメリカの人気料理研究家）が料理の秘訣《ひけつ》を打ち明けるみたいに言う。

　そしてビーとネッドに、彼女のトレードマークであるこのお手製ジュースをなまぬるいまま――氷を入れると味が薄まっちゃうからと彼女は説明した――グラスにたっぷり注いで渡した。そして「そうだわ、忘れないうちに！」と言い、自室まで駆け上がって、午前中にネッドにもらった芝居のチラシを手に戻ってきた。

「今日はいろんな人と会ったわ」そう言いながら、大急ぎで戻ってきたミランダは、「あら、もう飲んじゃったの？」とふたりに尋ねる。

　ネッドとビーはシンクの前に立っていた。手にしたグラスは空っぽだ。

「気に入ってくれてうれしい！　わたしのゲイのアシスタントは、このレモネードが大好きだったのよ。さあ、おかわりをどうぞ。まだたくさんあるから」と、再度ふたりのグラスにレモネードを注いだ。「あら、ペンはどこに置いたかしら」

　居間へと飛び出していった彼女が戻ってくると、ビーとネッドのグラスもピッチャーもすでに空っぽだった。

「もう飲んじゃったの？　あなたたちほんとうに喉が渇いてたのね。まあ、いいわ。あとでもっとつくっておくから。それよりまずは——」ミランダは芝居のチラシをキッチンテーブルに広げた。「わたし、ドクターと話をしたんだけど」

「メドウズですか？」とビー。「彼、何年か前の釣り旅行の話はしましたか？」

「おい、ビー」ネッドが口をはさんだ。「うわさ話はやめておけって言っただろう」

「うわさ話なんかじゃありませんよ。芝居がらみのことなんだから」ビーが言い返した。「だってあの年、ドクは公演に出られなかったのよ、覚えてるでしょ？」そして小さな声で「じゃあ、彼の奥さんに訊いてみればいいわ。もし、彼女を見つけられればの話だけど」

「ビーはまだドクを許してないんですよ」とネッド。「劇団の統合にただひとり反対したのが彼だったんでね。ドクはビーと同じペニンシュラ・プレイヤーズに所属してたが、劇団の統合に反対してた」

「当時、あたしたちは毎年、〈秋の夕べ〉を催してたんですよ」とビー。「でも、劇団が統合されると、秋の夕べはなくなり、春公演に統合されました。それまであたしたちの劇団は、この町の歴史を描いた短い作品をいくつか上演してたんですよ。サリシュ族の神話からダッチェス・ホテルの創設、そしてあの本屋での殺人事件までの歴史を脚色してね」

「殺人事件？　あの本屋で？」

「聞いていませんでしたか？　あなたのご主人の店がまだ個人の住宅だったころ、あそこでは悲惨な事件があったんですよ。メイドと執事、そしてその家の奥さんの全員が殺されたんです。芝居は、その事件をモデルにしてるんですよ。ドクが怒ったのは、あたしたちが秋の公演で取り上げていた歴史的要素のうち、その事件しか新しい劇団が採用しなかったからなんです」

「ちょっといいかしら」とミランダ。「わたしドクから、すごく立派な頰ひげがある男性を紹介されたんだけど」

「それはたぶん、整備工のオーウェン・マッキューンですよ。ドクの友だちの」

「そう、その名前を探してたのよ」ミランダは、チラシ裏に書いた例のリストにその名を書き加えた。

オーウェン・マッキューン――整備工、頰ひげ、グレアムのいとこ

アネット――地元のセレブ（ミランダは地元という言葉にわざわざ下線を引いた）

デニース――音楽教師、グレアムの妻（妻のところにも同様に下線）

ロドニー――

けれどここで、ミランダのペンが止まった。なんて書こう？　舞台係？　ちょっと変わ

り者？　内気？　どう見ても、演劇好きに多い、外向的で目立ちたがりなタイプではなかった。

それを言ったら、デニースもそうだ。

ふと、グレアムと彼の教え子、ティーナのことを思い出した。あの打ち上げパーティでミランダが、グレアムに歩み寄ったとき、彼はかつての教え子であるティーナの耳元に「きみを信じてるよ」とささやいていたのだ。

ええ、そうでしょうよ、とミランダは心のなかでつぶやいた。

ミネアポリスのオルフェウム劇場での思い出がよみがえった。若きミランダと、年上のキャスティングディレクターとの一件だ。ミランダは下心丸出しで誘ってきたディレクターの顔にグラスのワインを浴びせると、大憤慨でその場を立ち去ったが、思い直してすぐにとって返した。戻って来たミランダを見た男は黄ばんだ歯を見せて笑い、彼女を受け入れるように両腕を広げた。まさかミランダが戻ってきたのが、自分の股間に膝蹴りを見舞うためだとは思ってもいなかったらしい。ああいう男には、顔にワインを浴びせるだけでは足りない。崩れ落ちた男にミランダは「文句があるなら、かかってきなさいよ！」と怒鳴ったが、男は立ち上がろうにも、立ち上がれなかった。それ以来、ミランダがそばに来るたび彼は縮み上がっていた。

でもグレアム・ペンティと彼の教え子の場合はどうなのだろう。今度、機会を見つけてティーナと話し、女性の先輩として重要な教訓を教えなければとミランダは考えた。人生には、降りかかってきた困難を蹴飛ばして、前に進まなければいけないときがあるのだ、と。

そこでネッドが咳払いをした。「それでわたしがここに来た理由ですがね、じつはさっきまで劇場にいたんですよ。そうしたら、オーディション結果が貼り出されてた」

「ずいぶん早いわね！」ミランダは驚きの声をあげた。配役が発表されるのを待つときの、ワクワク感と不安感がよみがえる。「でも、ほとんどの役は拍手で決まっていたから、そんなに時間はかからないのかもね」

「ええ、時間には正確でした」とネッド。「その点にかけては、ジュディは期待を裏切らない。それで、いいニュースと悪いニュースがあるんですよ。いいニュースは、あなたは出演者に選ばれた！」

「すばらしいわ！　じゃあ、もっとレモネードをつくらなきゃ」と言ってから、ミランダはさらに尋ねた。「それで悪いニュースは？」

12 負のスパイラル

『フラン牧師の事件簿』を六話連続で見終わると、ネッドとビーはだんだん心配になってきた。

「そろそろなんらかの介入行動をとったほうがいいんじゃないか?」ネッドがビーにささやく。

「早く、次のビデオを入れてよ!」ろれつの回らなくなったミランダが、ワイングラスを勢いよく振り回しながら叫んだ。彼女はすでにハッピー・ロックの最高級箱ワインを二箱空け、『フラン牧師』をもっと観せろと要求していた。

すでに午前二時。キャラメル・ポップコーンはとっくになくなり、ビーは心配になってきていた。

「たしかにそうね」ネッドにささやき返してはみたが、ふたりとも〝介入行動〟がなんなのかも、それをどうやってやるべきかもわからなかった。

さらに悪いことにその夜、ビーのB&Bには、ほかの宿泊客もいた。ちゃんと宿代を払ってくれるお客だ。教育委員会のきちんとした女性がふたり、何かに水を差すためにハッピー・ロックに来ていたのだ。彼女たちは、ミランダが演じるはずだった役に抜擢された例の女性と会うために、グラッド・ストーンから車でやってきていた。

「アネット・ベイリーは立派な学校理事ですよ」胸が大きく、ヘアスプレーで髪をカチカチに固めたひとりが言った。

「完璧に教師たちをコントロールしてますから！」ヘアスプレーで髪をカチカチに固めた、胸の大きいもうひとりも言った。

彼女たちはどちらがどちらか見分けがつかないほどよく似ていたので、ミランダは名前を覚える気にもならず、ひそかにトゥイードルディーとトゥイードルダム（マザーグースに出てくる双子のようによく似たふたり）と呼んでいた。

なんでもおまかせのあのアネットの名を聞くたび、ミランダの心臓はきりきり痛んだ。

「メイド役ですって？」ネッドから知らせを聞いたとき、彼女は思わず悲鳴をあげた。

「あの人たち、わたしにメイドをやれっていうの？　『ああ、毒を盛られたわ！　ゲエエ！』って言って死ぬメイドを？」

「すごいじゃないですか！」なんとかものごとの明るい面を見ようと、ビーが言った。

「もうすっかりセリフを覚えているなんて！」

「セリフって、たった一行よ。ゲエエは勘定には入らないわ。わたし、絶対にやらないから!」

その直後にやってきたのが、例の教育委員会のふたりの女性だった。最初のうち彼女たちはあの不死身のフラン牧師と同じ宿に泊まると知って大興奮し、夜になると、『フラン牧師の事件簿』の録画をビーの賓客と一緒に観ようと、いそいそと居間にやってきたほどだった。

「なんてラッキーなのかしら! フラン牧師と、、一緒に『フラン牧師』を観られるなんて!」けれどミランダはすでにほろ酔いの域に入りかけており、彼女の解説はむしろドラマ鑑賞の邪魔でしかなかった。

「フン! これ、カルバーシティで撮影したのよ。ほんと最低の町だった。ADのひとりなんて、路地で刺されたんだから……ほら、あのべそをかいてる孤児役の子いるでしょう? どうしようもないくそガキだった。このあと、たしか万引きで逮捕されたはずよ。もしかしたら、立ち小便で捕まったのかも。新聞で彼のマグショットを見て、いい気味、これで少しはこりるでしょって思ったわ……それからあのシスター・メアリー役の女優は、大道具係から第二ADまで、撮影所にいる全員と寝てた……あとは、ほら、あの男。マッケンジー神父の役の彼は女性の下着フェチなの。前に一度、わたしのトレーラーのなかで、わたしのコルセットをつけてる現場を押さえたことがあるわ……」彼女の毒舌からは、ペットさえも逃れられなかった。「あそこにダックスフントがいるでしょ? フラン牧師がいつも連れて歩いてる犬。あの子、物語が終わる前に絶対におしっこをもらしちゃうの。おかげでわたしの衣装はすっかりおしっこ臭くなっちゃって……」

夜が更けるにつれ、教育委員会の女性たちの緊張した笑顔にはだんだん苛立ちがにじみはじめ、やがては怒りが、そして最後には心からの気遣いが浮かんでいた。

「でも自分がどれだけ幸運だったかも考えないと」

「ほんとうにそうですよ！」もうひとりも相づちを打った。「あなたの努力と苦労が実を結んだんですもの。ご自分の過去の成功を誇りに思わなくちゃ」

「それにあなた、すばらしい頰骨をしてるわ」

「あのね、わたしが成功したのは、すてきな頰骨のおかげじゃないの。ブラのサイズを間違えたっていう、ただそれだけのこと」そう言ってミランダは笑おうとしたが、笑えなかった。「わたしのキャリアの成功はぜーんぶ、ブラを間違えたっていう事実の上に築かれてるのよ！『オウム探偵！』で若い牧師役を演じることになったとき思ったの。どうせぶかぶかのチュニックを着た牧師役なんだから、胸をぴったり押さえるブラじゃなくてもいいんじゃないってね。それでフツーのブラをして撮影所に行ったのよ。まさかティーンエイジャーをドラッグ・ディーラーの魔の手から救うために、牧師が線路を走って横断するドラマチックなシーンが追加されてたなんて夢にも思わなかったから」

「ああ、そうだった！」とネッド。「『オウム探偵！』のその回はビーと観たな。あのとき初めて、フラン牧師が登場したんだった。

「結局、わたしは胸を揺らして何度も、何度も線路を走り、何度も、何度も撮り直された。ほんとうに全力を尽くしたの。そうしたらすぐに、フラン牧師にはファンがついて、『オウム探偵!』のプロデューサーがフラン牧師を再登場させてくれた。撮影では、前回以上に走らされたし、前回以上にジャンプもさせられた。トランポリンの上で跳ねさせられたこともあったわ。そのころにはもう、ちゃんとサポート力抜群のブラをつけてたけど、わたしの役は大人気になって、登場回数がどんどん増えた。そして気がついたら、わたしが主役のスピンオフ番組ができてたってわけ。フン! それもこれも、わたしが世間知らずでばかだったから。あの日、あんなブラをしていっちゃったからなのよ」

ちょうどこのころ、教育委員会のふたりはもう寝るからと言ってついに席をはずしたのだった。

翌朝、二日酔いのミランダは、口の乾きとゾクゾクする寒気を感じながら、おぼつかない足どりで階下におりてきた。おまけに十六年前のゴールデングローブ賞の受賞会場で起こした破廉恥な事件の記憶までが舞い戻り――酔っ払ったミランダはレッド・カーペットで女優のビー・アーサーと大立ち回りをやってのけたのだ――最低の気分だった。負のスパイラルほど嫌なものはなく、弱気と後悔が頭をもたげはじめていた。

B&Bにはすでにネッドが来ていた。表向きは朝食の支度を手伝うためだったが、ほんとうはミランダを心配して、様子を見に来たのだ。

ビーがフルーツサラダとミューズリーを取り分け、ミランダはほかのふたりの宿泊客のとなりに静かに座る。ネッドがミューズリーを咀嚼《そしゃく》する地獄のような音のせいで、頭が割れそうだった。

「おはよう」ミランダが小さく挨拶する。

するとビーとふたりの客が、「おはようございます！」と元気に挨拶を返し、「今日は聖職者が同席されているから、お待ちしたほうがいいと思っていたんですよ」と言って非難がましい視線をネッドに向けた。ミューズリーが入っていた彼のボウルは、すでにほぼ空っぽだ。

待つ？　いったい何を？　ミランダはなんのことかさっぱりわからない。

「お祈りですよ。フラン牧師にお願いしたいんですけど」とビーが答え、ミランダはあっけにとられて彼女を見た。

この人たち、わたしが本物の牧師じゃないのは知ってるはずよね？　さすがのビーだって、それはわかってる……はずよね？　ミランダは何がなんだかわからなかったが、覚悟を決めた。

こほんとひとつ咳払いをし、「わかったわ。でも、もうずいぶんやっていないから」と言い訳をする。実際、お祈りの文言さえよく思い出せなかった。全員がこうべを垂れたので、しかたなくミランダ・アボット――別名フラン牧師は、それらしい文言を一緒くたにして祈りを唱えた。「天にましますわれらの父よ、願わくは神のもとにひとつの国を、永遠に、永遠に。エ・プルリブス・ウヌム（「多数からひとつへ」を意味するラテン語の成句で、「多州から成る統一国家」であるアメリカ合衆国を表す）。以上」

　その後、教育委員会の女性たちが出かけ、ネッドが朝食のあと片付けをし、ミランダがキッチンテーブルでコーヒーを前にうなだれていると、ビーがついに切り出した。

「あなたは昨日の夜、あのメイドの役を演じるなんて死んでもイヤだ、絶対に、絶対にありえない。そこまで自分をおとしめるつもりはない、って言ってましたよね。あれは本気ですか？」

「『死んでもイヤ、絶対に、絶対にありえない』って言ったら、誰が聞いても本気でしょ？」

「ええ、でも――あのあと、ネッドとちょっと話したんですよ、ねえ、ネッド？」

「ああ、話した」

「前にあたしが言ったこと、覚えてます？　何か困ったことが起きると必ず、もしフラン牧師だったらどうするだろうって考えるって」

「ああ、そうだったわね」ミランダはうわの空で答えた。

「それから、フラン牧師が聖歌隊に入ろうとした回のこと、覚えてますか？　ソプラノのソロをやりたかったのに、コーラス・パートに入れられちゃったことがあったでしょう。それでもフラン牧師はあきらめずに聖歌隊に参加した。そうしたら、マッケンジー神父が彼女の美しい歌声に感動して、結局、彼女がソロを歌うことになった。不当にソロの役をもらった不動産屋も、フラン牧師のほうが上手だと認めざるをえなくなって、ソロを譲ったでしょう？」

「なんだか、妙に具体的に聞こえるんだけど」とミランダ。

「でも『フラン牧師』のあの回は覚えてますよね？」

「……ううん、覚えてない。だって一年で三十九話分のドラマを撮影してたんだもの」

「でも、わかりますよね」とビー。「これって、まさに今のあなたのことですよ！」

「そうね。それはわかるわ。たしかに敵が不動産屋、ってところまでそっくり」

「ねえ、ミランダ、たしかに主役には抜擢されなかったけど、それでもちゃんと役はもらえたじゃないですか。それだけだってスゴイことですよ。それがどんな役であれ、あなたなら絶対に舞台で光り輝くって、あたしにはちゃんとわかってる。だってあなたはスターだもの！　スターの輝きを隠しちゃいけません」

そう言われてもミランダの気持ちは変わらなかった。だが、そこにとどめのひと言が放たれた。

「エドガーだって、あなたの違う面を見ることになるんですよ。そうしたらあなたに対して、これまでみたいな厳しい見方はしなくなるはずです」

「どういうこと?」

「つまり、ご主人はあなたのことを、思いどおりにならないとすべてを投げ出すタイプの女性と思っているんじゃないかしら」

「それは、そうかも」と、ミランダ。「彼、わたしのことを『プリマドンナ気質だ』って言いはじめてたから。ばかばかしいったらないわ!」

ビーとネッドは目を見交わした。

「じゃあ、なおさら公演には参加しなくちゃいけない」とネッド。「メイド役をやるんですよ。そうすれば彼もわかるはずだ」

「そうしたらエドガーは、わたしの謙虚さに感心するかもしれないわね」とミランダ。「そんな端役を引き受けるなんて、って」

「それに、先のことなんて誰にもわからない」とビーがウインクをした。「もし、主役の女性に何かが起こったら……」

「おい、おい」ネッドがビーをたしなめた。「ドク・メドウズは、アネットは〝心臓《ハート》〟が悪いって言ったわけじゃない。ただ、アネットに心臓《ハート》があるとは思えないって言っただけだ。まあ、彼女がオーウェンに対してやったことを見れば、誰だってそう思うがね」

「それはおかしいわね。あたし、彼女には急性の不整脈があるって聞いたけど。まあ、ストレスかもしれない。いずれにせよ彼女が役を降りる可能性はゼロじゃないし、もしそうなったら……つまり、あたしが言いたいのは」そう言ってビーはミランダに台本を渡した。「自分のセリフだけじゃなくて、主役のセリフも覚えておかないといけない、ってことですよ。万が一に備えて」

プリマドンナ気質？　とんでもない！　だったら証明してあげる、とミランダは思った。わたしが、この世に存在する誰よりも謙虚な人間だとエドガーにわからせなくちゃ。わたしだってその気になればあきれるほど控えめに、慎ましやかになれるということを見せてあげる！

それに稽古が始まれば、エドガーは毎日、ミランダを見ることになる。そうなればさすがの彼もミランダの存在を無視できないはずだ。

「わたし、やるわ！」とミランダは宣言した。「やりますとも！　顔をつくってくるから、五分だけ待ってて。書店に行って、自分でエドガーに伝えるわ。バックリー署長、車をお願い」

彼女は、ひとつかみのアスピリンをグラス一杯のサニーDで一気に流し込むと、意気揚々と部屋に戻っていった。

ネッドがビーを振り返る。「彼女、おれがタクシーじゃないってわかってるよな？　それにあんたがさっき言ってた聖歌隊やオーディションが出てくる『フラン牧師』の回だけど、観た覚えがないんだよなあ。てっきり、あのシリーズは全部観たと思ってたんだが」

「あのね、ネッド、あんな回はもともとないの。とにかく、彼女を家の外に出したかっただけ。もうこれ以上、『フラン牧師』マラソンにはつきあえないもの。それと、彼女がドラマを観ながらさかんに付け足す裏話ももうたくさん！　あんなのを聞かされたら、ドラマが台無しよ」そしてビーはネッドにというよりは自分自身に言い聞かせるように言った。「わたし、実際に会う前のほうが、彼女のことを好きだったかも」

その四十六分後、ネッドはミランダを書店の前で降ろした。「ありがとう。じゃあ、終わったら電話するから」とミランダが言い、ネッドは心底げんなりした顔でため息をついた。

店内に入ると、最新のコージー・ミステリーから目を上げたスーザンが、にこやかに彼女を迎えた。

「あら、こんにちは！」

「ちょっと上に行ってくるわ、エドガーと話が――」

けれどスーザンの次の言葉に、ミランダは驚いた。「ダメ！　っていうか、ここで待っていてください。彼はすぐにおりてきます。今、電話をしますから。わざわざ上がっていかなくてもここで、ここで待っててください」

いったい何ごとかとミランダが戸惑っているうちに、階段を踏みしめる聞き慣れた足音といつもの調子はずれの口笛、そして彼の先を歩くラブラドール・レトリーバーの重たげな足音が聞こえてきた。

「オスカー!」ミランダはしゃがんでラブラドール・レトリーバーを抱きしめてから、はっと気がついた。そうだ、この子はオスカーじゃない、オスカーの娘のエミーだった、と。

「ほんとうにいい子ねえ。このかわいい子はだあれ? そう、エミーちゃんね!」

彼女を見たエドガーは固まった。「ミランダ?」

「そう! わたしよ」彼女は立ち上がると、魅力たっぷりにほほ笑んだ。いっぽうエドガーは電気ウナギにでも近づくみたいに、警戒心丸出しで近づいてくる。

「すべて順調かい?」

「順調って、わたしたちが?」

「芝居のことだよ。オーディションの結果は聞いた。アネットのオーディションは見なかったが、きみよりうまかったとは思えないな」

「彼女、セリフを一行も言わなかったのよ」とミランダは愛想よく答えた。「でも、そんなことどうでもいいの。わたしは、役をもらえただけでハッピーよ。小さな役なんてない、小さな役者がいるだけだ、ってよく言うでしょ?」

「へえ。きみは……昔と変わったな」

ミランダのポイント、一点アップ。

「あなた、稽古には来る?」と、彼女は何気ない調子で尋ねた。「つまり、キャストやスタッフと一緒に、っていう意味だけど」

「もちろん行くよ。稽古はいつも、すごく楽しいんだ。でもミランダ、これは小さな舞台だよ。アマチュアが演じる、地元の公演だ。ブロードウェー級の芝居を期待してもらったら困る」

「そんな期待はしないから、ご心配なく」とミランダ。「だってあの脚本だもの！　あれじゃあねえ」

「ああ、たしかにばかげた芝居だ。でも演じる人たちは楽しんでいるし、あの作品なら彼らの演技力でもなんとかなる」

「それに、主役がメイミー・ディケンズでしょ?　ヴィクトリア朝時代の探偵とか?」

「ああ、彼女はチャールズ・ディケンズの姪なんだ。実在の人物で、ここハッピー・ロックの出身なんだよ。実際にこの家に滞在していたのも事実だ。そこの部分は、史実に基づいてる」

ミランダは声をあげて笑った。「まあ、そうなのかもしれないけど。でもね、エドガー、正直言ってこの芝居は笑っちゃうほどひどいわ。第三代レジナルド・バッキンガム卿って人、あれは何?　それに、ウセックス伯爵が『最近、侵入者の脚を撃った』って言えば、そのとたんに、わざとらしく足を引きずった庭師が登場するし、予言者は何度も、絶好のタイミングで陰謀のヒントをバラし続けるし。もう、台本を読んでるだけで、おなかの皮がよじれるほど笑ったわ。でも、この作品が笑いを意図してつくられているのかもよくわからないのよね。だってみんな、このお芝居に大真面目で取り組んでるんだもの。まるで、芸術作品を上演するみたいに」

「あの芝居は」エドガーの口調が冷えていく。「このコミュニティで実際にあった事件を下敷きに、このコミュニティの人たちが演じ、このコミュニティの人たちが楽しむ殺人ミステリーなんだ」

「でも、エドガー、あなたは脚本家じゃない！　あなただったら、あの作品が悪ノリしすぎなのはわかるはずよ。あれを書いたダグ・ダークスっていう脚本家が誰かは知らないけど、でも――」

「ミセス・アボット！」と叫んだのはスーザンだった。立ち上がって、とりあえず口ははさんだものの、次に何を言えばいいかわからないらしい。「もしよかったら……お茶でもいかがです？　わたしの魔法瓶のお茶でよかったら」

「ありがとう、でも大丈夫」そう言うと、ミランダはふたたびエドガーに向き直った。「それから力持ちのセスとかいう人物？　ここ一番というときにジャムの瓶を開けられなくて、レジナルド卿の病弱な弟だってばれちゃうあのシーン、あれはさすがにないでしょ。ねえ、エドガー、あんな脚本を読んで『すばらしい傑作だ！　チケットを売って、劇場で上演しよう』なんて思う人がいると思う？　普通だったらあんなのは即ゴミ箱行きよ。だって、すべてがごちゃまぜの、壮大なごった煮だもの」

「でも、そこがポイントなのかもしれない」エドガーが怒りを押し殺した声で言った。

「それが、脚本家の意図だったのかもしれない。たぶんそれこそが、脚本家の狙いだったんだ。何か楽しいもの、明るくて、みんなが楽しめるものを作りたかったんだ。ミランダ、そういうふうに考えたことはないかい？」

「正直に言って、このダグ・ダークスとかいう脚本家の狙いなんて、どうでもいいわ」

「ミセス・アボット！　どうぞそのへんにしておいて――そんなことよりお茶を召し上がってくださいな。エドガーはいま忙しいので、しばらくここでわたしとおしゃべりでもしてー―」

「お茶は結構よ、スーザン。それより、なんの話だったかしら？　ああ、そうそう、この忌まわしい茶番劇の話をしていたのよね。ねえ、エドガー、この大失敗作品を書いた脚本家、あなたは知ってるの？」

「ミランダ」エドガーが冷えた目で彼女を見た。「ぼくがそのダグ・ダークスだ。ぼくが、その芝居を書いたんだよ。三つの市民劇団が一緒になって演じられる作品を、と考えて書いたんだ」

「え？　あら、そうなの？」長い沈黙が続き、ミランダはようやく言葉をついだ。「さっきわたし、忌まわしい茶番劇って言ったけど、あれはいい意味で言ったのよ。セリフのひとつひとつには躍動感があるし、まるで台本から飛び出してくるみたいに生き生きとして──」

「ほかに、何か用事は？」そう尋ねる彼の声は、冷えた鋼鉄のようだった。「きみは公演には出演するんだね。それはよかった。ちなみに、ぼくの弁護士が書類を用意したので、きみにサインをもらいたい。このあいだベンガル・ラウンジで渡そうと思ったんだが、きみは席を蹴って出ていってしまったからね。まあ、いつものことだ。書類はビーのところに送るよ。もし、ほかに用がないのなら失礼する。ほかにも、やることがあるんでね。こんなところできみと油を売っている暇はない」

「エドガー、お願い。わたしそんなつもりじゃ──」

そのとき、二階から物音が聞こえた。エミーはさっき下におりてきたはずだ。「ワンちゃんがもう一匹いるの？」ミランダが尋ねる。

どうやらその音は足音のようだった。幽霊？　どうか幽霊でありますように、とミランダは祈った。女性の訪問客なんかじゃありませんように、と。

「いや、犬じゃない。お客が来ているんだ。二階でぼくを待ってる。だから見送らないよ」彼はきびすを返し、本に埋もれた世界へと消えていった。

ミランダは顔が真っ赤になるのを感じながら、スーザンを見ることもできずに店を飛び出し、暖かなティラムックの朝の空気へと出ていった。そしてそのとき初めて、エドガーの書店の真ん前にド派手な車が駐まっているのに気がついた。車の側面に「アネットにおまかせ！　アネット・ベイリー不動産」と宣伝文句がでかでかと入ったピンクのキャデラックだ。

13　力持ちのメルヴィン

ミランダはオペラハウスへと港沿いを歩いていた。水面で優しく揺れるヨットや、金色に輝くダッチェス・ホテルの前を通り、アネットの笑顔全開の不動産会社のベンチを通り過ぎる。ベンチの前を通るたびに、その笑顔はよりいっそう悪魔的に見えてきた。「アネットにおまかせ！　あなたの人生台無しにします！」と言われている気分だ。

エドガーの店の前に駐まっていたピンクのキャデラックが、ミランダを苦しめていた。アネットはエドガーと一夜をともにしたのだろうか？　ベンガル・ラウンジで、エドガーの椅子の背もたれをすっと撫でていたアネットの手つき、「こんにちは、エドガー」と言った彼女の甘い声。そして、自分はトライ・ロック地域でもっとも魅力的な独身男性と言われていると言っていた彼のジョークがよみがえる。

もしそうなら、エドガーがアネットと寝たのは、彼女がミランダから主役を盗んだあと、ミランダが侮辱を受けたあと、ということになる。考えることさえつらいので、ミランダはそれを頭の隅に追いやり、できるだけ考えないことにした。

そう、稽古に行かなくちゃ、と彼女は自分に言い聞かせた。

クリーム色の外観とロココ調の華やかさが際立つオペラハウスは、道をはさんだとなりにあるどこかもったいぶった雰囲気のダッチェス・ホテルとはまさに対照的だった。気がつくと、正面の入り口から人々が続々と劇場に入っていくのが見えた。きっと観客だろう。そう思ってから、「え、観客？」と思わず声が出た。あの人たち、稽古を観に来るわけ？

「あたしたちの初稽古はビッグイベントなんですよ。大事な夜が来るまではね」と前にビーが言っていたのを思い出した。

「大事な夜って、初日公演のこと？」

「いいえ、衣装もつけて行う最後の舞台稽古、ドレスリハーサルのことですよ。この夜のチケットはいつも売り切れ」

チケット係のビーが言うのだから、たぶんそうなのだろうとは思っていた。けれど実際に観客がぞろぞろ劇場に入っていくのをその目で見るまでは、あまり本気にしていなかったのだ。ミランダは正面のロビーから入っていくのを避けたが、それはたんなる習慣でしかなかった。自分が正面から入っていったところで騒ぎになどならないのは、すでに彼女もわかっていたからだ。もし、人々が誰かを待っているとしたら、それはアネットだ。騒ぎを起こすなら、アネットにおまかせ、というわけだ。

「みなさん、こんにちは！　またわたしのことを見に来ていただいて、とってもうれしいわ!」やってきたアネットがそう言いながら、自分に憧れのまなざしを向ける人々のほうに歩いていく。

いっぽうミランダは、劇場を回り込む通路から脇の入り口に向かったが、そこでもアネットの影から逃れることはできなかった。スタッフ用の駐車スペースに、例のピンクのキャデラックが泥だらけのジープに寄り添うように駐まっていたのだ。エドガーはいつもジープに乗っていた。ロサンゼルスにいたときでさえジープに乗っていたから、よく「バーバンクには険しい坂道なんてないんじゃない?」と言ってからかっていた。あのころからエドガーは、ショービジネスからの脱出を考えていたのだろう。

ジープとキャデラック。もしかしてアネットとエドガーの車は劇場まで一緒に来たのだろうか。そしてとなり合わせに車を駐め、いちゃいちゃしてから別々に劇場に入ったのか。ジープのとなりにはネッドのパトカーが駐まっていた。(それともカールのパトカー?そう考えたら、ちょっとゾクッとした)。そのとなりには、錆《さ》びたドラム缶やペンキのこびりついた缶、あちこちへこんだ道具箱が積まれたフォードのピックアップトラックが駐まっていた。これはたぶん、バートの車だろう。

楽屋口のドアを叩く代わりにブザーを押すと、数分でスーザンが現れた。

戸口に出てきたスーザンが、心から心配そうにミランダを見つめる。「大丈夫ですか?」

「エドガーのこと? それとも配役のこと?」

スーザンはちょっと考えてから「両方、ですね」と言った。

「だいぶ落ち着いてきたわ」

「まあとにかく、入って。今、お茶をいれますから」

お茶は辞退したが、もしスーザンが誘ったのがウイスキーのような強いお酒だったら、たぶん飲んでいただろう。

ふたりはスーザンの仕事用の小さなデスクに向かい合って座った。デスクには薄紫色の領収書帳と金属製の小型金庫が置かれ、装丁された冊子が積み上げられている。

「ああ、ミランダ、あなたにも台本を渡さないと。全部に目を通して、セリフは役ごとに色を変えてハイライトしてあります。あなたのセリフはブルーで」

ええ、ええ、わたしの気分はブルーよ、とミランダは思った。

スーザンが積み上げられた台本から一冊をミランダに渡す。「色をつけておくと、役者がセリフを覚えるのに役立つんです」

だが、ミランダのセリフは一行だけだ。「わたしの場合、覚える心配はないと思うけど」

「まあ、いずれにせよ稽古が始まれば、舞台袖でわたしがプロンプターをしますから。オーウェン・マッキユーンは、セリフやセリフを言うタイミング、立ち位置、観客が見ている方向とか、そういったことをしょっちゅう忘れるんです」

そこでスーザンは、ミランダが領収書帳を見ているのに気づき、本能的にその上に手を置いた。ふたりの視線が合う。

「ねえ、スーザン、わたしの会費は誰が払ってくれたの？」

スーザンは口ごもった。「それは――それは教えられません。申し訳ありませんけど、領収書は私的なものですからね。教えてさしあげたいのはやまやまですけど」

「でも、誰が払わなかったか、は言えるわよね？」

「まあ、それはそうですね」

「払ったのはエドガー？」

スーザンは静かに答えた。「いいえ、エドガーじゃありません」そう言ってからすぐに付け足した。「でもだからといって彼があなたのことを気にかけてないわけじゃありませんよ」

「スーザン、彼はほんとうにいつもわたしの話をしていたの？　わたしがいなくてさみしいとかそんなことを、ほんとうに言っていた？」

これについては、スーザンは口ごもらなかった。「ええ、もちろん。彼、ほんとうにさみしがってました」

「そう。でもビーの話じゃ……」ミランダの声が途切れた。いったい、ビーは何を考えているのだろう。「ビーが、わたしとエドガーを引き離そうとしてると思う？」

「そんなことあると思いますか？」とスーザン。「でもわたしとしては、なんでビーがそんなことを言うのかさっぱりわかりません。彼女に直接訊いてみたらどうですか？」

「訊いてはみたけど、彼女、エドガーはもうわたしには関心がないんだろうって言うの」

スーザンは残っている台本を集めると、同情の目をミランダに向けた。「舞台を案内しましょうか。ほかの出演者たちもそろそろ集まってきますから」

ミランダはスーザンのあとについて舞台裏の迷宮を通り抜け、男性用、女性用、そして最後のひとつはスター用と、合計三つの更衣室の前を通り過ぎた。その三つ目のドアにはすでにアネットの名前が貼られている。主役を演じる役者の特権のひとつだ。

滑車やロープ、そしてさまざまな背景が吊《つ》られた舞台裏を抜け、ステージに出る。緞《どん》帳《ちょう》は上がっており、すでに客席では見物客が第一回目の稽古が始まるのを待っていた。

ステージ上には、折りたたみ椅子がふたたび観客に向かって半円形に並べられていた。舞台の片側に置かれたテーブルには、プラスチック製の水筒がずらりと置かれ、ボールペンが扇状に並んでいる。

「〈TBフーズ〉が寄付してくれたんですよ」スーザンが誇らしげに言う。どうやら彼女が、この寄付をとりつけたらしい。

案の定、すべてのボールペンと水筒には、〝ハッピー・ロックでTBをお楽しみください！〟と印刷されていた。

企業スポンサーね、とミランダは思った。

「買収されないかぎりはいいんじゃない？」とジョークを言ってみる。

けれどスーザンには通じなかったらしい。

「とんでもない。買収なんてことは絶対にありえません。うちは、クリエイティブ面では〈ＴＢフーズ〉から完全に独立しています。プログラムのなかで謝意は示しますけどね。それ、まずいと思います？」スーザンが心配そうに尋ねる。

だからアネットは、自分用にあのど派手な水筒を持ってきているのか、とミランダは納得した。ミランダはスーザンに、スポンサーがつくことにはなんの問題もないし、ハッピー・ロック合同&統合小劇場協会の品位が落ちることもないと請け合った。

スーザンはテーブルに並んだ水筒のとなりに台本をきちんと積み上げ、舞台の袖へと消えていく。

舞台では、腰にツールベルトを巻いたバートが、観客に背を向け、ロドニーに足場の位置を指示していた。「右……右……下手《しもて》だ……舞台を背にして右だ」

そこにネッド・バックリーとタンヴィル・シンが、ペンキを塗った何本もの角材をステージ上に運んできた。それをどさりと床に落とす。バート同様、彼らもツールベルトを巻いていたが、ネッドのベルトは明らかに新しかった。

今日のタンヴィルはあざやかなオレンジ色のターバンを巻いていた。顎ひげを伸ばし、目をきらきら輝かせている。

「いやあ、最高だな！」とタンヴィルが言った。

彼は釣り餌店の主人だが、ほんとうに好きなのは大工仕事のようだった。

そしてそれは、ネッドも同様らしい。

このとき観客席では、最前列のほぼ全員――ほぼ全員が年配男性だった――が、ツールベルトに手をやるバート・リンダーの一挙手一投足を、食い入るような目つきで見つめていた。さりげなく腰のソケット・レンチに手をかけるその姿は早撃ち名人さながらで、最前列の観客たちは期待にさらに身を乗り出した……だが最後の瞬間、バートはソケット・レンチではなく、ピーターセン・バイスグリップの七番を選び、「お、そっちを選んだか」と客席にざわめきが起こった。

次にバートは足場まで歩いていくと、フランジ付きナットのひとつを、ゆっくりと慎重に一度だけ締め、戻ってきた。腕組みをして立ち、できばえを眺めてから満足げにうなずく。それを見た最前列の一同は、拍手喝采したいところをぐっとこらえた。

いっぽうタンヴィルとネッドは重い合板をえっちらおっちらステージまで運んでくると、半円状に並べた椅子の後ろに積み上げた。

「あなたたち、セットの建て込みをしてるの？」ミランダがバートに尋ねた。「それも今？」

「いや、違うよ」とバート。

ああ、よかった、とミランダはほっとした。第一回の読み合わせがじき始まるが、大工仕事が進行する同じ舞台で、読み合わせをするのはごめんだ。

「建て込みじゃなくて」とバートは訂正した。「組み立てだ。まあ、毎年やることはおんなじさ。古いやつをバラして、次のシーズンまで保管しておく。そして毎年、また組み立てる」

ネッドは立ち止まって、息を整えていた。腰に巻いたツールベルトをぴしゃりと叩く。

「このベルト、どう思う？」と彼はバートに尋ねた。「よく見てくれよ。新品だ。なかなかいいだろう？」

バートはそのベルトに目をやった。「悪くないな、じゅうぶんだ」

ネッドは大喜びで、ミランダにささやいた。「聞きました？　悪くないそうだ」

「また大工仕事ができるのはうれしいなあ」とタンヴィルは言い、バートに向き直った。

「あのメタルの取り付け用金具には、十六番のステンレス製フラットヘッド木ネジを使うんですよね」

「ああ、そうだよ。去年とおんなじだ」とバート。

「親父が大工で」タンヴィルが言った。「昔ながらの大工でした。片目と糸があれば、水平器なんていらないってタイプのね。ぼくはポートランド出身、母はシアトル出身なんですが、親父はパキスタンのペシャワール出身なんです」

「カイバル峠があるところだな」とバート。

「ええ、そうです。行ったことがあるんですか?」

バートは、はっきりとは答えず、ただ肩をすくめた。ネッドがミランダを見てにやりと笑う。その目が〝ほらね、彼はスパイだと言ったでしょう?〟と言っていた。

なるほど、彼はカイバル峠がどこにあるかを知ってるわけね、とミランダは思った。でも、それがどうしたというのか。たしかスーザンはバートについて、「ときどき店に来て、ル・カレの作品をよく読んでいる」と言っていた。「あの手のスパイ小説は厳密にはミステリーとは言えませんから、この店に置く必要はないんです。でも、エドガーは優しいから、ちょっとしたスパイ・コーナーを追加したんですよ。バートだけのためにね。彼はそれを夢中になって読んでいます」と。

もしかしたら、役づくりの勉強をしているのかもしれない、とミランダは思った。

ネッドとタンヴィルが、舞台装置をさらに運び入れるために、おもてに出ていく。

そこでミランダは、「ねえ、バート、あなたあちこちを旅してるんでしょう?」と探りを入れてみた。

「三月は、ジョリー・ペブルまで行った。ジグを使ってニシン釣りにね。タイセイヨウニシンが釣れる。おれとドクとオーウェン・マッキューンの三人でドクの舟で行ったんだ。サケのシーズンにはまだ早かったが、それでも結構、釣れたな」

「そうじゃなくて、もう少し遠くのこと。たとえばポートランドとかは?」

「行ったことないな」

「でも、ここからたった一時間半よ。なのに行ったことないの?」

「用事がないんでね」

「行ってみたい、とも思わないの?」

「都会の連中は気取ってるからな。わざわざ行く必要も感じない」

トライ・ロックを出たことのないスパイとは。ル・カレの作品に出てくるスパイとはだいぶ趣が違う。

いっぽう、舞台の反対側ではタンヴィルの妻のハープリートがたくさんのマチ針を咥えて、メルヴィン演じる力持ちのセスの衣装合わせをしていた。衣装は、筋肉に見えるように発泡スチロール材のパッドが入ったヒョウ柄のレオタードだ。

どうやらこの役には、高校でも一番痩せっぽちの子が選ばれたらしく、これなら瓶の蓋を開けられずに困る、というクライマックスの見せ場でも、特別の瓶など必要なさそうだった。あの子なら、普通の瓶を開けるのさえ苦労するに決まっている。

「動かないで」マチ針を咥えたまま、ハープリートが叱りつけた。「動くと針が刺さるわよ」

案の定、「イテッ」と悲鳴があがった。

ハープリートはスタッフのために、濃いシロップに漬けたらせん状のぱりぱりした菓子、ジャレビをひと皿つくってきていたが、メルヴィンはそれを吸い込むような勢いで口に入れ、ほとんどひとりで平らげてしまった。痩せっぽちだが、猛烈な食欲の持ち主だ。ハープリートが何度もうっかり彼にマチ針を刺してしまっているのは、たぶんそのせいだろう。彼女が作業のあいだじゅう、ドラマ『ジャレビ・バイ』の歌を口ずさんでいるのが、それをいっそう裏付けていた。

ミランダはため息をつくと、劇中の自分の片思いの相手、力持ちのセスに挨拶に行くことにした。これが力持ちのセス？　ナナフシみたいにガリガリで、ニキビ顔の彼にわたしは恋をするわけ？　そう思ったが、ミランダが演じるメイドはこの怪力男に〝思わせぶりな視線〟を送り、彼の最大の見せ場である〝ジャム瓶の決闘〟に挑むきっかけをつくることになっていた。この彼に思わせぶりな視線を送るには、ミランダの演技力を総動員する必要がありそうだ。

ハープリートが衣装の胸と肩部分を大幅に詰めているところを見るかぎり、メルヴィンは力持ちのセス役を演じるのが初めてか、あるいはアトキンス・ダイエットに匹敵する無謀なダイエットを強行したかのどちらかのようだった。ちなみに、正解は前者だ。

「先代のセス？」発泡スチロールの筋肉を着たメルヴィンがミランダに聞き返した。「つまり、セスのこと？」

「そうじゃなくて、前にセスを演じたのは誰？」

「ちょっと動かないで」とハープリート。

「だから、それがセスなんだって。セスは彼の本名で、セスに当てて書きした役だから、〝力持ちのセス〟なのさ。この役は、セス本人が最初の公演からずっと演じてた。それで今回はおれがこの衣装を着るから〝力持ちのメルヴィン〟にしてくれって頼んだんだよね。でも〈力持ちのセス《ストロングマン》〉のほうがゴロがいいから、このままにしたいって言われてさ。なら、〈筋肉マンのメルヴィン〉はどうかって言ったら、メルヴィンって名前は強そうじゃないって言われたよ。〝セス〟だってそんなに強そうじゃないだろって言ったら、もともとのセスは、彼自身が強かったからいいんだってさ。まったく！　まあ、セスは引退して、今はグラッド・ストーンの老人ホームにいるんだ。八十四歳ぐらいだよ。みんなでこっちに残るように説得したんだけど、もう〝タリーホー（キツネ狩りのときにハンターが使う掛け声）〟って言いながら、張り子のダンベルを持ち上げるのは嫌なんだってさ。セスの〝タリーホー〟はすごくうまくて、いつも拍手喝采だったんだけど、みんなの前でポーズをとったり、瓶の蓋を必死になって開けようとする演技にはもう飽き飽きしたって言ってたね」

ハープリートは、ほうきの柄みたいに細いメルヴィンの腕に合わせて、衣装の二の腕部分を引っ張り、チョークで印をつけていく。

いっぽう客席の最前列にいる女性たちは、夫たちがバートに向けていたのと同様の熱っぽい視線で、ハープリートの手元を食い入るように見つめていた。「ねえ、彼女はあれをどう処理すると思う？　クロスステッチかしら？」「きっとそうよ。そうじゃないと、はじけちゃうもの」

「自慢する気はないんだけどさ」鼻歌を歌うハープリートに何度もマチ針で刺されながら、メルヴィンは言った。彼は明らかに、ミランダの気を引こうとしていた。「おれ、ハッピー・ロック高校演劇クラブの副部長なんだ。ジュディはおれのことを〝次世代のテスピアン〟の代表だって言ってる」そこでなんとも言えぬ妙な間があいた。「テスピアンって役者のことだよ」

「ええ、知ってるわ」

「それに、おれのほかには誰もこの役に立候補しなかった。だから、この役をゲットできたんだ。ジュディは先にダグ・ダークスに確認したって言ってた。つまりミスター・アボットにね」そこでメルヴィンが声を落とした。「ダグ・ダークスって彼の偽名なんだ」

それで、そのエドガーはどこにいるわけ？

メルヴィンが客席の後方を身振りで指さした。最後列の薄暗がり。出口の標識の赤い光のせいで、エドガーはどこか燃えているように見えた。逆光のシルエットだ。彼がまっすぐこちらを見つめているのが、ミランダにはわかった。ここからでも、彼の激しく燃える瞳が見える気がする。もはや夫の傍らで、稽古の夜をのんきに過ごすことなどありえなかった。彼女は夫の脚本をけなしたのだ。脚本家は、そういう発言を個人攻撃として受け取る。そのうえ夫の脚本を「忌まわしい茶番劇」とまで言ってしまったのだ。でも、面白いとも言ったはずだ。それが意図したものではないにせよ、面白いことは面白い。でも彼は、ミランダが言ったポジティブなコメントにはとり合わなかった。エドガーはそういう人だ。そこにロドニーが重たい舞台用照明《フレネル・ランタン》を持って通りかかった。通り過ぎざま、メルヴィンにもごもご挨拶する。

「やあ、ロドニー」メルヴィンが声をかけた。「調子はどうだ?」

「うん、いいよ」と答えた彼はミランダに不機嫌そうな顔を向け、「もう行かなきゃ」と言った。

「おれたち学校が一緒なんだ」筋肉男のメルヴィンが言った。ハープリートは、彼のもういっぽうの二の腕の発泡スチロール製筋肉の調整を始めていた。「ロドニーも同じ演劇クラブだけど、役がついたことはなくて、いつも裏方をやってる。毎年、すべての公演で裏方をやってるんだ。ティーナも卒業する前は、すべての公演に関わってた。ペンティ先生、あ、グレアムはいつも彼女に主役をやらせてたし。高校では、ティーナはおれより一年上だった」

「じゃあ、ロドニーは?」

メルヴィンは、冷たい言い方にならないように言葉を選びながら答えた。「ロドニーはおれより二、三歳年上かな。今は十二年生だけど、十二年生をやるのが今年で三年目なんだよ。けっこう、つらいめにあってたから」

「いじめられてた?」

「それならまだいいさ。無視されてたんだ」

「はい、できあがり!」ハープリートが、膝をきしませながら立ち上がった。

「じゃあ、よーく気をつけて脱いでね。そうすれば――」

「イテッ!」

「ほらね? だから言ったでしょ?」

メルヴィンが残りの筋肉をおそるおそる脱いでいると、ティーンエイジャー特有のにおいがミランダを襲った。とはいっても、よくあるホルモンのにおいというよりは、なんというか……自分の演じる役が、この彼に恋心を抱くのだと思ったら、げんなりした。

ハープリートはミランダのほうに向き直ると、頭の先から足もとまでをじろじろと見た。明らかに、メイドの衣装直しのために、ミランダのサイズと体形を、あのホリー・ヒントンのそれと比べている。

「腰回りを、少し出さないといけないわね」とずばりと言われた。ぐうの音も出ない。

「それから、バストも」

あら、それほどでも、と少し気分が上向いた。

「きっときれいなメイドになるわ」ハープリートがうれしそうに言った。「死んでしまう場面、練習しているんでしょう? ホリー巡査はすごく上手だったの。ほんとうに超がつくほどの名演技だったわ」

ミランダには彼女の言葉が、励ましというよりは脅しのように聞こえた。

14 割れたグラスとニアミス

ミランダはすでに例のチラシの裏のリストにハープリートと彼女の夫を加えていた。

タンヴィル・シン――金物と釣り餌の店、装置を作るバートとネッドの手伝い

ハープリート・シン――タンヴィルの妻、衣装担当、生地店を経営

ハープリートの名前の下に、「ホリーが死ぬシーンのファン」と付け加える。

彼女はまだ、チーム・ミランダのメンバーを決めていなかった。また、これからの数週間に自分にどんな尋常ならざる事態が降りかかるのかも、このときの彼女にはわかっていなかった。いずれにせよ、ミランダは力持ちのセスもリストに追加しておいた。

メルヴィン――ティーナとロドニーと同じ高校、グレアムの演劇クラブの教え子、味方候補？

このとき、ミランダは自分がつくっているこのリストがやがて容疑者候補のリストになるなどとは思ってもいなかった。殺人事件など、ミランダの意識の片隅にもなかったからだ。芝居の演技指導が始まり、それだけで精一杯だった。だがそれでも、事件は刻一刻と近づいてきていた。

グレアムの妻のデニース・ペンティはずっと音響室にこもり、着色ガラス越しに舞台を見ながら、効果音のキューを出していた。薄ら寒い風の音や、こういう芝居ではお決まりの、死体発見時に流れるジャ・ジャ・ジャ・ジャーンといった効果音。それ以外にも彼女は照明の合図出しも担当していて、この掛け持ちにはミランダも驚いた。

「音響や照明は担当しないの？」とミランダはバートに訊いてみた。

「やらないね。おれの担当は、セットの組み立てとバラしだけだ。それが終わったら、ではまた来年までさようならだ」

「お芝居自体は観ないわけ？」

「ものによるね。犯人は去年と同じだろ？」

「まあ、そうね」

「そして、その前の年とも同じだ。実際のところ、この十年間ずっと同じだろ？」そう言って肩をすくめた。「じゃあ、なんで観なきゃならない？　あれはフーダニット（おもに犯人捜しを楽しむミステリー作品）で、おれはもう犯人を知ってる。グレアムだ」彼は、今夜の初稽古を観に集まった観客たちに目をやった。「なかには毎年、観に来てるのに、犯人がわかるたびに息をのむ連中もいる。その気持ちがおれには皆目わからんよ」

それはそうよね、とミランダも思った。十年も観ていれば、犯人が誰かなんてわかりそうなものだ。

ほかの出演者たちも、ぱらぱらとステージにやってきた。グレアム（レジナルド・バッキンガム卿役）はいつものカーディガンとカーキのパンツ姿、オーウェン（頬ひげをたくわえたウセックス伯爵役）はカーゴタイプのショートパンツとTシャツ、そして色のあせたジーンズ姿のドク（ドク役）はいつもどおりハンサムだ。

そこに義足をつけた年配の男性が現れた。動きは機敏だが、不機嫌そうで、例の無料のペンと水筒を取ると、なんだクッキーはないのかとぶつぶつ言っている。

「いつもなら、クッキーがあるんだがな」と彼は不平を鳴らした。

ステージ上で、みなに台本が行き渡ったかを確認していたスーザンは、その声に気づいて謝った。「今年は予算がきついのよ」

「おれのことはピートって呼んでくれ」とその男性はミランダに言った。「一本足の海賊ピートのピートだ」

ミランダには、それが冗談なのかそうじゃないのか、よくわからなかった。庭師役を演じる彼の笑顔をミランダは一度も見ていなかったが、庭師は気難しい性格という設定なので、それ自体に特別の不都合はない。もしかしたらエドガーは、彼に合わせてこの役を書いたのかもしれない。

メルヴィンは力持ちのセス役。気味の悪いカールは執事役。これで、メイミー・ディケンズと偉大な予言者以外のキャストは全員が出そろった。

とそのとき、消火栓そっくりの演出家、ジュディが舞台に現れた。「こんにちは、役者仲間のみなさん！」と呼びかける。

役者仲間？

ミランダは驚いてドクを振り返った。「まさか、彼女……」

「ご名答。今年は彼女が予言者役だ」

「自分で自分を配役したわけ？」

「そう、予言者役にね。憧れのスターと共演できるチャンスを逃す手はないと思ったんじゃないかな」

一瞬、ミランダはドクが自分のことを憧れのスターと呼んだのかと思ったが、あいにくそうではなかった。彼が言うスターとは、アネット・ベイリーだ。

そして今度は、客席に新たな拍手のさざ波がわき起こった。アネット登場だ。

「こんにちは、みなさん！」彼女が挨拶をした相手は出演者たちではなく、観客だった。

まるでトラクターのようにパワフルな笑顔。アネット・ベイリーは、トライ・ロック地域のディナー・シアター（食事をしながら演劇鑑賞ができるところ）のスターであり、バス停のベンチに君臨するスターだった。彼女は舞台中央でスター然とした優雅なお辞儀をしてみせると、レモン色のシフォンのスカートを揺らしながらくるりと一回転して、ほかの役者たちに向き直った。

そして次の瞬間、今後の稽古場を支配する空気は決定した。猫のような足どりで舞台を横切ったアネットに、照明用の重たいライトを運んでいたロドニーがぶつかりそうになり、彼女が彼にキレたのだ。「さっさとどきなさいよ、まったくのろまなんだから」声を殺してはいたが、それでもステージにいた全員の耳にその声は届いた。

アネットは椅子にかけると、華麗な動きで足を組み、冷たい視線を浴びせてきたグレアムにその脚線美を見せつけた。

「アネット、ぼくの生徒にそういう口のきき方はやめてくれないか」

「あら、彼はあなたの教え子だったわね、グレアム。あなたのことも、あなたの生徒たちのことも、わたしたちは、よーく知ってるのよ」そう言って彼女は氷のような視線を向けた。「『ヤムヤムの木の下で』だったかしら？」

バートが書き割りのひとつに釘《くぎ》を打つ音が響いた。重い硬材の板には本物のドアと本物の窓がはめ込まれている。窓枠も本物のオーク材で、舞台装置用の窓ではなく、まさに本物の窓だった。つや出し加工が施された窓枠は分割され、上部には飾り格子がある。誰が見ても、エドガーの書店の窓そのものだ。

ミランダは、その頑丈さに目を瞠《みは》った。軽量の松材で組んだ骨組みの上に、薄いキャンバス地を張っただけなどという安っぽいものではない。それに、ブロードウェーでも普通に使われている、役者が叩くと揺れてしまうような〝壁〟もどこにもない。それは何世代も使えるぐらい頑丈なセットだった。彼らはたんなる舞台装置を〝つくった〟わけではない。これは本格的な大工仕事だった。

ネッドとタンヴィルはバート・リンダーを手伝い、ジュディが「役者のみなさん、そろそろ席についてください！」と呼びかけたときも、三人ともハンマーを振るう手を止めようとはしなかった。さらにジュディは観客たちにも「みなさん！　『ディケンズ家の死』の第十回記念公演の初読み合わせを始めます！」と声をかけている。

そのとき、ミランダの背後でささやく声がした。「あんたが誰かはわかってるんだ」

驚いて振り向くと、そこにいたのはカール巡査で、ミランダはさらに驚いた。なぜだか、警官の制服を着ていないときのほうが、いっそう気味が悪い。

「あんた、フラン牧師だろ」とカール。

あら、やっとわかったのね。たいへんよくできました。でもわたしが誰かなんて、今じゃここにいる全員が知ってるわ。ただ、わたしのことなんて、誰も気にしていないだけ。本物のセレブの前ではわたしも形なしなのよ。それも相手は地元のセレブっていう一番たちの悪いセレブ、あのアネット。

と言ってやりたいところだったが、彼女はただ「お会いできて光栄だわ」とだけ返した。「あんた、ミランダ・アボットだよな」とカールの目が、抜け目なさそうに光った。「ミランダ・アボットだ」

その言葉を聞いた瞬間、ミランダは確信した。わたしのスーツケースを漁《あさ》ったのはこの男だ、と。わたしの下着を撫で回したのだろうか？　それとも、記念になるものでも盗もうとした？　気味の悪さにぞっとして後ずさろうとしたが、彼はミランダから離れない。「tがふたつのアボットだよな？」そう言ってかすかにほほ笑んだ。「おれが言ってる意味、わかるだろ？」

そう言われても、ミランダにはなんのことかさっぱりわからない。

しかたがないので、台本の読み合わせでは、できるだけ彼から離れた場所に座った。こちらを穴があくほど見つめているのは感じていたが、断固としてそちらを見ることはしなかった。

その後、読み合わせが始まるとすぐに、というよりグレアムが最初のセリフを口にするやいなや問題が持ち上がった。「やあ、メイミー・ディケンズじゃないか。もしそうではないと言うなら、わたしだって第三代レジナルド・バッキンガム卿ではないことになる！　いったいこのトライ・ロック地域になんで来たのかね。よりにもよって、シャーマン反トラスト法が署名されたばかりのときに、そしてハリソン氏が大統領としての最初で最後の任期を過ごしているこのときに？」

「ねえ、グレアム」アネットは彼のセリフがまだ途中だったにもかかわらず、口をはさんだ。「お手本を見せるから、そのセリフはこんなふうに言ってちょうだい」そう言うと、彼女はグレアムとはまったく違う場所を強調しながらセリフを言ってみせた。

　グレアムが憤りを奥歯でかみしめながら言い返す。「アネット、きみはぼくにラインリーディング（見本を示すように台本のセリフを演出家が読み上げて俳優に伝えること）をしてるのか？」

「あら、まさか。そんなこと夢にも思っていないわ。わたしはただ、一拍、一拍、どんな抑揚で言うべきかをやってみせただけよ。あなたがこういうふうに言ってくれれば、わたしは自分の役にふさわしいセリフ回しでセリフが言えるの。わたしがお願いしているのは、ただそれだけ」

　グレアムはジュディを振り返った。「ぼくは、ほかの役者からラインリーディングをしてもらう気はありませんよ。この作品を演出しているのはあなたですよね。それとも彼女なんですか？」

　だがすぐに、ジュディはつねにアネットの肩を持つ気だということが明らかになった。

「グレアム、とりあえずアネットの言うとおりにやってみてくれる？　彼女の言うことにも一理あるわ」とジュディが言ったのだ。

こうして、一触即発の緊張が続くなかで読み合わせは進んでいき、その横ではバートたちがハンマーを振るい、のこぎりを挽《ひ》き、騒々しく声を掛け合い続けた。最初の読み合わせが終わるころには、ミランダはこの環境にいるだけでくたくたに疲れ果てたが、これはまだ稽古の第一日目にすぎなかった。

その後、客席にいた人々がぞろぞろと劇場から出ていくのを見ながらミランダは思った。あの人たちは観客なんかじゃない、彼らは目撃者、演劇に対する犯罪の目撃者だわ、と。音響ブースから出てきたデニースが荷物をまとめていたので、ミランダは訊いてみた。

「稽古は、いつもあんなにピリピリしてるの？」

「まさか」とデニース。「いつもはもっと楽しいですよ。でも、問題は言うまでもありませんよね？　あのアネットのせいですよ。彼女が触れるものはすべて、毒になるんです。わたしの夫に訊けば、よくわかりますよ」

それでもドク・メドウズは元気いっぱいだったし、それはバートやほかの大道具係たちも同じだった。

そんな彼らに、この芝居の演出家――そして役者のひとり――であるジュディが「じゃあまた明日、同じ時間、同じ場所で！」と声をかける。

このひと言で、恐ろしい真実が明らかになった。

なんと稽古を、平日には毎晩三時間、土曜日には午前に三時間と午後に三時間の二回やるというのだ。

「でも日曜は休みだし」と、ミランダのぎょっとした顔を見てネッドが言った。

「日曜は主日だから、心配は無用ですよ」

「それにフットボールもある！」とオーウェン。「ユージーン・グラディエイターズ対グラッド・ストーン・ユーゴニアンズのゲームだ」

ネッドはじろりと彼をにらんだ。「だが、教会とかそういった用事が中心だ」

「あ？　ああ、そうだったな」とオーウェン。

これを聞いてミランダは、この人たち、わたしが本物の牧師じゃないってわかってるわよね、とふたたび不安になった。

「土曜日の稽古は午前と午後の二回？　どうして二回もやるの？」

「衣装を着けた通し稽古が迫っているのに、まだやらなきゃいけないことがたくさんありますからね。でも土曜は、ランチが出る」とネッドは取りなすように言った。「聞いた話じゃ、マートルは豆のスープをたっぷり用意してくれるらしい。いや、マートルじゃなくてメイベルだったかな？」

オーウェンはウインクをしてからうなずいた。「カフェテリアのコネだな。人脈がものを言うってことだ」

「少なくとも、食事が出るのはいいね」とドク。「ペニンシュラ・プレイヤーズにいたときは、食事はみんなで持ち寄りだった」

ミランダは耳を疑った。「稽古のときの食事を、自分で持ってきてたの?」

「そうですよ。でも、劇団が統合されてからは、そういうことはなくなった」そして、ドクにしては珍しくとげのある口調でこう付け足した。「合併してよかったことなんて、それぐらいだ」

「合併と統合だ」とネッドが念を押す。

「正直言って」と、立派な頰ひげをたくわえたオーウェンが言った。「ランチを持ち寄るのはわりと好きだったな」

「それはわたしがいつも、サーモンを持ってきてたからじゃないか」とドクは言い、「なかには、パスタしか持ってこないやつもいた」とわざとらしくオーウェンを見た。

オーウェンが、傷ついたと言わんばかりの表情で「あんたはおれのマッキューン風スパゲッティを気に入ってくれてたと思ってた」と言う。

「スパゲッティに、フランクフルトソーセージを切って入れただけっていう代物ですよ」とドクはミランダに説明した。

こうして一日は終わりに近づき、これでミランダが殺されかけるという一件がなければ、この日はまったく盛り上がりがないまま終わるところだった。

稽古を終えて帰る直前、ミランダは自分がいかに死に近づいているのかにも気づかず、舞台の中央に立っていた。エドガーはまだいるだろうか、とがらんとした客席に目をこらす。けれどエドガーはもう帰ってしまったらしく、その姿はどこにもない。と、そのとき舞台裏から口笛が聞こえた。縁起でもないわ、と振り返ってシーッと口笛の主に言おうとしたが、そのとき目に入ったのは彼女めがけて全力で走ってくるバートの姿だった。目に炎を宿し、つんのめるようにして駆けてくる。

次の瞬間、バートがミランダにタックルすると、彼女を抱いたまま身を翻し、自分が下になって倒れ込んだ。それとほぼ同時に大きな音がし、ふたりが転がった場所からわずか三十センチのところに照明のライトが落ちてきた。まさに、さっきまでミランダが立っていた場所だ。

結局、その夜の幕を閉じたのはすすり泣きではなく、猛烈な勢いで放出されたアドレナリンだった。

バートがミランダを引っ張り上げて立たせ、彼女の服の埃を払う。そのときちらりと、彼の腕に何か……シンボルのようなものが描かれているのが見えた。

「気をつけて、ガラスが飛び散ってる」怒りのあまり、むしろ冷静になってしまったらしいバートはミランダにそう声をかけてから、スタッフたちに向かって叫んだ。「安全チェーンを絶対につけろと言ったはずだ！　ライトを吊るときは、真っ先にチェーンをつけろ。油断するんじゃない。それからライトを固定するまで、誰であろうとその下を絶対に、いいか、絶対に歩かせるな。おれたちがいい加減な仕事をしたら、人が死ぬんだぞ！」

ただの事故……と思っても、ミランダはすっかり動転し、激しい鼓動はなかなかおさまらなかった。唯一のなぐさめは、これはたんなる事故だったという思いだけ。そう、事故だ。事故に決まってる。

震えはまだ止まらなかったが、とりあえず笑い話にしようと「このわたしを消したいほど邪魔だと思ってるのは、どこの誰かしら？」と言ってみた。「わたしはただのメイド役よ。セリフもたった一行で、そのあとは死んじゃうのに」

その彼女を、アネットは舞台の袖からじっと見つめていた。

そのあとは死んじゃうのに。さすがのミランダも、このとき誰かがこの言葉を文字どおり受け止めているとは知るよしもなかった。

15　闇に響く口笛

殺人事件まであと六日……

『ディケンズ家の死』の稽古は永久に終わらないかと思うほど延々と続き、とくに土曜日は底なし沼のように終わりが見えなかった。豆のスープが何度もふるまわれ、アネット対グレアムのバトルが果てしなく繰り返された。さらにミランダの背後にはつねにカールがひそみ、ロドニーは安定の邪魔くささだった。そしてオーウェンは、どうしたって間違えようのない簡単なセリフを、陽気に言い損ね続けていた。

彼にはどこかマラプロップ夫人(イギリスの劇作家シェリダンの作品『恋敵』に登場する、しょっちゅう言い間違いをする女性)のようなところがあり、セリフのなかについ、整備士が使いそうな言葉を紛れ込ませてしまう癖があった。「ああ、そうだ。レジナルド卿！　きみはわたしを、フェンダーで殴り倒すところだったぞ！」といった調子だ。

これに我慢ならなかったアネットは、オーウェンのこともいびりはじめ、「どうやら、キャスティングではIQテストをしなかったみたいね」と嫌みを言った。この直前、オーウェンは、「やつらは協力者《コラボレーター》かもしれない」を「気化器《キャブレター》かもしれない」と言ったのだ。

「勘弁してくれよ、たかが芝居だぜ? 何を、とんがってるんだよ」とオーウェン。するとアネットは「あなた、最近は誰も殺してないの?」と言い返した。

これに激怒したオーウェンが彼女につかみかかろうとし、仲裁に入ったドクが彼を舞台の隅まで引っ張っていった。

「あの女、どこかおかしいんじゃないのか?」オーウェンは過呼吸になりそうになりながら息巻いた。

「あら、わたしの診断名が知りたいの? 急性の心臓形成不全よ」アネットはオーウェンににやりと笑ってみせた。「心臓《ハート》がないの」

「誰か殺してないか、だと?」オーウェンがステージの向こうにいるアネットをにらみつける。その目つきは明らかに「もし殺すんなら、まずはおまえから殺ってやる」と言っていた。

その目の光を、ミランダは知っていた。それも知りすぎるほどによく知っていた。ミランダがすっかりスター気取りになっていたころ、彼女をにらむ共演者たちの目のなかに同じ光があったからだ。ミランダが現場に遅刻したとき、他の人のセリフに自分のセリフをかぶせてしまったとき、あるいはへそを曲げて自分のトレーラーに閉じこもったときの彼らの目つき。今では考えられないほど傲慢だった当時の自分を思い出し、ミランダの胸に後悔があふれた。エドガーが彼女のことを「プリマドンナ気質」と言ったのは彼の優しさだったのかもしれない。その気になれば、もっと、ひどい言葉で罵ることだってできたはずだ。これは、〝気づき〟につきものの問題だ、とミランダは思った。いつだって、気づいたときにはもう遅い。

そこにメルヴィンがのんきな足どりでやってきた。陽気に口笛を吹いている。

「ねえ、メルヴィン。口笛は縁起が悪いって言ったでしょ」ミランダは何十回目かの注意をした。エドガーに言われたような「プリマドンナ」にならないよう、必死でひきつった笑みを浮かべる。「舞台裏で口笛を吹くのは絶対にだめ。口笛は悪い風を連れてくるのよ」

そう言ったとたん、ミランダの脳裏に舞台上でのバートのタックルや、落ちてきたライト、ひしゃげた金属に飛び散ったガラスがよみがえった。「そういえばスポットライトが落ちた日も、あなたは口笛を吹いていた？　あのとき口笛が聞こえたけど、あれを吹いてたのはあなた？」

「うーん、どうだろうな。でも、口笛を吹いていた時間とか理由とか、普通覚えていないだろ？」

もちろんミランダも、そんな迷信を信じているわけではなかった。口笛くらいでスポットライトが落ちるわけがないのはわかっている。だがそれでも、舞台には伝統があり、根拠はなくてもやってはいけないことはある。たとえば、役者が舞台上にいるとき、セットの建て込みはしない、とかそういったことだ。

けれどバートを手伝うスタッフたちは稽古のあいだじゅう、ウィンチで巻き上げたり、何かを回転させたり、あれこれ試行錯誤したりしていた。役者たちにとって幸いだったのは、ハンマーの音が最近はやんでいたこと、不運だったのは、そのハンマーの音が電気ドリルの快調な音に変わったことで、こちらのほうがたちは悪かった。

また、グレアムとアネットに関して言えば、事態は悪いからすこぶる悪いに急速に変化していた。アネットはいまや積極的に彼のセリフを変えはじめていた。もちろん、ジュディの承認をとったうえでだ。

「グレアムはシビランス（シュー、スー、シー、など甲高い歯擦音）に問題があるみたいね」とアネットはにこやかに言った。「だから『夏の静けさにつつまれたみたいだ《サマー・シームス・トゥー・サラウンド・アス・イン・イッツ・サイレンス》』と言う代わりに、『やあ、《グッディ》夏はいいねえ！《アイ・ライク・サマー》』と言ったらどうかしら」

「嘘だろう？」グレアムは劇場の後方に目をやった。「エドガー？　本気かい？」けれど、客席の最後列にいた人影は何も言わない。

アネット・ベイリーはグレアムの耳元に口を寄せると、声を殺して「エドガーが助けてくれるとでも思ってるの？　期待しても無駄よ。彼は何も言わない。言えないのよ。彼、わたしには逆らえないから。あなたがわたしに逆らえないようにね」と言った。

「いったいなんの話だ？」

「『ヤムヤムの木の下で』の稽古は順調にいっている？」

グレアムは敵意をむき出しに答えた。「ああ、いつだって順調だ」

ミランダはこの状況に愕然としていた。ジュディ・トレイナーはほんとうに、エドガーの脚本をアネットに変えさせる気だろうか。エドガーもこのまま、何も言わないつもりなのか。

ミランダは、エドガーの書店の前に駐まっていたピンクのキャデラックのことを考えた。上階から聞こえた足音、アネットのゆるやかにカールした髪、彼女のヒョウのような足どり……。

「あのふたりは、べったりだから」とドクが言ったが、ミランダはとっさに、彼が誰のことを言っているのかわからなかった。「ジュディとアネットですよ。最高の相棒って感じだ。ジュディはガリバルディの免許センターで、アネットの順番を飛ばしてやったりもしてる。アネットが来ると、列の先頭に入れてやったりね。わたしも、この目で見たことがある」

ジュディは免許センターで働いてるの？　いつも激混みで、延々と待たされる悪名高き免許センターで働いているというだけでも、彼女を嫌う理由としてはじゅうぶんだった。

キャスト・チームは急速に機能不全に陥っていったが、バート、タンヴィル、ネッドから成る大道具チームは絶好調《ゴー・グレイト・ガン》だった。これはほぼ文字どおりで、その腕前は別にしても、ネッドは上機嫌で釘打ち機《ネイル・ガン》を使っていた。

「いい調子じゃないか。惜しいのは、釘打ち機に釘が入ってないことだけだ」バートが、セットの壁に釘打ち機で絵画を固定しようとしているネッドに指摘する。

セットは、エドガーの書店の内部、すなわち作品のモデルとなった殺人事件が実際に起こった場所そのままにつくられており、あまりにもそっくりで気味が悪いほどだった。バートは書店の一番広い部屋を、舞台上に厳密に再現した——もちろん当時は個人の住宅で書店ではなかったから本は並んでいない——ため、ロールトップの大きな木製のデスクから、ヴィクトリア朝時代の壁紙まで、何もかもがそっくりなのだ。

「でも百年も前の家だから、さすがに壁紙は変えたんでしょう?」とミランダは訊いてみた。

「ああ」とバート。「だがあの店を引き継いだとき、エドガーは町の保存記録から昔の写真を丹念に調べて、同じ柄の壁紙を使ったんだ。だから、壁紙も事件があった当時とほぼ同じだ」

たしかにあの書店には危険な香りが漂っている、とミランダは思った。そこが、流血とミステリーに特化している書店ならなおさらだ。

そしてミステリアスな事件はこのあとも続いた。夜遅く、劇場にしわくちゃのジャケットを着て、心配そうな表情を浮かべた男が現れたのだ。ティーナを探しに来たその男の心配そうな表情は、彼女が楽屋の隅でグレアムと何やら深刻そうに話し込んでいるのを見たとたん、一瞬で怒りに変わった。

「これはいったいどういうことだ？」男が怒りの声をあげる。

ティーナが驚いて、顔を上げた。「あ、パパ」

「クリスティーナ、車に行っていろ」そう言って男はグレアムをにらみつけた。グレアムも男をにらみ返す。ティーナが荷物をまとめると、彼女の父親はグレアムをにらみつけたまま、「ペンティ先生」と言って短く会釈をした。

グレアムは彼を見つめ返したが、何も言葉は返さなかった。

16 メイドが死ぬ

殺人事件まであと三日……


ブロードウェーでは、短い準備ですぐに公演の幕が上がる作品もあるが、ハッピー・ロックの劇団ではそうはいかず、通し稽古にたどり着くまでにはたいへんな時間がかかり、そうやって稽古が長びくうち劇団内の緊張はさらに高まっていった。たとえば第三代レジナルド卿（グレアム）がメイミー・ディケンズ（アネット）にキスをしようとする場面では、アネットはいきなり彼の胸に手をあて芝居を途中で止めてしまった。

「それは、初日の夜のお楽しみにしましょうよ」

だがその後、グレアムがアネットの手から毒薬をもぎ取る第五幕のシーンでは、ふたりとも本気で取っ組み合いを始め、ジュディが割って入らなければどちらかがたいへんな怪我をするところだった。

アネットは怒りで目をギラギラさせながらグレアムにかみついた。「あなた、わたしに言うことを聞かせられるとでも思ってるの？　わたしは学校の理事なのよ。だからあなたは永久に、あのヤムヤムの木の下から出られない。あなたは一生、あの作品を上演し続けるのよ！」

いっぽうミランダが演じるメイドは、第一幕の最後で死ぬことになっていたが、そのシーンは非常にドラマチックな見せ場でもあった。レジナルドやほかの人々がメイミー・ディケンズの到着を祝って乾杯するシーンで、執事（カール）がクリスタル製のマグナム瓶（プラスチックのボトル）に入れたシャンパン（無糖のアップルジュース）を、トレイの上のグラスに注いでいく。このときメイド役のミランダは、魅力的な想い人（鼻の先にかなり熟れたニキビのある、痩せっぽちのティーンエイジャー）の前で勇気を奮い起こそうと、トレイからシャンパングラス（タンブラー）をひとつかすめ取る。そしてアップルジュースのシャンパンを飲み……観客たちが衝撃と恐怖に騒然となるなか、悶絶《もんぜつ》して死んでいく。実際、メイドが死ぬことは誰もが知っていたが、この場面を観たいがためにわざわざチケットを買ってやってくる観客も多かった。

この場面が終わると、照明が落ちて第一幕は終了する。暗転になると、小走りで舞台に出てきたロドニーがグラスとボトルを集め、彼に続いて現れたティーナ――メイド役を希望していたが、今は裏方だ――が、第二幕の豪華なパーティの場面用に、ローストしたキジ（だいぶ古びたプラスチック製の七面鳥）とアイスクリーム・サンデー（即席のマッシユポテトに凝固した糖蜜をかけたもの)を手早く並べる、という段取りだ。

気の毒なのはロドニーだった。

最初の通し稽古のとき、大急ぎでグラスとボトルを片付けていた彼は、またもアネットの行く手を遮ってしまったのだ。

「なんて間抜けなの!」と彼女は怒鳴った。「わたしが舞台からはけるまで、待ってるだけの頭もないんだから」

こうして、稽古のあいだじゅう、アネットはロドニーを怒鳴りつけて侮辱し、グレアムは教え子への彼女の態度に苛立っていた。それを見ているうち、ミランダは気がついた。これは芝居じゃない、これは芝居などではなく冷戦なのだ、と。

「持ち場について!」ジュディが叫んだ。「では、もう一回。中断はなしよ。スーザン、用意は?」

「できてます!」

台本を手にしていてもなお、しょっちゅうセリフがわからなくなるオーウェンのために、スーザンはつねに舞台袖に待機して、小声で彼にセリフを教えていた。

とはいっても稽古中に台本を持っていたのは彼だけではなく、出演者のほとんどは、通し稽古のあいだも色で印をつけた台本を手にしていた。いっぽうミランダは台本を持ち歩きもせず、通し稽古のあいだも、台本を開こうともしなかった。

「台本はどうしたの？」ジュディが訊いてきた。

「ここに全部入っているわ」ミランダはそう言って、こめかみを軽く叩いてみせる。「タイミングもわかってるの？」と重ねて訊かれ、ミランダはため息をついた。「ええ、タイミングも」

「すげえなあ」とオーウェンが感嘆の声をあげた。「早くも台本いらずかあ」

そしてメイミー・ディケンズがハッピー・ロックに到着し、レジナルド卿が彼女の到着に大喜びし、執事がアップルジュースのシャンパンが入ったグラスをすすめて回るシーンがふたたび繰り返された。ミランダ演じるメイドがかすめ取るグラスの位置に、またも縁が欠けたグラスがある。そう、毎回、毎回そうなのだ。なぜか執事を演じるカール巡査は必ず、彼女が緑の欠けたグラスを手にするように仕向けてきた。ミランダを怒らせるためにわざとやっているのか、それとも彼は習慣の生き物で、一度、彼女に欠けたグラスを取らせたら、あとは同じことをひたすら繰り返さずにはいられないのか、その動機は謎だ。

「乾杯！　ミス・メイミー・ディケンズを歓迎して乾杯！」

そしてついに、ミランダの見せ場がやってきた。ちらりとエドガーのほうに目をやると――稽古のあいだじゅう、観客席の後方では、脚本家然とした彼のシルエットがこちらを見ていた――毒の入ったグラスを持ち上げ……そして……渾身の演技を披露した。

恋しい人につかの間の、けれど大胆な視線を投げる。けれど彼は気づかない。飲まなければ。飲んで勇気を出さなければ。そう思って、一気にシャンパンをあおる。すると突然、全身に痙攣が走り、足元がふらつく。そしてかすれた声で小さく「ああ、毒を盛られたわ」とささやき、あとはほとんど聞こえないうめき声をもらす。恐怖の表情を浮かべた次の瞬間、死が迫っていることに彼女は気づく。自分を待ち受ける運命、この世界からの尊厳ある退場を意識する。ただひとり暗闇に向かって歩みだしたそのとき、左の膝ががくりと崩れる。

観客はあっけにとられたのか拍手を忘れ、ミランダは唖然《あぜん》とした沈黙のなかを舞台袖へと入っていった。みんな、わたしの演技に感心してる、と彼女は確信していた。大げさに腕を振り回して笑いをとる、ドタバタの茶番はナシだ！

ミランダは演出のジュディ・トレイナーから、上手《かみて》の袖へ消えるようにと指示されていた。というのも下手《しもて》の袖は、足場を見張るネッドと、役者たちを見守るティーナ、そしてプロンプター用台本を広げてオーウェンのセリフを追うスーザンで混み合っていたからだ。またロドニーも、下手の袖をせわしなく出たり入ったりしていた。そんな下手とは違い、ミランダが消えた上手は誰もいなかった。ここで彼女は、誰にも見守られることなく死んでいくのだ。

メイドが、この芝居とその人生の両方から退場したため、ミランダは残りの芝居をここでのんびり見物することができた。（以下のカッコ内は、ミランダの心の声だ）

ウセックス伯爵：
このシャンパンは死ぬほどうまいな！
（ニュアンスっていう点では、ダグ・ダークスが書くセリフは〇点ね）
第三代レジナルド卿：
彼女は、毒を盛られたんじゃないだろうか。
（どうしてそう思ったわけ？　わたしが今、「毒を盛られた」って言ったからよね？）
善意の医師：
毒？　ばかばかしい、そんなことあるものですか。ただの蒸気ですよ、女性はか弱い体質ですからな。
（ワオ、すごいヤブ医者）
第三代レジナルド卿：
それでも、ちょっと彼女の様子を見てこよう。
新たに優秀なメイドを見つけるのは、たいへんなのでね。

（少なくともこれであなたの優先順位はよくわかったわ、レジナルド。ここでわたしが死んだら、「新しいメイドの採用面接」をまた一からやらなきゃいけないものね。ご愁傷様）

ここで、ステージから小走りで舞台袖に戻ってきたグレアム・ペンティは、ミランダに早口でささやいた。「いやあ、すばらしかった。メイドが死ぬときの演技、最高でしたよ」それだけ言うと、彼はまたステージに駆け戻って叫んだ。「死んでる！　彼女、死んでるぞ！　ほんとうに死んでる！　第三代レジナルド・バッキンガムの名に懸けて、彼女はこときれてる！」

そしてここで、第一幕は終了。

残るはあと六幕だ。

照明が消え、アネット・ベイリーが無事にステージからはけると、すぐさまロドニーがステージに走り出て、グラスとボトルを集めた。彼のあとに出てきたティーナが、大急ぎでテーブルにディナーをセッティングしていく。

いっぽうミランダはもう自由の身だった。メイドはもう死んだから、あとは彼女なしで芝居は進んでいく。

ミランダは舞台裏をしばらく歩き回り、頭上の照明に目を配った。そういえば、とティーナのことを考えた。彼女はどうしていつも、みんなが帰ってからも劇場に残っているのだろう。そういえば、グレアムも劇場に残っていることが多かった。

小道具部屋のとなり、アネットの楽屋の前を通り過ぎると、ドアに描かれた星が目に入り、ミランダはふとバートと落下してきたライト、そしてタトゥーを思い出した。そう、バートの前腕部にもあれがあった。海軍に関係したタトゥー。ノーティカル・スター（海図などに用いられる星形の記号）だ。

タトゥー。ペンティ先生を監視するティーナの父親。時間がかかりすぎる稽古。観客席の闇のなかに座る夫。ミランダの思考は断片的なイメージばかりで、何ひとつしっくり組み合わさるものがないように思えた。けれどぼんやりとだが、彼女は気づいていた。このハッピー・ロック小劇場の水面下には何か暗い流れが渦巻いているということを。けれど、その断片がどうつながっているのかまではわからない。

退屈になった彼女は、第七幕のクライマックスを見ようと舞台の袖に戻った。観客たちの歓声が聞こえてくる。さっきより人数は減っていたが、それでも観客はいた。

役者たちが拍手に応えてお辞儀をしている。けれどミランダがステージに出ていくと、彼女を迎えたのは恐ろしいほどの静寂だった。歓声やバラの花束はおろか、半端な拍手のひとつも聞こえてこない。ほかの役者たちが気まずそうに目を見交わしていると、ジュディが前に進み出て、大きくひとつ咳払いをした。

「ねえミランダ、あなたのメイド役の解釈だけど、どうしてああいう選択をしたのか少し聞かせてもらえるかしら」

演出家がこういう話し方をするときは絶対によくないことが待っている。長年の経験から、ミランダにはそれがよくわかっていた。

「ええ、もちろん。わたしのどの選択について話せばいいの?」

「たとえば、ランプだけど」とジュディは、バトラーズ・テーブルのとなりに置かれたフロアランプのことを言いはじめた。

「ランプが何か?」

「ランプを倒さなかったわよね。ホリーはいつも、断末魔であえぎながら思い切りランプを倒してたの。そこが、観客には大受けするのよ。観客たちが『ランプ!　ランプ!』ってはやしたてて、ホリーをけしかけることがあるくらい」

「まあ、ランプを倒すぐらいならできると思うけど」

「倒すぐらいじゃ、だめ。ランプにぶつかって、吹っ飛ばすの。あなたは、死にかけてるのよ!　観客にことの重大さが伝わるように、オーバーアクションでやってもらわなきゃ」

「『ああ、毒を盛られたわ!　ゲーッ!』って言うだけじゃ足りないって言うの?」

「これは舞台よ。テレビドラマじゃないの。大げさにやってもらわないとね」

カッとしたミランダが思わず暴言を吐きそうになったそのとき、アネットが割って入った。

「ジュディ、べつにかまわないと思うわ。たんに解釈が違うだけでしょ。とくに問題はないんじゃないの？」その言葉にミランダが礼を言おうとすると、すかさずアネットはこう付け足した。「あんな場面に時間やエネルギーを費やす価値なんてないわ。取るに足らない登場人物の、取るに足らない瞬間だもの。気にする必要なんてないでしょ」

「たしかにそのとおりね」とジュディは同意し、キャスト全員に向かって声を張りあげた。「じゃあ、今夜はこれまで。まだ第一幕はもう少し稽古が必要よ！　上演時間は一時間十四分。一時間十六分でも、一時間十分でもダメ。一時間十四分。それより長くても短くてもだめ。だから、ミランダ……お願いだから時間厳守で頑張ってくれる？」

ミランダはあたりを見回し、ジュディの目を突くサラダ・フォークを探したが、思い直してやめておいた。もしＴＭＺが嗅ぎつけたら、それこそ大騒ぎだ。〝フラン牧師、地方の劇場で大立ち回り〟なんて書かれかねない。

キャストたちが三々五々、ステージからいなくなると、ロドニーが別のフロアランプを引きずって現れた。裸電球がひとつだけのランプで、延長コードがつながっている。

「ゴーストライトだ」と彼が言った。

劇場というものは、完全に真っ暗になることはない。舞台の前にはオーケストラ・ピットが大きく口を開いているし、ステージ自体が突然低くなっていることもある。だから一日の終わりには、こういった危険を知らせるのにじゅうぶんな電球ひとつだけのライト、それも多くはワット数の低いライトが設置される。誰もいない劇場で、青白く輝くあの薄暗いライトがいかに気味悪く、そして悲しげに光るか、ミランダはよく知っていた。ロドニーが最後のステージ掃除と小道具のテーブル拭きをしているあいだ、ミランダはもう一度舞台裏を歩き回った。ここの照明は薄暗いがまだついていて、ミランダも自分が幽霊《ゴースト》になったような気になった。車に乗せてもらうためにバックリー署長に電話しようとしたそのとき、何か物音が聞こえた。裏の階段の吹き抜けから人の声が聞こえてくる。

幽霊が歩き回ってる?

幽霊の姿を思い浮かべながら、その音を追って階段の下り口に向かう。そして角を曲がって下をのぞくと、階段の一番下にティーナがいるのが見えた。なんと、グレアムに抱きしめられている。

ぎょっとして、ミランダの足が止まる。

ティーナはもう大人だ。それにもう、彼の教え子でもない。でもやはり見過ごせない。ここは、ひと言、言ってやらなければいけない。

ミランダは、怒りを込めて一段、一段、できるだけ騒々しく階段を下りていった。ティーナが顔を上げる。彼女は泣いていた。泣きながら、ミランダの横をすり抜け、階段を駆け上っていく。その彼女をグレアムが追い、彼もまたうつむいたままミランダの脇を通り過ぎた。

　ミランダが振り返ると、階段の一番上にぼんやりとした大きな人影があった。

「ロドニー？」

　ミランダは階段を上がりきると、「ティーナがどうして泣いていたか知ってる？」と尋ねた。

　ロドニーは不機嫌そうにミランダを見ると「知らないけど、想像はつく」と言い、「あんたは、わからないの？」とあざ笑った。

「見当もつかないわ」

「たぶん、あんたがティーナの役を横取りしたからだ。ティーナは死ぬ場面の練習をずっとしてた。おれも毎晩、練習につきあってた。すごく、うまかったんだよ！　ほんとうにうまかった。なのに、あんたが現れて、ティーナからあの役を横取りしちまった。あの役のオーディションを受けたわけでもなかったのに。アネットとおんなじだよ。アネットだって、セリフを言いもしないで主役をかっさらった。あんたもアネットとおんなじだ。ティーナとおれは学校が一緒で、おれたちいつも助け合ってた。お互いに心配し合って、かばい合ってたんだ。でも、あんたがティーナの夢を台無しにした」

　その言葉に、ミランダははっとした。ああ、ほんとうにロドニーの言うとおりだ。ティーナが帰る前に話をしなきゃ、と大急ぎで彼女のあとを追った。

ようやくティーナに追いつき、そっと声をかけた。

「あなたがどうして泣いていたかはよくわかるわ」

涙の跡もまだ乾かないティーナが振り返った。「ほんとうに？」

「ええ、だから何かさせてほしいの。ほんとうにごめんなさい」

ミネアポリスのオルフェウム劇場での思い出がよみがえった。役をもらいたい、仲間に入れてもらいたい、この作品に参加したい、どんなに小さな役でもいいから、とわたしは胸が痛いほど願っていた……

「ティーナ、あの役はあなたがやってちょうだい。あなたならメイドを演じられる。お願い、そうして」

「でもジュディが――」

「ジュディなんてくそ食らえよ。あなたなら、メイドが死ぬときのあの断末魔の芝居ができる。舞台で喝采を受けて、ほかのキャストと一緒にカーテンコールに出るのよ」

けれどティーナは、その申し出を断った。それも「ほんとうはやりたいけど、少なくとも断るふりはしなくっちゃ」といった断り方ではない。彼女は頑固に首を縦に振ろうとはしなかった。

「それは間違ってるわ。わたしは役をもらえなかった。力が足りなかったの」とティーナ。

「役をもらったのはあなただもの。お気持ちはすごくうれしいし、ありがたいけど、あなたの役をもらうことはできないわ。ペンティ先生――じゃなくてグレアム――はいつも、役者は『プロセスを尊重しなきゃいけない』って言ってる。役者は演出家を信じなきゃいけない、って。どんなにすばらしい役者でも、ひとりでは芝居は成り立たない。重要なのは、役者ではなくその作品自体だって教えられたわ」

「彼、ずいぶんいろんなことを教えてくれるのね」

「ええ、そうなの！」ミランダの言葉のとげには気づかず、ティーナは答えた。「グレアムがいなかったら、わたしどうなってたかわからない」

「ティーナ、あの役をやりなさい。メイドになるのよ」

「そんなこと、絶対にだめ」

「じゃあとりあえず……」そう言った瞬間、名案が浮かんだ。「わたしのアンダースタディになればいい」

「あなたのアンダースタディ？」

どうせセリフは一行だけ。そんな負担にもならないはずだ。

「そうよ！」とミランダは勢いよく答えた。「わたしのアンダースタディになるの。ぜひ、そうしてもらいたいわ」ティーナの悲しげな表情が少し晴れ、笑顔が戻ってきた。「やらせてもらえるの？」

「もちろんよ」

「でも、どうしてあなたにアンダースタディが必要なの？　もしかして、わたしに同情している？」

「まさか！」そう言ったとたん、ビーが言っていたことを思い出し、ミランダはにっこりほほ笑んだ。「万が一、アネットに何か起こったら、わたしが主役をつとめることになると思う。彼女の代役としてね。そうなったら、誰がメイドを演じるの？　そのときのためにも、アンダースタディが必要なのよ」

万が一、アネットに何か起こったら……。このとき何気なく口にしたこの言葉は、やがてミランダ・アボットを苦しめることになる。

なぜなら、ハッピー・ロックの誇りであり、教育委員会の災いの元、腕利きの不動産業者で地元の舞台の花形、そしてローカルTV局のモーニング・ショーの元キャスター、アネット・ベイリーは、初日公演の幕が上がる前に死んでしまうからだ。

17　愛する運命

殺人事件が起こるまであと二日……

稽古はまるで、手負いの水牛が死に場所を求めてさまようかのごとき緩慢さで進んでいった。普通、公演の初日は猛烈な勢いで迫ってくる。けれどここハッピー・ロックではそうじゃない。なぜかこのあたりでは、時間の流れが遅くなるらしかった。

毎日、毎日、稽古は繰り返され、それでも一日の終わりにはこれまでとまったく同じ演技が繰り返される。これほどの労力が注がれているのに、ほとんど成果が出ないことに、ミランダはあきれていた。ステージでは電気ドリルの音がやみ、ドリルの音はペンキの強烈なにおいにとって代わられた。役者たちは、ペンキが塗られているすぐ横で、数は少なくなったものの熱心さは変わらない観客を前に稽古を続けた。一度塗ったペンキが乾き、さらに二度塗りが施された。それもまた乾くと、今度は研磨が始まった……電動サンダーを使った研磨だ。

公演の十周年を記念して、バートはセットの〝改修〟を決めたが、この〝手直し〟には、セットを一から新たに作るよりも多くの時間がかかり、これならエドガーの書店で上演したほうが、ステージ上に書店を再現するより簡単じゃないかと思えるほどだった。

いっぽう、ペンキが剥がれかけた玄関ポーチと〝英国風〟と称される庭のあるビーのB&Bでは依然として、客室清掃に改善が見られなかった。ミランダもビーに協力して、洗濯物を室内のあちこちに散乱させる代わりに床にひとまとめにするといった気遣いはしていたが、それでもやはり改善にはほど遠い。そこで朝食のとき、彼女はビーにそのことを話してみた。

けれどビーは話をそらし、なぜかまた例の青いボックスの話を始めた。

「いいですか、ドアのすぐ横にありますからね。リサイクル品は全部そこに入れてくださいよ」

ネッドは上機嫌で、ミランダの皿にもう一枚パンケーキを放り込む。「ほら、焼きたてですよ」

「これはグルテン・フリーよね？」

「え？　ああ、もちろんですよ」とは言ったものの、ネッドはそのグルテンがなんなのかまったくわからなかった。

「わたし、考えていたんだけど」ミランダは、小さく切ったパンケーキをオーガニック・

シロップ（と、ビーは言っていた）にひたしながら言った。「今夜の稽古のあと、ごほうびにみんなでいつものフラン牧師フライデーをやりましょうよ！　もうずいぶんやってないし」

ネッドとビーは顔を見合わせた。「でも、今日は火曜日ですよ」

「だってフラン牧師フライデーは、何曜日でもいいはずよ。そこが、いいところだって、あなた自分で言ってたじゃない。ネッドはポップコーンを持ってくる。わたしはピッチャー一杯の――」

「それはダメ！」声をあげたのはビーだった。「今日はダメです、どうしてかっていうと……」そう言って助けを求めるようにネッドを見る。

「どうしてかっていうと……」とネッド。「どうしてかっていうと……」

ネッドがその先をビーに投げ返す。

「ビデオデッキが故障中なんです」とビー。

「そう、そう！」ネッドがうれしそうに相づちを打った。「壊れちゃってるんですよ。ほら、あの、フランジが壊れたんだ。新しいのに変えないと」

ミランダは肩をすくめた。「じゃあ、タンヴィルに訊いたらいいわ。彼、金物店をやってるでしょ」

「いや、あれは、あれは電子フランジで」とネッド。「使えるようにするには、まったく新しいソフトウェア・アップデートをしないといけない」

「ビデオデッキにソフトウェアが入ってるの？　それは知らなかったわ。残念。せっかく気分転換ができると思ったのに」

「稽古がうまくいってないんですか？」ビーが優しい笑顔で訊いてきた。

「うまくいっていないどころの話じゃないわ。もうずっと同じことを繰り返してるっていうのに、稽古前と何ひとつ変わらないのよ。オーウェン・マッキューンなんて、まだ台本が手放せない。公演初日がどんどん近づいてきているのに」そう言ってから、ミランダは小声で付け足した。「どんどん、っていうほど速くはないけど」

「でも、スーザンの準備は万端整ってますよ」とビーが言う。

「スーザン？」

「彼女、台本がすべて頭に入っているんですよ。舞台の袖からすべてに目を配って、全体を把握してる。だから助け船を出すタイミングもちゃんとわかるんです。それに彼女、オーウェンのセリフは全部暗記してますから、心配ありません」

「それが問題なのよ」ミランダは、この町のこういうピントのずれたやりとりにすっかりうんざりしていた。この町は何もかもがずれている。それなのにすべてが正常とでもいうように、みんながずれた話をし続けるのだ。「プロンプターはセリフを全部覚えてるっていうのに、役者にセリフが入っていないのよ。それって、おかしいと思わない？」

「でも、だからプロンプターがいるんじゃないですか」
「ワインを一杯もらいたいわ。ううん、一杯じゃダメ。箱ごとちょうだい」
「まだ、午前中ですよ」ビーがたしなめる。
「だから、ほしいのよ」

このころには、「警察の仕事」があるから送っていけないというネッドの事情を寛大に受け入れ、ミランダはオペラハウスまで港沿いを歩くようになっていたが、そんな彼女を元気づけたものがひとつあった。それは、アネット・ベイリーの不動産会社のベンチを通り過ぎたとき見つけた落書きだ。なんとベンチのアネットの顔写真に、誰かがマジックで牙を描き入れていたのだ。さらによく見ると、その下には「嘘&大嘘」とも書かれていた。最初に見かけたときは、くすりと笑って通り過ぎたが、ふと気がついてベンチまで戻り、もう一度その落書きをまじまじと見た。ぎこちない〝&〟と長く流れるような〝S〟には見覚えがある。

どうやらエドガーはアネットに、それほどご執心ではないようだ。甘い関係にトラブル発生だろうか？

これを見て、ミランダの気持ちは一気に上向いた。とくに遠くにエドガーの姿を見かけたとき、たとえばエミーを連れて防波堤を歩いている彼や岸辺でエミーに棒を投げてやっている彼、あるいはビーコン・ヒルの坂を上がっていく彼やタンヴィルの金物と釣り餌店から出てくる彼を見かけたときは、必ずこの落書きを思い出して、明るい気持ちになった。ハッピー・ロックという町は、ミランダがエドガーの姿を見ずに過ごせるほど大きくはない。だが同時に、彼が彼女を避けることができないほど小さくもない。これだったら、いっそのこと道が一本しかない小さな村か、大都会のマンハッタンのほうがまだましだ。エドガーには、わたしと真正面から向き合うか、さもなければ視界からすっかり消えてほしいとミランダは思っていた。つねに視界の隅にいるのに、近づくことができないのでは、事態は悪くなるいっぽうだ。

一度、バックリー署長が時間を見つけてミランダをオペラハウスまで送ってくれたとき、住宅街の通りから突然、汗まみれで息を切らした泥だらけのエドガーが現れたことがあった。それでネッドが車の速度を落とし、窓を開けて「何かあったかね？」と尋ねたのだ。顔を紅潮させたエドガーは、ネッドの車にミランダが乗っているのを見ると、無愛想に、「いや、何も」と答えただけだった。

ちょうどそのころ、オペラハウスではデニースの予言どおり、状況は険悪からほぼ爆発寸前にまで悪化していた。デニースは音響ブースにこもって効果音を操作していたが、それでもちゃんと状況は把握していたのだ。彼女の夫とアネットはにらみあい、一触即発の状態が続いていたが、演出のジュディはまったく介入する気がない、あるいは介入することができないようだった。

とりわけ派手に衝突したときは、アネットがグレアムを「変人」、「変質者」と罵り、憤然とステージを下りていってしまった。彼女はつねに、最大限の侮辱の言葉を口にする。プリマドンナの多くがそうであるように、大げさな言葉で人を罵るのだ。

そしてこのときミランダが見たのは、舞台の袖でノートを片手にこの一部始終を、皮肉な表情で眺めている記者のフィンケル・アーデリーだった。

フィンケルに気づいたグレアムが彼女をにらみつけ、フィンケルも同様に彼をにらみ返す。ミランダには、フィンケルのその目つきに見覚えがあった。この町に来た日に同じバスに乗っていたわよね、と何気なく訊いたとき、ミランダをにらみつけてきたときの目つきだ。あれはいつのことだっただろう。もうはるか遠い昔のことのような気がした。遠い昔どころか、生まれる前かと思うほどの遠い記憶だ。

「彼女は、ぼくの教え子だったんですよ」グレアムが不機嫌な声で言った。「フィンケル・アーデリーはスキャンダルを煽るのが好きなんだ。それが趣味なんですよ。彼女がスキャンダル漁りのジャーナリストになっていたとしても、ぼくはまったく驚きませんね」

スキャンダル漁り？　ジャーナリスト？　ミランダは、彼の話がよくわからなかった。

「彼女、週刊ピカユーン紙で働いてるのよね？」とミランダが尋ねた。「あれって、資金集めのために手づくりお菓子を売る学校のバザーや、青年農業クラブ〝4H〟のお知らせをしてるような新聞でしょ？」

「この町にだって、彼女が記事にできるスキャンダルはありますよ」とグレアムは言った。

「いざとなれば捏造《ねつぞう》だってしかねない」

どうやって捏造をするのかは、また別の機会に訊いたほうがよさそうだった。

「それより彼女、どうやって舞台裏まで入ってきたの？」ミランダが尋ねた。

「取材許可証ですよ。あれがあれば、どこにでも入れる」そしてグレアムはこう付け足した。「もしぼくがあなただったら、フィンケル・アーデリーには近づきませんね。彼女は、完全なる真実とは言えないことを記事にする。つねに、ゴシップを探してるんですよ。何か、センセーショナルな記事を書きたくてたまらないんだな。土曜版に、記事が載るって聞きましたよ。いわゆる暴露記事らしい」

「土曜版？」

「ええ、そうです」

「でもピカユーン紙って週刊新聞でしょ？　じゃあ、全部が土曜版じゃない」

「そのとおり。そして彼女は今、何かのネタを追ってる」

エドガーはあの若い記者のことを、なんて言っていた？　たしか、書店の常連だって言っていた。見晴台と欄間窓があるあのヴィクトリア朝様式の建物は、一八〇〇年代に三人が殺された事件のあった場所だ。だから、病的な好奇心を持つフィンケルを引き寄せるのだろうか。

このあと、ミランダはスーザンのオフィスに行き、フィンケルのことを訊いてみた。

「ミス・アーデリーのこと？」スーザンが聞き返した。「彼女がどんな本を読むか、ですか？　たいていはＤＩＹ、つまりハウツーものですね」


「ハウツーもの？　エドガーの店には、ミステリーしか置いてないと思ったけど」

「殺人罪から逃れる方法とか、完全犯罪の手引きとか、そういった本ですよ。ゆっくり毒殺する方法、すばやく毒殺する方法、カモをはめる方法といったノンフィクション」

「どうして殺人のハウツー本なんて読むのかしら。だって記者でしょ？　地元紙の。それもこのハッピー・ロックの」

「ハッピー・ロックだって、何が起こるかなんてわからないですよ」ちょうどそこにやってきて、ミランダたちの話の最後のところが聞こえたらしいネッドが言った。「鍵はあるかい？」とスーザンに尋ねる。

「バートが持ってるんじゃない？」

「いや、持ってない。バートはもう帰ったよ。セットの組み立ては終わったし、照明も全部設置したから、ドレスリハーサルの打ち上げパーティで会おうって言って帰った」

ミランダは稽古を重ねるうちに演技にいっそうの磨きをかけ、メイドの死のシーンに哀しみや哀愁も加えていった。けれどほかの役者たちの演技は、依怙地《いこじ》なまでに、そして痛々しいまでに変わらない。間の取り方も、セリフの語り口も、徹頭徹尾、最初とまったく同じなのだ。ただひとり、演じ方を変えるように言われていたのはグレアムだった。通し稽古のたび、彼の演技には新たな注文がつけられた。もちろんアネットからだ。

アネットはなんと演出担当のジュディにまで指図をし、ジュディが演じる偉大な予言者オリヴィアが予言をするときは、自分の後ろに下がったらどうかとまで言いだした。オリヴィアの予言は「わたしには見える……裏窓の外に、九号サイズの男の靴跡が見える」とか、「わたしには見える、バッキンガム家の相続に関する遺言公正証書が見える。最近、S・Sという頭文字のみで知られる匿名の人物が異議を申し立てた遺言証書が見える」など、つねに絶好のタイミングで捜査にヒントを与える、都合のいい予言だ。頭文字がS・S？　それって、誰？　まさか、力持ちのセス《ストロングマン・セス》とか？

いっぽうロドニーはスピーディとはいえないまでも、仕事は上手にこなすようになり、小道具を持ってこちらに走り、ぎりぎりの衣装直しのためにあちらに走りと、大車輪で働いていた。彼はアネットを上手に避ける術も学び、ミランダのアンダースタディをつとめるティーナとの息もぴったりだった。ティーナは幕間《まくあい》に行うテーブルや家具のセッティングも手伝い、ふたりはいいチームとして働いていた。

ミランダはロドニーが「ティーナとおれは学校が一緒で、おれたちいつも助け合ってた。お互いに心配し合って、かばい合ってた」と言っていたのを思い出した。

たしかにエドガーが言っていたとおりだ。この公演は、演劇のためではなく、コミュニティのためのものだったのだ。

演技という点で驚かされたのは、ドク・メドウズだった。いつ見てもすばらしい名演技だった。

消えてしまった妻について語る彼のモノローグはつねにわたしとともにある。

「たとえ最愛の人が今ここにいなくても、彼女の魂はつねにわたしとともにある。彼女は毎日、わたしの心のなかにいる。廊下からは彼女の足音が聞こえ、回廊には彼女の声が響く。誰もいない椅子に、沈もうとする太陽に、開け放たれた窓から差し込む朝の光にわたしは彼女の姿を見る。眠りに落ちるときも、朝目覚めたときも、わたしはすぐとなりに彼女の存在を感じる。彼女は消えていくが……またすぐに現れる。わたしの最大の失敗は、この気持ちを彼女に伝えることができなかったことだ。なぜなら、わたしは怖かったのだ。自分のこの思いの深さが、この胸の痛みが怖かったのだ……わたしの心は一生変わらない。わたしは、妻を愛し続ける運命なのだ。いつも、心から、深く、愛する運命なのだ」

この劇中で、唯一、むき出しの真実が感じられるのがこのセリフだった。そしてドクは、それを完璧に表現していた。それは毎回、ためらいもなければ迷いもない、心からの魂のつぶやきだった。

ミランダはしわだらけになった例のチラシを引っ張り出した。思ったとおり、ドクの名前の横に彼女は〝夫婦でモメてる?〟と書いていた。

そのときふと、ミランダはあることに気がついた。このセリフはドクの言葉じゃない。これはエドガーの言葉だ。これを書いたのは彼。彼は、わたしを想って書いたのだ、と。

まだ、愛は残っている！

稽古のあと、ミランダは裏口からそっと出ていこうとするエドガーに声をかけた。

「エドガー！　待って！」

オペラハウスを知り尽くしている彼はなかなかつかまらなかったが、それでもなんとか追いかけ、ようやく裏口でつかまえた。

「ドクのモノローグを聞いたわ。すばらしかった」

ドアに手をかけたエドガーの足が止まり、振り返った。「ミランダ、あれははるか昔に書いたセリフだ」

つまり、あれは十年前のエドガーの気持ちというわけだ。「それで、今は？」

「今、ぼくたちが稽古をしている芝居は、琥珀《こはく》に閉じ込められたカブトムシみたいなものだ。たんなる、タイムカプセルだよ。じゃあ、おやすみ、ミランダ」

ミランダは思わず、帰ろうとする彼の背中に声をかけた。「アネットのこと、知ってるわよ」

それはただのはったりだったが、エドガーは振り返った。けれどこの時点でミランダが望んでいたのは、それだけだった。ほんの少しのあいだでも、彼を引き留め、ここにいてもらいたかったのだ。

エドガーが疑わしげに目を細める。「アネットのことを知ってるってどういう意味だ？　どういう意味で知ってるんだ？」

「大丈夫。怒ったりなんかしないわ、エドガー。気持ちはわかるわ。あなたは寂しかったのよ。わたしもそう」

エドガーの目に怒りが燃え上がった。「怒ったりなんかしない？　怒ったりなんかしないだと？　ぼくがどんな女性たちとつきあおうが、きみにはなんの関係もない話だ」

女性たち？　彼は複数の女性とつきあっていたのだ！

ミランダは必死に怒りを抑え込んだ。彼女だって何年ものあいだ、スタントマンや若い共演者と浮名を流してきた。撮影所は不倫の温床だし、それは舞台の世界も同じことだ。

またもエドガーは帰ろうとし、またもミランダはむちゃくちゃな非難で彼を引き留めた。

「あなたが何をしてきたかは、ちゃんとわかってる」

ふたたび彼は振り返り、ふたたび彼女に聞き返した。「どういうことだ？　はっきり言ったらどうなんだ？」

「ビーとスーザンのそれぞれに、違う話をしてるじゃない。わたしを恋しがるふりをしたかと思えば、次の瞬間には、わたしの存在さえ否定する。自分の都合に合わせて、わたしの存在をないものにしている。でもね、エドガー、わたしはちゃんとここにいるの！　あなたが好むと好まざるとにかかわらず、わたしはここにいるのよ」

エドガーは大股で戻ってくると、ミランダを見下ろした。そうだ、彼はこんなに背が高かったのだ、といまさらながら思い出す。

「きみは・戻って・こなかった」一語、一語を区切りながら、エドガーは吐き捨てた。

「きみがベッドを抜け出して出ていったときの置き手紙、覚えているか？　それも、よりにもよってハネムーンの最中にきみは出ていったんだ。置き手紙には、必ず連絡すると書いてあった。でも、連絡なんてこなかった、そうだろう？　きみはあのベッドにぼくを置き去りにした。そして多くの意味で、ぼくは今でもまだ、あのベッドできみが帰ってくるのを待っているんだ」

彼女の声が震えた。「わたしは戻ってきたわ、エドガー。ねえ、戻ってきたのよ？」

「十五年遅かったよ」そう言うと彼は、ドアを押し開け、路地へと消えてしまった。

ビーの家に戻ったミランダは、またもワインをひと箱空けると、フランジや、いなくなった夫や、琥珀に閉じ込められた虫のことをあれこれ愚痴り、ついにはネッドとビーが彼女をベッドへ運んでいった。

「ねえ、ビー？」ベッドに入れられたミランダがつぶやいた。

「はい、はい、なんですか？」

「モーニング・コールをお願いできる？」

「ええ、ちゃんと起こしますよ」

「ねえ、ビー？」

「はいはい、なんですか？」

「洗濯物がほんとうにたまってきちゃってるの。なんとかしてもらえないかしら。よろしくね」


そしてついに、その日がやってきた。

衣装をつけた通し稽古、ドレスリハーサルだ！　そして、殺人事件が起きる夜でもあった。

「満席だわ」ステージ脇から観客席をのぞいていたスーザンが小声で言う。

だが、観客席はほぼ空っぽだ。彼らの言う〝満席〟と、ミランダが考える満席は違うらしかった。ここは観客席が四百五十席ある大きな劇場で、たとえ今日の来場者全員を中央に集めても、満席にはほど遠い。

「ロープを張って、観客用に百席を確保したんですけど、ロープを動かさなきゃいけなくなったんです！　すでにチケットが百六十枚も売れたんですよ。でもたぶん二百人は来るでしょうね。今回は有名人がいるから、観客もいつもよりずっと多い」

もはや、ミランダもその手には乗らなかった。「そうね、アネットにおまかせがいるから、チケットも売れるでしょ」

「有名人って、あなたのことですよ」とスーザン。「アネットが公演を牛耳っていたころだって、チケットがこれほど売れたことなんてありません。彼女もそれはわかってる。だからあなたに対して、あんなに冷たい態度をとるんです。あなたがカメオ出演するっていううわさが広まったおかげで、はるばるユージーンから来る人までいるんだから」

カメオ出演！　そう、それよ、とミランダは心のなかで膝を打った。そう、そういうことなのよ、と。端役で出演するわけでも、脇役で恥をさらすわけでもない。これは、カメオ出演なのだ。わたしが出演することで、この公演には箔《はく》がつく。ミランダの気持ちは一気に明るくなった。

舞台裏にはポスターが一枚、貼られていたが、そのポスターの一番下に自分の名前が太い文字で書き入れられていることにミランダは気づいた。

「わたしがやったんです」スーザンが誇らしげににっこりと笑う。ポスターには、〝ゴールデングローブ賞ノミネート女優、ミランダ・アボットがカメオ出演！〟と書かれていた。

ミランダの目がうるんだ。「ありがとう、スーザン。あなたは、ほんとうにいい友だちだわ」

けれどその感動の瞬間は、背後から聞こえてきた声で台無しになった。ミランダがその声に驚いて飛び上がる。

「tはふたつだ」

振り返ると、執事のジャケットを着たカール巡査がミランダを見てニヤついていた。その指が、ポスターに描き入れられたミランダの名前を指している。「アボットはtがふたつだろ？　スペルが間違ってなくてよかったな」

「ごめんなさい、わたしちょっと衣装をチェックしてこなくっちゃ」

すでにミランダはヴィクトリア朝風のメイド服に着替えていたが――これは彼女がフラン牧師時代に着ていたメイド服とは比べものにならないほどダサく、『マナーハウスに潜入！　屋敷のオーナーはフランス男！』とか、『メイド学校に潜入！　学校のオーナーはフランス男！』といった回でフランス人メイドに扮《ふん》していたときのフリル付きスカートと網タイツとは大違いだった――、今はカールのそばから離れる口実になれば何でもいい。とにかくこの場を離れようと、ミランダは衣装部屋に向かった。

すると客席から、観客のざわめきが聞こえてきた。

場内アナウンスは「ご来場のみなさま、今夜のドレスリハーサルは五分後に始まります。どうぞ、席にお着きください」と呼びかけている。

ミランダは、昔のあの高揚感が戻ってくるのを感じていた。懐かしいこのワクワク感。たとえカメオ出演でも、幕が上がる寸前のこの気持ちは格別だ。

役者たちは舞台の袖で、力持ちのセス役のメルヴィンの後ろに集まった。時間がきたら、ニキビが光る彼が、出演者一同を率いてステージ上に出ていくことになっていた。

幕が上がってデニースが流す序曲が始まるのを待つ。と、そのときアネットが出演者たちを振り返り「みなさんとお芝居ができてほんとうに光栄だわ。今夜のリハーサルのあと、ベンガル・ラウンジで一緒に飲みましょうね」と言った。そしてミランダのほうをちらりと見て、「もちろん、メインのキャストの方たちだけで」と付け加える。

ええ、ええ、そうでしょうとも、とはミランダの心の声だ。

そしてついに序曲が始まり、客席の照明が薄暗くなった。少し離れた場所からネッドが「みんな、幸運《グッド・ラック》を祈ってるぞ！　グッド・ラック、グッド・ラック、グッド・ラック！」と声をかけていく。

バックリー署長、なに縁起の悪いこと言ってるのよ、とミランダは心のなかで毒づいた。

音楽が盛り上がって幕が上がり、それに拍手が続く。

ミランダは、アネットの嫌みへのうまい返しをいくつか思いついたが、とりあえず言い返すのはリハーサルのあと、アネットがハーメルンの笛吹きよろしく、〝メインの〟キャストを引き連れダッチエス・ホテルに向かうときまで待つことにした。

けれどミランダ・アボットが、アネットに言い返すチャンスは永久に来なかった。なぜなら、このときからきっかり一時間十四分後、アネット・ベイリーはすでにこの世にいなかったからだ。

18

「彼女はついに死んだ！」

今年の衣装は、ハープリート・シンがすばらしい仕事をしてくれた。ドレスリハーサルが始まり、出演者たちがステージ上に歩み出ると、拍手が波のように巻き起こったが、その拍手は彼らの演じる役柄に向けられたのと同じくらい、彼らの衣装にも向けられていた。たしかに、衣装の出来はすばらしかった。プロの役者の公演でも、もっと手抜きの衣装を着せられることなどいくらでもある。けれど、この公演は違った。後ろ裾が長いロングテールの執事用コートを着て、まるで陰気なペンギンみたいに見えるカール巡査。頬ひげをたくわえ、ヘリンボーンのツイードスーツにしっかりとハンチング帽をかぶったウセックス伯爵。トップハットに深紅のマントをまとった第三代レジナルド・バッキンガム卿。例の筋肉を身につけたメルヴィン。手編みのセーターを着た庭師。農家のおかみさんが着るようなギャザースカートにショールを羽織り、腕輪やブレスレットをじゃらじゃら身につけた予言者のジュディ。そして、文句なしにやぼったい不格好なメイド服を着たミランダ。どうやらこの時代のメイドは、モブキャップ（頭をすっぽりと覆う縁にひだのついた婦人帽）に白いエプロン、そして黒い麻の靴下を身につけていたらしい。

いっぽうあのアネットは、きらきらと輝く華やかなタフタのドレスに身を包んでいた。彼女は衣装を新調してほしいと要求し、見事に新しいドレスを手に入れたのだ。タイトな胴衣《ボディス》と布地を何層も重ねたフープスカートのドレスは、豊かな胸と細い腰という砂時計のようなスタイルの彼女にはよく似合っていた。そして王侯貴族のような紫色のドレスの丈は床すれすれで、ステージを歩くその姿は歩いているというよりは、まるで浮いているかのようだった。白くやわらかな胸元より、見えるか見えないかの足首のほうが〝きわどい〟と考えられていた時代があったなんて、今となっては信じ難い。

パッとしない格好ではあったが、ミランダの登場にも観客たちはどよめいた。人々は、ほら、彼女よ、とささやきながら、ミランダのほうを身振りで示し合っている。ミランダの出演を、〝カメオ出演〟と演出したスーザンの作戦が功を奏したのだ。これが、アネットにはいたくお気に召さなかったらしい。メイド役のミランダは膝を曲げてお辞儀をしては客人の上着をあずかって回ったが、そのつどアネットは、刺すような視線を彼女に向けてきた。

幕開けの最初のセリフを言おうと、オーウェン・マッキューンがステージ中央に進み出ると、音響ブースにいたデニースは吹きすさぶ風の音と雷鳴の効果音を響かせた。

「グッド……」

そこで、彼はつまった。

舞台の袖から、スーザンがささやく。「アフタヌーン」

「……アフタヌーン！」

とはいえ彼も、その後はなんとか乗り切り、ミスらしいミスといえば、メイミー・ディケンズの美しい「口紅《リップスティック》の色」を褒めるときに、うっかり「陰茎《ディップスティック》の色」と言ったことぐらいだった。

そしてついにそのときは訪れた。ミランダがこの作品で発する唯一のセリフを言う場面だ。

グレアムが、「ここで乾杯をしなければ、第三代レジナルド・バッキンガムの名がすたるというものだ！　乾杯だ！　ミス・メイミー・ディケンズを歓迎する乾杯を！」と呼びかけ、執事（カール）が、トレイにのせたグラスを一人ひとりに慎重に渡していく。

そしてカールはまたも縁が欠けたグラスをミランダが取る位置に置いていた。もううんざりだ。そう思ったミランダは、カールがウセックス伯爵に飲み物を渡そうと向きを変えた瞬間、トレイに置かれた自分のグラスとアネットのグラスをすり替えた。

全員がグラスを掲げる。「乾杯！　心からの乾杯！」と第三代バッキンガム卿が声を張りあげる。

ほかの人たちが談笑しながらシャンパンを飲みはじめると、メイドのミランダもグラスを口元に近づけ、力持ちのセスへと熱い視線を投げかけてから、アップルジュースのシャンパンを一気に飲み干す。

ついに、ミランダの見せ場が訪れた！

アネットはここで、後ろに下がることになっている。

ミランダは立ち止まり、身体の内側へと静かに力を込めた。目を閉じてからふらりと身体を揺らし、右へ、左へとつまずくように歩きはじめる。やがて運命の時が差し迫っているという事実が、彼女の意識のなかで大きく膨らんでいく……けれどミランダが目を開けたとき、観客たちの視線が注がれていたのは彼女ではなく、その先にいたメイミー・ディケンズだった。

ミランダがそちらを振り返る。その瞬間、アネットがフロアランプを倒すところが見えた。

じつは稽古の終盤、ミランダはあまり稽古に身を入れていなかったため、最初に頭をよぎったのは、ジュディは演出を変えたのだろうか、いったいいつ変えたのだろう、という疑問だった。

「ゲーッ！」とアネットが叫ぶ。ちょっと、それはわたしのセリフよ、とミランダ。

けれどこのとき、事件の発生は七秒後に迫っていた……

メイミー・ディケンズがよろめくようにして舞台裏に消えていく。グレアムがあわててそのあとを追う。やがて彼は、顔面蒼白で戻ってきた。

「死んでる！　彼女、死んでるぞ！　ほんとうに死んでしまった！」

その言葉は、稽古のときよりずっと真に迫っていた。まさに一段上の演技だ。一瞬、一瞬を生きるとはまさにこのことだ！　これこそが、イェールでのトレーニングの成果だわ、とミランダは感心した。

ステージの上では誰もぴくりとも動かず、グレアムはもう一度例のセリフを繰り返した。

「死んでる！　彼女、死んでるぞ！　ほんとうに死んでしまった！」

気まずい時間が続き、スーザンが舞台の袖から、「第三代レジナルド・バッキンガムの名に懸けて」とささやく。どうしていいかわからなくなったデニースは、ジャ・ジャ・ジャ・ジャーンという派手な効果音を流した。

そのときグレアムがソファの後ろで嘔吐《おうと》した。ステージの後方で吐くところが、まさにプロだ。ワオ！　イェールはあんなことも教えるの？　とミランダが感心する。

とりあえず指示を仰ごうと、ミランダはジュディのほうを見た。わたしのセリフを言うの？　それとも舞台から去ったアネットを追う？　ここで彼女が戻ってくるのを待ったほうがいい？　けれどジュディもミランダと同じくらいどうしていいかわからないらしい。

ロドニーがステージに出てきたが、照明がまだ消えていないのに気づいて固まった。え、第一幕はまだ終わってないの？　とその表情は言っていた。何をしたらいいかも、どちらを向いたらいいかもわからず立ち尽くしている。

グレアムが言っている意味に最初に気づいたのはメドウズ医師で、彼はアネットの様子を見に走っていった。どうしていいかわからないミランダも「ああ、わたしも毒を盛られたわ」と早口で言い、彼のあとを追う。

舞台裏では、アネットが床に横たわり、ドクが心臓マッサージをしていた。

「あの救急車を呼んで！」ドクがミランダに叫ぶ。そう、ハッピー・ロックでは救急車と言えば一台しかない。だから必然的にあの救急車ということになるのだ。

アンドルーが通話料金を払ってくれたことに感謝しながら、電話をかける。ドクはあきらめることなく、心臓マッサージを続けていた。何度も、何度も胸部を圧迫したあと、彼女の頭をのけぞらせて鼻をつまみ、口から息を吹き込んだ。そしてふたたび心臓を圧迫する。町の救急隊が到着してあとを引き継ぐまで、彼はその救命措置を続けていた。救急隊員たちは心臓マッサージを続けながら、彼女をストレッチャーに乗せて運び出した。疲れ果てたドクが、息を切らしてくずおれる。

そこにネッドがやってきた。「ドク？」

けれどドクはただ首を振っただけだった。「心臓が悪かったんだな」と言い、ネッドがうなずく。

ミランダがネッドとともにステージに戻ると、ロドニーとジュディを含むほかの出演者たち全員が、まるで〝活人画〟のようにその場で固まり、立ちすくんでいた。いや、これは〝死人画〟といったほうが正確かもしれない。

アネット・ベイリーはほんとうに死んだのか？　もちろん、蘇生《そせい》できるだろう？　きっと明日になれば、いつものように共演者を見下した態度で戻ってくるわよね？　いくらなんでも、これで終わりってことはないでしょ？

ネッドは顔をしかめ、テーブルと執事のトレイのまわりをぐるりと歩きながら、アップルジュースが入ったボトルと、役者たちが置いたグラスを観察する。その顔は……誰かを責める顔でもなければ、疑う顔でもなく、不安だけが浮かんでいた。

薄暗い客席は、戸惑いと憶測があいなかばするざわめきに包まれていた。ネッドがステージの中央へと進み出、両手を挙げて静粛を求める。

「みなさん！　警察署長のバックリーです」

すると観客席から声があがった。「よお、ネッド！　おい、みんな、ネッドだぜ！　ようやく役をもらったのかい？　ハ、ハ、ハ！」けれど誰もその笑いには加わらない。

ネッドは目を細めて観客席を見つめると、口のまわりを両手で包み、音響ブースに向かって叫んだ。「デニース？　客席照明をつけてくれるか？」

客席がゆっくり明るくなる。

見たところ、町の住人の半分はここにいるようだった。

「残念ながら、不運な出来事が起こったらしい」と、彼は感心するほど控えめな言い方をした。「なので、今夜のドレスリハーサルはキャンセルだ」

抗議のざわめきが起こった。まだ誰も、事態の深刻さに気づいていなかった。いったい舞台裏で何が起こっているのか？ 興味津々の観客たちは、首を伸ばして様子をうかがっていた。彼らの恐怖は手に取るようにわかった。忌まわしい何かが舞台に現れたのだ。

「劇場は閉鎖。ドレスリハーサルは終了だ！」

ネッドは観客席の後方にいるビーに気がついた。いったい何があったの？ という表情で立っている。

「払い戻しについては、観客席の後ろにいるビーと話してくれ」とネッドは言った。「チケットの販売は彼女が担当してる」

だが誰も、払い戻しの請求をするものはいなかった。今夜は、ハッピー・ロック史上もっとも記憶に残るリハーサルとして語り継がれるはずだ。これを逃した人は、きっと後悔するに違いない。

観客たちがぞろぞろと出ていくと、ネッドは出演者たちに向き直った。ミランダがこれまで聞いたことのない決然とした声で話しはじめる。

「誰も、動かないように。全員、その場にいてくれ」

彼は、ひとり、そしてまたひとりと、出演者たちを確認し、誰がなぜその場所にいるのかを頭に叩き込んでいった。

「ティーナはどこだ？　彼女もここに連れてきてくれ。それと舞台袖にいるスーザンもだ。そういえばロドニーはどこに消えた？　みんな、ステージの中央に集まってくれ。早く！」

デニースはすでに音響ブースからおりてきていた。ドクは舞台裏のソファにぐったり座り、額をこぶしで支えながら、もっと何かできたのではないかと考えていた。ステージには、嘔吐《おうと》物のかすかなにおいが、その場を包む恐怖のように漂っていたが、出演者たちはあえてそのにおいを無視していた。

「聞いてくれ。アネットはERに運ばれた」とネッドが言った。「ドクは全力を尽くしてくれたが、事態は楽観できない。だから、あとは彼女のために幸運を祈ろう」

「お花を贈らなきゃね」とジュディが言い、ほかの者たちもうなずいた。

「花の話をするのは、もっとあとでいいだろう」とドクは静かに言ったが、彼の考えている花が、「早い回復を！」タイプのものか、別の種類のものかについてはあえて触れなかった。

執事役のカールは、メイドのミランダをじっと見つめていた。彼はわたしがグラスをすり替えたのを見ただろうか、とミランダは考えた。もし見たとしたらどうなる？　いずれにせよ、アネットの心臓は限界だったのだ。縁が欠けたわたしのグラスから飲んだせいで、完全な心停止になるなんてありえない。だがそれでも心の隅では、カールが執事であると同時に警察官だということを気にしていた。

「それでロドニーはどこに行ったんだ?」ネッドがしびれを切らして尋ねる。「さっきまではここにいたのに、どこに行った?」そう言ってから、小声で付け加えた。「まったく、猫を集めるよりたいへんだよ」

そこでようやく、バックリー署長はグラスに気がついた。というよりも、グラスがないことに気がついた。それからボトルもない。グラスもボトルも忽然《こつぜん》と消えていた。

「このテーブルを片付けたのは?」ネッドが尋ねる。

「ロドニーだよ」と力持ちのセスが答えた。「セットは二幕の前に、ロドニーが片付けることになってるんだ」

「じゃあ、やつを見つけて、何にも触るなって伝えてくれ」

オーウェン・マッキューンが大声で尋ねた。「おい、ネッド、ここは犯罪現場ってことか?」

「さあ、まだわからんよ。だが、ステージ上や舞台袖にあるものは、絶対に動かさないでくれ。絶対にだ」

そこに決まり悪そうな様子で、ロドニーが戻ってきた。

「ボトルとグラスは洗っちゃったってさ」と力持ちのセスが言う。

「はぁ? どうしてだ?」

「芝居が終わったからだよ。公演の終わりには、洗って片付けることになってる。洗って片付けるのがおれの役目だから」とロドニーが口ごもりながら答えた。

ティーナも戻ってきて、ロドニーに同意した。「それも彼の仕事なんです。ロドニーは、頼まれた仕事はきちっとやるから。ね、ロドニー？」

自分の足先を見つめていた彼が、恥ずかしそうにほほ笑む。けれどネッドはそんなことではごまかされなかった。

「でも、芝居はまだ終わっていなかったよな？　まだ一幕が終わっただけだった。なのにロドニー、どうしてそんなに急いだんだ？　どうしてそんなに急いでグラスとボトルを洗った？」

ロドニーはその言葉に傷ついたようだった。「でも、あれは芝居の終わりだったよ、バックリー署長。自分でそう言ってたじゃないか。『みんな、ドレスリハーサルは終了だ』って」

「たしかに言ってたな」とオーウェン。

「これは一本取られたね」と力持ちのセス。

そのときドクの電話が鳴り、全員がぴたりと黙った。「はい……はい……なるほど」そしてドクは電話を切り、大きく息を吸ってから、出演者とスタッフを見た。「彼女、だめだったよ」

ジュディは膝からくずおれた。打ちのめされた様子でドクのとなりに座り込む。グレアムは静かに「もっと、親切にしてやればよかった」と言った。

「とりあえず、この劇場は閉鎖する」とネッド。「全員が外に出たらすぐに、扉には南京《なんきん》錠《じょう》をかける。グレアムの嘔吐物については気にしなくていい。時間が経てば乾くからな。全員、楽屋に戻って、自分の荷物をまとめること。カール巡査が同行する。自分の持ち物以外のものは、何ひとつ動かさないように。いいな?」

全員が呆然とした様子で、ぞろぞろとステージから出ていった。

けれどミランダだけは、まだそこに残っていた。例の欠けたグラスのことを言うべきかと悩んだが、やめておいた。がらんとした観客席の後方に座ったままこちらを見ているエドガーを、ネッドがじっと見上げているのが見えたからだ。エドガーはこのときまでずっと、その場に座り続けていた。

この町に来た最初の日、書店の前でミランダを車から降ろしたときネッドが言った言葉がよみがえった。ネッドは「あのオーナーと知り合いですか? 気をつけてくださいよ。日がな一日、人殺しの本に囲まれてるんですよ? 嫌でも警官のアンテナにはピピッとくる。そういう人物が何をしでかすかなんて、わかったもんじゃありません」と言っていたのだ。

ネッドは観客席のエドガーに声をかけた。「ミスター・アボット! こっちにおりてきてもらえますか？　ちょっと、話をうかがいたい」

そのあと何があったのか、ミランダにはわからない。書類や台本、ジャケット、領収書帳（これはスーザンだけだ）、そしてニキビ用クリーム（これはメルヴィン）を取りに楽屋に戻ったほかのメンバーのあとを追いかけないといけなかったからだ。アネットの楽屋の前まで来ると、みな、なんらかの敬意を示したい気持ちに襲われたが、何をしていいかがわからない。

「そこに入っちゃだめだ！」カールが怒鳴った。「そこは立ち入り禁止だ。さっさと楽屋で、衣装を着替えて。脱いだ衣装は、楽屋のハンガーに掛けておいてくれればいい。終わったら、ここに戻ってくるように。全員が一緒にだ」

かすかにジュディの泣き声が聞こえた。

「彼女、心臓が悪かったから」と、出演者たちは衣装をハンガーに掛けながらささやき合った。そして「心臓が悪かったから、誰のせいでもない」と小声で言い合いながら、カール巡査に先導されてオペラハウスの裏の駐車場へ出ていった。「心臓が悪かったのだから、しかたない」と。

「彼女の顔」とグレアムが口を開いた。「すっかりゆがんでたよ。ひどいもんだった」

アネットは最後の最後にふたたびほかの役者たちを出し抜き、観客たちの注目を一身に集めてミランダの唯一のセリフを盗んだのだ。

彼らは、街灯の下に立っていた。灯りが出演者とスタッフ全員を照らし出す。心臓が悪かったんだ、誰のせいでもない、と誰もが思おうとしていた。

だがそれでも、縁が欠けたグラスはミランダの頭から離れない……

そのとき、精一杯強気を装ったジュディが、力のこもった目で「ショーは最後まで続けなきゃ、ショー・マスト・ゴー・オンよ」と言いだした。その声にはつらさがにじんでいる。「アネットもきっとそう願ったはず。ショー・マスト・ゴー・オン。わたしたちはやるしかないの。『ディケンズ家の死』十周年記念公演は彼女の思い出に捧《ささ》げます」

続ける？　いったいどうやって？　ミランダは心のなかでつぶやいた。

そこにビーが声をかけてきた。「さあ、ミランダ。車に乗って」

ティーナはロドニーと身を寄せるようにして何か話していた。グレアムはひどく具合が悪そうだ。

「人が亡くなるのをまのあたりにしたのは初めてなんだ」と彼は言った。「予想していたより、ずっと悲惨だった」

だがグレアムが、どんなものを予想していたのかはわからなかった。彼のこの様子は、たんに死体に対する嫌悪感なのか、それともほかの何かなのだろうか？

カール巡査は、誰かがこっそり劇場に戻らないよう、裏口を見張っていた。でも、劇場に戻ってくる人なんているのだろうか？　バックリー署長は、いったい何を疑っているのか？　そもそもネッドはどこに？　エドガーはどこに行ったのだろう？

陰鬱な空気のなか、出演者もスタッフも三々五々、帰っていった。ビーはミランダを連れて、彼女の四角いボルボへと歩いていく。エドガーの泥だらけのジープの前を通り、側面にでかでかと「アネットにおまかせ！　アネット・ベイリー不動産！」と文字が入ったピンクのキャデラックの前も通り過ぎる。

「ちょっとすいません！　ミズ・アボット！」誰かが声をかけてきた。

振り返ると、こちらに小走りで駆け寄ってきたのは、肩にカメラをかけ、手にノートを持った、あのフィンケル・アーデリーだった。

「ちょっとお話うかがえますか？」

ミランダはつま先でくるりと回って彼女から距離を取った。「あなたに話すことなんてないけど」

だから、パパラッチってイヤなのよ。

けれど、この小鬼のような記者は彼女の言葉も無視して、ボルボの助手席側ドアの前に割り込んだ。

ビーが車の屋根越しに、フィンケルに優しく声をかけた。「ねえ、お嬢さん、もう遅いわ。それに今日は、たいへんな悲劇があったの。だからあたしたち、まっすぐ帰ってベッドに入りたいのよ」

だが、しつこさが売りのフィンケル・アーデリーには何を言っても無駄だった。「ほんのちょっとでいいんです。新聞の土曜版に載せたいので」

そりゃあそうでしょうよ、とミランダは叫びたいところだった。あんたのとこの新聞はみんな土曜版でしょ！　あんたの新聞は週刊紙なんだから、と。

フィンケルはもったいぶった様子で、ペンをカチカチと鳴らした。

「ではうかがいますが、ミズ・アボット、あなたとアネット・ベイリーがうまくいっていなかった、というのは事実ですか？」

その問いに、ミランダはカッとなった。「なんですって！　誰がそんなことを言ったの？　情報源は誰？」

「情報源？　情報源はあたしのこのふたつの目です。彼女があなたを見る目つきを、バッチリ見ましたから。そして彼女が死亡した今、主役はあなたが演じるんですか？」

ミランダは答えにつまった。「そうかもしれないけど、でもそれとこれは——」

「彼女が死んでくれたのは、すばらしいタイミングだったわけですよね？」

あまりの言い草に、頭に血がのぼった。「この不幸な出来事で公演全体に生じた混乱を考えれば、もっともタイミングが悪かったと言えるでしょうね」

「でもあなたは当初、彼女の役でオーディションを受けたんですよね？」

グレアムが以前、ミランダに忠告してくれた言葉がよみがえった。〝スキャンダルを煽るのが好きなんだ……彼女がスキャンダル漁りのジャーナリストになっていたとしても、ぼくはまったく驚かない〟

それを思い出したとき、ようやくミランダは合点がいった。

「あなた、学生新聞に記事を書いたでしょ」とミランダ。「高校時代から問題を起こしていたんじゃない？」

フィンケルはかすかな冷笑を浮かべ、「なるほど、ね。ペンティ先生から聞いたの？」と必要以上に〝先生〟を強調して言った。

ミランダは彼女へと身を乗り出した。「いいえ、聞いてはいない。でもあててあげる。あなたも演劇クラブにいたのね？」

フィンケルの瞳に燃え上がった炎を見て、ミランダはそれが図星だとわかった。

「でも、演劇クラブの公演に一度も出演させてもらえなかった？」とミランダ。「役をもらっていたのはいつもティーナだった。違う？　それであなたは学校新聞で記事を書くようになった。そこで自分の天職に気がつき、演劇クラブでの復讐《ふくしゅう》を果たした。そしてあなたは今も、世の中に対する復讐を続けてる、そうじゃない？　あなたみたいな記者には、これまで何度も、数えきれないほど会ってきた。憎しみにあふれてて、せこくて、ほかの人の成功が我慢できない人たち」

するとフィンケルがミランダへと身を乗り出した。淡々とした声で言う。「昔は、あなたも有名だったんですよね？」

ミランダは彼女を押しのけ、ビーの車に乗り込んだ。

「元有名人のほうが、ずっと無名よりもはるかにマシよ！」と怒鳴る。けれど彼女自身、それを本気で信じているわけではなかった。絶対に認めたくはなかったが、ミランダにもちゃんとわかっていた。この一戦がフィンケルの勝ちだということは。

19　謎めいたメモ

「今日のスープ・ドゥ・ジュールはスプリット・ピー（皮をむいて干して割ったえんどう豆）ですよ」とメイベル――それともマートルか？――が言った。稽古のあいだずっと出されていたのと同じスープだ。スープが入った大きな樽《たる》形の容器には〝HRHS（ハッピー・ロック高校）〟という怪しげなラベルが貼られており、ミランダはつねづね、ネッドは財布紛失事件なんかよりも、こちらを捜査すべきではないかと思っていた。

アネットが死んだ翌日のランチタイム、出演者たちはこれからどうすべきかを話し合うために〈コージー・カフェ〉に集まった。

全員がひとつのテーブルのまわりに集まっていた。ビニールのテーブルクロスがかかったテーブルにはプラスチックの造花が飾られ、その横にはケチャップのボトルと塩入れ、そして砂糖が入った小袋が置かれている。町中に本物の花があふれているのに、どうしてプラスチックの造花を飾るんだろう、とミランダは思ったが、それは彼女が、ここが〝道理を忘れた町〟ハッピー・ロックだということを忘れていただけのことだ。

〈コージー・カフェ〉のメニューは明らかに、グレーター・トライ・ロック地域の学校給食のメニューの一部を拝借したものだった。

「このラザニアは、うちの学校のカフェテリアで食べたことがある気がするな」とグレアムが顔をしかめた。「たしか二週間前だ」

「ご存じだとは思うけど」ミランダはマートル——それともメイベル？——に言ってみた。「今日のスープ・ドゥ・ジュールの〝ドゥ・ジュール〟は、〝今日の〟っていう意味よね」

「ええ、そのとおり。今日のスープ・ドゥ・ジュールは豆スープ。昨日のスープ・ドゥ・ジュールも、明日のスープ・ドゥ・ジュールも豆スープですよ」という返事が返ってきた。

このミーティングを招集したのはジュディで、彼女は涙を流しながらも断固として、公演は決行すべきだと言い張った。

この日、そこにいたのは出演者だけでスタッフはいなかった。ティーナは参加していたが、それは彼女がミランダの〝アンダースタディ〟だからで、出演者でその場にいなかったのはドク・メドウズだけだ。

「ドクは病院で、昨夜のことを職員に説明してるらしいよ」とメルヴィンが言った。衣装を脱いだ彼は、どう見ても力持ちには見えなかった。

「ヘッ、おれはドクが警察署から出てくるところを見たぞ」と、頬ひげが依然としてウセックス伯爵然としたオーウェンが言った。

「きっとドクの奥方は大喜びだろうな」ピートが苦々しげに言う。

これに何人かがうなずいた。

「それ、どういうこと?」ミランダが尋ねる。

「今年の公演がキャンセルになれば、ドクは自由になれるだろ?　そうすりゃ奥方はうれしいさ」

「でも、公演はやるわ」ジュディは頑として譲らない。

「警察は検死解剖を決めた、って聞いたがね」とピート。

「検死解剖?　どうして?」グレアムが聞き返した。「なんのためにそんなことを?　彼女の心臓が悪いことはみんな知ってたじゃないか。わざわざ検死解剖なんて必要ない」

彼、ずいぶんびくびくしてるように見える、とミランダは思った。検死解剖で何かわかったら、困ることでもあるのだろうか?

「心臓《ハート》が悪い?　心《ハート》がない、って言うほうがあたってるだろ」オーウェンがつぶやく。

どうやら、アネットの死を心から嘆いているのはジュディだけらしい。

「演出家として、役者仲間として、そして友人として」ここでジュディは声をつまらせた。「アネットのためにも、わたしたちはこの事態を果敢に切り抜けなければ。彼女だってそうしてほしいと思ってるに決まってる。いつだってチームのことを考えていたもの、自分のことよりほかの出演者たちのことを考えてた」

「今、ぼくたちはあのアネットの話をしてるんですよね？」とグレアム。

それでもジュディはひるむことなく、同じことを繰り返した。「ショー・マスト・ゴー・オンよ」

「でも、主役が死んじゃったのよ」とミランダは言った。

するとジュディが意味ありげな視線をミランダに向けた。「そのことについて、あなたと話したかったの。アネットがいなくなったことであいた穴は大きいし、その穴を埋めるにはあなたは力不足かもしれない。でも、それでもあなたにメイミー・ディケンズの代役をお願いしたいの」

うわ、そういう言い方をするわけね……

ミランダは稽古のあいだじゅうずっと、ジュディの助言と煽りのもとでどんどん大げさになっていくアネットのセリフを聞いていたし、セリフ覚えはもともと早い。実際、テレビシリーズを撮っていたころは、そのセリフ覚えの早さにずいぶん助けられたのだ。だから、代役をつとめることはできる。でも、それをやるべきだろうか……？　できるかどうかと、やるべきかどうかは、まったく別の問題だ。

「わたしがメイミー・ディケンズの役をできるかと言えば、まあ、できるとは思う。でも、ほんとうにやるつもり？」そう言ってミランダはテーブルに集まった出演者たちを見回した。けれど、誰も答えない。

ジュディはミランダの腕に手を置いた。「これは今年最大のイベントなの。町の人たちをがっかりさせるわけにはいかないわ」

テーブルを囲む人々がうなずいた。そこでハッピー・ロック合同&統合小劇場協会の規約に従い、速やかに挙手での採決となった。全員一致。問題解決。こうして『ディケンズ家の死』の公演は決行となった。けれど、最後に挙手をしたのはミランダだった。ほんとうに公演をやるべきか、彼女にはよくわからなかったのだ。

彼らが解散しようとしたころ、ネッド・バックリー署長が現れた。

「おい、ネッド！」オーウェン・マッキューンが声をかけた。「今日の集まりは出演者だけだぜ」

けれどネッドからいつもの軽口は出なかった。「スタッフからはもう話を聞いた。次は、出演者たちに昨日の夜に何があったか話を聞きたい」

「何があったかは、わかってる」とグレアムが答えた。「彼女の心臓がついに限界を超えたってだけだ」

ネッドは彼を見た。その顔に笑みはない。「じゃあ、グレアム、まずはきみから話を聞こう」そう言ってからティーナを見た。「きみは、残ってる必要はないよ。カール巡査、おまえも手伝ってくれ」

「わかりました、署長」

巡査であり、目撃者でもあったカールはすでに、自身の報告書を提出していた。また、ティーナはアンダースタディではあったが、すでにスタッフのひとりとして事情聴取を受けていた。いずれにせよ、帰宅を急ぐこともなかった彼女は、ほかの出演者たちの事情聴取が終わるまでここに居残ることにした。

ネッドは一人ひとり順番に、店の隅のブースで話を聞いていった。彼は舞台裏も含む劇場の見取り図を用意しており、アネットが倒れたとき、彼らがどこにいたのかをそれぞれ×印で記入させた。さらに、昨夜の出来事がどのように起こったのかを、時系列で、一つひとつ尋ね、アネットとそれぞれのメンバーとの関係性についても聞き取った。とはいってもここは小さな町なので、アネットとほかの関係者との関係性は良好なものから険悪なものまですべてネッドは知っていた。

「心臓発作以外に何かあるってほんとうに思ってるの？」ミランダは、自分の番が来るとネッドに尋ねた。

彼女を見たネッドの目にフラン牧師フライデーのときのようなあたたかみはなく、捜査官ならではの無表情があるだけだった。「あくまでも慎重を期しているだけですよ」

やがて出演者たちは、豆のスープとラザニアで重たくなった胃を抱えてカフェを出た。あらゆる意味で、今日はヘビーな一日だった。それでもティーナは明るく、ミランダの傍らにやってきた。

「ほんとうに、あなたの予想したとおり！」とティーナが言った。

なんのことだかわからない。まさか、わたしがアネットの死を予言したとでも思っているのだろうか。

「どういうこと？」

「あなたが、言っていたとおりのことが起こったじゃないですか。あなたは代役として主役を演じ、わたしはメイドの代役をする。だから、わたしも出演できる！」

「出演できるだけじゃない」駐車場へと歩いていくなか、グレアムがふたりの横にやってきた。「きみは犠牲者1、大役だよ！　メイドが死ぬシーンは、見せ場だからね」そこまで言ってはっとしたように、付け加えた。「だがまずは、彼女の冥福を祈ろう」

ミランダは、それまで感じていた違和感を抑えきれなくなった。そこでふたりにロドニーのことを訊いてみた。

「どうしてロドニーはボトルとグラスを洗ったのかしら、たいへんな騒ぎになっていたのに。みんなが騒いでいることに、彼、気づかなかったの？」

「それが、ロドニーなんですよ」とティーナが答えた。「仕事を頼まれれば、何があってもやり遂げる」

カフェの駐車場では、ティーナの父親が待っていた。腕を組んで車に寄りかかり、近づいてくる彼らを凝視している。ティーナの父とグレアムは視線を交わしたが、これから一戦交えようかといわんばかりの険悪さだ。

「行かなくちゃ」とティーナは言い、駆け出した。「じゃあまた」

その後ろ姿を、グレアムはじっと見つめていた。

その日のハッピー・ロックは晴天の美しい日だった。というより、ハッピー・ロックはいつも美しい。陽の光が躍る水面では、ヨットが優しく揺れ、水上飛行機が着陸し、カモメが飛び立っていく。ミランダは、これから演じる役について、そして死亡した女性の代役をつとめることの意味を考えながら、ビーのコテージへと港を歩いていた。

B&Bに着いたミランダは、あれほどあからさまにほのめかしたにもかかわらず、ビーがまだベランダのペンキを塗っていないのに気がついた。あえて「ひなびた感じがする」とまで言ったのに、ビーはこれを褒め言葉と受け取っていた。

パトカーが一台コテージから出ていく。おそらくネッドが来ていたのだろう。

コテージの玄関の鍵は、いつもどおりかかっていなかった。これではナポレオンの大陸軍が総出で入ってきたとしても、誰も気づかないだろう。

ビーはピーチ・コブラーの香りが漂うキッチンにいた。ミランダは一瞬、ベランダでカクテルを飲もうかと考えたが、結局やめることにした。ビーのカクテルはどれもオレンジドリンクのサニーDが大量に使われているらしいのだ。じゃあ、ミランダがそれに文句を言ったかというと、答えはノー。ここでも、彼女は思いやりを発揮していた。

カクテルを飲む代わりに、ミランダはキャリーバッグを肩にかけて二階の自分の部屋に上がった。深呼吸とともに室内へ入る。すると、ベッドの上にはついにたたまれた洗濯物と、新品の石けんとクリームが入ったカゴが置かれ、それから――

これは何？　ミランダはドアの下から差し入れられたらしい何かを手に取った。手紙、ファンレターだ。やはりファンからは絶対に逃げられない。もしかしたら魔法のお金がまだどこかから出てくるかもしれないと思いながら、ミランダはいつものようにバッグの中身をベッドの上にぶちまけた。さっきのファンレターを手に取り、室内の居間部分（ドレッサーの横にあるビーのふたり掛けソファ）に移動した。腰をおろして、たたまれた手紙を開く。一瞬、彼女は自分が何を見ているのかわからなかった。それは雑誌から切り抜かれた文字、それもフォントもさまざまに異なる文字を並べたもので、身代金を要求する古典的な手紙、まさに『フラン牧師』に出てくるような脅迫状だった。けれどもっと不思議だったのは、そこにはごく短い一文しかなかったことだ。

あれは　**おま**へ　の　**は**ずだった

「はずだった」はちゃんと書けるのに、なんで「おまえ」は間違えるのか？　そもそもこれは、どういう意味だろう。メイミー・ディケンズの役をもらうのは、アネットではなく彼女のはずだったという意味？　それはそうだろう。そんなことは言うまでもない。

それともこれは……？

でも、まさかそんなはずはない。アネットが死んだのは、心臓が限界を迎えたというだけ。悲しい出来事ではあったが、邪悪な何かがあったわけじゃない。それとも、あったのか？　そう思ったら、さらに暗い考えがわき上がった。

「わたしが留守のあいだに誰か来た？」ミランダはキッチンにおりていき、ビーに尋ねた。

「何か、届け物をしに来た人がいた？」あまりにもばかばかしいメモだったので、ただのいたずらかもしれない。

ビーはオーブンミトンから手を抜くと、ちょっと考えてから答えた。「ええっと、チェックインしたお客さんが何人か、それからチェックアウトしたお客さんも何人かいましたね。あとは排水管を新しくしに来た作業員が何人かと、配達人がひとり、といっても彼は配達じゃなく集荷に来たんですけどね。それから郵便が間違って届いてたって言って、おとなりの奥さんが来ましたね。おとなりとは偶然にも番地がひとつ違うだけなんですよ。それからデニースが、学校の楽団の寄付金を集めるくじ引きの抽選券を売りに……」

やっぱり、ナポレオンの大陸軍が総出だ。

「そうじゃなくて、わたしの部屋まで上がってきた人はいなかった？」とミランダ。「ドアの下から、何かを室内に差し入れた人とか」

ビーはエプロンで両手を拭いた。「あなたのドアの下から、何を差し入れるっていうんです？」

「これよ」ミランダは、例の手紙をビーに差しだした。

ビーが声に出して読み上げる。「『あれはおまへのはずだった』？　いったいどういう意味なんですかね」

ふたりはキッチンテーブルに座り、知恵を絞った。

「おまえを書き間違えてるでしょ」とミランダ。「そういえばロドニーは、十二年生を何回か落第してるのよね？」

ビーは、ミランダが何を言おうとしているかわからないらしい。

「もしかしたら、文字の認識力が弱いのかも」とミランダ。

ビーはちょっと考えてから言った。「それは、グレアムに訊くといいと思いますよ。でもあたしが知るかぎり、ロドニーは消化不良《ディスペプティク》じゃないですよ」

「失読症《ディスレクシア》でしょ？」

「そう、そう、それですよ。あたし思うんですけどね、ああいう症状にわざわざあんな難しい名前をつけるってこと自体残酷ですよ。それからロドニーのことですけど、もしこれが脅迫状だとしても、彼が誰かを脅すなんて想像もできませんね」

「脅迫状か、あるいは警告か」

「でもロドニーは、ハエ一匹殺せませんよ」

ミランダはこれを鼻で笑った。『フラン牧師の事件簿』では、ハエも殺せない誰かが出てくれば、十中八九その人物が犯人で、一時、これは飲み会での笑いのネタにもなったほどだった。

「ハエは殺さないかもしれないけど」とミランダ。「でもこのあいだ、落ちてきた照明でわたしが死にそうになったときに、照明を設置していたのも彼だった。落ちる位置があと数センチずれてたら、わたしは死んでたのよ。バートが気づいてくれたからよかったけど、もし彼がわたしに体当たりしてくれなかったら、わたしはたぶん……」

ミランダはこの数週間の出来事を頭のなかでさらってみた。スポットライトの落下、アップルジュースと縁の欠けたグラス、カール巡査のパトカーにひかれかけたときのこと。たしかにあのとき、彼はミランダをひき殺そうとしているように思えた。ロドニーの〝不注意の事故〟もカールの不注意な――殺意のこもった？――運転も、何か腑《ふ》に落ちないものがある。

そう、パトカーと言えば……

「そういえば、ネッドはどうしてる？」ミランダはアネットの死について、なんらかの内部情報を聞き出したかった。

ビーは秘密を隠し通すことができない性分だ。だから秘密をもらす人間がもしいるとすれば、それはビーだ。ビーは生まれつき口が軽い。

だが残念ながら、彼女は何も知らなかった。

「ネッドとは会ってもいないし、しゃべってもいないんですよ」

「でも、さっきここに帰ってきたとき、彼のパトカーが出ていったけど」

「ネッドのパトカー？　何かの勘違いじゃありませんか？」

「今日、カール巡査はここに来た？」

「来たかもしれませんね。あたしは午前中、ずっとキッチンにいましたから。もし来たとしても、気づかなかったでしょうね」

そう言われて、ミランダは考えこんだ。あのときカールはわたしを尾《っ》けているようだった。

脅迫状風の手紙をしげしげと見ているビーが、そこにベタベタ指紋をつけているのに気づき、ミランダは内心うめき声をあげた。テレビでミステリーをさんざん観ているにもかかわらず、ビーは名捜査官からはほど遠い。

だがそれは、これがもし捜査であれば、の話だ。

ビーはついにその手紙をテーブルに置いて、宣言した。「これは、いたずらだと思いますね。でも……」ここで、彼女の思考は未知の領域へと向かっていった。「たとえこれがいたずらだとしても、それを誰がやったのかはやっぱりミステリーですよ」

「たしかに、そうね」とミランダ。

するとビーの瞳に、いたずらっぽい笑みが浮かんだ。「そしてみんな、ミステリーは大好物！　これはいい宣伝になりますよ。マスコミにリークしてみたら？　この手紙を見せるんですよ。そうすれば彼らは絶対、あなたにこの『謎の手紙事件』を解決してもらいたがる。『フラン牧師、ふたたび』とかそういう見出しでね」

マスコミにリークする？　そして騒ぎをつくりだす？　さらに、ミランダの知名度も上げる？　そうとなれば、彼女が電話すべき相手はただひとりだ。

「居間に行かなきゃ！」とミランダが叫ぶ。

ビーの表情が不安に曇った。「また長距離電話ですか？」

「LAよ！」

アンドルー・グエンはかつて、もしルース・ベイダー・ギンズバーグが引退したら、最高裁は次の裁判官にミランダを指名する、という荒唐無稽《こうとうむけい》な記事をタブロイド紙に書かせた実績がある。そしてその記事は、バットマンならぬバット・ボーイ発見のスクープ記事と、ホワイトハウスのローズガーデンに埋められたUFOの記事とともに紙面を飾ったのだ。

けれど今、アンドルーはゴルフ・クラブでタオルをたたんでいた。

「人が死んだのよ！」アンドルーが電話に出るやいなや、ミランダは叫んだ。「そのうえ、謎めいた手紙まで！　とてもミステリアスなの。それも、手紙の文字は、身代金を要求する手紙みたいに、雑誌から切り抜かれてる。それが、わたしの留守中、ドアの下から差し入れられていたのよ」

アンドルーは思わず聞き返した。「なんて書いてあったんです？」

「あれはおまへのはずだった、って書かれてたの。気持ち悪いでしょ？」

長い沈黙。「それって、警察案件だと思いますよ」

「ばかなこと言わないで！　警察よりも、ＴＭＺに電話よ！」

「そんなこと、できませんよ」

「ありがとう、アンドルー！　あなたなら、やってくれると思ってた」

「待ってくださいよ、ぼくにはたたまなきゃいけないタオルが山ほどあるんですよ」

「ああ、それから最後にもうひとつ、頼みたいことがあったわ。グレアム・ペンティっていう男性のことを知っているか、あなたのコネでイェール大関係者に訊いてもらえる？」

「ぼくが知ってるイェール大関係者？　ぼくになんのコネがあるっていうんです？　ぼくは私立探偵じゃないんですよ、ミランダ」

「ありがとう、お願いね！」

「ミランダ、ぼくはイェール大学に電話なんかしませんよ――」

「ああ、それからアンドルー」

アンドルーはため息をついた。「はい、なんですかミランダ」

「会えなくてさみしいわ」

ああ、ちくしょう、と思いながら、つい言ってしまった。「ぼくも寂しいですよ」だが実際、それは本音で、それこそが、この件のもっとも忌々しいところだった。

20
秘密の領収書帳

もし、ドアの下から差し入れられた謎めいたメッセージがたんなるいたずらだったら？

もし、あれがたんなる嫌がらせじゃなかったら？

あれはおまへのはずだった
手紙にはそう書かれていた。つまり、死んだのがおまえだったらよかったのに、ということだ。それがもし、文字どおりの意味だったとしたら？　あれは、おまえのはずだった。死ぬはずだったのはアネットではなく、おまえだった、と言っているのだとしたら？

ミランダはネッドが、ステージ上のグラスやボトルのまわりを歩いていたこと、そしてロドニーがそれをすべて洗ってしまったと知って彼がひどく腹を立てていたことを思い出した。また、〈コージー・カフェ〉でピートが、検死解剖が決まったと言っていたことも。検死解剖が行われるのは何か疑わしいことがあるときだけだということは、ミランダもフラン牧師の仕事を通じて知っていた。検死解剖が行われるのは、犯罪の可能性があるときだけだ。

アネットは、アップルジュースのシャンパンで乾杯したあと息絶えた。けれど、ほかの役者たちは同じボトルのアップルジュースを飲んでいたのに、誰もなんともなかったのだ。だとしたら、アネットがジュースを飲む直前、誰かが彼女のグラスに何かを入れたのだろうか。

ミランダはかぶりを振り、これはフラン牧師のドラマじゃない、わたしの想像力が暴走しているだけだと自分に言い聞かせた。

たしかに、ボトルとグラスをステージからさげ、それを洗ったのはロドニーだ。けれど、実際の飲み物をグラスに注いだのも、誰がどのグラスで飲むかを知っていたのも執事だ。

あれはおまえへのはずだった

ミランダは、スポットライトが頭上から落ちてきたときのこと、そしてパトカーに乗ったカール巡査が、目を充血させ、笑いながらアクセルを踏み込み、彼女を撥《は》ねようとしたときのこと、いいいいいいがふたつだ！　いいいいいがふたつだ！　と叫んでいたときのことを考えた。ちなみにこの細部については、少々、ミランダの脚色が入っているかもしれないが。

でも、警察には行けない。なぜならカール自身が警察官だからだ。また、バックリー署長にもこのことは話せない。カールは彼の右腕だからだ。もし、誰かを殺人犯だと告発するなら証拠が必要だ。とくに、警察官を告発するつもりなら。

だがミランダには、なんの証拠もなかった。ロドニーが片付けてしまったからだ。グラスが洗われてしまったなら、もうその線で調べることは不可能だ。そう考えると、ネッドが腹を立てていたのも無理はなかった。ロドニーはカールに協力しているのだろうか。あるいは、ロドニーが絶対に証拠を消すはず、とカールにはわかっていたのかもしれない。わざわざ頼まなくとも、ロドニーなら律儀に証拠のグラスを片付け、毒の痕跡も洗い流してくれる、そして無意識に共犯者になってくれるとわかっていたのだろうか。

前にティーナはなんと言っていた？　それが、ロドニーなんですよ。仕事を頼まれれば、何があってもやり遂げると言っていなかっただろうか。

そしてそのことは、誰もが知っていた。もちろんカール巡査もだ。それにカールはミランダがこの町に来た最初の日、彼女のスーツケースの下着を触っていたのではなかったか？

アンドルーとの電話を終えてビーのキッチンに戻ったミランダは、テーブルの椅子を引きながら、何気ない口調で尋ねた。「カールってどういう人？」

ビーは驚いて流しから振り向き、「彼の何を知りたいんです？」と訊いてきた。

「彼は独身？」

「え？　ええ、そうですよ。ほら、お母さんがいるから」ビーの声が低くなった。「独身でいるしかなかったんですよ。若いころは活動的だったんですけどねえ。なかなかのスポーツマンでしたよ。まあ最近は、それほどじゃありませんけどね。でも、彼は暗いばっかりでもなくて、まだ少年のようなところもあるんです。いろいろと……集めたりして」

「トロフィーとか？」

「ちょっと違いますね。じつは以前はカールも、わたしたちのフラン牧師フライデーに必ず参加していたんですよ。すごく熱心にね。でも、もう今は無理になっちゃって」

「もしかして、お母さんがいるから？」

ビーはうなずいた。

「ちょっと、マザコン気味ってわけね？」とミランダ。

ビーの顔がほころんだ。「そう、そうなんですよ！」そして唐突に「あなたとお似合いかも」と付け加えた。

「はあ？　誰？　わたし？　ありえないわ！」

ビーの瞳がきらきら光る。「なるほどねえ。彼が独身かどうか、そして彼の趣味を訊くってことは、そういうことですよね」

「違う、違う、違う！」ミランダはあわてて打ち消した。「べつに彼に興味があるわけじゃないの――まあ、彼に興味はあるんだけど」容疑者としてね、と心のなかで付け加えた。

「でも、そういう意味の興味じゃないの」

ビーは、唇に鍵をかけ、その鍵を遠くに投げる仕草をしてみせた。「ご心配なく」とハッピー・ロックきってのうわさ好きが断言した。「あなたの秘密はちゃんと守ります」

勘弁してほしい。カールがわたしを殺そうとしてるだけでも最低なのに、ビーはなんと、このわたしが彼に恋心を抱いていると思っている。

けれど、こういうことにかかずり合っている暇はない。今、ミランダに必要なのは味方だった。信用できる味方。だとしたら、誰を頼るべきかは考えるまでもなかった。けれどその前にひとつ、確かめておきたいことがあった。「ねえ、ビー、わたしがこの町に来たとき、わたしがオーディションを受けられるように匿名で会費を払ってくれたのって、あなたじゃないわよね？」

「残念ながら、あたしじゃありませんよ。どうしてそんなことを訊くんです？」

「ネッドがわたしの会費を払ってくれたってこともない？」

「ネッド・バックリーが？　まさか、それはありませんよ。もし払っていたら、絶対にそう言ってるはずですから」

「ありがとう！」そう言ってミランダは戸口へ向かった。「ちょっと出かけてくるわ」

「どこに行くんです？」

「人殺しの店までね」

ダッチェス・ホテルの裏手を抜ける木陰の道は、ビーコン・ヒルの頂までくねくねと続いている。ミランダは突然カールが現れた場合に備え、肩にかけたトートバッグのなかで催涙スプレーをしっかり握っていた。また、カールに車で追いかけられたら猫のように飛びすされるよう、道の端の草むらを歩く。どうすれば催涙スプレーで車を撃退できるのかはよくわからなかったが、背後でタイヤの音がするたびにミランダは緊張し、すぐにでも逃げ出せるように身構えた。

もう少しで丘のてっぺんというところまで来たとき、美しいラブラドール・レトリーバーがこちらに向かって全速力で走ってくるのが見えた。

「エミー！」

エミーはしっぽを振りながらミランダに駆け寄ってきた。犬ならではの大喜びの仕草で、うれしそうに撫でられている。

そのエミーのあとから角を曲がって人影が現れたが、それはエドガーではなく、小柄で相変わらずかげろうのようにはかなげなスーザンだった。

「店にいらしたんですか？」

「ええ、そう」

「エドガーは、出かけてるんです。ちょっと……人と会う用事があって」

「バックリー署長と？」

スーザンはエミーに声をかけて呼び戻した。「あの子、すぐに先に行きすぎちゃうんですよね。いいえ、ネッドとじゃありません。不動産専門の弁護士に会うと言ってましたよ。

どんな用事かは知りませんけど、エドガーは心配そうな様子でした」

けれど今日、ミランダが会いに来たのは、スーザンのほうだった。

「店には今、誰かいる？」もしスーザンがエミーの散歩に出かけるなら、店で待ってもかまわない。

スーザンは笑って「ドアに『五分で戻ります』の看板を出しておきました。でも鍵はドアマットの下にありますから、勝手に入ってくださいな」

教わったとおりにミランダは自分で鍵を開け、店内に入った。

はちみつ色の照明とかび臭いにおい、そしてミステリー本が並んだ書棚。あのとき、たぶんわたしはハッピー・ロックに残るべきだったのだ、とミランダは思った。最後にもう一回だけ、と言ってハリウッドに戻るのではなく、エドガーを手伝ってこの書店を切り盛りしていたほうがよかったのだ、と。

延々と続いた稽古のあいだじゅうステージでそのレプリカを見ていたため、ロールトップの大きなデスクは、ミランダにはすっかり見慣れたものになっていた。

たしかここにあるはず、とそのデスクに歩み寄る。けれどやっぱり確かめる前にスーザンに断るべきよね、と彼女は自分を戒めた。

だがそうは思ってもやはり思いとどまることはできず、ミランダはすばやくデスクに手を伸ばし、そっと引き出しを開けた。あった！　そこには、前日に劇場から出たとき、スーザンが持って帰ったと思われる台帳と領収書帳が入っていた。スーザンがこのふたつを劇場に残すことはまずありえない。

引き出しは浅く、台帳と領収書帳がやっと収まる程度のものだった。ミランダは引き出しからそのふたつを取り出してデスクの上に広げ、まずは台帳のページをめくって自分の名前を探した。

スーザンの台帳は偏執的といえるほど几帳面に記入されていた。支出と収入の欄は無数の項目に分類され、インクを使った手書きの筆記体文字で細々と数字が書き連ねられている。会員費の欄はさらに三つの項目、すなわち〈年間会員〉、〈終身会員〉、〈オーディション〉に分かれていた。

〈年間会員〉には何百人もの名前がきちんと記入され、会費も全員が支払っていた。これを見ただけでも、町中の人が地元のアマチュア劇団を支えていることがよくわかった。この年間会員と比べると終身会員の数はぐっと少なかった。エドガー、バート、スーザン、そしてマートルとメイベル。そのほかの役員や、現在はグラッド・ストーンの老人ホームにいる初代の力持ちセスの名前に加え、すでに亡くなったらしい何人かの名前もスーザンの〝追悼を込めて〟という文字とともに記入されていた。

このときミランダが調べたかったのは、今年のオーディションに関する項目だった。そこには、当然ながら一番下にミランダの名があった。なんとも縁起のいい十三番という数字に、思わずため息が出る。ネッドは出演者が舞台に出るたび「幸運を祈る《グッド・ラック》」と言い、メルヴィンは舞台裏で四六時中口笛を吹いているのだから、この公演が呪われていたとしても不思議じゃない。もちろんミランダもそんな迷信を本気で信じていたわけではないが。

そのページの一番上には、スーザンの文字で「ジュディ・トレイナーの年会費はオーディションにも適用」と書かれていた。なるほどね、とミランダは思った。ジュディは演出担当だが（これは彼女の年会費に含まれる）、出演者でもある。けれどスーザンは二重には請求をしていない。おそらくスーザンは規約全文を丹念に確認し、ジュディ・トレイナーがオーディション参加費を追加で払う必要がないと結論づけたのだろう。だから、ページの上に注釈を入れているのだ。

だが、ジュディのことなどどうでもよかった。俳優というものはみなそうだが、ミランダも興味があるのは自分の名前だけだった。そしてミランダの名前の横には……全額支払い済み、と書かれていた。

しかし誰が支払ったかは書かれていない。ああ、残念。

とにかく絶対に突き止めなければ、とミランダは思った。わたしの人生がかかっているのだから、と。そこで次は、スーザンの薄紫色の領収書帳を見ることにした。ミランダがオーディションに参加したあの運命の水曜日の日付まで、大急ぎでページをめくっていく。問題は、スーザンは自分自身に対しても領収書を書くタイプの人間かどうかだったが、彼女ならもちろん書くだろう。そして案の定、それはあった。領収書帳にはミランダ・アボットの会費をS・ラッドゥレイグがS・ラッドゥレイグに支払ったことを示す領収書の控えが残っていた。それは、発音できないほど超難解なスーザンの名字だ。

やはりミランダの味方は、彼女だったのだ。

いつもなら、エミーの人なつこい吠《ほ》え声を聞くと、ミランダの心は喜びで満ちる。けれど今日は違った。エミーが吠える声とドアの取手が回される音を聞いたミランダは、大慌てでスーザンの領収書帳と台帳を元通りにデスクの引き出しに押し込んだ。そして急いで別のテーブルに向かい、手近にあった本を手に取る。ふと見るとそれは『夫を殺害する方法』というタイトルのDIY雑誌だった。まずい！　あわてて別の本を手に取ったら、こちらは『妻を殺害するする方法』だった。まずい、まずい、もっとまずい！

幸い、スーザンより先にエミーが、足音とともに入ってきたので、ミランダは気づかれないうちに本を元の場所に戻すことができた。

「いい子は誰かな？　あら、あなたなの！　いい子、いい子！」ミランダはふざけながら、エミーの耳を引っ張った。

店内には革張りの椅子がいくつもあり、スーザンはそのひとつをミランダのために引きずってきた。ふたりは腰をおろし、しばらくのあいだエミーと遊ぶ。

「ねえ、スーザン」とミランダは切り出した。「どうして、わたしの保証人になってくれなかったの?」

「え、なんの話です?」

「オーディションのとき。わたしが事務局に着いたのは、オーディションの受付を締め切る直前だった。結局、バートがわたしの保証人になってくれたから、ぎりぎりで会員資格をもらえたけど。でも、どうしてあなたが保証人になってくれなかったの? あなただって、なれたのに」

スーザンは口ごもった。「そ、それは——利益相反になったかもしれないし」

「どうして?」

「あなたの申請書を書いたのはわたしだし、それに……」彼女の声が途切れる。

ミランダはほほ笑んだ。「わたしの会費を払ったのは、あなたでしょ? だから利益相反になるのよね。わたしの会費を払っていたら、保証人にはなれないから」

「あなたには、知られたくなかったんですけど」

「わたし最初のうちは、エドガーが払ってくれたんだと思ってたの」

「あなたが経済的に厳しい状況にあるのは、エドガーから聞いてました。でも、あなたはプライドが高いから、彼の援助を断ったとも聞いていたんです。だから、わたしがこっそり払ったんです」

なんという心遣い。ミランダは感動した。「でもなぜ? わたしのことなんて、ほとんど知らないのに」

「あら、そんなことありません。エドガーからさんざん聞かされていましたから。彼があなたのことをどれほど気にかけているか、ふたりがなぜ離ればなれになったか、あなたがいなくなってどれだけ傷ついたか。それにエドガーは、自分もあなたと一緒にロサンゼルスに戻るべきだったんじゃないか、っていつも気にしてました。彼、都会暮らしは嫌いだったけど、あなたのことは愛していた。わたしがあなたの会費を支払ったのは、そうすればあなたはうちの劇団に参加できるし、エドガーとも仲直りできるんじゃないかと思ったからです」

「わたしも、彼のことはおんなじように思ってたわ」ミランダは苦笑いを浮かべた。「でも、神様には別の計画があった」

「そういうものですよ」

「ねえ、エドガーの店は何か困っているの?」

エドガーが、港のベンチに貼られた今は亡き不動産業者、アネットの顔写真に牙を落書きしていたことや、スーザンが言っていた彼と弁護士との面会、さらにこの店に彼以外の従業員がいないことを考えるうちに、もしかしたらエドガーの夢だったこの店の経営は傾いているのかもしれないと心配になった。

「シルバー・フィッシュの件もありますし、銀行ローンもありますから、たいへんはたいへんですね。でも、彼はなんとかしますよ。エドガーは逆境に強いですから」

「エドガーは釣り《フィッシュ》をするの？」別れて暮らしているあいだに、そんなスキルも身につけたのか、とミランダは驚いた。

「いえ釣り《フィッシュ》じゃなくて、紙魚《シルバー・フィッシュ》、つまりシミのことです。書店の悩みの種なんですよ。シロアリと同じくらいたちが悪くて。じつはアネットは再融資のために、この建物を査定に出したんです。査定が終わったら、彼女がここの抵当権を持つという条件で。でも、査定が終わった時点で彼女、融資を断ってきたんですよ。エドガーは怒ってましたけど、それが彼女の仕事だからしかたないってわたしエドガーに言ったんです。この建物はすごく古くて、多くの歴史もあります。でも、あちこち傷んで、ガタピシいってますから」

「たしかにそうね。舞台装置をつくるとき、バートは建物に入ったヒビや隙間を完璧に再現してたもの」

「バートは几帳面ですからね」とスーザンが満足げに相づちを打った。「窓ガラスまで、実物そっくりにつくっていましたよ」

そのときふと、ミランダはバートも釣り《フィッシング》の話をしていたのを思い出した。そう、去年の三月だ。サケ釣りには時期が早かった、と言っていた。

「エドガーは釣りに行ったことある？」ミランダが訪ねた。「バートたちと、っていう意味だけど」

「行ってないと思いますよ。サケの遡上がピークになる時期は、ちょうど稽古の真最中ですから。もし釣りに行ったとしたら、サケじゃなくてチョウザメ釣りでしょうね。シーバスやトラウト、キンムツもとれますし。それからもちろんニシンも」

そんなに！

あまりにたくさんの魚の名前が出てきて、ミランダは目が回りそうだった。けれどこのやりとりをのちに、何度も思い出すことになる。だがこのときの彼女はまだ、それを知らない。

そしてついに、ミランダは今日、ここに来た目的を切り出した。

「ねえ、スーザン、ほんとうのことを言うと、わたし今日はエドガーに会いに来たわけじゃないの。話をしたかったのは、あなたなのよ。あなたにぜひ助けてもらいたいと思って。じつはアネットの件なんだけど」

「なんでしょう？」スーザンは座り直した。なぜかミランダの目を見ようとはしない。なぜだろう？

「あれは毒物だと思うの」とミランダ。

「毒物？」

「そう。アネットは毒殺されたと思う。そして次に狙われるのはたぶんわたし」

スーザンがあっけにとられて、聞き返した。「あなたですか？」

「初日公演が、わたしの死ぬ日になるかもしれない。でもネッドには相談できないの。わたし、カール巡査が関与してるとにらんでるのよ」

「カール？　でも彼は――」

「ハエも殺せない人なんでしょ？　それはわかってる。でも、あなたのまわりをよく見て」

ミランダは、ふたりを囲む書棚を仕草で示した。立ち上がって、手あたりしだいに本を手に取っていく。

「この本の主人公は殺人事件を捜査する十二世紀の修道士だし、こっちはジェスチャーだけで事件を解決するパントマイム師。そのほかにも殺人事件の〝歯根《ルーツ》〟ならぬ〝根本《ルーツ》〟に迫る歯科外科医やケルト人の修道女、エジプト学者にガーデニング探偵。それから園芸《ガーデン》をする探偵もいる。これなんて事件を解決するのはハチドリよ。それどころか」そこまで言って彼女は表紙に目を落とした。「事件の謎を解く俳優までいる。まあ、これは物語としてはちょっと突飛だけど、でも、わたしが言いたいことはわかるでしょ？」

だが、スーザンにはわからなかった。

いっぽう、感極まってきたミランダは思わず声をつまらせた。「フラン牧師には女友だちがいなかったの。ホームズにとってのワトスンみたいな相棒がいなかったのよ。わたしはいつも脚本家たちに、番組の責任を一緒に背負ってくれる誰かがほしい、戦友となるもうひとりの女性がほしいって頼んでいたの。でも、事件解決の相棒として脚本家たちが考え出すのは、屈強な牧師とか、身寄りのない聖歌隊の少年だった。でもわたしがほしいのは、そういう相棒じゃない。ねえ、スーザン、わたしはこの事件を解明する手助けを、あなたにしてもらいたいの」

スーザンは何も言わず、ただじっと床を見つめていたが、ようやく顔を上げると、悲しそうな目でミランダを見た。「でも、あなたはフラン牧師じゃありませんよね。あなたはミランダ・アボットだもの」

「ええ、たしかにそのとおり。そして今、そのミランダ・アボットが危険にさらされているの。何かよくないことが起こっているのはわかってる、でもそれが何なのかわからない。だからスーザン、あなたに手伝ってほしいの」

「無理です」と小さな声で返事が返ってきた。

「あのアップルジュースは毒入りだった。それは確かよ。そしてそこにはカールが関わってるし、もしかしたらロドニーも関わってるかもしれない。少なくともわたしはそう確信してるわ。ミステリー好きのあなたならわかるはずよ。この謎を解く手伝いをしてもらえるのは、あなたしかいないの」

「謎なんてありませんよ。アネットは心臓が悪かったんです」

ミランダは苛立ちが抑えきれなくなった。「ねえ、どうしてわたしを信用してくれないの？　なんでわたしを手伝ってくれないの？」

「だって、わたしは見たんです！」スーザンの目には怒りがあった。その瞳には、怒りと悲しみがない交ぜになっている。「あなたがグラスをすり替えるのを！　舞台の袖から、ちゃんとこの目で見たんです。あなたがグラスをすり替えて、そのあとアネットが死んでしまった。このことはネッドには言ってませんし、ほかの誰にも言ってません。でも、わたしはちゃんと見たんです」そこまで言うと、ふたたび彼女の声は穏やかになった。「わたし、あなたを見たんですよ」

21 バートの隠れ家へ

屋外で捕まることだけは避けたい、暗くなる前に、安全に家に戻りたいとミランダは思っていた。いまや彼女はビーのコテージをわが家のように感じていた。収納式ベッドとホットプレートで暮らしていたあのデ・ラックス・アームズの家よりもずっとわが家らしかった。

まさかハッピー・ロックがこんなに居心地のいい場所になるとは、彼女自身も思っていなかった。同時に、こんなに危険を感じる場所になるとも思っていなかった。居心地のよさと命の危機、穏やかな明るさと不吉さという組み合わせはなんとも奇妙だ。

アネットが「景観がぶち壊し」だと言っていたマッキューンの自動車修理工場の裏手には、常緑樹が生い茂る林へと続く砂利道があり、ミランダはネッドの車に乗せてもらったとき、錆びたドラム缶や木材を積んだピックアップトラックがその道へと曲がっていくのを見たことがあった。そしてその道の角を曲がったとき、彼女の直感はあたっていたことがわかった。

うっそうとした林のなかに建つ丸太小屋の正面には、バートのピックアップトラックが駐まっていた。まだ午後も早い時間だというのに、松やトウヒの木の下はすでに夕暮れのように薄暗い。

電気はついていなかったが、ピックアップトラックが駐まっているところを見ると彼は家にいるらしい。ミランダは催涙スプレーをしっかり握ると、一歩一歩慎重にゆっくりと、古びた網戸のある玄関ポーチへと歩を進めた。

「こんにちは」と声をかけるが、声はたちまち周囲の木々の静謐《せいひつ》のなかに吸い込まれていった。

太平洋岸北西部の温帯雨林では、木の板はつねに湿り気を帯び、かすかにやわらかい。そんな床板を踏みしめながら、ミランダはバートの玄関ポーチを進み、玄関の網戸から室内をのぞき込んだ。内部はしんと静まりかえっている。

「こんにちは？」

網戸の脇のドア枠を軽く叩いてみた。けれど反応はない。ドアの取手を回してみると、驚いたことに掛け金がはずれて網戸が大きく開いた。

まずい。もし、ミランダ・アボットがフラン牧師だった時代に学んだことがあったとすれば、そのひとつが〝鍵のかかっていないドアが開けば、たいていの場合、その向こうには死体がある〟ということだった。フラン牧師として、自分はこれまで何人の死体と出くわしただろうか、とミランダは考えた。百人？　いや、もっとかもしれない。ではミランダ・アボットとしては？　それはもちろん、ゼロだ。

彼女は息を整えると、催涙スプレーをいっそう強く握りしめ、バッグを肩にかけ直した。一瞬、そのまま抜き足差し足で玄関ポーチを後ずさり、ここから逃げてしまいたいという思いに駆られる。

けれど引き返すことはできなかった。とりあえず今はダメだ。

スーザンは、アネットを殺したのはミランダだと言わんばかりの口調だったが、同時に、ベイリーさんが亡くなったのは心臓のせいで、事件性はないと言い張った。

そう言いながらもスーザンの目にはためらいがあり、ミランダはそれを見逃すことができなかった。

「まさか、わたしが彼女を殺したと思ってるの？　主役を奪うために？　あの公演の主役を？」テレビ番組の主役だったら、それもありかもしれない……でもたかだかアマチュア劇団の公演のために人を殺す？　勘弁してほしい。わたしにだって一定の基準はある。

「まさか」スーザンが否定する。「そんなこと思ってません。でも……」

「でも、何？」

「そういうふうに思う人がいない、とも言い切れません」

ミランダは気分が悪くなり、書店をあとにした。今にもカールの車のタイヤの音が聞こえてきそうで、ビーコン・ヒルを下るうちに息が苦しくなっていった。何か、自分が理解できない力に追いかけられている気がしてならない。

どうしよう?　どうしたらいい?

その瞬間、ミランダはバートのタトゥーを思い出した。あのいわくありげな老人の前腕には色あせたノーティカル・スターのタトゥーが入っていた。

以前、ピートが稽古中に自分の軍隊時代――〝商船隊〟(船舶登録された商船の部隊)にいたらしいが、彼は〝商船〟よりも〝隊〟のほうに力を込めていた――の話をしたことがあり、ミランダは何の気なしに「バートも海軍にいたのよね?」と口にした。

するとピートは意外な反応を示した。元軍人としての仲間意識を示すどころか、そう言われたこと自体が心外とでもいうように。

「バート・リンダーが?　軍隊にいたって?　やめてくれよ。やつは軍人なんかじゃない。国を守るようなことはしちゃいない。やつは闇と踊ったんだ。おれは国のために脚を失ったが、あいつは何ひとつ失っちゃいない。失ったものがあるとすれば、魂だ」

それだけ言うと、何やらぶつぶつ言いながら、足を引きずって行ってしまった。

あまりに激しいピートの反応に、ミランダが唖然として立ち尽くしていると、ドクが近づいてきて、気にすることはない、となぐさめられた。

「彼の言うことを真に受けることはありませんよ。ピートはべつに戦闘で脚を失ったわけじゃない。べろべろに酔っ払って桟橋で寝ていたときに、錆びた釘で壊疽《えそ》になったんです。彼の脚を切断したのは、このわたしですからね」

「じゃあ、バートのことは？」

この問いに対するドクの答えは曖昧だった。「バートについては、何がほんとうで、何が嘘かなんて誰もわかりませんよ」

そして今、ミランダは開いたドアの戸口でその先の闇、バートがともに踊っていたとピートが非難したその闇をのぞき込んでいた。

おそらく、その闇こそが今の彼女には必要なのだ。カールにもれる可能性を考えると、ネッドに保護を頼むことはできないし、口の軽いビーにも相談はできない。さらに、スーザンには手伝いを断られ、エドガーはつかまらない。こうなったらもう、頼ることができるのは人里離れた丸太小屋に住み、腕に色あせたタトゥーが残るあの老人しかいない。ミランダはもう、やけくそだった。

おそるおそる、屋内へと足を踏み入れる。

薄暗い光のなか、室内の輪郭が少しずつ浮き上がってきた。一九六八年ごろのフォーマイカ（耐熱性合成樹脂）のダイニングテーブル。だるまストーブの脇に積まれた薪《まき》の山。鴨《かも》の絵がいくつも飾られた壁。古びたソファの背には、かぎ針でゆるく編まれた古びたアフガン編みの膝掛けがかかっている。年季の入ったリノリウムの床には、土曜版の新聞が広げられ……そしてバート・リンダーは合成皮革製のリクライニング・チェアにぐったりと横たわっていた。横たわったまま、ぴくりとも動かない。

「バート？」

声をかけてみたが、返事はない。

パニックになったミランダは、催涙スプレーをバッグにしまい、あわてて携帯電話を探した。なんとか電話を引っ張り出し、緊急電話番号の九一一にかける。けれど反応はなし。電話料金はアンドルーが払ってくれたはずなのに、と思った瞬間気がついた。電話料金より何より、電話は充電する必要があるということを忘れていた。

無反応の電話と無反応のバートを前に、ミランダはキッチンカウンターへと走った。大急ぎで壁に取り付けられた電話の受話器を取る。けれど受話器の内部は空っぽで、彼女の手のなかでばらばらに崩壊した。

なるほど。電話は引いていないらしい。だとしたら、この家のどこかに彼の携帯電話があるはずだ。引き出しを次々開けていった――ひとつの引き出しには、歳月を経て黄ばんだ写真が入っていた――が、電話はない。そのときふと、あることが脳裏をよぎった。もし、ここにいるのがわたしだけじゃなかったら？　室内は薄暗くてよく見えないが、そもそもバートの死が自然死だなんて誰が言えるだろうか。彼が、人生の旅を終えるのを、誰かが手伝ったのだとしたら？

バートのために、そしておそらく自分自身のためにも、ミランダは九一一に電話する必要があった。リクライニング・チェアのすぐとなりには、木の幹でできた小さなサイドテーブルがある。バートは電話をそこに置いているかもしれない。ミランダはゆっくりとテーブルに近づいていった。けれどそこにあったのは、リコリス・キャンディと老眼鏡だけだった。だがそのとき、彼女はバートのシャツの前身頃にポケットがあることに気づいた。ポケットが電話の重みで垂れ下がっている。

わたしにできるだろうか、彼女は自問した。死んだ男性のシャツへと手を伸ばし、その内側から電話を取り出すなどということができるだろうか?

覚悟を決め、大きくひとつ息を吸うと、ミランダは内なるフラン牧師を呼び出した。そしてバートへとかがみ込もうとした瞬間、苦しげなあえぎ声とともに、バートの全身が痙攣した。

ミランダが悲鳴をあげ、後ろに飛びすさる。するとバートはもう一度痙攣してから、ぴくりと身体を震わせ、小さく何かをつぶやいた。どうやら彼は死んでいないらしい。それどころかバートはいびきをかきだした。頭を反対側に向け、ふたたび眠りの国へと戻っていく。

眠っている。そう、彼は眠っていたのだ。それは、そうだろう。老人は寝るものと相場が決まっている。お気に入りの椅子で新聞を読みながら眠りに落ちる、それが老人というものだ。

ミランダは彼を起こさないことにし、バートに守ってもらうという案は考え直すことにした。悪党を前に、「悪を行う者はその場から下がれ、さもないとここにいるバートが……昼寝をするわよ！」じゃ、威力はゼロだ。

写真が収められている引き出しへ戻ると、そこには彼の結婚式の写真もあった。輝くような笑顔を見せる花嫁のとなりには、信じられないほど若く、幸せそうなバートがいる。丸刈りで、顎の線が引き締まった軍隊時代の顔写真も、信じられないほど若く、実直そうだ。砂漠で撮られたらしい色あせたポラロイド写真には、薄手のスーツを着て片手を銃にかけた彼が軍服姿のふたりの男性を指さす姿が写っていたが、若さが少し失われた彼は、恐ろしく危険な人物に見えた。

スナップショットの下には、期限切れのパスポートの束があった。パスポートにはカイロ、ボンベイ、北京、セイロン、ビルマ、そして旧ソ連のレニングラードの入国スタンプが押されている。

引き出しの中身にすっかり夢中になっていた彼女は、不覚にも背後の暗がりから忍び寄る人影に気づかなかった。

ミシリと床板がきしむ。

驚いて振り返ったその瞬間、すべてがよみがえった。延々と続いた訓練、筋肉の記憶、凶暴性、そして「ハイ・ヤー！」というかけ声。そのかけ声に必要な甲高い声を、ついに彼女はものにした。必要なのはアドレナリンと恐怖心だったのだ。そしてミランダ・アボットが渾身の空手チョップを叩き込んだのは……

バート・リンダーの肩だった。

バートは彼女が空手チョップを打ち込んだ自分の肩を眺め下ろしてから、険しい目で彼女を見た。「今のは、なんだ？」

「今のは、ええっと、空手チョップ？」

「映画なら、その程度の空手チョップでも通るんだろうが、本気でやるんなら、腕を振り下ろすときに体重をかけなきゃいけない。そのあいだも肩はまっすぐに保つ。もっと高い位置で構えて、手刀で耳の後ろ、頸動脈《けいどうみゃく》を狙え。もっといいのは、手刀を上向きに払って喉を狙う。喉仏を潰すんだ。これをやれば、相手は動かなくなる。それから、くだらないかけ声でエネルギーを無駄遣いするんじゃない。小さくひと声発すればじゅうぶんだ」

ミランダはズキズキ痛む手の側面を撫でながら、ばつの悪い思いをかみしめた。

「生きてたのね」

「その程度の空手チョップなら、おれもまだ当分は生き延びられる」

「番組でこれをやったときは、相手は倒れてくれたんだけど」

「そいつはそのために、ギャラをもらってるんだろう？」

「まあ、そうね」

ミランダはバートが忍び寄ってくる前に漁っていた引き出しに目をやった。

「写真やパスポートを見たわ。詮索するつもりはなかったんだけど、でもバート、あれは何？」

「おれはスパイなんだよ。うわさは聞いてるだろう？ ここじゃ、みんな知ってる。あんたが知らなかったことのほうが驚きだ」

「スパイ？」

「もう引退したがね。誰も言ってなかったか？ 普通はみんな、おれの話をするとき、真っ先にそれを言う。おれはグレーター・ティラムック湾岸地域で二番目に大きなギンザケを釣り上げた記録も持ってるが、誰もが話したがるのは、指導者ホッジャに対する武装反乱を指揮するために、おれがアルバニアにパラシュートで降下したときのことだけだ」

「ピートはあなたの過去の仕事について、何か言ってたけど。『闇と踊った』とかなんとか」

「まあ、そんなところだな」

「彼は海兵隊員だったんでしょ？」

「海兵隊といっても商船隊のほうだ。要するに配達係だな。おれたちのあとをついてくる部隊だ」

「あなた、ＣＩＡだったの？」

「ひと文字違う。ＤＩＡ、国防情報局の所属だ。政権を転覆させて、フィデル・カストロに爆弾葉巻を送るのがＣＩＡ。おれたちＤＩＡは、現場での死傷者を最低限に抑え、待ち伏せポイントや潜在的な戦力、味方になる可能性のある勢力、困難な地形を特定するのが仕事だ。身分をいつわり、軍事行動に先立って現地に浸透する」

「じゃあ……スパイなのね？」

「そうだ」

「でも、このあいだ訊いたときは、ハッピー・ロックから出たことはないって言ってたじゃない」

「ポートランドに行ったことはない、と言ったんだ。ハッピー・ロックを出たことがないとは言ってない」

「ほんとうにポートランドに行ったことないの？　バスですぐの場所なのに」

「行きたいと思ったことはないな。行く必要もなかった。都会の連中の傲慢さが嫌いでね。大都市は、どこも同じだ。ロンドン、モスクワ、パリ、ポートランド。いったいどこが違うんだ？」

「パリとポートランド？　本気で同じだって言ってるの？」

バートは肩をすくめた。「おれはこっちの生活のほうが好きだね。釣りはできるし、人間も正直だ。パリにあって、ポートランドにないものってあるか？」

「リストがつくれるほどあるじゃない。まずは、夜八時以降も開いてるレストランがパリにはある。ほかにも、挙げていったらきりがないわ」

「こっちの生活のほうが、ペースがゆっくりだ。それに、ここなら誰かを暗殺する必要もない」

それを聞いてミランダが青ざめると、バートはすぐに付け加えた。「冗談だよ。それにおれはもう引退してる」そこで客人に対するマナーを思い出したらしく、「お茶でいいかね？　カモミール・ティーがある。これはエドガーの影響だ。彼が来るまでは、おれは完全なコーヒー党だった」

ミランダはほほ笑んだ。それはわたしの影響よ、とひそかに思う。なにはともあれ、オレゴン州ハッピー・ロックに住む男のなかの男をハーブティー党にしたということだけは自慢できる。

「申し訳ないが、おれはあんたが出てた番組をあんまり観ていない。ほら、あの女牧師のシリーズだ」とバート。

彼はやかんに水を入れ、ふたりはお湯が沸くまでテーブルで待った。

「だが、深夜にケーブル９で一話、観たことがある。あれはなかなかよかった。マジシャンのショーで殺人が起こるやつだ」

「ああ、あれね。制作側はわたしに、スパンコールのついたハイカットのレオタードを着せて、マジシャンの助手をやらせたかったの。まさに十代の子が考えるセクシーさね」

「おれがわからなかったのは、台に横たわったあんたがまっぷたつに切られちまうマジックだ。あの仕掛けがどうしてもわからなかった。台がまっぷたつになったとき、いっぽうの端ではあんたが足のつま先を動かしてたし、もういっぽうの端ではあんたがにこにこしながら手を振ってた」

「あの足は、足専門のモデルさんの足よ」ミランダが笑いながら言った。「彼女の脚線美のほうがわたしよりもずっと上だった」

「あの台の隠しスペースにふたりの役者がいたってわけか。なるほどね。でも、そのあとでふたつの台がまたひとつになったときはどうしたんだね？　台は薄くて、あんたともうひとりが一緒に収まるには狭すぎる。いったいどうなってたんだ？」

「さあ、全然わからない。わたしが番組のセットを作ったわけじゃないから」

「だが、番組の最後で犯人を捕まえたあんたは、あのテーブルを調べてた」

「調べたのは、わたしじゃなくて、わたしが演じたフラン牧師。それに、もともとあれは小道具で、本物のマジシャンの仕掛けとは違うの。たぶん、レプリカだと思う」

「レプリカ？　まあ、それならわかる。ある程度の譲歩はしなきゃな」

「譲歩？」

「演出のためだ。おれもセットをつくっているから、それはよくわかる。それでも、どういう仕組みだろう、って気になってたんだ。だがおそらくその答えは、あの台にふたりは入れないってことなんだろうな。役者たちは、ふたりが入ったふりをしていただけだ」

それを聞いてミランダはほほ笑んだ。「ふりじゃないわ。演じてたの」

「同じことだ」

湯が沸いたことを知らせるけたたましい笛の音が響き、ミランダは思わず口走った。

「この公演、呪われてると思わない？」

バートがやかんを火からはずし、笛の音がやんだ。「呪われてる？」と肩越しに振り返る。「アネットが死んだからか？」

それだけじゃない。メルヴィンは舞台裏で不運を呼ぶ口笛を吹くし、ネッドは開幕直前に「幸運を祈る《グッド・ラック》」と言い続けるし、それに照明器具の落下もあったし……と、ミランダは説明したが、バートは怪訝《けげん》な表情を浮かべたままだった。

「舞台で、どうして口笛を吹いちゃいけないんだ？」

「現実に、口笛が命取りになる時代があったからよ。演劇の黎明《れいめい》期には、口笛が死につながることもあったの」

「口笛が亡霊を呼び起こしたのか？」これは、ミランダも考えたことがなかった。ロドニーでも、カールでもなく亡霊の仕業《しわざ》……まさか、そんなことあるわけはない、とその考えを頭から振り払った。亡霊なんているはずがないのだから、と自分に言い聞かせる。

「亡霊じゃなくて、足場の問題よ。当時、劇場は舞台裏の仕掛け装置やロープを操作する作業に、船乗りを雇っていたの。船乗りはロープを操るスキルに長けているから。で、その船乗りたちは作業中、いつも口笛で合図をし合っていた。ほら、航海中は大声で指示を叫んでも強風で聞こえないことが多いでしょ。だから彼らは何を上げるか、何を下げるか、何を解除するかを暗号化した口笛で伝え合っていたらしいわ。そんな現場で、間抜けな俳優が口笛を吹いて歩き回っていたら、背景幕が落ちてきて下を歩いていた人がまっぷたつになりかねない。だから、口笛は御法度なの。現代では、ただのしきたりね。迷信だって言う人たちもいるけど」

そして、そのふたつは絡み合っていることが少なくない。

「ゴーストライトと同じだな」とバート。「劇場に人がいなくなったときに、ステージ上につけておくライトだよ。亡霊を追い払うためだって言う連中もいるが、そうじゃない。あれは、真っ暗闇のなかで舞台から落ちて、亡霊にならないためにつけておくんだ。どんな超自然的な事象でも、ちゃんと現実的な説明はある。だから、さっきのあんたの質問に答えるとすれば、この公演は呪われてなんかいない。なぜなら、亡霊とおんなじで、呪いなんてものもこの世には存在しないからだ」

バートが自分とミランダのカモミール・ティーを不揃《ふぞろ》いのカップに注ぐ。ミランダは

「アネットは殺されたのだと思う。亡霊の仕業なんかじゃない。きっとアネットは間違って殺されたのよ」と言った。

「殺された？　間違って？」

「そして狙われていたのはたぶんわたし」

バートは椅子に腰をおろした。笑いもせず、小ばかにもせず、あきれたという表情もせず、ただ、ミランダの話の続きを待っている。

「変な話に聞こえるのはわかってる。あなたはあの夜、劇場にいなかったし。でも、あの夜、わたしたちが飲んだグラスのひとつに、何かが混入していたのは確かよ。そして、たぶん誰がやったのかもだいたいの目星はついてる」

バートは何も言わず、その先を待っていた。

ミランダはもうひとつ深呼吸をしてから、思い切って言った。「カールよ」

「執事役の？」

「そう、彼よ」

「執事がやったって言うのかね？」

「そうよ！　わたし、最後の最後でグラスをすり替えたの。そしてアネットは死に、今ではネッドが検死解剖を手配してる」

バートはお茶をひと口飲むと、ちょっと考えてから口を開いた。「仮にあれが殺人だったとして、いや、おれは殺人だったとは言わないが、もしそうだったとして……その理由は？」

「嫉妬？」

ミランダは嫉妬、とくに仕事上の嫉妬がひどく陰湿な世界に生きていた。

「なあ、ミセス・アボット、おれは憶測や空想じゃなく、事実だけがものを言う世界に生きてる。とにかくまずはこの件について冷静に分析してみるんだ。手段、動機、機会。アネットが死んで、金銭的に、あるいは精神的に得をするのは誰か。また、狙われたのがあんただったとしたら、あんたが死んだときに誰が金銭的、精神的に得をするのか。あんたの死が、より大きな地政学的連携にどう影響する？　外国勢力の関与は？　大使館員は？　これが偽旗作戦の可能性は？」

「ハッピー・ロックに外国の大使館って、たぶんないと思うけど」

「いい指摘だ。だが、疑問は残る。もしあんたが、何が起きたのか――つまり殺人が起きたことを知っていて、それがどうやって行われたのか――すなわち杯に毒物が混入されたと知っていたとしても、その犯行がなぜ行われたのかはわからない。その、なぜを突き止めれば、自《おの》ずから犯人が誰かはわかる」

「誰、の部分はわかってる。カールよ」

「ほんとうに、そう言い切れるか？　おれが思うに、あのときステージ上にいたやつなら誰でも、犯人の可能性はある。キャストでも、舞台スタッフでも、その可能性はあるんじゃないか？」

「まあ、そうだけど。でも……」そのときミランダはふと、窓の掛け金が壊れていたことを思い出した。「そういえばネッドは、劇場の窓の掛け金が壊れていた事件を調べてたわ。誰かが、こっそり劇場に入り込んだのかも」

「掛け金が壊れてた？　あれはおれがやった」

ミランダは耳を疑った。「あなたが壊したの？」

「劇場に不用心な場所がないか、ちょっと調べたんだ。それに、ネッドのやつは二、三キロは痩せたほうがいい。もし、あの窓から誰かが侵入したのなら、ネッドも自分で確かめる必要があるが、あれは小さな窓だから、ネッドが通り抜けるのはかなり厳しい。だから、あいつの腹回り的にはいい教訓になると思ったんだよ。犯行現場に入るのに悪戦苦闘したら、さすがに自覚するだろうからな。体重を落とすいいきっかけになると思った。やつは優秀な捜査官だが、あいにく身体的には、ガゼルのような俊敏さもスマートさも持ち合わせちゃいない。あれじゃ、砂漠の滑走路で、違法な武器商人を追いかけるなんてとてもできない」

「彼がそんな状況に陥ることってある？」

「人生、何があるかわからんからな」

「ハッピー・ロックに、そんなにたくさんの武器商人が来る可能性ってある?」

「厳密には、ないな。だが、もし現れた場合、ネッドは悲しいほどそれに対応する力がない。おれが壊した窓さえ、通り抜けられないんだ。それに、おれが付け替えた新しい掛け金だって、フィリップスの二番のドライバーがあれば、五分で開けることができる」

「つまり、あなたがあの掛け金を壊した。それをネッドが捜査した。そしてあなたがそれを修理したってこと?」

「そういうことだ。まあ、最上級の秘密作戦とは言わないが、それでも目的は達成した。人間、歳をとると昔どおりってわけにはいかないもんだ」彼はお茶を飲み終えると、テーブルにのったボウルからキーを取った。「あんたも来るか?」

「どこに?」

「この問題を解決したいんなら、どこに行くかは決まってる。カールに話を聞きに行こう」

22　セクシー・ナース（聴診器付き）

ふたりがオスカーに出会ったのは、新婚旅行二日目のことだった。

彼らはペットを探していたわけではなかったし、ましてや一瞬でミランダの心を溶かした元気いっぱいのラブラドール・レトリーバーの子犬と出会うことなど想像さえしていなかった。だがそれが、その日の午後の出来事だった。ベッドで甘い時間を過ごしたあとの幸福感に包まれながら、エドガーとミランダはダッチェス・ホテルのサンルームでゆったりと朝食をとり、そのあとは腕を組んで港沿いをそぞろ歩いた。オペラハウスから、ぶらぶらと静かな小道をたどり、紫陽花《あじさい》やライラック、ベゴニア、ヤマボウシなどさまざまな花に彩られた下見板張りの家々を通り過ぎた。

するとある家の庭に、手書き文字で「子犬たちがおうちを探しています」と書かれた看板が出ているのに気がついた。子犬たち、と複数形だ。しかし残っていたのは元気いっぱいの金色のぬいぐるみのような一匹だけで、その子犬ははずむように彼女たちに駆け寄ると、賑《にぎ》やかに鳴き声をあげながら、くるくると元気に走り回った。

「最後の一匹でね」と、家から出てきた年配の男性が言った。

だがそのときにはもう、ミランダは子犬を抱き上げ、そのおなかを撫でていた。

「オスカー像とおんなじ色ね」と軽口を叩く。「ねえ、エドガー、もしかしたらこれからいいことが起こる前触れかもしれないわ！　ＬＡに戻ったら、すごくいい役のオファーがあるかもしれない」

すると子犬を抱く彼女を見ていたエドガーが、「帰りの飛行機用にペットキャリーを調達しなきゃいけないな。あと犬用のオモチャとおやつもだ」と言った。

「それって……」

笑顔が返ってきた。エドガー・アボットの笑顔、最高の笑顔だ。「ああ、いいよ」

彼は財布を取り出し、その家の主人に向き直った。

「オスカーはいくらです？」

これを聞いてミランダは声をあげて笑った。「エドガー、オスカーは買えないわ。ゴールデングローブぐらいなら可能性はあるけど」

けれどエドガーの開いた財布を見た家主の表情は険しくなった。

「子犬は売り物じゃありませんよ。うちはブリーディング施設じゃないからお金は受け取らない。気をつけていたんだが、うちのルルが子を産んでね。だから、いい家があったらお譲りしようと思ってる」

「ああ、そういうことですか」エドガーは男性が〝いい家〟というところを強調したのには気づかず言った。「それならなおのことい い。彼女を……譲ってもらえますか？」

「彼女じゃなくて彼だよ。それにどうしてわたしがこの子をやすやすときみたちに渡すと思うんだね？　きみたちが斧《おの》を持った殺人鬼じゃないってどうしてわかる？」

こうして、エドガーもミランダもこれまでの人生で受けたなかでももっとも厳しい面接試験を受けることになった。これと比べたら、フラン牧師役のオーディションなんてものの数にも入らなかった。

「推薦状はあるかね？」

「ええ、もちろん。というか、あると思います。これがわたしのエージェントの名刺で、こっちがTVネットワーク、NBCのトップの名刺」

「それで犬が走り回れる広さはどのくらいある？」

「けっこうありますよ。丘の上の一軒家に住んでいますから。庭も広い」

「子犬が一日中ぽつんと過ごさなくてもすむように、家にはいつも誰かいるかね？」

「夫は家で仕事をしています」とミランダ。「彼は脚本家なので……」

最終的に男性はしぶしぶながらも、ふたりにオスカーを迎えるという栄誉を与えた。この面接のあいだじゅう笑みを浮かべていたエドガーは、質問のすべてが、子犬を育てるのにふさわしい〝よい環境を提供できるか〟確認するためのものであることに、いたく感心していた。たぶんあのとき、エドガーはハッピー・ロックと恋に落ちたのだ、と今ならそれがミランダにもわかる。あれこそが、ふたりのそれまでの生活の終わりの始まりだったのだ。でも当時の彼女には、それがわかっていなかった。

そして、店主が引退をしようとしていたあの書店に巡り合ったとき、エドガーの未来は決まり、ミランダの未来も決まったのだ。

ミランダとエドガーがハッピー・ロックに滞在するあいだ、オスカーは元の飼い主があずかってくれることになったが、ふたりは毎日このおチビさんに会いに行き、一度などは、ミランダのショルダーバッグに入れて、こっそりホテルの客室に連れてきたこともあった。けれどトイレットペーパーをさんざん食いちぎったうえ、バスマットに粗相までしたため、ふたりは連れてきたときと同じようにオスカーをバッグに入れ、ホテルからそっと連れ出したのだった。

だからミランダがエドガーを捨てたとき、彼女はオスカーも捨てたのだ。

そして今、運命の道はぐるりと一周して、ふたたびミランダをこの地へと連れてきた。だが、連れてこられた先は明るく楽しかったあのころではなく、この気持ちのいい町で誰かがわたしの死を願っているという不安な日々だった。そしてその誰かとは、今まさに、バート・リンダーが彼女とともに会いに行こうとしている人物だとミランダは確信していた。

バートのピックアップトラックが脇道へ入っていくと、ミランダはまたしても揺れに揺れる助手席でコップのなかのサイコロのような目にあった。夕闇が迫り、空は濃い青あざのような色に染まっている。

「ほら、あれがやつの家だ」目的地に近づくと、バートがギアを低速に落としながら言った。

それは、ハッピー・ロックで一番もの悲しい家と言っても過言ではなかった。一九七〇年代の典型的なタウンハウスで、外壁は樹脂サイディング（塩化ビニル樹脂製の外壁材）、家の間口も痛々しいほど狭い。

バートは、ドアを開けたカールのぎょっとした顔を見ながら、「レディー・ファーストだ」とミランダに言った。

ミランダは歯を食いしばったまま、「ここは美しさよりも、年の功で」と言い返す。自分が先にカールの家に入るなど、まっぴらごめんだ。

「好きにしろ」そう言って、バートが先に戸口を入る。

息がつまるような気分でミランダもそのあとに続いた。まるで蜘蛛《くも》の巣におそるおそる近づくハエのような気分だ。戸口を入ると、そこは家というよりはまるで家全体が廊下のような空間で、両側に並んだ陳列ケースにはアクションフィギュアが何列もびっしりと並んでいた。室内の空気はよどみ、光はパラフィン紙を通したかのように黄色くて、くすんでいる。博物館、というよりは恐ろしく溜《た》め込み癖のある人の隠れ家のようだった。それも、すこぶる几帳面な溜め込み屋だ。アクションフィギュアは、それぞれの棚に貼られたラベルに基づいて番組ごと、キャラクターごと、放映年度ごとに整然と並べられていた。『スペース1999』、『特攻野郎Aチーム』、なんと『探偵ハート&ハート』のフィギュアまである。

中年の素人探偵、ハート夫妻が主役の『探偵ハート&ハート』にまでアクションフィギュアがあったとは。なんで？ と思わずにはいられない。

けれど『フラン牧師』の記念品はなかった。よかった、とひそかにほっとする。どうやらカールはフラン牧師の熱狂的なファンというわけではないらしい。かなりの収集家ではあるらしいが、フラン牧師のファンではない。けれどこれに関しては、ミランダの読みは少々はずれていた。カールはファンだった。だがファンはファンでも、別の種類のファンだったのだ。

ちりひとつない完璧な状態で保管されているアクションフィギュアとは対照的に、陳列棚の一番上には、カール巡査の高校時代のトロフィーが埃まみれで並んでいた。ソフトボール、バスケットボール、男子リレーのトロフィーのほか、表彰リボンや、メダル、さまざまな盾もある。MVP、年間最優秀チーム選手賞、スポーツマンシップ賞。遠い昔の栄光の日々の名残りであり、今はなきチームの思い出の数々だ。

当惑した様子で、カールはふたりを小さなキッチンスペースに招き入れたが、その部屋は朝食用コーナーとも呼べないほど狭かった。

「散らかってて、悪いな」

たしかに、薄汚れてはいたが、整理整頓はされていた。唯一〝散らかっている〟ものがあるとしたら、一枚のソーサーの上に置かれた、使用済みのティーバッグひとつだけだ。私服にもかかわらず、カールはTシャツの裾をしっかりズボンのなかに入れ、ベルトもきっちり締めていた。

彼はソーサーを片付けると、ふたりの向かいに腰をおろした。

「あんたたちがどうして来たのかはわかってる」と、カールは少々決まり悪そうに言った。

「そうなの？」

「あんた、気がついたんだろう？　ちょっと待ってくれ。すぐ戻ってくるから」

そう言うと、彼は狭いタウンハウスの奥へ消えていった。ミランダがあわててバートを見る。けれど彼は何ごともないかのように、平然とそこに座っていた。もしカールが銃でも持ち出してきたらどうするつもりなのだろう？

やがてカールが戻ってきたが、その手にあったのは警察で支給されたリボルバーではなく、ある意味、リボルバーよりもっと不穏なものだった。

「箱は一度も開けてない。未開封だ」とカールが自慢げに宣言する。「これは大事に貴重品保管室、つまりおれの寝室のクローゼットにしまってある。直射日光や、キッチンの油煙から保護してるんだ。新品同様にしておかなきゃいけないからな」

そう言って、前面が透明プラスチックの箱をうやうやしい手つきでテーブルに置いた。いわゆるアクションフィギュアだが、少々毛色が変わったアクションフィギュアだった。セクシーな白いミニスカート姿で、なぜか首元には聖職者用のカラーをつけている。それは病院で潜入捜査をするフラン牧師だった。外箱には「魂には癒やしを、顎にはパンチを」と書かれている。

「聴診器と救急セット、それにナースキャップ付きなんだ」とカール。

それとこのばかばかしい、聖職者用カラーもね、とミランダは心のなかで吐き捨てた。

「このフィギュアはもう、業者が流通から引き上げたはずだけど」

「そうなんだよ！」そう言ってカールは目を輝かせた。「でも、運送会社で働いていたうちの親父が試作品を持って帰ってきたんだ。このフィギュアがリコールされたとき、親父は『こいつはかなりのレアものだぞ』って言ってた」そこでひと呼吸置き、さらに続ける。「そのあと親父は病気になって死んだけど、おれは親父に言われたとおり、このフラン看護師を完璧な状態で保管してきた」

さて、このフィギュアがリコールになった理由はなんだっただろう、とミランダは考えたが、どうしても思い出せない。

「あんたの名前だよ」とカールが言った。「ほら、この端っこのところにあるだろ？　台湾のメーカーがスペルを間違えたんだ」そこには〝ミランダ・アボット主演のNBCドラマ、『フラン牧師』を観てね！〟と書いてある。

ああ、そうだった、とミランダは思い出した。箱に印刷された彼女の名前のスペルが、tがふたつのAbbottではなく、tがひとつのAbbotになっていたのだ。それを見てかんしゃくを起こしたことまでが、あざやかによみがえった。メーカー側は承認してほしいと泣きついてきたが、マーティはリコールを主張して譲らなかった。結局、メーカーはこのセクシーなフラン看護師のフィギュアすべてを市場から引き上げたが、ミランダにとってこのリコールは幸いだった。というのも、「あの看護師の回」が一番好きと言う人たちが、ファンのなかでもっともキモい人々だったからだ。

カールもそういうファンのひとり？　つまり、キモいファンっていうこと？

ミランダはバートのほうを見たが、これといった反応は返ってこなかった。今こそ、はっきりと思ったことを言うときだ。ミランダは覚悟を決めた。

「つまりこういうこと？」と鋭く問いただす。「一種のフェチってわけ？　わたしがこの町に来た日、あなたはわたしのスーツケースを開けて、下着をいじったでしょ」

「はあ？　そいつは違う。あのスーツケースはネッドが警察署に置いていったんだ。でも、持ち主が誰かは言ってなかったし、荷物のタグもなかったから、スーツケースを開けて内容を調べないといけなかったんだ。連絡先の電話番号とか、持ち主を示すものが何かを確かめるために。結局、それらしいものは何もなかったから、そのままジッパーを閉めたんだ。そのあと、あんたが警察署に来たときは、あ、フラン看護師だ！　って思ったよ。だから、あんたの署名を確認するために、荷物を取りに来たあんたにサインさせたんだ。あとでネットで調べたら、正真正銘、あんたのサインだった。おれが思ったとおり、あんたはあんただった」

「たしかに、あなたはわたしのサインをまじまじと見てたわね」とミランダ。

それと同時に、スーツケースに入っていた服が、前よりきちんとたたんであったことも思い出したが、引っかき回される前よりもあと<ruby>の</ruby>ほうが、荷物が整頓されていたという事実は伏せておいたほうが賢明だと思い直し、そのことは口にしなかった。

そう、サインと言えば……

カールは油性のマーカーペンを手に取ると、遠慮がちに「ここにサインしてもらえるか？　この箱のところに」

「箱にサイン？　どうして？」

「レアものフィギュア、それもサイン入りとなれば、世界でただひとつの超レアものになる。ものすごい値打ちになるんだ」

彼女は信じられない、という目で彼を見た。「高値で売れるから、ここにサインしろって言うの？」

「ああ、そういうことだ」

ミランダの胸に怒りがこみ上げた。「ｅＢａｙで売りさばくために、わたしにこのボール箱にサインしろって言うわけ？」

「ｅＢａｙじゃなくても、ほかの記念グッズ専門サイトでもいいんだ。ビッド・マックスでも、オークション・プラスでもかまわない。もしかしたらファンサイトでも売れるかもしれない。こういうレアなグッズになら大金を払っても惜しくないっていうコレクターが世の中にはごまんといるんだ」

（五……四……三……）ミランダの堪忍袋の緒が切れて大爆発寸前となったとき、カールがこう付け足した。「これでおふくろが助かる」

「お母さん？」

そのとき、奥の部屋からか細い声が聞こえてきた。「ねえ、カール？　どなたかお客さま？」

カールはミランダを見た。「会ってやってくれるか？　すごく喜ぶと思うんだ」

いまだに母親と暮らす五十歳の男性。けれど、それはパラサイトとしてではなく、介護者としてであり、息子としてだった。

ミランダはカールのあとについて、彼の母親の部屋に入っていった。進行性の病を患う彼女は寝たきりで、青白く、衰弱しきっていたが、ミランダを見ると身体の痛みをこらえながらほほ笑んだ。彼女は、カールが有名人を連れてきたということより、息子にも家を訪れてくれる友がいることを喜んでいた。

「まあ、いらっしゃい」

そううれしそうに言った彼の母親は、長く話すことはできなかったが、それでもミランダの手を握り、立ち寄ってくれたことに礼を言った。

「お客さまが来ることはめったになくて」と。

寝室を出てそっとドアを閉めると、カールは「あのフィギュアが高く売れたら、おふくろの介護費用の足しになるんだ。フラン看護師のレアバージョン、それもミランダ・アボットのサイン入りなら、おふくろをグラッド・ストーンの施設に入れてやることができる。だが、なかなか頼む勇気が出なくってね」

もちろん、ミランダはその箱にサインをした。

「じゃあ、わたしをひき殺そうとしたわけじゃなかったの?」キッチンテーブルに戻ったミランダはカールに尋ねた。

「ひき殺そうとなんてするわけない。でも、あのときはずいぶん怖がってるように見えたな——」

「見えたんじゃなくて、怖かったの!　あなたのことが!」

「あのとき、あんたは何かから逃げてるように見えたんだ。だから無事を確認するために距離をとってあとをついていったんだよ。そうしたらいきなり、あんたが進路を変えて、おれの車の前に飛び出してきたんだ。あやうくひきそうになって急ブレーキをかけたんだ」

「じゃあ、わたしの部屋のドアの下に妙なメモを入れたりはしていない？」そう言ってミランダは、例のメモをテーブルに広げた。

元スパイのバートが目を細くしてそのメモを見る。老眼鏡を忘れてきたので、よく見えないのだ。「まるで『フラン牧師』に出てきそうな話だな」

「わたしがビーの家に戻ったとき、ちょうどパトカーが出ていくのを見たの。でもネッドは来ていないってビーは言ってた。だったら、あのパトカーはあなたしかいない。そしてそのすぐあと、部屋でこのメモを見つけたのよ」

「それはおれだよ」カールが認めた。「いや、そのメモのことじゃない。でもビーのところに寄ったのはおれだ。ネッドが芝居を中止させたから、おれはあんたが町を出ていくんじゃないかと心配になった。あんたがいなくなる前に、サインをしてもらわなきゃと焦ったんだ。このチャンスを逃したくなかったんだよ。あんたは留守だったけど、おかげで今日ここに来てくれたから、最終的にはめでたしめでたしだな」

「じゃあ、あの欠けたグラスは？」ミランダはさらに尋ねた。「お芝居のなかで、どうしていつも欠けたグラスをわたしに残したの？」

「アネットに言われたんだよ。『ミランダにはいつもこれを取らせろ』ってな。それに役者としては、公演での動きはつねに同じにしておきたい。それがプロってもんだろ。おれたちはアマチュア劇団だが、それでもプロのレベルでやりたいからな」

なるほど、ミランダが欠けたグラスを取るように仕向けたのはアネットだったのだ。ちょっとした嫌がらせということか。テレビのスターに欠けた小道具を使わせてやれ、とでも思ったのだろう。共演のスターを妬《ねた》む役者ほど、いじましいものはない。

ただしミランダはアネットの共演者ではなかった。ほんの端役をもらっていただけで、たんなるカメオ出演だ。

「それが、アネットは気に入らなかったんだ」とカールが説明した。「たとえセリフが一行だけでも、あんたのおかげで、チケットはこれまでにないほどよく売れた。それにカチンときて、じゃあ、あんたにはつねに欠けたグラスを使わせてやれと思ったんだろうな。ちなみにおれは、あんたがグラスをすり替えたのは見ていたよ。っていうより、アネットがあのグラスを持っていたのに気がついた。アネットがあんたをものすごい目つきでにらんでいたから、おれも何も言わないでおこうと思ったんだ。だけど……」

「だけど何？」

「あんたにグラスをすり替えられたことに気づいてカッとしたせいで、アネットが心臓麻《ま》痺《ひ》を起こしたのかも、とは思ったな。おれはアネットのすぐ横にいたから、彼女がえらく怒っていたのがよくわかった」

　つまりアネットとミランダは、グラスを巡る攻防を繰り広げていたというわけだ。

「でも……ネッドはあれが心臓のせいだとは思ってない。ドクも同意見だ」

「原因は毒物だと思ってるんでしょう？」ミランダは尋ねた。「やっぱりね！　だから検死解剖をすることにしたのね。そんなことだろうと思った。アネットのグラスをすり替えたあと、わたし思ったの。ほんとうは、わたしがあれを飲むはずだったんだ、って。じつはね、最初はあなたを疑っていたのよ。犯行の痕跡を隠すために、ロドニーにグラスを洗わせたんじゃないか、って」

　これにはカールも驚いたようだった。「どうしておれが、あんたを殺そうと思うんだ？」

「おれも、そう言ったんだよ」とバート。「動機がなさすぎる」

「だってさ、おれはあんたにフラン看護師のフィギュアにサインしてもらいたかったんだぜ。あんたが死んじまったら、サインをもらうのが難しくなる」

　もし犯人がカールではないとしたら、では誰なのか？

　ミランダは脳みそを振り絞って考えた。

「あの欠けたグラスのこと、アネットはほかの人にも話していた？　あのグラスが必ずわたしのところに行くと知っていた人、ほかにもいる？」とミランダは尋ねた。

「そりゃあいるさ」とカール。「彼女は大得意で、ほぼ全員に言ってたよ。あんたが舞台裏に引っ込むと、高笑いしてた」

つまり、ミランダが飲むグラスのことを知っている人は、いくらでもいたということだ。これでは容疑者候補の範囲は広がるばかりだ。

カールが警察官だと思い出したミランダは、彼に直接訊いてみることにした。「もしアネットが毒殺されたとしたら、誰がやったと思う？　あなたのプロとしての意見では」

「まだ、なんとも言えないね。ほんとうに毒を盛られたのかどうかも、まだわからない。検死官が出してくる毒性報告書が出てくるのを待つしかない」

毒性？　ミランダは、最近、その言葉をどこかで見た気がした。

「だがもしも、あえて容疑者をひとり挙げろと言われたら……あんただな」ミランダは目の玉が飛び出しそうになった。「わ、わたし？」

「グラスをすり替えたのは、あんただ」とカール。

バートがこれにうなずく。「妥当な線だな。それにあんたとアネットは嫌い合ってた」

「そんなことするわけないでしょ！」

「あんたが訊くから、答えただけだ」とカール。

「でも、そんなことあるわけないじゃない！　もしわたしが真犯人なら、どうしてこんなに必死に真犯人を見つけようとするの？　どうしてこんなに一生懸命、真相を究明しようとするのよ？」

「アリバイづくりの可能性もある」カールは肩をすくめて言った。「捜査の攪乱《かくらん》だよ。まさに今、あんたがやっていることだ。自分が犯人なら、どうしてこんなに必死に真犯人を見つけようとするの？　そう言って疑惑の目をそらしてるのかもしれない。いずれにせよ、真相を知るためには毒性報告書が上がってくるのを待つしかない」

また、毒性という言葉だ。

ミランダは、この話の展開に唖然としていた。自分を殺そうとしている犯人と対峙《たいじ》するつもりでここにやって来たのに、なんと気がついたら（仮定上の話ではあったが）、わたしが犯人じゃないかと言われているのだ。

「つまり」と彼女は顔を紅潮させて言った。「これからあなたはわたしを逮捕して地下牢《ちかろう》に閉じ込め、古いパンと水道水で生きながらえさせる気？」

「このハッピー・ロックに地下牢なんてあるかよ。おれは意見を訊かれたから、答えただけだ。あんたを逮捕する気なんてないよ」とカールは言ったが、そこには今のところは、という言外の意味が込められていた。

このやりとりをじっと聞いていたバートがひとつ質問をした。

「グラスとボトルは、場面が変わる直前にロドニーが片付けたって言ってたな。そのグラスとボトルを、場面が始まるときに用意したのもあいつか？」

「いや、違う」とカール。「ロドニーじゃない」

「ロドニーじゃないとすると、誰だ?」

カールは一瞬ためらってから、答えた。「ティーナだ」

23　ヤムヤムの木の下で

ロドニーとティーナ。ティーナとロドニー。

カールのタウンハウスを出たあと、バートは車でビーのコテージまで送ってくれた。

その道中、ミランダはあることをずっと考えていた。ロドニーが前に言っていた、「ティーナとおれは、いつも助け合ってた。お互いに心配し合って、かばい合ってた」という言葉だ。

発泡スチロールの筋肉マン、メルヴィンの言葉も頭を離れなかった。

たしか彼は、「ロドニー？　いじめられてた？　それならまだいいさ。無視されてたんだ」と言っていた。

バートはミランダが車を降りるとき、優しくうなずき「じゃあ、気をつけてな」と言った。そこに彼女を責める響きはない。ミランダはあろうことか地元警察の立派な警察官を殺人者呼ばわりしたのに、バートはそれを根に持ってはいなかった。

ただ、「カールの疑いが晴れてよかったよ」と、おんぼろのピックアップトラックのギアを入れながら言っただけだった。

ミランダが家に足を踏み入れるやいなや、ビーが息もつかせぬ勢いでミランダを質問攻めにした。

「それで、メディアの誰かに電話しましたか？　メモのことは？　あなたのドアの下に差し込まれていたあのメモのことは？」

ビーは依然として、この件はミランダにとっても、この町や、例の公演にとっても、いい宣伝になると思い込んでいた。

「フラン牧師はいつだって、捜査を阻止しようとする犯人から脅迫を受けますよね」とそこで言葉を切ると、なぜか自慢げに「でも、彼女はそんな脅しには屈しない！」と続けた。

でも、わたしはフラン牧師じゃないわ、とミランダは思ったが、じつは彼女自身もそれがわからなくなることはあった。

「もうくたくただから、今日は寝るわ」とミランダ。

「でも、まだ宵の口ですよ」

たしかに宵の口だけど、もう若くない自分にとっては真夜中だとミランダは思った。いまはただ風呂に入って、ベッドにもぐり込みたい。

「とりあえず、お茶にしましょうよ」とビーは譲らなかった。「キッチンにいらっしゃいな。今、お茶をいれたばかりなんです。デニースが来ていて」

キッチンテーブルには、グレアムの妻であり音楽教師で音響ブースの魔術師、そして存在感がありながら、身のこなしがぎこちないデニースが、ショートブレッドとマーマレードが入ったプレゼント用バスケットを手に座っていた。

「彼女、くじ引きの景品を届けに来てくれて」とビーが説明した。「あたしは残念賞があたりました！〈コージー・カフェ〉のショートブレッドなんですけど、どうぞひとつ召し上がれ」

「稽古は再開するそうですよ」とデニースが言った。「明日から」彼女は妙におとなしいが、それでいて威厳があった。

稽古に参加するのはキャストと演出家だけだ、とデニースは説明した。「稽古というよりは、出演者との緊急ミーティングだってグレアムは言ってました。これからどうするかについての」

「もちろん、公演は中止よね」とミランダ。「当然よね？　わたしも一応、公演継続に賛成はしたけど、やっぱり公演を決行するのはおかしい気がするもの」

「あら、そんなことありませんよ」とビーが言った。「中止なんてできませんって。それじゃアネットの追悼ができないじゃないですか。それに、メイベルはすでにケータリングの手配をしているんです。あ、手配をしたのはマートルだったかしら？」

「おれたちはいつもかばい合ってた」というロドニーの言葉がまたもミランダの脳裏をよ

ぎった。

そこでデニースに訊いてみた。「ティーナは学校でいじめられていた？」「ティーナが？ まさか。彼女は〝特別〟な子でしたよ。人気者っていう意味でね。学校の公演ではいつも主役を演じてたし。ほら、彼女には華があるでしょう」

ミランダは何気ない調子で言ってみた。「あなたのご主人もやっぱり……」そこで、言葉を慎重に選ぶ。「……ティーナのことは気に入っているみたいね」

「もちろん」とデニースは答えた。「気に入らない理由がありません」

「でもロドニーは、かなり苦労してるわよね」とビー。

「そんなことないわ」とデニースは目をぐるりと回してみせた。「その気になれば、あの子はいつでも卒業できるの。単位がひとつ足りないだけだもの。必修クラスがひとつ足りないだけ。でも学校に残るために、そのクラスをとるのを避け続けてる」

「彼、スペリングは得意？」

「スペリング？」あまりにも突飛な質問だったせいか、デニースもすぐにはその意味がわからないようだった。「さあ、どうでしょう。わたしが教えているのは音楽だから。リコーダーの演奏には苦労してましたけど。でも、演劇の授業はすごく楽しんでます。もちろん、役者としてじゃありませんよ。いつも、彼は裏方ですから。まあ、ティーナが彼の面倒を見てたっていう感じかしら」

「そう」と言うと、ミランダはそこで自己流の格言のひとつを口にした。「人は演劇を選ぶわけじゃない。演劇が人を選ぶの」とここまでは、いかにももっともらしかったが、「そして、みんな演劇の授業をとる」と付け加えたところで、台無しになった。

「そういえば、ドクは稽古に参加するつもりかしら」と、デニース。

「検死解剖で忙しいの？」とミランダ。

「いえいえ、検死解剖はポートランドの検死局がやるはずですよ」とビー。「デニースが言っているのは、彼の奥さんのこと」

デニースが重々しくうなずいた。「彼女にすれば、今年はドクが公演に参加しなくていい口実ができたから、喜んでいるかも。今なら、ちょうどぎりぎり間に合うし」

「奥さんは、あんまり協力的じゃないみたいね」とミランダは訊いてみた。

するとビーがあわてて、彼女の擁護に回った。「彼女はいい人ですよ。ただ、ドクの奥さんは上流階級の出身だから」

デニースもうなずき、テーブルはしんと静まりかえった。どうやらドクのその上流階級の妻は、夫が地元のアマチュア劇団に参加していることを喜んでいないらしい。

「でもドクがペニンシュラ・プレイヤーズの一員だったときは、そうじゃなかった」とデニースが口を開いた。「秋の定期公演は毎回観に来ていたもの。でも合併後は……」悪口は言いたくないのか、デニースはその先を言うのを思いとどまり、立ち上がった。「そろそろ、おいとましなきゃ」

その後、ミランダはテーブルを片付けているビーに、自分が目撃したグレアム・ペンティとアネット・ベイリーのあの冷戦状態について尋ねてみた。

「あのふたり、どうしていがみ合ってたの？」

ビーはその質問をかわすように、「まあ、ふたりとも立派な役者ですからね。役者同士が衝突するのは、あなたもわかりますよね？」と言ったが、ミランダにはわからなかった。そこでビーはしぶしぶ、ふたたび椅子に座ると、まわりにはほかに誰もいないにもかかわらず、人目をはばかるような態度でささやいた。「おいしい《ヤムヤム》、ですよ」

わたし、耳がおかしくなった？　何かの聞き間違い？　とミランダは思った。「おいし《ヤムヤ》い《ム》？」

ビーは、ミランダも事情を理解したと思ったのか、わけ知り顔でうなずいた。

「もう少し、詳しく話してくれる？」とミランダ。

「さっきもデニースが言ってたんですよ。アネットが亡くなって、ほっとしたってね。もちろん、悲しいですよ！　悲劇的なことだとは思います。でも、やっぱりね……」そう言って、ビーは身を乗り出した。「アネットは、ハッピー・ロック合同&統合小劇場協会を匿名の苦情によって追い出されたんですが、それ以来、もう何年ものあいだグレアムに難癖をつけ続けていたんですよ。当然といえば当然ですが、アネットは自分の追い出し計画を主導したのがグレアムだと思い込んでいたんです」

「それって、事実？」

ビーは声をひそめた。「そうかもしれない、とは思います。ふたりはその前から、そりが合わなかったから。でも彼女が追い出されたあと、関係がさらに悪化してしまって。彼女、教育委員に立候補して当選したんですよ。それからはずっとおいしい《ヤムヤム》問題です」

「ねえ、わたしの頭が爆発する前に、その〝おいしい《ヤムヤム》〟が何か説明してくれる？」ミランダもそれが、学校が毎年上演するお芝居だということはわかっていたが、それ以上のことはまったく知らず、何か地元の人だけがわかる隠語なのだろうと思っていた。

「グレアムは生徒たちと一緒に戯曲を書いたんですよ。彼らの現実的な問題を扱った真面目な作品です。若い子たちが学校生活と家庭生活の両方でさらされるプレッシャーや苦しみ、ストレス、そういった悩みを取り上げた作品でした。生徒たちは気に入っていたんですけど、上演目前でアネットが中止させたんです。それも、毎年、毎年ですよ。『示唆的すぎる』とか、『不適切』だとか難癖をつけて、結局は当たりさわりのない『ヤムヤムの木の下で』しか上演できないように仕向けた。永遠にそれしか上演できないようにね。グレアムは地獄の輪に囚《とら》われたみたいだって言ってました。生徒たちはグレアムを支持していましたけど、教育委員会は味方になってくれなかった」

「それが、あの記者が学校新聞ですっぱ抜いたスキャンダル？」ミランダはもう少しで、記者ではなく子鬼と言いそうになった。

「フィンケル・アーデリーのことですか？　ええ、そうなんですよ。おかげで彼女は卒業後すぐに、ジャーナリズムの仕事につけた」

週刊ピカユーン紙がジャーナリズムと呼べるかどうかは疑問だけど、とミランダは思った。

「彼女、今じゃもっと大きな媒体を狙っています。ポートランドかユージーンか、あるいは全国紙か」

「そうらしいわね」われらがアーデリーは、まさに野心的な女性なのだ。

「こんなこと、ほんとうは言うべきじゃないんですけどね」とビーは切り出した。言うべきではないのだが、ビーは生まれながらのうわさ好きだし、今日はネッドもいないので、彼女を制止するものは何もない。「フィンケルは、演劇クラブにメンバーとして潜入し、グレアムの脚本のコピーを手に入れたって話です。そして、一番わいせつな部分を切り取って学校新聞に載せたんですよ。それも公演が始まる直前に。そりゃあもう、大騒ぎで、アネットはすぐに、その公演を中止させた。フィンケルはそのスキャンダルで名を売りましたけど、演劇クラブの生徒たちはいい災難。もちろん、グレアムも」

「妙なことを聞くようだけど、グレアムとアネットがつきあっていた、なんてことある？」

「なんですって？」ビーが目をむいた。「いったい何を聞いたんです？　どういう話か、教えてくださいな。それはぜひ聞かなくっちゃ。もちろん、秘密は絶対に守りますから」

いいえ、ビー。あなたには無理。

「ううん、ただ、ふたりのあいだの緊張感があまりにすごくて、エロティックな感じがしただけ」

「まあ、そうだったらいいんですけどね。でも、そんなことはないと思いますよ。あの諍《いさか》いが始まったのは、アネットが劇団から追い出されたあと、グレアムが、『ヤムヤムの木の下で』よりもメッセージ性のある力強い作品をハッピー・ロック高校で上演しようとしたとき悪化したんです。ほら、彼はイェール大卒じゃないですか」

もちろん、知ってるわ、とミランダは思った。まるで町の入り口に〝ハッピー・ロックへようこそ。そういえば、うちの高校の演劇教師はイェール卒だってもう言いましたっけ？〟と書いてあるかのように、みんなが決まってそれを口にする。

「グレアムは若い人たちのリアルな日常、彼らが共感すること、彼らが共感できることを扱った作品をつくりたかったんですよ。まあ、性的な内容もありましたし、若者の怒りも取り上げられていました。そうしたらアネットが、性的すぎるし、怒りがこもりすぎているって横やりを入れたんです。でも、ようやくここで朗報が入ったんですよ！」

「あててみましょうか。グレアムの奥さんのデニースが、夫はついに自分の脚本を上演できるようになった、と言った。なぜならアネットは」もう関係ないから、とミランダは言いかけ、あわてて軌道修正した。「もうこの世にいないから」

「どうして知ってるんです？　あなた、本物の探偵みたいですね、まさに――」

「フラン牧師でしょ」そう言いながらミランダは、バートに見舞おうとして見事に失敗した自分の「ハイ・ヤー！」空手チョップと、カール巡査を犯人扱いした自らの思い違いについて考えた。「でも、フラン牧師のほうがわたしよりずっと賢い」

「なに言ってるんですか、そんなことありませんよ」

ミランダは立ち上がり、肩のこりをほぐすように首を曲げた。今日は長い一日だった。部屋に戻ってバスタブに浸かろうと思ったとき、あることに気がついた。

「劇場は閉鎖されてるのよね。じゃあ、どこで稽古をするの？」

「ジュディが稽古に最適の場所を見つけたんですよ。広さも音響もぴったりで、最悪の場合、そこで公演をしてもいいぐらい。ショー・マスト・ゴー・オンですよ！」

「自動車修理工場？」翌日、ミランダは言った。「オーウェン・マッキューンのあの自動車修理工場？」

ビーはミランダを、その〝完璧な場所〟で車から降ろしたが、実際には歩いても簡単に行ける距離だった。ハッピー・ロックではすべてがほぼ徒歩圏内だ。

警察署の裏手には、出窓のショーウインドウや、ジンジャーブレッド装飾（模様《レース》）の縁取りがある古風で趣のある小さな店がずらりと並んでいた。ハープリートの生地店、昔懐かしいキャンディ・ショップ、生花店、不動産専門の弁護士事務所、タンヴィルの金物と釣り餌の店。そして通りの一番端にある油まみれの廃品置き場が、マッキューンの自動車修理工場だった。建物はかまぼこ型のプレハブで、その横には給油ポンプが設置されている。正面には、解体のさまざまな段階にある自動車が置かれて、というか放置されていた。オーウェンは布地よりもグリースの分量のほうが多そうなつなぎの作業服姿で、ドラム缶に座っていた。深刻な顔で何やらタンヴィルと話をしている。そのタンヴィルはスーパーVIP用の特等席らしき、今にもバラバラになりそうな背の低いローンチェアに腰掛けていた。

「心配ないさ」とオーウェンは言っていた。「それが彼の仕事だ。どんなに小さなことでも、調べなきゃならないんだよ」

今日はターコイズ・ブルーのターバンを巻いたタンヴィルは、オーウェンの自動車修理工場前の、ゴミが散らかった地面に目を落とした。「わかってはいるんだけど、それでも心配なんだ」

「何かあったの？」ミランダは明るい笑顔で、彼らに歩み寄った。たぶん、公演のことか、あるいは〝会場〟のことを話しているのだろうと思ったからだ。だが問題は、それよりもっと身近なものだった。

「今日、ネッドが店に来たんだ」とタンヴィル。「いろいろ訊かれてさ。それも、友好的っていう類いの質問じゃなかった」

「訊かれた？」

「エドガーのことだ」

オーウェンは立ち上がると、ぼろ切れで両手を拭き、タンヴィルに握手の手を差し出した。「まあ、心配するな。ネッドはネッドだ。じゃあ、そろそろ行くよ。稽古がもう始まる」と言って、にやりと笑う。「今日は役者だけだ」

ドクは今日も無断欠席だった。カールもだ。洞窟のようにも見えるマッキューンの自動車修理工場では、ジュディが役者たちが座れるように、椅子やスツール、樽、木箱など不揃いのあれこれを引っ張ってきて並べていた。工場内部の空気自体も油っぽい。ミランダは集まった面々を見ながら、このなかに犯人がいるのだろうかと考えた。

「とても、とても悲しいお知らせがあります」とジュディ。「わたしたちのカール巡査が……」そこまで言って、彼女は嗚咽をこらえた。「……劇団よりも、自分の仕事を優先するという決断を下しました。〝捜査〟のために、今日は参加できないし、初日の公演にも出演できないかもしれないと連絡がありました」

ミランダは、〝捜査〟と言ったジュディの声に、揶揄《やゆ》の響きを感じた。

「でも、怒ってはいけませんよ！」まるで、ほかの出演者たちが憤慨して怒声をあげようとしているかのようにジュディは叫んだ。「このことで彼を恨むようなことは、厳しく禁じます！　たしかに彼の利己的な判断によってわたしたちは窮地に陥っています。いったい誰が執事になるのでしょうか？　いったい誰がなれるのでしょう？　けれどわたしたちは、このような難局も乗り越えなければいけません。コミュニティのために、この公演のために、そして芸術のために！」

メルヴィンが中途半端な拍手をしたが、誰もそれには加わらず、妙に気まずい空気が漂った。いっぽうティーナは、ようやく出演者の一員になれたことにはしゃいでいた。「セリフやほかのことで訊きたいんですけど！　死ぬときは、自分の喉元をつかんでから、ランプを倒したほうがいいですか？　それともランプを倒してから、喉元をつかんだほうがいいでしょうか？」ティーナは、真面目な生徒がするように、手を挙げて質問した。

「ティーナ」とジュディが答える。「それは自分で決めるの、今を生きるのよ！」と言ったあと、ついでのように「でもホリーはいつもランプが先で、そのあと喉だったから、そのとおりにやるといいかもしれないわね」

「本番が待ちきれないわ！」とティーナ。

しかし、一番の問題はドクの存在──というより彼の不在だった。彼もまた、公演を見捨てたのだろうか？　ドクの穴を埋めるのは難しい。とくに第五幕の彼の力強いモノローグが、代役の俳優につとまるとは思えなかった。

「きっとこの事態を女房が口実にしてるんだよ」とオーウェンが言った。「今のうちにやめておけとドクにプレッシャーをかけてるんだ」

ミランダは、オーウェンのつなぎのグリースが身体につかないように、慎重に距離を置きながら、彼へと身を寄せ、訊いてみた。「彼の奥さん？」

「ああ、そうだ。ちょっとお高くとまってるんだよ。でもまあ、それもしかたない。王族の出身とかそういうこともあるからな」

「王族？」ミランダが思わず聞き返す。

「イギリス人なの？」

オーウェンが彼女の顔を見る。「ここはハッピー・ロックだぞ？ イギリス人じゃなくて、サリシュ族だ。この沿岸には、そのなかのティラムック部族が住んでるんだが、ドクの女房は部族長の娘なんだよ。つまり彼女は自分より身分の低い相手と結婚したってわけだ」

「女性はみんなそうするのよ」とミランダはレディ・アスター（英国初の女性議員となったナンシー・アスター）の言葉を引用して言った。

「たしかに、そのとおりだ」

「ちょっと待って」ミランダはふと思い出した。十四代続く医者の家系、とドクは言っていたはずだ。

「ドクもサリシュ族なの？」

「ああ、そうだよ。彼もいい家柄の出だが、女房の実家ほどじゃない」そう言ってオーウェンは笑った。「ドクの女房は、ときどきそれを彼に思い出させるそうだ。冗談でだと思うがね」

「彼は、祈禱《きとう》師の血筋とか？」

「治療師《ヒーラー》だ。ドクの親父は総合診療と産婦人科の医者だった。この町の住民の半分はドクの親父が、残りの半分はドクが取り上げたんだ。彼の親父の親父も、その親父の親父もだ。そうやってさかのぼると最終的には伝統療法の治療師に行きつくってわけだ」

「だから、ドクの奥さんは彼が公演に参加するのを嫌がってるの？　彼の品位が損なわれるから？」

オーウェンは、あんた、本気で言ってんのか、という目でミランダを見た。

「そんなはずあるかよ。彼女、いい芝居は大好きなんだ。だけど公演が〈秋の夕べ〉から〈春の祭典〉になったのがまずかった。春といえば、サケ漁の最盛期だ。チヌークサケ、いわゆるキングサーモン漁だよ。サケはネストゥッカ川と支流のスリー・リバーズをさかのぼってくる。六月のど真ん中。ちょうどおれたちの公演の時期だ。サリシュ族は岸辺に巨大な野営地をつくってサケを燻製《くんせい》にする。そこにはサリシュ族のほぼ半分が集まるんだが、そのなかでもドクの女房と彼女の一族は中心的な存在だ。だが、こっちの公演のせいでドクはそれに参加できない。とはいってもおれの見たところ、ドクが好きなのはサケ漁よりは、食うほうだと思うがね。前にドクとニシン釣りに行ったんだが、彼は釣り糸を垂らすよりはのんびり座ってくつろいでるほうが好きなんだ。それでもやっぱり、春のサケ漁に行けないのは残念がってたよ。それは、確かだ。女房がいないと、猛烈にさみしくなるらしい」

「だから彼は、劇団の合併に反対したのね」とミランダ。

「ああ、そうだ。それでも、地元演劇界の総意は尊重した。規模の大きいふたつの劇団は、どちらもずっと前から毎年春に公演をしてたんだ。だから合併後の定期公演が春になるのは自然の流れだった。それでもやっぱり寂しいことは寂しいよな。ドクの女房は夫が演じるのをそれ以来観たことがないわけだから。それに、主役でもないしな」

ミランダは、ハッピー・ロックのことはすべてわかった気になっていた。でもそんなことは全然なかったのだ……。

結局、ミランダは主役を演じることになったが、なぜか不思議なほどやる気がわいてこなかった。こんな成り行きで役をもらっても、役者としてはうれしくない。ミランダは実力で役を勝ち取りたかったのだ。演出のジュディが、読み合わせをすると言ってみんなに静粛を呼びかける。なんと、また読み合わせから始めるというのだ。ドクのセリフはとりあえず、ジュディが読むという。

ドクのセリフ。

ああ、そうか、とミランダは気がついた。

「たとえ最愛の人が今ここにいなくても、彼女の魂はつねにわたしとともにある……眠りに落ちるときも、朝目覚めたときも、わたしはすぐとなりに彼女の存在を感じる」

彼女はオーウェンを振り返った。「あなたがウセックス伯爵を演じるのは、今回が初めてよね？」

「ああ、そうだよ」

「そしてドク・メドウズは？　彼は、初演からずっとこの役を演じてるの？」

「そうだな、これまでほぼ毎回やってたよ。エドガーはおれたちの演技力に合わせて、っていうか十年前のおれたち一人ひとりに合わせて、当て書きで脚本を書いたんだ。そのあとは、新しく入ってきたメンバーも、やめていったメンバーもいたけど、ドクは一回をのぞいて、あとはずっと初演からあの役だ」

あのセリフはエドガーの心情ではないのだ、とミランダは気がついた。エドガーはあのセリフをドクのために書いたのだ。あのモノローグが語る妻は、エドガーの妻のことじゃない。ドクの妻のことだ。

「あんた、どうして泣いてるんだ?」オーウェンが尋ねる。

ミランダは涙を拭い、「いいえ、なんでもないの」と答えた。「ほんとうに、なんでもないの」と。

そう、たいしたことじゃない。

翌日、ミランダは書店のエドガーに電話をした。「このあいだ言っていた書類のことだけど、署名する準備はできたわ」

24
犯人逮捕！

「フラン牧師、フラン牧師、フラン牧師」アティカス・ローソンは満面の笑みで、歌うようにその名を繰り返した。「フラン牧師がわたしのオフィスにいるなんて、いやあ、信じられないな」

彼は、生花店の上に事務所を構える、地元の弁護士だった。石工組合《フリーメーソン》のレンガ職人版、〈陽気な火成白亜質レンガ職人騎士団〉の会合でスピーチの最中に失神したという、あのアティカスだ。

「フラン牧師じゃありません」と彼女はぴしゃりと言った。「ミランダ・アボットです。それから、わたしたちがここに来たのは離婚書類に署名するためであって、サインするために来たんじゃありませんから」

エドガーはすぐとなりに座っていたが、彼女には彼が何百キロも離れた場所にいるように思えた。

合板の羽目板張りの壁に、ティラムック・コミュニティ・カレッジの法律関連の証明書がところ狭しと飾られたアティカスの小さなオフィスは息苦しく、ミランダはさっさと署名をして、ここを出たかった。

「あっという間に終わりますよ、フラン牧師」とアティカスは言ってからはっとしたらしく、「失礼、ミランダ牧師」と言い直した。

書類がめくられ、スタンプが押され、さらにまたスタンプが押され、公証人が書類を認証してから、型押しスタンプが押され、内容は確定する。型押しスタンプが押されるまでは、その書類は正式とはみなされないのだ。そしてこの手続きのあいだもずっと、アティカスは「フラン牧師、フラン牧師」とくり返していた。

おかげで書類に署名をするころには、彼の「フラン牧師」がミランダの頭のなかで渦巻いていた。ミランダが書類を夫――いまや元夫だ――のほうへとすべらせると、エドガーも彼女と同様、ほとんど目を合わせずに、すばやく署名を終えた。

その後、アティカスの「フラン牧師、フラン牧師」という声がまだ耳に残るなか、ミランダは事務所の階段を駆けおりた。階段の一番上からエドガーが「ミランダ、待ってくれ！」と呼ぶ。

けれど、彼女はそのままいなくなってしまった。

彼の人生から、アマチュア劇団の公演から、そしてハッピー・ロックから消えるのだ、とミランダは心に決めていた。

ビーの家に戻ったら、アンドルーに電話をし、荷物をまとめ、ポートランドまでの車を手配するつもりだった。そして主役の座を譲り、LAへと飛行機で戻るのだ。たとえそのために、アンドルーのクレジットカードの限度額をめいっぱい使うことになってもしかたがない。そのぐらいの犠牲はいとわない、と彼女は思っていた。のんびり穏やかで、やわらかな陽ざしが降り注ぐこの煉獄《れんごく》から抜け出せるなら、どんな犠牲もいとわない。

それがミランダの計画だった。

しかしものごとは台本どおりにいかないのが世の常で、彼女の場合も計画どおりにはいかなかった。なぜなら、弁護士事務所を出たあとすぐ、エドガー・アボットがアネット・ベイリー殺害の容疑で逮捕されてしまったからだ。

そんなことが起こっているとはつゆ知らず、ミランダはもの悲しい気分でビーのコテージに帰ってきた。草が伸び放題に伸びた庭に、あちこちペンキが剝げかけたポーチ。屋外用の木の椅子や遠くに広がる湾の眺め。そのすべてが、今ではわが家のように感じられた。きっとあのフラン牧師フライデーや子どものころを思い出させる空気がきっと恋しくなるだろう……でも、そろそろ前に進むときだ。LAに戻ったら、またエージェントをしてほしいとマーティに頭を下げよう。そして、コマーシャルのおばあさん役だろうがなんだろうが、彼が持ってくる仕事ならなんでも引き受けることにしよう。たとえ自分がそんな役を演じるほどの年齢ではないにしても、だ。そもそも、女優は老けて見えるようにするほうが、若見えを狙うよりも簡単だ。比喩的な意味であれ、ほかの意味であれ、ミランダ・アボットは便秘サプリを飲むのだ。

けれど彼女を待っていたビーはすっかり取り乱していた。ミランダの手を引っ張るようにして家に入れ、アコーディオンを抱くかのように抱きしめる。

「ああ、なんてこと。まさか、こんなことになるなんて」

いったいなんのこと？　離婚のことを言っているのだろうか、ミランダは首をかしげた。

「そんなに気にしないで」とビーをなぐさめる。「こうなることはわかっていたの。もう、ずっと前に終わっていたのよ。エドガーからもそう言われていたし」

ビーが目を丸くして聞き返す。「彼が言ってたんですか？　あの殺人のことを？」

「なんですって？　まさか」

そしてこのとき初めて、ミランダは自分の元夫に何が起こったかを知ったのだった。

「やっぱり毒物だったんですよ！」ビーがあえぎながら言った。「アネットの心臓は限界だった。たしかにそれはそのとおりだったんですけど、彼女の体内から毒物が検出されたんです。それが引き金になって心臓発作を起こした。もし心臓が悪くなかったら、毒物の効き方もゆっくりで、たぶんカーテンコールのあとまではもったらしいんですけどね。いずれにせよ、あれは殺人だった。あなたの言ったとおり、彼女、殺されたんですよ！」

その瞬間、「あれはおまへのはずだった」というメッセージがより直接的で不吉な響きを持ってミランダに迫ってきた。誰かが、わたしを狙っている。たぶんカールではない誰か、あのステージに立っていた誰かだ。自分が狙われているのでは、という彼女の当初の疑念が、あるひとつの事実とともによみがえった。アネットが毒殺され、ミランダが命拾いをしたのは、彼女が最後の瞬間にグラスをすり替えたからだという事実だ。

結局、最初から狙われていたのはミランダ・アボットだったのだ。ハッピー・ロックの住人の誰かが、彼女に死んでもらいたがっている。

でも、誰が？

「エドガーですよ」とビーが言った。「警察は彼を逮捕したんです」

ミランダはめまいに襲われた。

「ちょっと座らせて」

そう言って、サンルームに置かれた花柄のソファに倒れるように腰をおろす。まさか、エドガーであるはずがない。アネットがターゲットでなかったのなら、エドガーのはずがない。

もしエドガーが犯人ではないことを証明すれば、警察は捜査をし直し、別の容疑者を捜すはずだとミランダは考えた。だがたとえミランダが、犯人の標的は自分だという説を再度繰り返しても、カール巡査が耳を傾けてくれるとは思えなかった。それどころか、かえって彼女が疑われるだけだ。ビーが持ってきたサニーDを、テキーラのように一気にあおった。これからに備えて、血糖値を上げておかなくちゃ。とにかく自分の知恵——それと血糖値——を、しっかりコントロールしておかなければいけない。

ビーは疲れ果てた様子で、ミランダのとなりに腰をおろした。「心配ありませんよ。きっと何かの間違いです。たしかにエドガーは人殺し本の本屋をやってるけど、人殺しなんかできませんよ。だってあなたのご主人なんだから」

「元、ね」とミランダ。「わたしの元夫」

「検死解剖の結果だけじゃ、誰が殺したかなんてわかりませんからね」とビーが言った。「ただ、殺されたってことがわかるだけ。だから、まだエドガーには希望がある。毒性報告書はたんに原因を示しているだけで、評決じゃない……って、『フラン牧師』であなた自身も言っていたし」

ああ、またしても〝毒性〟という言葉が登場だ。

ミランダはビーに向き直った。「『フラン牧師』に毒物が出てきた回のことを覚えてる?」

「どの回です?」

「ほら、妻が夫に出したカクテルに毒が入っていたっていうストーリーの」

「ええっと、似たようなのがいくつかありましたよね。もう少し詳しく」

「バレエを観に行ったあと、妻が夫につくったカクテルに毒物が入っていたっていう」

「もうひと息……」

「怪しげな麻薬密売組織のボスからダイヤモンドを盗んだ外国人ビジネスマンと一緒にバレエの公演を観に行ったあと、妻が夫に出したカクテルに毒物が入っていたっていうストーリーの」

「ビジネスマンはロシア人でした？　それともモルドバ人？」

「そんなの知らないわよ！」

「それって、じつは犯人は検死局長で、その検死局長は、プリマドンナでモルドバ人麻薬密売組織のボスの妹と浮気をしていたっていう？」

「そう！」ミランダが叫んだ。「それよ！」

「その回の話はよく覚えてますよ！　シーズン四の『有毒な毒性』ですよね」

そうだ、フィンケルが読んでいたのはそれだ、とミランダは思い出した。ポートランド検死局の毒性報告書。そのときの記憶が、稲妻のようにミランダの脳裏によみがえった。くねくねと曲がりくねった道をハッピー・ロックへと向かうバス。大揺れに揺れるバスのなか、ミランダも上下左右に跳ねに跳ね、記憶はほぼバスの激しい揺れだけだった。けれどバスの乗客は彼女だけではなかった。その日、人目を忍んでポートランドに出かけていたらしいフィンケル・アーデリーもまた、あのバスに乗っていた。ヘアピンカーブでどんなにバスが揺れようと、彼女は大いびきで、ハッピー・ロックまでずっと眠りこけていた。

アネットが毒殺される前に、どうしてフィンケルは毒物に関する報告書なんて読んでいたのだろうか。

そういえばグレアムがフィンケルのことを何か言っていた。たしか、地元紙の記者から脱却するために大きなスクープを狙っていると。彼女は絶対に大きなネタを見つける気だ、たとえ自分で捏造してでも、とグレアムは言っていなかったか？

もし殺人ミステリーのドラマで名を売った女優が、殺人を扱った芝居の最中に殺されたら、これ以上に大きなネタなどあるだろうか。やはり、狙われていたのはミランダだったのだ。グラスがすり替えられたことはアネットにとっては不運だったが、ミランダにとっては幸運だった。

「ネッドと話をしなきゃ」とミランダは言った。「今すぐに」

ビーが心配そうに聞き返した。「本気ですか？　だって彼がエドガーを逮捕したんですよ」

「だから、彼と話さなきゃいけないのよ」

ハッピー・ロックの留置場は警察署の裏にある独房だった。ビーの車で警察署に行くと、ネッドが受付に出てきてくれた。ネッドを追って出てきたのは、いつものようにご機嫌な大型犬、エミーだ。

世界広しと言えども、逮捕された容疑者のペットを逮捕した警官があずかってくれるところなんて、ハッピー・ロックぐらいだ。

「バックリー署長、夫と話をさせて。彼の無事を確かめたいの」

今、保釈を待っているところです。エドガーはこの町に資産を持ってるし、ここに長年住んでいるから、逃亡のリスクはない。それでもダワー判事の署名がないと釈放はできないんですよ。今は訴訟事件が何もないんで、判事はスリー・リバーズの支流に釣りに出かけちまってね。まずは、彼をつかまえないと。ほら、ちょうどサケ釣りの最盛期だから」そう言って、ネッドはじっとミランダを見た。「ミランダ、こんなことになって残念ですよ。ほんとうに残念だ」

「ネッド、あなたはエドガーの友だちでしょ！」

「わたしは彼の友人ですよ。だが、法の執行官でもある。そして証拠は明確に、エドガーが犯人だと示してる」

「ハ！　証拠って何よ？」

「牙ですよ。あれを見て、何か引っかかったんだ……」

「牙？」

「アネットの不動産会社のベンチですよ。アネットは苦情を申し立てていたんです。あの落書きはグレアム・ペンティの仕業だって息巻いてた。それで、わたしもベンチを見に行きましたが、あれを見た瞬間、エドガーの筆跡だとわかりましたよ。〝嘘&大嘘〟って書いてあった。あの本屋に行ったことがある人間なら誰でも、彼が〝&〟をちゃんと書けないのを知ってる」

たしかにね、とミランダは心のなかでつぶやいた。〝&〟の文字に関しては、エドガーの字はなぜか極端にくずれるのだ。

「でも、どうしてそれがアネットを殺した証拠になるの？」

「証拠にはなりませんよ。だが、それを見て何かおかしいと直感した。エドガーのような評判のいい事業主が、公園のベンチにあんな落書きをするなんて、おかしいと思いませんか？　普通はおかしいと思う。泥まみれのエドガーが汗だくで裏の小道から出てきた日のこと覚えてますか？」

「ええ、覚えてる」

「あの日、あなたを劇場で降ろしたあと、パトカーでぐるっと公園を回ったんですよ。するとやっぱり、アネットの会社の看板がいくつも芝生から引き抜かれて、地面で踏みつけられていた。それもその多くに、アネットの顔を踏みつけた足跡があった。エドガーの足跡だ。だから、携帯電話でその足跡の写真を撮っておいたんですよ。そして次にエドガーの本屋に行ったとき、彼のブーツを確認した。案の定、足跡はエドガーのものだった。看板を引き抜いたのは彼だったんです。怒りにまかせて引き抜いた、っていうふうに見えましたね」

「だから？」

「暴力の度合いが深刻化してる」

「なんですって？　ベンチに牙を描いて、次は不動産会社の看板を破壊したからなんだって言うの。そんなの暴力の深刻化になんかならないわ」

「だが、ハッピー・ロックじゃそうなんですよ」

ミランダが言い返そうとしたそのとき、ネッドは続けた。「〝嘘&大嘘〟って、落書きにしては妙だと思いませんか？　〝アネットの馬鹿野郎！〟でもなければ、もっと汚い罵り言葉でもない。それでちょっと調べたら、統計に関する言葉だった。データの誤用に関するね。データの誤用こそ、アネットが得意とする分野だ。エドガーはあなたに、あの書店について何か言ってませんでしたか？　現在の経営状態とか？」

「そんなには、聞いていないけど」

「まあ、男はすべてを女房に言うわけじゃありませんからね。肝心なのは、アネットはエドガーからあの書店を取り上げようとしていたらしい、ということです。アネットは、銀行融資の保証人になってやるとエドガーに持ちかけた。融資を受ければ、新しい屋根とボイラー、そのほかの改築費用をまかなえる、とね。そうやって話を持ちかけて、アネットは業者に完全かつ徹底的な不動産査定をさせたんです。その後、彼女は保証人の約束を反故《ほ ご》にした。そして、査定の報告書に書かれた情報を使い――誤用して、とエドガーは言うでしょうね——彼の営業許可を取り上げるよう町に申し立てるための法的手続を開始した。アネットはあのあたりの区画整理をして、住居専用地域にしたがってたんですよ。今のような商業施設と住居が混在する地域ではなくね。そして、あの書店が差し押さえられたら？　そう、アネットにおまかせ、ってことだ。彼の店があるのはまさに一等地。あの眺望を見ましたか？　いや、訊くまでもないですね。あなたは彼の奥さんだから」

元、ね、とミランダは心のなかでつぶやいた。

「エドガーはアネットの不動産取引を扱う弁護士たちに、部外秘の情報を開示しろとしつこく要求していました。アネットが苦情を言うと、今度は彼女の電話に怒りのメッセージを残しはじめた。そして舞台稽古の直前、アネットは舞台裏で『脚を折れ！　おまえなんかステージで死ねばいいのに！』と書かれたメモを受け取った。メモは、アネットの楽屋に残されていました」

「でも、それを書いたのがエドガーだってどうしてわかるの？　アネットに死んでもらいたいと思ってる人なんて、わたしだって五、六人は思い浮かぶわ。彼女にいじめられたりばかにされたりした人はたくさんいたもの。エドガーだけじゃない。ロドニーやオーウェン、グレアム、それにわたしだってそうだし、ほかにもいるはずよ。だとしたら、どうしてそのメモがエドガーが書いたものだと言い切れるの？」

「彼の署名が入ってた」

え？

「枯れた花束と一緒に、それを贈ったんですよ」

ミランダのそれまでの自信が萎えていく。「誰かが署名を偽造したのかも？」

「それはありませんね。『エドガー、これを書いたのはきみか？』って訊いたら『そうだ』って答えが返ってきた。そこで彼が言い訳できるように『この〝死ねばいい〟っていうのは役者としてって意味か？　芝居で失敗しろとか？』と訊いたんです。『いや、違う、死んじまえって意味だ。この世からいなくなれ、熊に追われて舞台上手に退場（シェイクスピアの『冬物語』のト書きの引用）って意味だ』って言う」

「つまり、自供した……」

「うーん、そこが微妙でね」ネッドは、これは言ったものかどうかと迷うように首の後ろをさすった。「たしかにエドガーは自供した。怒りのメモや枯れた花束、私有財産への破壊行為や弁護士への嫌がらせ、そのすべてを認めた。ただ、殺害だけはしていないって言ってる」

「エドガーが認めたことのどれも、彼が犯人だという証拠にはならないわ」

「まあ、そうですが、ホウ酸のことがある。ホウ酸は殺虫剤として販売されている細かい粉で、簡単に隠すことができる。それに人間が摂取すれば、緩慢な中毒症状を引き起こす可能性もある。アネットの場合は、それが心不全の引き金になった。この毒物の用途は多いんですが……」ミランダには、次にネッドが何を言うか、察しがついた。殺虫剤、つまり……「紙魚《シミ》の駆除です」

ミランダの全身から力が抜けた。めまいがして、気分が悪い。タンヴィル・シンが心配そうにオーウェンと話をしていたのを思い出した。「ネッドが来ていろいろ訊かれたんだ、でも友好的な質問じゃなかった」とタンヴィルは言っていた。

ネッドは咳払いをして続けた。「エドガーの書店を再区画するためにアネットが提出した書類に目を通したんですが、彼女が列挙していた多くの問題点のひとつがシミだった。それでタンヴィルの店に行って訊いたら案の定、エドガーは数週間前にホウ酸を二回分追加で購入していました。特別に注文した高濃度、無臭のホウ酸だ。検死報告書から判断して、アネットには一回分の全量が使われたと思われる」

「じゃあ、もう一回分は？」

「さあ、わかりません。まだ、そのへんのどこかにあるのかもしれないし、本来の目的、すなわちシミの駆除に使ったのかもしれない。実際、あの店にはシミの問題があるんですよ。古い家だし、本でいっぱいですからね。この地域じゃ、シミの問題は避けられない」

「ネッド、エドガーに会わせて」

「会わないほうがいいんじゃないかな」

「わたしは妻よ」ミランダは強硬に言い張った。

「わかりました。じゃあホリーにあなたのボディ・チェックをさせます。ヤスリでも持ち込まれて、エドガーに渡されたら困りますからね」

どうしてわたしが、留置場でエドガーの爪のお手入れをするわけ？　ミランダは不思議に思ったが、すぐにそれは爪ヤスリではなく、留置場の格子を切断するヤスリのことだと気がついた。

「『フラン牧師』でそういう話がありましたよね」とネッド。「あなたがヤスリを使って潜水艦を脱出した……」

けれどミランダはもうネッドの話など聞いていなかった。とにかく冷静さを保ち、何が起こっているかを理解しなければいけない。

まだ、最後の望みはある、と彼女は思っていた。狙われたのがじつはアネットではなく、ミランダだったと証明できれば、エドガーがいくらアネットを忌み嫌っていたとしても、彼が彼女を殺したという疑いは晴れるはずだ。

ただし……

ここでふたたび、彼女はわき上がる恐怖を抑え込んだ。もちろん、エドガーがわたしを殺したいなんて思うはずはない。

出産間近の大きなおなか――そのおなかはもうパンパンだった――を抱えたホリーは、やっとのことでデスクから立ち上がると、大きなアヒルみたいな足どりでミランダのほうにやってきた。

疲れてはいるが優しい顔でミランダにほほ笑みかける。

「リハーサルでは、あなたの死ぬシーンがすごくよかったって聞きましたよ。やっぱりすごいわね。わたしはメリル・ストリープじゃないし、もちろんサラ・ベルナールでもないから、演技は全然ダメ。でも、たまたま第一回の公演でランプを倒したら、それが大受けしちゃったんです。で、そのあとは、観客がそれをすごく楽しみにするようになっちゃって。今回はドレスリハーサルを見に行けなくて、ほんと残念。アネットが殺されたことを除けば、すべてうまくいったって聞いたから」

ホリーはその大きなおなかが許す範囲でミランダの衣服をざっと軽く叩くと、大きなバッグのなかをあらため、スカートの脇にもざっと両手を走らせた。

よかった、気づかれなかった、とミランダはひそかに安堵する。

ホリー巡査がチェックしたのは、留置場に持ち込まれては明らかに困るもの、たとえば武器や爆弾、あるいは脱走用の道具だったから、ミランダがひそかに持ち込もうとしていたものには気づかなかった。それはヤスリでもなければ武器でもなく、たたまれた一枚の紙だ。たんなる紙だが、爆弾と同様の威力を持つものでもあった。脅迫状のようにも見えるその紙にはなんの要求も記されていない。ただ「あれはおまえへのはずだった」と書かれているだけだ。

独房でひとり、簡易ベッドに座っていたエドガーは、ミランダが入ってくると顔を上げた。

ふたりのプライバシーを守るために、ホリーが独房の外に下がるのを待ち、ミランダは例の紙をそっとエドガーに渡した。

「これ、なんだか知ってる?」と声を殺して尋ねる。

そして、「これがあれば、あなたは外に出られるわ！　狙われていたのはアネットじゃなくて、わたしだっていう証拠だもの」と言おうとしたそのとき、エドガーが答えた。

「もちろん知ってるさ。ぼくが書いたんだから」

25　マリファナ・ギャングとミニスカート

かつて、彼らは幸せだった。NBCが大混乱していたときも、書き直しや徹夜の撮影が続いたときも、テレビ局での激務が続いたときも、そしてストレスや嵐にさらされていたときも、彼らはつねにふたりだけで過ごす時間を見つけていた。

「きみとぼくとで世界に立ち向かうんだ」とエドガーはよくささやいた。

「じゃあ、いつ攻撃を仕掛ける？」と彼女がささやき返す。

そうやって笑い合ったことも、今ははるか遠くのことに思えた。この独房からも、この瞬間からも遠い、遠い、はるか昔のこと。

そもそも、わたしたちは他者のことをどの程度わかっているのだろうか。彼は十五年前にダッチェス・ホテルで眠っていたエドガーであり、わたしがそこに置き去りにしたエドガーだ、とミランダは自分に言い聞かせてきた。でも、ほんとうにそうだろうか？

「どうして嘘をついたの？」と彼に尋ねた。その声は、ミランダ自身にも遠く聞こえた。まるで、モニターに映し出された場面でも見ているかのようだ。

「嘘？」

「わたしのこと。わたしたちのことよ。あなたはスーザンとビーのそれぞれに違う話をしてたけれど、いったいどっちがあなたの本心だったの？」

「きみに嘘をついたことなど一度もないよ」

「ほんとうに？　スーザンは、あなたはいつもわたしのことを話してた、好意と愛情があふれてたって言ってた。彼女は嘘をついているの？」

彼は、留置場の床を見つめ、「いいや」と小さく言った。

「でもビーは、あなたは実質的にわたしの存在を否定していたって言ってた。わたしのことを訊くと怒りだした、って。彼女は嘘をついてるの？」

エドガーは顔を上げた。「いいや。嘘はついてない」

「それじゃあ、なぜ――」

「それは、ビー・マラクルがぼくにきみのことを訊いたことは、一度もないからだ。彼女が訊くのはいつだってフラン牧師のことだけだ。彼女、うちの店に来ては、あのドラマときみの役柄の話ばかりしていた。そのうえ、自宅でやっているあのばかばかしいフラン牧師フライデーに来ないかとしつこく誘うんだ。悪いがぼくは、フラン牧師にはもううんざりなんだよ。フラン牧師なんて、ぼくの人生には必要なかった。ぼくがほしかったのはきみなんだ。でも、きみかフラン牧師か、どちらかひとりを選ぶというのは無理な話だ。ビーはフラン牧師の話をしたかった。でもぼくは、自分の妻の話をしたかったんだ」

その目を見れば、エドガーが傷ついているのがよくわかった。

「だが、スーザンは違った。ぼくに訊くのはフラン牧師のことじゃなく、きみのこと、ちゃんと実在するミランダ・アボットのことだった。架空のキャラクターでもなければ、存在しない誰かのことでもない。そしてこれ――」彼はうんざりした様子で、その脅迫状風のメモを彼女に投げ返した。「これですべてがよみがえったよ」

ミランダは、そのメモを握りしめた。「どうして、こんなものを書いたの?」

「ぼくに選択の余地があったと思うか?」

ミランダは声を落とした。「誰かに……無理矢理書かされたの?」

「報酬をもらってたんだから、ぼくの選択だとも言える」

「誰かにお金をもらって、これを書いたの?」陰謀のどす黒いイメージが彼女の脳裏をよぎった。もしかして、町中がこの犯罪に加担していたのか?

「もちろん、金をもらっていたさ。こんなばかばかしいものを、好きで書いたと思うのか? ほら、これを見てみろよ」エドガーがメモを仕草で示した。「殺人犯はマリファナでハイになっていたはずだ。だから『スペルを間違えさせろ、正気を失った麻薬常用者なら間違える』ってプロデューサーが言ったんだ。これは、血液中に血小板より薬物のほうが多いような男が書いた脅迫状だからって言って譲らなかった。頭がカチカチなんだよ。

だからぼくは言ったんだ。たとえその犯人が正気を失った麻薬常用者だったとしても、複数の雑誌から文字をきっちり切り抜いて――それも指紋が残らないようにゴム手袋をつけて――、その文字を一枚の紙にちゃんと並べられるぐらいの正気があれば、さすがに『おまへ』なんて書き間違いはしないだろうって」

「これ、あのドラマに使った脅迫状？　つまり、あなたはこのメモをあの番組のために書いたっていうこと？」

「あの回には、『フラン牧師』の嫌なところが全部詰まってた。脅迫状風の手がかりに空手チョップ、カーチェイスに長ったらしい説教。そして、きみにビキニやミニスカートを着せようと、彼らはあらゆる手を考えた。いや、わかってるよ。そのミニスカートのおかげで、ぼくたちはあの家を買うことができた。だが彼らは、きみがあの役柄で見せた頭のよさや、皮肉なユーモア、真に迫った感情表現を活《い》かそうとはしなかった。結局、ぼくの妻の役どころは陳腐なものになってしまった。だが、そう仕向けたのはこのぼくだ。ぼくの脚本がきみをそんなふうにしてしまったんだ」

ミランダは、メモをそっと折りたたんだ。わたしのドアの下にこのメモを差し込んだ人物は、エドガーのこともはめようとしたのだろうか。

「ねえ、エドガー、これからわたしたちどうするの？」

「わたしたち？」

「あなたのことも、ここのことも」ミランダは独房を仕草で示した。

「アティカスが動いてくれてる。今は、保釈を待ってるところだ」

「アティカス・ローソン？　わたしたちの離婚手続をしてくれた人？」

「ああ、彼だ」

「あの、人前で話すことに猛烈な恐怖を抱いてる彼？　組合の会合でスピーチをしようとして失神しちゃった彼？　あの彼が、裁判であなたの代理人をつとめるの？」

「そう、その彼だ。彼か、あるいはアネットと組んでぼくの店を差し押さえようとした不動産専門の悪徳弁護士たちのどちらかしかない」そう言って彼は皮肉な目でミランダを見た。「もし彼らに依頼していたら、利益相反が生じていたかもしれない。彼らの証言のせいで、今ぼくは容疑者にされているわけだからね」

「でも、エドガー、これは殺人事件よ。軽い交通違反で切符を切られたとか、ちょっとした事務手続をしなきゃいけない、とかいうのとはわけが違う」

「アティカスはちゃんとやってくれるよ。彼は長年の知り合いなんだ。アネットがオーウエンの自動車修理工場を狙って、あれこれ仕掛けてきたときも、オーウエンを守ったのは彼だ。このばかばかしい容疑も、彼なら晴らしてくれるさ。それにたとえ証拠が、ぼくの犯行を示唆していても、所詮この容疑はでっち上げだ。ネッドもぼくの逮捕には乗り気じゃなかった」

ホリー巡査が、鉄格子を叩いた。「悪いけど、そろそろ時間よ」

その声にミランダは荷物をまとめ、もう一度エドガーを見た。「絶対にあなたをここから出してみせるから」

きっと彼は不機嫌そうに「ぼくは大丈夫だ、昔なじみのエドガーのことなんて心配するな」などと言うだろう、とミランダは思っていた。けれど彼はにっこり笑い「きみとぼくで世界に立ち向かう、だろ？」と言った。

「ええ、いつだってね」とミランダ。

彼女にとっては今こそが攻撃を仕掛けるときだった。この事件の謎を解き、夫を――いや、元夫を――救い出すときだ。

ミランダは立ち上がると、彼を振り返った。「エドガー、あなたに謝っておきたいの。あのお芝居のことをあんなふうに侮辱してしまってごめんなさい。あれを書いたダグ・ダークスがあなただとは思わなかったから。怒らせるようなことを言ってしまって、申し訳なかったわ。あなたを侮辱する気はなかったの」

「でも――」

「きみはそんなことはしていないよ」とエドガー。「ミランダ、きみはぼくを侮辱なんかしていない。きみが侮辱したのはこの町だ。ここに書店を開いたとき、町ではぼくが脚本家だといううわさが広まった。そして、町の三つのアマチュア劇団それぞれが、自分たちのために脚本を書いてほしいと言ってきたんだ。ひとつの劇団はミステリーを、別の劇団は歴史物を、もうひとつの劇団はこの町に関わりの深い作品をやりたがっていた。この小さな町で、三つのアマチュア劇団が、熱心だが数は決して多くない観客を奪い合っていたんだ。それでぼくは、三つの劇団が一緒に演じる作品なら、書くと提案した。その結果、三つのアマチュア劇団はひとつに統合されたんだ。そんな彼らのために書いて上演したのが『ディケンズ家の死』で、それが十年前のことだ。観客は増え、いまやこの芝居の公演はこの町の一年のハイライトだ。だが――」そう言うと、彼はミランダのほうへ身を乗り出した。「ここが肝心なんだ。ぼくはこの作品を喜劇《コメディ》として書いたんだ。『フラン牧師』のような作品でぼくが書かされてきたお決まりの展開すべてを、このドタバタ劇に詰め込んだんだよ。みんな、面白がって笑うだろうと思ってた。ほんとうにそう思ってたんだ。でも、初日の公演を観に行ったら、観客たちは歓声をあげ、拍手喝采し、息をのんで芝居を観ていた。そして心からのスタンディング・オベーションをしてくれた。その瞬間にわかったんだよ」

「何がわかったの?」

「もう、戻れないということが、だ。あの初日公演の日、ぼくは啓示を受けたんだ。観客のひとりとなって客席に座り、上演する人たちの誠実さや観客の率直な反応を感じているうちに気がついた。自分がいかに冷笑的になっていたか、いかに鈍感になっていたかを思い知ったんだ。これこそが演劇だ、これこそが本物のコミュニティだとね。そしてわかったんだよ。ぼくはもうLAには戻らない。もう、二度と戻らない、と」

彼は彼女の目をじっとのぞき込んだ。「ごめんよ、ミランダ。ぼくが一緒に戻ることを期待して、きみがはるばるここまで来てくれたのはわかってる。でも、それは無理だ。今はここがぼくのふるさとだし、もうずいぶん前からそうだったんだ」

鉄格子がもう一度ノックされ、さっきよりも差し迫ったホリーの声がした。「そろそろ、いいでしょ。時間切れだし、わたしほんとにおしっこに行きたいの」

今度はエドガーが尋ねる番だった。

「ミランダ、どうして承知したんだ？　どうして、離婚届に署名する気になった？」

「ドクのモノローグよ。あの芝居のなかのモノローグ。はじめのうち、あのモノローグはあなたがわたしのことを想って書いたと思ってた。でも、あれはドクのために書いたんだってわかったから」

「両方かもしれない、とは思わなかった？　ドクだけじゃなく、ぼくも傷ついていたとは思わなかった？」

ミランダは泣きながらではなく、決意を胸に秘めて警察署をあとにした。ここハッピー・ロックで起こっていることの真相を絶対に突き止めるという新たな力がみなぎっていた。

ミランダが今行くべき場所はひとつしかなかった。

生地店と金物店の前を通り、キャンディ・ショップと生花店の前を通って、通りの一番端にあるグリースが染みついたオーウェン・マッキューンの自動車修理工場へと歩き……さらにその前も通り過ぎる。

そのまま、例の丸太小屋に続く砂利道をたどった。小屋の前にはピックアップトラックが駐まり、網戸の向こうからバート・リンダーが出てくる。

ミランダの姿を見た瞬間、バートは驚いた表情を見せた。

「ああ、あんたか」そう言って、彼女の背後に目をやる。

「誰かを待ってるの？」

「ああ、でもかまわんよ。入ってくれ。ちょうどやかんを火にかけたところだ」

バートは老眼鏡をはずすと、リング綴じの分厚い書類の束を脇に寄せ、「ほら、座って」という仕草で彼女をキッチンテーブルに招いた。

彼に尋ねられるより先に、ミランダが口を開く。「エドガーのことなの。彼、逮捕されたわ」

「ああ、聞いた」

「それで？」ミランダは答えを待ったが、バートは何も言わない。「真犯人捜しを手伝ってはくれないの？　あなたはそういう訓練を受けてるし、ほかの誰よりもこの町のことを知ってる。とにかく早く動かなきゃ。誰がアネット・ベイリーを殺したか突き止めないと！」

「真犯人はわかってるさ。エドガーだよ。ちゃんと証拠がある」

啞然とするミランダを尻目に、バートはその理由を説明しはじめた。「エドガーは、すべての要件を満たしてる。動機があり、手段もあり、機会もあった。ネッド・バックリーは優秀な捜査官だ。おれの手助けなんて必要ないし、まっとうな理由がなけりゃエドガーを逮捕したりはせんよ。セオドア・ウッドワードが言うように、『ヒヅメの音を聞いたら、シマウマではなく、馬を思え』（推理においては当たり前の結論から考えるべきだの意）だ」そこで言葉を切ってから、ふたたび続けた。「ここがアフリカじゃないかぎりは、な」

「でもそれがユニコーンだったら？」

「ユニコーン？」

「そのヒヅメの音が、想像上の足音だったら？　心が聞いた足音だったらどうするの？　その足音は、あなたの言う要件にどうあてはまる？　その足音はなんて言ってるの？　証拠がないからといって、間違った証拠が正しい証拠だということにはならないわ」

「そんなことは誰も言ってない」

「いいえ、そう考えるべきよ！　ユニコーンとシマウマでわたしを煙《けむ》に巻いたのはあなたよ！」

「おいおい、ユニコーンを持ち出したのはあんただぞ。あんたが何を言ってるのか、おれにはさっぱりわからん」

「あのね、犯人が殺そうとしたのはわたしなの。アネットじゃないのよ！　ネッドは間違った方向で捜査をしてる。ねえ、バート、スポットライトが落ちてきたじゃない。あれも、わたしの気のせいだとでも言うの？」

「事故ってのは、起こるもんだ」

「じゃあ、あのライトを固定する作業を担当したのは誰？　裏方を監督していたのはあなたよね。あの作業の担当者は誰？」

彼は少しためらってから、答えた。「ロドニーだ」

「じゃあ、わたしがもしあのとき死んでいたらどうなった？　わたしの代わりに、ティーナがメイド役を演じることになったんじゃないの？」

「そんなことして、ロドニーになんの得がある？」

「これまで彼に優しくしてくれたティーナへの恩返しになるわ。愛情のためなら、人間はばかなことをするものよ。わたしを殺せば、自分がひそかに憧れていた彼女を舞台に立たせることができる。高校時代、ずっと自分をかばってくれた彼女の夢を実現させてあげられる」

バートの目がすっと冷たくなった。石のような、底知れぬ冷たさ。きっと、バートに始末された敵のスパイたちが最後の瞬間に見たのも、これと同じ目だったに違いない。

「若いもんを軽々しく人殺し呼ばわりするもんじゃない」

「じゃあ、バート、教えてよ！　もしロドニーが自分ひとりでやっていないとしたら、裏には誰がいる？」

「スポットライトだって落ちるときは落ちるし、それはただの事故だ。あんたが今やってることは、もう一線を越えてる。最初はカール巡査を疑い、今度はロドニーだ。次はいったい誰を疑うつもりだ？」

彼のこの問いに答えるように、一台の車が砂利を踏みならして近づいてくる音が聞こえてきた。それと同時にやかんの笛の音が響き、誰かがドアをノックした。「バート、あたし！」と声がする。そしてその声の主は、キッチンにいたミランダを見ると、「あれ、来てたんだ」と言った。

フィンケル・アーデリーだ。

このとき初めて、ミランダはさっきバートがフォーマイカのテーブルの脇に寄せたものに気がついた。製本された分厚い報告書だ。ひっくり返して表紙を見るより先に、ミランダはそれが何か気がついた。『毒性報告書：ポートランド検死局』。作成日は三年前。だがバスのなかでは、ミランダはそこまでは気づかなかった。

フィンケルはキッチンカウンターに歩み寄ってやかんを火からおろすと、ティーポットにお湯を注いだ。軽蔑のまなざしをミランダに向ける。

「この人、ここで何してんの?」

バートは険しい目でミランダを見た。「もう、帰るところだ」

けれどミランダは動じない。報告書の表紙を片手で思い切り叩くと、フィンケルに向かって「わたし、あなたを見たわ」と言った。「バスでこれを持ってたでしょ。まだ、しらばっくれるつもり?」

フィンケルが近づいてきて、カップをふたつ——ふたつだけだ——テーブルに置いた。

「あたしが、部外秘の医療報告書を手に入れるためにこっそり仕事を抜けてポートランドに行ったこと、それも編集長に絶対にダメだって言われたのにポートランドに行ったことを、しらばっくれるのかって? ああ、そうだよ。そんなの知らない、って断固として主張するね」

「ミランダには、彼女独自の荒唐無稽な推理があるんだそうだ」とバート。「ロドニーが彼女を殺すつもりだった。だが間違ってアネットを殺しちまったっていう推理だ」

「ロドニー? だってあの子はハエも殺せないよ」

「おれも、そう言ってるんだ」バートはカモミール・ティーを飲みながら言った。

「じゃあ、あなたはどうなの?」ミランダはフィンケルに迫った。「あなたにだって、同じような後ろめたいことはあるでしょ？」

「やれやれ、またか」とバート。「どうやら、三人目の容疑者を見つけたらしい」

「後ろめたいこと、あるんじゃない？」ミランダはフィンケルをにらみつけながら挑発した。「どうしてアネットが死ぬ前に、毒性報告書を持っていたのか教えてもらえる？　下調べでもしてたんじゃないの？」

「そうだよ」とフィンケル。「そのとおり」

「ハ！　やっぱりね！」と言ったとき初めて、ミランダは気がついた。自分は今、人里離れた丸太小屋で、殺人事件の犯人かもしれない相手に詰め寄っているのだ。

「あたしが調べてたのは、人殺しの方法じゃない。そもそも、あれが殺人だったかどうかも、わかんないんだから。ねえ、バート、どう思う？」

バートは老眼鏡をかけると、化学物質の概要が記してあるところまでページをめくっていった。「もし自殺じゃなかったとしても、それが一因にはなっただろうな」

フィンケルがうなずく。「あたしもそう思った。どっちにせよ、オーウェンには言っておくべきだよね」

「やっぱり記事にするつもりか？」バートが尋ねる。

フィンケルは顔をしかめた。「どうかな。これまでに二回ダメ出しされてるし、アネットも死んじゃったから……」

「まあ、そうだろうな」とバート。「死人には、申し開きができない」

「わたしたち、なんの話をしてるわけ？」ミランダは戸惑っていた。いったいこの話がエドガーとどう関係するのだろう？

「おれたちはなんの話もしていない」とバート。「フィ、フィンケルと、お、おれが話しているのは、ジュディ・トレイナーの旦那が死んだ件だ」

「車が道路から飛び出したっていう事故？」たしかネッドがそんなことを言っていた、とミランダは思い出した。あの芝居のチラシ裏にメモした覚えがある。ジュディの名前と、〝演出家、根性悪、夫は死亡〟と書いたはずだ。

「そう、それだ」とバート。「事故のあと、アネットはずいぶんジュディの力になってたよ。嘆く彼女をなぐさめ、怒りの矛先を向けるスケープゴートも見つけてやった。それがオーウェン・マッキューンだ。アネットはオーウェンと彼の自動車修理工場に事故の責任がある、とほのめかしはじめた。オーウェンのずさんな仕事のせいで車のブレーキがきかなかったとうわさをたて、オーウェンと彼の自動車修理工場――『ものすごく目ざわり』とアネットは言ってた――を批判したんだ。おかげでオーウェンは廃業寸前にまで追いつめられた」

「あたしは、あの一件の裏には絶対何かあるって思ってた」とフィンケル。

バートは老眼鏡をかけると、報告書のページに目を走らせた。元スパイというよりは、名誉教授の雰囲気だ。「まあよくある組み合わせだな。抗うつ剤と鎮痛剤とアルコール。頭蓋内出血を引き起こすのにはうってつけだよ。検死官は確実なことは言ってない。事故で頭部外傷を負っているから、頭蓋内出血が事故の原因とは断言できないんだ。だがおれたちは一度、この方法で悪名高い武器商人を始末したことがある。カイバル峠はヘアピンカーブが多いからな。こことおんなじだ。いずれにせよ、これでオーウェンの整備に不備があったという疑いは晴れる。オーウェンは訴追こそされなかったが、世論という法廷には引き出された。こういう小さい町の世論ってのは、まあ残酷なもんだ」

そこでふと、あることがミランダの脳裏をよぎった。最初はエドガーとあの書店。そして今度はこれだ。

「アネットがオーウェン・マッキューンを廃業に追いやろうとしていたとしたら、その目的は？」と彼女は尋ねたが、すでに予想はついていた。

「あそこは一等地だ」とバート。「どんなに趣のある通りでも、その突き当たりに古ぼけたでっかい自動車修理工場があれば、あの周辺の資産価値は上がりようがない。オーウェンのじいさんがあの土地を買ったのは、あそこに並んだ小さな店ができるずっと前だったっていうのに、勝手なもんだ。アネットは、オーウェンの自動車修理工場が潰れたら、不動産屋として大もうけできると思ってたんだ。あんた、二十五キロ級のキングサーモンを釣り上げたことがあるか？　ない？　フン、もしもあったら、そういうときの気持ちがわかるはずだ。そりゃあもう大興奮で、頭に血がのぼる。マッキューンの自動車修理工場は、アネットにとっての二十五キロ級のサーモンだったのさ」

「それも、うわさを巧妙にまき散らすだけで、それが手に入る」とフィンケル。

ミランダの頭に新たな渦が生まれたが、彼女がまだ何も言わないうちから、バートに釘を刺された。

「今度はオーウェンが怪しいなんて言うんじゃないぞ」

「わかってるってば。ハエさえ殺せない人なんでしょ?」

「まあ、そんなところだ」とバート。「だからもう、余計なことは考えないでくれ、いいな? 警察は犯人を逮捕した。残念ながらな」

けれどハッピー・ロックの住人全員がバートの考えに同意していたわけではないことを、ミランダ・アボットはまもなく気づくことになる。

26　コージー・ミステリー、ミランダを救う！

ミランダは敗北感を味わいながら、ビーがあくまで〝ポーチ〟と言い張る正面のベランダに座っていた。レモネードを作ると言ったが固辞されたので、サニーDを片手に、いったい自分はどこで間違えたのだろうと考えていた。この捜査のことだけじゃなく、すべてにおいてだ。

こんなとき、輝く甲冑《かっちゅう》に身を包んだ騎士は必ずしも馬に乗っては現れない。また、それが必ずしも男性であるともかぎらない。ときにその正義の味方は、青い小型のハッチバックを運転する小柄な事務員の姿で現れることもある。

スーザン・ラッドゥレイグはビーのコテージの前で車を駐めると、自分の身の丈ほどもある大きなキャンバス地の袋を引きずり、玄関前の階段を上がってきた。そしてミランダの前に立つと、彼女がずっとハッピー・ロックの住人の誰かに言ってもらいたいと思っていた言葉を口にした。

「わたし、あなたを信じます」

そう宣言するとスーザンは、ミランダのとなりの木の椅子にキャンバス地の袋の中身をバサッとあけた。ペーパーバックのミステリー本がなだれをうってこぼれ出る。

「わたしたちに必要なものはすべてここにあります。もしわたしたちが、エドガーの容疑を晴らし、この問題を解決するのなら、鍵はここにあるはずです」

コージー・ミステリーにヒントがある、というのだ。

ミランダは山積みになったペーパーバックを一冊、一冊見ていった。ほとんどは『ミセス・ペチュニア』シリーズだったが、毎回、難しい○×ゲームを解くことで事件を解決する『三目並べレディ』シリーズもあった。また、降霊会の最中に、あの世にいる探偵が暗号化されたノックを通じて事件を解決する『幽霊探偵』もあれば、これとよく似た『幽霊の探偵』もあった。こちらは、幽霊のために事件を解決する探偵を描くミステリーだ。さらに編み物サークルに参加する女性たちが編み物をしながら犯罪の謎を解く『編み物サークル』シリーズや、これも『編み物サークル』とよく似ているが、コンセプトはまったく違う『刺繍クラブ』シリーズもあった。そのほか『No．2レディーズ探偵社』もあり、これについてはスーザンも「この作品はやっぱり『No．1レディーズ探偵社』のパクリって感じなんですよね」と言っていた。ちなみに、この探偵社のモットーは「もっと、頑張らなきゃ」だ。

もしスーザンとミランダがこの事件を解決するつもりなら、彼女たちももっと頑張らなければいけない。

「困っているエドガーを助けないと」とスーザンは言った。「あなたがホームズになるなら、わたしはワトスンになります」

「だめよ！」とミランダ。「ワトスンなんてだめ。ただの相棒じゃなくて、共演スターよ。ギャラはちょっと低いとしても」そう言ってから、あわてて付け加えた。「それでも共演スターだから」

　そしてふたりは同時に言った。

「ジュードとキャロル（サイモン・ブレットの作品に登場する素人探偵の二人組）みたいな！」

「クロケットとタブス（TVドラマ『特捜刑事マイアミ・バイス』に登場する刑事コンビ）みたいな！」

「それ、誰です？」

「それ、誰？」

　スーザンがバッグからノートとペンを取り出すと、ミランダが口火を切った。

「まずは、わたしのドアの下の隙間に入れられたメッセージだけど……」

　ミランダはサニーDのグラスをどけ、木製テーブルの上にそれを広げた。紙はすっかりしわくちゃになり、文字のいくつかは糊《のり》が剥がれはじめていたが、それでもメッセージはちゃんと読めたし、字の間違いもしっかり間違ったままだ。スーザンは驚いた顔で、メッセージをまじまじと見つめた。

「ふーむ」スーザンが威厳たっぷりにうなった。ふーむ、と威厳たっぷりに言うことができる人物がいるとしたら、それはスーザンだ。「〝はずだった〟はちゃんと書けるのに、どうして〝おまえ〟を間違えるんでしょう」

「わたしもそう思ったんだけど、それエドガーだったの」

「これ、エドガーが書いたんですか?」

スーザンの表情に警戒心がにじんだことに、ミランダは気づいた。

「その言葉は、そう。でもメッセージの意味は違うの。そのメッセージはじつはドラマの――」そこまで言って、はたと気がついた。「スーザン、ハッピー・ロックでは資源ゴミが回収されるのって、何日おき?」

「二週間に一度ですけど、どうしてです?」

だがすでに立ち上がっていたミランダは、猛烈な勢いでB&Bに入っていった。スーザンがあわててそのあとを追いかける。

そして案の定、それは裏口のドアの脇にあった。ビーがミランダに、資源ゴミはここに入れてくれと注意し続けた、あの忌々しいリサイクル用の青い箱だ。なかには、雑誌が整然と積まれていた。大半がセレブのゴシップ雑誌で、ほかにはインテリアやガーデニングの雑誌もある。ミランダは一番上にのっていた雑誌を手に取った。ぱらぱらとめくっていき、文字がきれいに切り抜かれたページを見つける。

ビーは、使い終わった証拠を捨てることができなかったのだ。資源ゴミとしてリサイクルに出さずにはいられない、それが彼女の性分だ。つねに良心的なコミュニティの一員、われらがビーなら無理もない。

その下にあった雑誌も同じだった。いくつかの文字が几帳面に切り抜かれている。ミランダはそのページに、あのメッセージにあった文字と同じフォントが使われているのに気がついた。やっぱり、あれはビーだったのだ！『フラン牧師の事件簿』の特定の回に登場した特定のメッセージをこれほど正確に再現できる人間なんて、彼女のほかにいるはずがない。

ふたりに呼ばれたビーは、そこに置かれた雑誌を目にすると、頬を赤らめひどくまごついた表情になった。

「ああ、やっぱり。あなたなら、いつか気がつくと思ってました」

恥じ入って、両手をもみ合わせているビーとともに、ミランダたちはキッチンテーブルについた。

「どうして？」ミランダが尋ねる。

ビーがアネットを殺した犯人のはずはない。彼女はあの夜、ステージの近くにはいなかった。つまり手段も機会もなかったのだ。ではなぜ、あの暗号のようなメッセージを？

「あのドラマみたいに、あなたが事件を捜査してくれると思ったんですよ。そしてやっぱり、あなたは捜査をしはじめた！　もう、見ているだけでドキドキしました。まるで、自分がドラマのなかに入り込んだみたいな気分。本物のフラン牧師がわたしの家にいるような気がしたんです。本物のフラン牧師ですよ。犯罪者を追いつめる、あのフラン牧師が！」

「あれは、ただのドラマよ」ミランダが言うと、ビーは涙ぐんだ。

「あたしにはそうじゃありません。あれはドラマ以上のものだったんです。フラン牧師はあたしに、悲劇を理解するすべを教えてくれた、世界の悪を阻止し、正義が勝つことを見せてくれた」

　夫に先立たれたビーの悲しみはいまだに癒えていないのだ。VHSテープとキャラメル・ポップコーン、そしてつねにハッピーエンドで終わる物語。それが、『フラン牧師』が彼女にくれたものだった。

「でもそれだけじゃありません」ビーがすかさず言い添えた。「きっといい宣伝になると思ったんですよ。フ、フ、フ、フラン牧師復活の！」

「でもわたしはフラン牧師じゃない。わたしはミランダ・アボットなの。そして今、わたしの元夫は自分が犯してもいない罪で留置場にいるのよ」

　スーザンがミランダを見た。「元？」

　ミランダがうなずく。「わたし、今朝、離婚書類に署名したの」

「あたしのこと、怒ってますか？」ビーが懇願するような目で訊いてきた。「お願いですから、怒ってないって言ってください。あたしのことを許すって」

ミランダはビーにほほ笑んだ。「フラン牧師はいつだって寛大よ」

そう言われたビーは、ほっとした表情でキッチンから出ていった。

「あなたはさっき、自分のことをフラン牧師って言ってましたよね。ミランダ・アボットではなく」スーザンはミランダに訊いた。

「フ、フ、フラン牧師は彼女を許したわ。でも、ミランダ・アボットはまだ猛烈にむかついてるの」

「こうなると、わたしたちの捜査はかなり後退することになりますね」

「どうして？」

スーザンはしばらく考え込んでから口を開いた。「あなたのドアの下から入れられた不吉なメモは、脅迫状なんかじゃなかった。だとすると、アネットが亡くなってから、あなたに対する実際の働きかけはなかったということになる。アネットが死んでからは脅迫もなければ、不吉な警告もない。数日前には、誰かがあなたを殺そうと思ってた。でも、グラスがすり替えられ、あなたの代わりにアネットが死んでしまった。そしてそのあとは……沈黙。どうして？　どうして犯人はそんなに簡単にあきらめたんでしょう」

そう言われてミランダは落ち着かなくなった。「わたしを殺すのをあきらめるのはおかしい、って言ってるの？」

「ええ、そうです。でも、犯人はあきらめた。チャンスはいくらでもあったのに、ですよ。〈コージー・カフェ〉でもう一回、毒を盛ることもできたし、ひき逃げするという手もある。毒性のあるアマガエルを使った吹き矢という手もあります。まあ、これに関しては、『ミセス・ペチュニア』シリーズを読みすぎだって言われると、それまでなんですけど。いずれにせよ、犯人があれからあなたを殺そうとしていないというのは事実です。なぜなんでしょう？」

「なぜ、わたしがまだ生きていられるのか？」それは奇妙な質問だった。

「そのとおりです。犯人はあなたに死んでもらいたかった。ではなぜ、アネットが死んだことで満足したんでしょう？」

「アネットが死んだことで、目的が達成されたとか？」とミランダは言ってみた。

だがスーザンは、そうは思っていないらしく、「どんな目的です？」と聞き返してきた。

「たとえば、あの公演に関わっている誰かにとって、死ぬのはわたしでもアネットでもよかった。たとえばティーナだけど、アネットが死んだことでわたしはメイドの役からはずされた。でも、殺されたのがわたしだったとしても、やっぱりティーナがメイドの役を演じることになった。つまり、死んだのがアネットだったとしても、わたしだったとしても、結果は同じだったというわけ」こう話しているうちに、ミランダはまたロドニーのことを考えはじめていた。「おかしいわね。わたし、もしロドニーが犯人なら、それは彼の単独犯行だと思ってた。でも、彼が利用されていたとしたら？　誰かに操られて、それをやらされていたとしたら？」

ミランダの脳裏に浮かんだのは、自分はこれまでティーナを誤解していたのではないか、彼女はじつはロドニーをいいように利用していたのではないか、という思いだった。完全な犯罪を目論《もくろ》むなら、直接頼むのではなく、それとなくほのめかし、自分の代わりにそれを誰かにやらせるのが一番だ。ティーナに片思いするロドニーはいいカモだったのではないだろうか？　そもそも、ティーナとグレアムはいったいどういう関係なのだろう。

「ねえ、スーザン、グレアムはほんとうにイェール大卒なの？」

「ええ、そうですよ」

「どうして知ってるの？」

「本人がそう言っていましたから」

今度はミランダがふーむとうなる番だった。

その言い方にスーザンは引っかかったらしい。「そのこととアネットの死にどんな関係があるんです？」

「何か怪しいのよ。グレアムがほんとうにイェール大に行ったかどうかはわからない。だって、彼が自分でそう言っているだけでしょ？　もしそれが嘘だったら、ほかにも嘘をついている可能性がある」

「でも、イェール大に行ったというのは、グレアムが言っているだけじゃありませんよ」

とスーザン。「彼はイェールでデニースと出会ったんです。彼女は音楽、彼は演劇を専攻していた。デニースがこの町出身だってことはご存じでしょう？　ここは彼女のふるさとなんです。だからイェールに合格したときは大騒ぎでした。デニースはハッピー・ロックの誇りだった。けれど若いころから不安症に苦しんでいた彼女は、イェール大学や大都市になじめなかった。それでグレアムは、すべてをあきらめ、地元に帰るというデニースについてきたんです。でもこれまで一度として、愚痴を言ったり、彼女に恨み言を言ったりしたことはありません。それどころか、彼女が引きこもらないように、できるだけ外に連れ出している。それが功を奏して、デニースもだんだん自分に自信を持てるようになって、ゆっくりだけどよくなってます」

「でも――」

「グレアム・ペンティはいい人ですよ」これでおしまい、というように、スーザンはぴしゃりと言った。明らかに、この線での捜査は望んでいないらしい。「そんな憶測よりも、証拠にこだわりましょう。証拠は、タンヴィルが書店に届けた毒物」

「タンヴィルが勘違いしている、あるいは嘘をついているという可能性は？　さもなければ、エドガーの名前をかたって注文したとか？」

そう言われて、スーザンは口ごもった。その顔に不安がよぎる。「でもタンヴィルが嘘を言ってるとは思えませんね。たしかに店にはシミの問題があったし、エドガーは殺虫剤を注文していた。でも――」スーザンはこの不利な証拠さえも認めようとはしなかった。「この町で殺虫剤を販売しているのは、タンヴィルの店だけかしら？」そのとき、何かひらめいたのがその表情からもわかった。「行きましょう！　バッグを持ってきて」

「どこに行くの？」ミランダが尋ねる。「ハッピー・ロックで一番強烈な場所」

「オーウェンの自動車修理工場？」

「もっと強烈なところです」

S・J肥料店は港の一番奥、上品な客が多いダッチェス・ホテルの風下に位置するレンガ造りの立派な建物にあった。〝肥料にかけては、わがS・J社に勝るものなし！〟がモットーの会社だ。

ミランダがスーザンのハッチバックから降りると、何やら複雑なにおいが漂ってきた。

「歴史的建造物なんですよ」とスーザンが誇らしげに言う。

においも歴史的ね、とミランダは思った。

S・J社のとなりのベーカリーは閉店セール中で、店の窓には〝すべての商品が半額！〟と貼り出されている。

建物のなかに入ると、肥料のにおいはさらに強くなった。建物内は広く、キノコ農場のように暗く、じめじめしている。店内には、スパイス商人や紅茶の行商人が商品を陳列するように、さまざまな種類の肥料の山に釣り餌の缶、殺虫剤などがずらりと並んでいた。

天井は美しい金属天井で、広葉樹の硬材を使った長いカウンターと年代物のキャッシュ・レジスターがある。けれどその歴史的な雰囲気も、壁自体に染み込み、空気中にも蔓延《まんえん》する肥料や釣り餌、殺虫剤が渾然一体となった濃厚なにおいのせいで帳消しになっていた。

スーザンが、カウンターの上に置かれた真鍮製の呼び鈴を鳴らす。

「やあ、いらっしゃい！」と出てきたのは、なんと発泡スチロールの筋肉マン、メルヴィンだった。

レジの横には、シュガークッキーをのせた皿が置かれている。「食べるかい？」とメルヴィンがすすめてくる。

ミランダは「ありがとう、でも結構よ」と丁重に断った。

「ほんとうに？ これ、すごくうまいんだけどな」そう言って彼は、クッキーを二、三枚ほおばった。「これ、となりの店のなんだ。閉店することになって、今はセールをやってる」と渋い顔になった。「となりは、どの店も長続きしないんだよね。ポプリ店も香水店も、鮮魚店さえすぐに閉店しちまうんだ。まるで、開店したとたんに閉店する勢いでさ、ほんとうに残念だよ。まあ、いいや。それでお嬢さんたち、なんのご用です？ もしかして、園芸用の肥料を探してる？ だとしたら、うち以上にぴったりの店はないよ。肥料にかけては、わがS・J社に勝るものなし！」

刺激的なにおいで、ミランダの目はうるみはじめていた。いっぽうスーザンは、あの刑事ドラマ『女刑事キャグニー＆レイシー』を地で行くかのように、ノートを開く。

「S・J社はあらゆるタイプの農業用品とガーデニング用品を販売しているのよね？」

「そうだよ」

「扱っているのは、肥料や腐葉土や土だけじゃない。殺虫剤も販売してる？」

「まあいろいろね。でもおもに業務用だね。普通の家庭用なら、タンヴィルの店のほうが選択肢はある」

「ホウ酸も扱ってる？」

「もちろん」

声が途切れ、途切れにならないよう苦労しながらミランダが尋ねた。「出演者やスタッフのなかで、ここで薬品を買った人はいた？　たとえばティーナとか？」

「ティーナ？　それはないな。もし、彼女が来たら覚えてるさ――だって美人だろ？　それにおれがいないときに来たんだったら、あとで彼女、絶対にそう言ってるはずだ。『あ、メルヴィン、元気？　このあいだ、あなたのお店に行ったのよ。いい肥料がたくさんあるじゃない！　今度、デートでもしない？』とかね」

「じゃあ、同級生のロドニーは？　そうじゃなければ、ペンティ先生は？」

「ロドニーは来てないと思うよ。ペンティ先生のとこは、庭仕事は全部奥さんがやってるから先生は来ない。でも、ピートはときどき来るし、もちろんバートも来る。ドクがガーデニング用品をどこで買ってるかは知らない。ジュディは、前はしょっちゅう来てたけど、最近は見ないなあ」

「あなたは、ロドニーと親しいの?」ミランダが尋ねた。

「ロドニー? あいつはいいやつだよ。おとなしいけどね。ちょっと陰気かな。演劇クラブをやめたくないからって、最後の数学のクラスをわざと落第したんだ。卒業するのに足りない単位はあとひとつだけど、卒業したくないんだよ。あいつには演劇クラブがすべてなんだよね。それでペンティ先生はロドニーを卒業させるための策を考えた。ロドニーが卒業できたら、ハッピー・ロックでの公演で毎回、ロドニーをスタッフにするって約束したんだよ。バートにもそういう段取りで話をつけたらしい」

「じゃあ、ロドニーがここに来たことはないし、ホウ酸を買ったこともないわけね」

「うちはレシートとか販売記録みたいなものは残してないんだ。だから誰が何をどのくらい、いつ買ったかは、はっきりわからない」

これを聞いて記録魔のスーザンは、眉をひそめた。その程度の記録を残すぐらい、たいした労力じゃないのに、と言わんばかりだ。

ミランダは、ここに来たのは無駄足だったと思っていた。ミランダたちが店を出ようとしたそのとき、メルヴィンが「あっ」と言った。

そしてこの「あっ」は、のちに非常に重要なものになる。

「キャストとスタッフで誰が来たかっていうんなら、前はしょっちゅう来てた人がもうひとりいた。と言っても、今となってはあんまり役に立たない情報だけどさ」

「誰？」

「アネットだよ」

「でも彼女が住んでるのは、海辺のコンドミニアムよ」とスーザン。「それにポートランドにペントハウスも持ってるし、肥料を大量に買う必要はないはずだけど。彼女、なんのためにここに来たの？」

「買い物に来たんじゃないんだ。ただ『敷地を視察するため』って言ってたな。いつも愛想がよかったよ。この建物が気に入ったらしくて、『構造的な完全性』と『真の建築的価値』があるって言ってた」

「マッキューンの自動車修理工場のときみたいに、建物を閉鎖しようとはしなかったのね」とミランダはつぶやいた。「ここは、目ざわりじゃないかもしれないけど、不動産開発にとって邪魔なのは間違いないもの。目ざわりならぬ、鼻ざわりではあるわ」

「そんなことないさ。さっきも言ったけど、彼女はすごく気に入ってたよ。空気をちょっと入れ換えたら、いい値段で売れる。スチーム洗浄の費用は全部持つ、とも言ってた。壁板も剝がして、床も張り替えるかもしれないって」

「やっぱり！」とミランダ。「アネットはこの建物も狙ってたのよ！」

「そりゃあそうさ。でも、うちは、いっこうにかまわないんだ。べつに彼女に商売を潰されるわけじゃないからね。おれのじいちゃんはこの建物を売るつもりなんだよ。今はグラッド・ストーンの老人ホームにいる。もう八十四歳だからね」

「ご両親は、この店を継がないの？」スーザンが訊いた。

「別の言い方をすると、おふくろは、もし豚が空を飛んだら、Ｓ・Ｊ肥料店を継ぐことを検討してもいいって言ってる。でも本気で継ぐなら、まずはその豚に宙返りをしてもらってからだってさ。おふくろは、ダッチェス・ホテルに務めてるし、親父も保険会社勤めだ。だから、どっちも家業を継ぐ気なんてないんだよ。それにおれはまだ高校生だしさ。だから、ここは売るのが一番なんだ」

「ちょっと、待って」ミランダが口をはさんだ。「八十四歳で、グラッド・ストーンの老人ホーム？　ということは、あなたのおじいさんがあの力持ちのセス？」

「そうだよ、Ｓ・ＪのＳはセスのＳだ」彼は壁に飾られた銘板を指さした。〝セス・ジェイコブソン、最高の肥料の販売者〟と記されている。「じいちゃんは七十代になっても四十キロの肥料袋を平台に放り投げてたよ。『タリーホー』ってかけ声をかけてね。アボットさんもよく見に来て、感心してた。うちのじいちゃん、小柄だったけど、すげえ力持ちだったんだよ。元祖力持ちのセスなんだ」

「セスがあなたのおじいさんなんて知らなかった！　そんなこと、ひと言も言わなかったじゃない」ミランダは、ほとんど叱るように言った。

メルヴィンが肩をすくめる。「わざわざ言うほどのことでもないしさ。セスがおれのじいちゃんだってことは、みんな知ってるから、あんたも知ってると思ってたんだ。ハッピー・ロックじゃ、みんな知り合いだし、誰と誰が親戚かもよく知ってる。たとえそれが、結婚でつながった親戚でもね」

「ああ、なるほど」ミランダは気がついた。「だから、オーウェン・マッキューンはグレアムのいとこなのね」

「そうだよ。それはティーナもおんなじだ」

「ティーナが？」

「そうだよ、ペンティ先生はティーナの叔父さんなんだ」

27 チーム・ミランダ、始動！

知識が印象に与える影響とは不思議なものだ。

自分が何を知っていると〝思う〟かは、〝どれだけ〟知っているかと直結している。夜に幽霊のような音が聞こえても、それがはずれかけたシャッターが風にあおられていただけとわかれば、なあんだということになる。また狡猾《こうかつ》な若い女性の殺人鬼と思っていた相手でも、ちょっとした言葉、たとえば「ペンティ先生は彼女の叔父さんなんだ」と聞いただけで、その人物がじつは苦労しながらも頑張っている若い女性だとわかることもある。

ミランダはこれまでのことを頭のなかで巻き戻し、別の目でもう一度見直してみた。不機嫌な父親と泣いている娘。「グレアム」という呼びかけ（先生でもなければ、グレアムおじさんでもない）。デニース（彼女の叔母さん）のことでグレアムに、「優しくしてあげてくださいね」と釘を刺していたティーナ。グレアムの背中を親しげにぽんぽんと叩いていたティーナ。

「ティーナの家庭環境はかなりひどくてさ」とメルヴィンが言った。「ティーナに対する親父さんの態度がひどいんだ。べつに暴力を振るうわけじゃないけど、ばかにしたり、からかったり、なんの役にも立たないって罵ったりね。ティーナが出演した公演も観に来たことなんて一度もない。おふくろさんは逃げちゃったんだけど、まあ、無理もないよね。そんなティーナの状況を一番よく知ってるのが、叔母さんのデニース先生だ。先生自身、生まれたときから自分の兄さん、つまりティーナの父親にずっと悩まされてきたんだ。いまだに、自信なげにびくびくしてるのもそのせいだと思う」

たとえ壊れた家庭でも、家族を無視することはできない。いや、壊れているからこそ、無視できないのだ。

「だからティーナはいつも、ボランティアで公演の準備を遅くまで手伝ってたし、そのことに文句も言わなかった。高校時代も家に帰るのが嫌だから、クラブ活動や生徒会を熱心にやってたんだ。ロドニーはいつもティーナの味方だった。たぶんふたりとも、なんていうか一匹《いっぴき》狼《おおかみ》だったんだと思うよ。ティーナは人気者だったけど、人気者だからってつらいことがないわけじゃない。人気者の仮面の下に、つらい事情を隠してるってこともあるしさ」

それは、このわたしも痛いほど知ってる、とミランダは思った。

「グレアム先生とデニース先生はいつもティーナのことを気にかけてる。だからティーナも、叔母さんのデニース先生と一緒にいることが多いんだ。高校の演劇公演で、ティーナに主役をやらせてみたらどうかってグレアム先生に言ったのもデニース先生なんだ。そのあとは、ティーナのほうが演劇に夢中になったんだけど……」

これ以上言ってもいいものか、という表情がメルヴィンの顔をよぎった。ティーナの個人的な話を、しゃべりすぎたかもと思っているらしい。

スーザンは優しい目で先を促した。「続けて。大丈夫だから」

「叔父さんのペンティ先生と演劇クラブで活動するうちに、ティーナは叔母さんと同じようにイェールで勉強したいと思いはじめたんだ。彼女の夢なんだと思うよ。夢としては、かなりいい夢だよね」

ミランダは、とにかく逃げ出したいと思っていた自分の少女時代のことを思い出した。そもそも、誰もがそう思うのではないだろうか？　みんな、何かから、または何かへと逃げたいのだ。ティーナは今の現実から、若い頃のミランダはミネソタ州セント・オラフよりももっと明るいところへ、エドガーはＬＡからできるだけ遠い、静かな書店へと逃げたかった。

「ペンティ先生はティーナの出願手続を手伝って、すごくいい推薦状も書いたんだ。学校側へ根回しもしたって言ってた。そして面接にこぎ着けた。ティーナには叔母さんが、つまりデニース先生が付き添ってコネチカットに行ったんだ。面接はすごくうまくいったって聞いたよ。そして、公演の稽古中に合格通知が届いた。ティーナは、大喜びでペンティ先生に報告してた」

「じゃあ、めでたし、めでたしだったのね？」とミランダ。

ミランダはすっかり涙ぐんでいた。だがそれは、この店のせいではない。というより、このころにはもう、ミランダもそのにおいがほとんど気にならなくなっていた。どんなものにも、人間は慣れるものらしい。愛情のない家庭、支配的な父親、窒息しそうな息苦しさにも慣れるのかもしれない。

「それが、そうはいかなかった」とメルヴィン。「つまり、めでたし、めでたしとはならなかったんだ。イェールもほかのこともね。ティーナの親父さんが反対したんだよ」

「でも、彼女はもう大人じゃない！」思わずミランダは声をあげた。「父親が邪魔することなんてできないでしょ」

「でも、反対したんだ。学費が高すぎるって言ってさ。ティーナは銀行ローンを組むって言ったんだよ。夏のあいだにバイトをふたつ掛け持ちするからって」

そうか、彼女が泣いているのをわたしが見たのはそのときだったのだ、とミランダは気がついた。あれは、ティーナの希望が潰《つい》えた日だったのだ。そして叔父のグレアムが彼女をなぐさめていた。あきらめてはいけない、となぐさめていたのだ。

グレアムに対するミランダの印象は一変した。彼は、父親から精神的虐待を受けている姪を守っていたのだ。

「彼女は絶対にイェールに行かせるわ」とミランダは心に誓った。「たとえ彼女の父親を空手チョップで成敗しなきゃいけないとしても！」

人生が『フラン牧師』のストーリーみたいにシンプルだったらどんなにいいだろう。「ハイ・ヤー！」というかけ声と空手チョップの一撃だけで悪党を成敗できればどんなにいいだろうか。

ティーナはすでにイェール大学に合格している。だとしたら、どんなに家庭が荒れていようと、アマチュア劇団の公演、それもたった一行のセリフだけで死ぬような役なんて、いくら楽しくても、彼女がどうしてもやりたい役ではないはずだ。たしかにこの公演は楽しいイベントだが、それで人殺しまでするだろうか？　いくらなんでも、そんなことはありえない。そしてグレアムは、彼女がイェール大に入れるよう力を尽くしていた。

じゃあどうして、彼らがわたしを殺したいと思ったのか？

その答えは簡単だ。ふたりがわたしを殺したいなんて思うはずがない。彼らにミランダを殺す動機など、ない。

そのとき、スーザンがメルヴィンに重大な質問をした。

「アネット・ベイリーがここで、ひとりで在庫品リストを見ていたことはある？」

メルヴィンは声をあげて笑った。「在庫品リスト？　そんなものうちにはないよ。あるのは、一度も記入したことがない台帳ぐらいさ」これを聞いてスーザンはふたたび眉をひそめた。「店のこっちにはあの缶、あっちにはこの缶が積んであるってだけだ。まあ、大半は肥料や釣り餌だけどね」

「じゃあ、あなたが知らないうちに店内の商品がなくなっていても、わからないってこと?」

　これは言わずもがなの質問だった。メルヴィンはすでにその問いに答えていた。つまり「わからない」だ。

　ミランダはため息をついた。在庫品のリストがなければ、またしてもそこで捜査は行き詰まる。

　けれどスーザンは、そう思っていなかった。彼女はミランダへと身を寄せ、耳打ちをした。「少し話しましょう。どこか人目のないところで」

　メルヴィンからのシュガークッキーのすすめを再度断ると、スーザンとミランダは「熊に追われて退場」よろしく、そそくさと彼の店をあとにした。そこに羽虫が一匹、ミランダの肩先に飛んできた。羽虫はうるさくまとわりついて、なかなか追い払えなかったが、それはどうしても頭から振り払うことができない固定観念によく似ていた。

　だがスーザンは、ミランダのこれまでの妄想的疑念と同様に、その羽虫も追い払った。

「真実は」とスーザンが口を開く。「ずっとわたしたちの目の前にあったんです。わたし、犯人が誰だったのか、わかりました」

スーザンは、誰だったのかと過去形を使った。

「とにかく、ここを出ましょう。今日のスープをいただきながら、説明します」

そして〈コージー・カフェ〉の奥のブース、誰の目にも耳にも触れなそうな店の一角で、スーザン・ラッドゥレイグは声をひそめて犯人の名をミランダに明かした。

「アネット・ベイリーを殺害した犯人は……アネット・ベイリーだと思います」

外は空が暗くなりつつあった。今日は、エドガーを留置場に訪ね、スーザンのコージー本の山を見せられ、さらにはメルヴィンの店も訪問し、一日があっという間に過ぎていた。

「被害者が犯人っていうこと？」それは、口にするだけでも奇妙だった。

スーザンがうなずく。「真相ははじめから、わたしたちの目の前にあったんです。縁の欠けたグラスをつねにあなたが取るように仕向けたのは誰です？　アネットです。あなたがどのグラスで飲むかを知っていたのは？　それもアネットです」

「でも、どうしてわたしが狙われたの？」

「妬み？　恨み？　そんなことは誰にもわかりません。死人から事情を聞くわけにはいきませんからね。でも彼女がどんなに性悪だったかはわかってる。オーウェンの自動車修理工場の件も、エドガーの書店の件もある。かわいそうに、ロドニーは毎晩嫌がらせをされてたし、デニースの話を聞くかぎり、彼女はグレアムの仕事の邪魔もしていた。アネットにはファンも多かったけど、それと同じくらい敵もいた。なぜかと言えば、それは彼女がほんとうに嫌な女だったからですよ」

「そして、ほかの人の成功が妬ましくてたまらなかった」そう言って、ミランダはため息をついた。

俳優の誰もがそうであるように、彼女もその気持ちはよくわかったし、そうなるまいという葛藤をつねに抱えていた。そういった嫉妬がいかに有害でやっかいなものかをよく知っていたからだ。

そしてスーザンは、犯人の要件を一つひとつ挙げていった。「手段、人に気づかれることなくS・J肥料店のホウ酸を入手することができた。動機、嫉妬からくるあなたへの嫌悪感。あなたがいなくなれば、公演では彼女が唯一のスターになれた。犯行の機会、彼女なら劇中、グラスに毒を混入することができた。アネットはあなたが舞台袖で倒れるのをわくわくして待っていたんでしょうね。ミランダ・アボット、最後の死の場面」

「でも彼女は自分自身を殺してしまった……ありえない手違いだけど、そんなことってあるのね」

「自ら仕掛けた罠に、自らはまった」とスーザン。

「もしそうなら、アネットが死んだあとに何も起こらないのも、わたしへの脅迫や殺害計画がないのも説明がつく。わたしに死んでほしかった人はすでに死んでいたから」

ミランダは喜びを隠しきれなかったが、スーザンの表情はうかなかった。その顔には、まだ、問題はすべて解決とは言えません、と書かれていた。

「問題は、それをどうやって証明するか、ですよ」とスーザン。「ほんとうの挑戦はまだ始まったばかりです。裁判で、エドガーの無実をどうやって信じてもらうのか」

「裁判所に行って、話せばいいじゃない!」とミランダ。「それで解決よ。わたしがグラスをすり替えるのをあなたは見たんだもの! あなたが証人よ」

「それはそうですけど」とスーザン。「そうなるとわたしは、検察側の証人として召喚される可能性が出てきます。あなたに不利な証人として」

「なんですって?」

「わたしの証言は、まったく逆の結論を導き出すこともできるんです。わたしはあなたがグラスをすり替えるのを見た。つまりあなたがアネットを殺した、と考えることもできる。死人から事情を聞くことはできませんから。でも、そこが問題なんです。死者は証言もできなければ、尋問されることもない。エドガーを釈放できても、それであなたが投獄されるのでは意味がありません。だから、よく考えないと」

考えること——とくに論理的に考えること——は、ミランダは苦手だった。彼女の知性は、直感的な感情的知性なのだ。しかしだからこそ、スーザンの理路整然とした思考を補完するうえでは、ミランダが適任だったとも言える。そしてこのとき、ミランダの面目躍如となる直感的ひらめきが訪れた。

「ねえスーザン、毒物を発見したのは誰か覚えてる？　あのお芝居のなかで、って意味だけど。わざとらしく〝毒〟って書かれていたあの小さな緑色の小瓶を見つけた人よ。七幕の最後、引き出しに隠されていた瓶を見つけるのは誰だった？　あれを見つけたのはメイミー・ディケンズ、つまりアネット・ベイリーよ。この意味、わかるでしょ？」

だが、スーザンにはわからなかった。

「アネットは、自分は無傷で劇場を出られると思っていた」とミランダ。「あの世行きを予定してはいなかった彼女は、グラスに毒物を混入したあと、残りの毒物をひそかに劇場から持ち出すつもりだった。でも、彼女は死に、それを持ち出すことはできなかった。じゃあ、その残りの毒物はどこにあるの？　どこに行っちゃったと思う？」

スーザンが目を丸くした。「どこにも行きようがありません。まだ、劇場のどこかに残っているはず！」

「ビンゴ！　どこか、ごくありふれた場所に隠されてるはずよ。わたしだったら、どこに隠すと思う？」ミランダが尋ねた。

「〝毒〟と書かれている、小道具のあの小瓶！」とスーザン。

「あれなら絶対、誰も調べないわ」

ミランダはカフェの窓の外、厚くなっていく雲を振り返った。港沿いの街灯がちかちかと明滅し、ダッチェス・ホテルはスター女優の楽屋の鏡のように、点と点を結ぶように配置された照明で明るく照らされていた。その脇には、オペラハウスが豪華に輝いている。

そのとき、二回目のひらめきがミランダに訪れた。「スーザン、もしかしてフィリップスの二番のドライバーなんて持ってない？」

28

ゴーストライト

スーザンが肩から斜めにかけている平たくて四角く、非常に実用的なバッグは、サイズこそミランダの大きなバッグの四分の一ほどだったが、収納力はその二倍はあるようだった。

スーザンはそのバッグから、スクリュードライバーとレンチのセットを一巻きにしたものを取り出すと、作戦計画を説明する将軍のように、それをミランダの前のテーブルに広げた。

「どれがお好みです？　フィリップス？　マイナスドライバー？　四角レンチ？　それとも八角レンチ？」

彼女の台帳と同じくらい整然としているそのバッグにミランダは感心した。

「これが、わたしたちのパートナーシップの始まりね」思わず、映画『カサブランカ』で主人公リックが言ったセリフに似た言葉がミランダの口を突いて出た。

「ほかにタイヤ圧力計と水準器もありますよ。もし、何かが水平か知りたいときのために」

「今はスクリュードライバーだけで大丈夫。たしかフィリップスの二番って言っていたと思うけど、四番だったかしら」

「両方ともここにあります」

スーザンはバッグ内にあるレザー製のペン収納用ホルダーからペンを取り出した。そもそも、このホルダーをその目的のために使う人間などいるのだろうか？　たとえばグローブボックスに手袋《グローブ》を入れる人なんているのか？

そして彼女は、ノートの新しいページを開いた。

「さあ、言ってください」とスーザン。「何をするつもりです？」

今回もミランダは衝動的に行動していただけで、それほどちゃんと考えていたわけではなかったから、とりあえず、これからしようと思っていることを、大げさな身振り手振りで熱弁した。けれどそれを聞いたスーザンの表情に、ためらいが浮かぶ。

「でもそこは、犯罪現場ですよね？」

「元犯罪現場よ。警察はエドガーを逮捕したのよ。だから警察に関するかぎり、事件は解決済みってこと」

「でも、どうかしら……不法侵入するって……なんか間違ってる気がしますけど」

「不法侵入なんかじゃないわ。捜査よ！　ほら、わたし『フラン牧師』では同じようなことを毎週やってたけど、問題になったことなんて一度もないもの」

「でもそれが、現実社会にもあてはまるとは思えないんですけど」

そこでミランダは切り札を出した。「あなただって、エドガーのことは心配でしょ？」

それはもちろんそうだった。警察が逮捕したのがほかの人だったら、スーザンもそこまで心配しなかっただろう。けれど、エドガーのことは放ってはおけなかった。彼はこの町のコミュニティにとって重要な人物だ。そしてスーザンにとってこのコミュニティはとても大切なものだ。

「わかりました、やりましょう」とスーザン。

ミランダとスーザンは勘定を払うと、車で目指す場所へ向かった。

オペラハウス裏の暗がりを十分ほどうろつくうち、ふたりはようやくバートが言っていた小さな窓が、路地にひとつ灯った街灯に照らされているのを見つけた。

その窓自体はかなり高い位置にあった。そのうえ幅は恐ろしく狭い。よっぽど細身でないとあの窓を通り抜けるのは無理だ、とミランダは思った。

けれどスーザンは踏み台にするために大きなゴミ箱を引きずってくると、バートが言っていたように、スクリュードライバーを使って掛け金をゆるめ、その窓に見事すべり込んだ。スーザンが窓の向こうに消えるのを見たミランダは、そりゃあ指人形みたいに小柄な彼女なら簡単でしょうよ、と思わずにはいられなかった。

けれどミランダの場合、ことはそう簡単ではなく、その窓を通り抜けるために彼女は、アザラシのように全身でのたうつはめになった。バスト部分はなんとか窓枠を通り抜けたが、そのあとがにっちもさっちもいかないのだ。最終的には反対側からスーザンに引っ張ってもらい、全身を無理矢理ねじ込むことにした。

「まったく、この豊満なヒップがいけないのよ！」ミランダが身体をねじりながらぼやく。やがてお世辞にも優雅とは言えない体勢で窓の反対側に転げ落ちたミランダは、不屈の精神ですぐさま立ち上がった。大胆不敵ということにかけては、ミランダ・アボットの右に出るものはいない。

それに、このときほどその蛮勇が必要なときもなかった。誰もいない夜の劇場ほど薄気味の悪いものはないからだ。ふたりは非常口の表示灯だけで照らされた薄暗い舞台裏を手探りで歩いていったが、その彼女たちの声や足音や不安が、劇場内でこだまとなって響き渡った。

アネット・ベイリーの亡霊を思わせるテープで描かれた輪郭に気がつき、ふたりは恐怖で凍りついた。ミランダの背筋を戦慄《せんりつ》が走る。

舞台裏のあちこちに、証拠品があった場所を示す黄色の小さなプラスチック標識が置かれている。薄明かりのなかでも光るこの標識は、墓石のようでひどく気味が悪い。

標識には番号が記され、一番から四番までの標識はテープが示すアネットの輪郭のすぐそばに置かれていた。おそらくアネットが倒れたときに落ちたり、倒れたりしたものがあった場所だろう。そして五番から七番の標識が置かれていたのは、舞台裏のシンク周辺だった。ここは、ロドニーがすべてのグラスとボトルを洗った場所だ。こちらも、証拠品は警察が回収したあとで、ただ番号入りの標識だけが残されていた。

「おかしいですね」心配そうな表情でスーザンが言う。「あそこを見てください。ほら、収納スペースの横の、みんなが舞台装置をつくっていたところ」

そこは、バートやほかのスタッフたちが作業場にしていた場所だった。ドレスリハーサルに備えてセットをステージに設置したあと、スタッフは作業場をきれいに掃除し、バートは彼らに〝一時帰休〟を言い渡したのだ。

そのときスーザンが息をのんだ。黄色い標識がひとつ、バートの作業棚の前の床に置かれていたからだ。「あんなところに、何があったんでしょうか？」

その周辺に、それ以外の標識はない。

「それとあの番号」とスーザン。「十三ですよ」

「縁起が悪いっていうこと？」

「いいえ、そういうことじゃなくて。数字は全部順番に並んでいますよね。一、二、三、四ときて七までは。でもそのあとは十三にとんでいる」

「だから？」

「わたしは帳簿付けの頭でものを見るんですよ、ミランダ。標識の数字が、どうしてあそこでとんでいるんでしょう」またも混乱した表情を浮かべた彼女だったが、ふと何か気づいたらしく、ステージへと歩み出た。

案の定、八番から十一番までの標識はステージ上に点々と置かれていた。ゴーストライトの下、黄色いプラスチックの標識はいっそう不気味に光っている。

「なるほどね」とミランダ。「警察はまず舞台裏に標識を置いてから、こっちに出てきて残りの標識を置いた。そのあとで、舞台裏で見過ごしていた何かを見つけて、十三番の標識を置いた」

「ふーむ」とスーザン。

「でも、番号の順番にそんなに大きな意味があるとは思えないけど」ミランダがそう言った瞬間、ショルダーバッグが小刻みに振動しはじめた。だが、とりあえずは無視だ。「いずれにせよ、わたしたちがここに来た目的はこれじゃないでしょ？　デスクを見に来たっていうこと、忘れた？　毒薬が入った小瓶が隠されていたデスクを調べなきゃ」

ミランダはステージに置かれた大きなロールトップ・デスクを身振りで示した。ステージには家具もコート掛けもすべてがそのまま残されていた。ソファの後ろの目立たない場所、グレアム・ペンティが嘔吐した場所でさえ、番号入りの小さな標識が置かれていた。嘔吐物は、毒物を検出するためにこすり取られたらしい。うわあ、気持ち悪い、とミランダはげんなりする。

「でも、どうして見逃したのかしら？」スーザンはまだ標識の番号に引っかかっていた。「十三番目の手がかりのことですけど、あの場所は完全に片付けられていましたから、床に何かが転がっていたら、絶対すぐに気づいたはずですよ。最初にそこを歩いたときに目に入るはず。なのに気がつかなかった」そう言ってもう一度彼女はうなった。「どうしてかしら」

明らかに謎解きの歯車は回っていたが、ミランダのバッグは振動し続け、彼女は落ち着かなくなっていた。犯罪現場をうろつくのは決して楽しいものじゃない。たとえそこが、元犯罪現場だとしてもだ。

ミランダがデスクへ歩み寄る。スーザンもしぶしぶデスクのところに来たが、何かが気になっているらしいのは手に取るようにわかった。スーザン自身もうまく説明できない何かがあるらしい。けれど、そんなことにかまっている暇はなかった。

「アネットが、というよりメイミー・ディケンズが隠されていた毒物を発見するのはここよ。もし、わたしが毒物を隠すとしても、やっぱりここに隠すでしょうね。この引き出しのなかの、隠し引き出しに！」

そしてミランダは自信満々で、机の引き出しを開けた……

だが、そこには何もない。

毒薬が入った小瓶があるはずの隠し引き出しが、ないのだ。だがそれは、当然と言えば当然だった。引き出しのなかにある隠し引き出しから役者がものを取り出す場合、役者たちはそこから取り出すふりをするだけだ。なぜなら、観客の目に隠し引き出しは見えないからだ。役者はただ、秘密の仕掛けがあるふりをするだけ、隠し引き出しがあるふりをするだけだ。そうやって演じることが、役者の仕事なのだ。

バート・リンダーが制作したステージ上のデスクは、本物と同じくらい頑丈だった。彼がつくるものはすべて、長もちするようにつくられている。

そのデスクの引き出しには、ふたりをあざ笑うように、もうひとつ黄色い警察の標識が入っていた。番号は欠番になっていた十二番。これで数字はすべてそろったことになる。

ミランダは警察の標識番号についてもう一度考えた。一から七までは舞台裏、八から十二まではステージ上。そして十三は、あとから思い出したかのようにふたたび舞台裏の作業場に戻っている。

そしてデスクの深い引き出しのなかにあるのは、十二番の標識だけ。この標識以外、引き出しには何も入っていなかった。

「引き出しの中身はすべて、警察が持っていったのね」

ミランダは念のため引き出しに手を突っ込んだ。引き出しの底と内側の縁をざっとなぞってみたが、やはり何もない。引き出しはまったくの空っぽだった。

「チッ、空振りか」思わずミランダの内なるフラン牧師が毒づいた。

すっかり気落ちしたミランダは、ステージの中央へと歩いていった。スーザンも彼女についてくる。

「てっきり、このデスクにも隠し引き出しがあると思ってたんだけど」ミランダがため息をついた。

スーザンが気の毒そうになぐさめる。「こんなこと言っても気やすめにしかなりませんけど、バートは隠し引き出しもつくりたがっていたんですよ。でもジュディが役者にとってはないほうがいいからって止めたんです。上演中に何かのはずみで開かなくなったら困るからって。それでバートも『譲歩はしなきゃな』って言ってあきらめた」

ミランダは、暗闇に沈む劇場を見渡した。オーディションに来た日のことを思い出す。座り心地のよさそうなジュディの椅子を中心に、十二脚の折りたたみ椅子が並んでいた。いや、違う。十二脚ではなく十三脚だ。ミランダが加わったので、ロドニーは追加の椅子をもう一脚持ってこさせられたのだ。

「オーディションにぎりぎりで間に合ったのは、スーザン、あなたのおかげだった」ミランダが言った。

「あと数分でアウトでしたよね」スーザンが懐かしそうに言う。

「遠い昔のことみたいな気がする」と言ったとき、ふと何かがひらめき、ミランダはスーザンに向き直った。「バートは、譲歩って言ったの？　正確にそう言ったのね？」

スーザンがうなずく。「彼、『譲歩はしなきゃな』って言ってました」

「不思議ね。『フラン牧師』のある回についても、彼は同じことを言ってた」

このとき、今度はスーザンの電話が鳴りはじめた。

電話が鳴るたびバッグを引っかき回さないといけないミランダと違い、彼女の電話はちゃんとあるべき場所、すなわちバッグのサイドポケットの指定の場所に収まっていた。誰からの電話か確かめたスーザンは青ざめ、電話をミランダに見せた。ハッピー・ロック警察署からだ。

「どうしましょう？」とスーザンがささやく。

「電話に出て。あ、ダメ！　出ないで！」

「でも、出なきゃ」

「ダメよ！　でも、待って。いや、ダメ。そうね、やっぱり出て。でも落ち着いてね」

「もしもし、スーザンですけど」スーザンはそう言って、相手の話に耳を澄ました。「ええ、ええ」とか、「そうですよね」と言い、いきなり電話をミランダに渡す。「あなたと話したいって」ゲッ。

「ハーイ！」ミランダは絶好調の明るさを装い電話に出た。「わたしよ」

「ハッピー・ロック警察署のホリー・ヒントン巡査です。あなたに電話をしたんですが、出ていただけなかったので」

「あら、ごめんなさい。健康のために日課にしている夜のお散歩で、この町のすばらしい水辺を歩いていたの。携帯電話を持って出るのをうっかり忘れちゃって」

「港を歩いているんですか?」

「ええ、そうよ」

「そんなはずありませんよね。あなたは今、オペラハウスにいる。とにかく出てきてください」

ミランダはとぼけて続けた。「とんでもない言いがかりだわ。どうしてわたしたちが劇場のそばにいるなんて思うの?」

「あなたたちが窓から忍び込むところをこの目で見たからですよ。お尻を無理矢理ねじ込んでいたあなた、さっさと出てきなさい。お友だちも一緒にね。今すぐ、そこから退去すること。現場は警察がすっかり調べました。立ち入り禁止テープも撤去したので、立ち入り禁止区域に侵入した罪には問えませんが、それでも立派な不法侵入ですよ」

「でも――」

「いいですか。わたしは今、待ちに待った産休に入る前の、最後の夜の最後のシフト、それもシフトを上がる寸前なんです。あなたたちを追い出すために劇場に入っていくには、疲れすぎてるし、おなかも大きすぎるんですよ。だから少女探偵のナンシー・ドルーさん、さっさと自分で出てきてください。相棒のジョージも一緒にね」

わたしたちってそういう存在なわけね、と思ったら、がっかりした。『刑事スタスキー&ハッチ』のスタスキーとハッチでもなければ、『特捜刑事マイアミ・バイス』のクロケットとタブスでも、『ターナー&フーチ／すてきな相棒』のターナーとフーチでもなく、少女探偵ナンシー・ドルーと相棒のジョージアこと「ジョージ」だとは。

「きっかり四分だけ時間をあげます。それ以上経っても出てこなかったら、捜査妨害で逮捕しますよ」

「でも──でもわたしたち今、証拠を探しているのよ。エドガーの汚名を晴らすための証拠を！　ほら、発見された証拠は、すでに得られた証拠と同じくらい有効だって言うじゃない！」

「いいえ、誰もそんなことは言ってません。では、あててみましょうか。あなたたちは、毒と書かれたラベルがある小瓶を探してた」

「え？　そ、そうだけど」

「そして、警察はばかだから引き出しのなかは見ていないはず、と考えた」

「引き出しじゃないわ。隠し引き出しよ！」

「隠し引き出しなんてありませんよ」

「ええ、まあ、それは今気がついたわ。それでもやっぱり」

電話の向こうでホリーが大きくため息をつくのが聞こえた。彼女はそれを隠そうともしない。

「ええ、わたしたちは小瓶を見つけました」とホリー巡査。「そして、なかには緑色の液体が入っていた。だから、小瓶はラボに送りました」

「それで？」ミランダは食いつき気味に訊いた。

「その液体からは、高濃度のトリアリルメタン二酸化二水素が検出されました」

「やっぱり！」

「いいですか、これは食品の着色料と水道水の成分です。瓶のなかに毒物はありませんでした。それに、アネット・ベイリーの死因となったホウ酸の出所はもう突き止めました。いずれにせよ、明朝、発表しますから、それを聞いてください。やったのはカールでした」

「カール！　そうだと思った！　やっぱりわたしの勘は最初からあたってたのよ」

「殺したのがカールだと言ってるわけじゃありませんよ、ナンシー・ドルー」――その名前で呼ぶのだけは、ほんとうにやめてもらいたい――「死因となった毒物を見つけたのが、カールっていう意味です。三度目の捜索で見つけたんです。作業棚の下をのぞくには、わたしのおなかは大きすぎるし、ネッドもまあなんというか〝ふくよかすぎる〟のでね。でもカールはそうじゃない。若いころはスポーツマンで、うちの高校のスターだったんです。

まあ、わたしよりもずっと先輩ですが、伝説の人なんです。いずれにせよ、彼は作業棚の下にもぐり込んだ。そして、懐中電灯で照らして、ずーっと奥にあるのを発見したんです。ハンガーを渡してくれって言われたので渡したら、それで引っかけて引っ張り出したんですよ、アネットの水筒を。ほら、あのきらきらしたやつ。あのきらきらが、懐中電灯に照らされて光ったんです。ラインストーンってやつですね。彼女は、あの派手な水筒をいつもあちこちに置きっぱなしにしてたから。いずれにせよ、なかにはホウ酸が混入された水が入っていました。きっと死ぬ直前にもがいて、作業棚の下に蹴り込んじゃったんでしょうね」

十三番、とミランダは思い出した。

だから、警察の標識の番号がおかしかったのだ。警察はすべての証拠を回収して番号をつけたあと、アネットの水筒を発見したのだ。

ミランダの頭のなかで、その数字がぐるぐる回った。

十三、十三……

袖を引っ張られているのに気づいたミランダは、電話をスーザンに返すと、観客席の後ろ、暗く沈んだ音響ブースを指さした。

「すぐ戻ってくるわ」

ミランダはステージ脇の階段をおり、早足で観客席の通路の一番後ろまで歩いていくと、メイン・エントランスのとなり、〝関係者以外立ち入り禁止〟の表示があるドアを入っていった。

電話から聞こえてくる「もしもし？ もしもし？」という声も無視して、スーザンは、ミランダをステージからじっと見つめていた。

音響ブースの明かりがつく。

スーザンの目には一瞬、ミランダのシルエットが映ったが、明かりはまたすぐに消えてしまった。その直後、ミランダはブースから出てきたが、彼女はステージには戻らず、観客席のドアを開けた。ロビーの薄明かりが観客席に差し込む。けれどすぐにミランダは観客席から出ていき、ドアがぱたんと閉まった。いったい、彼女は何をやっているのだろうか。

ステージにひとり残されたスーザンを照らすのはゴーストライトだけ、聞こえるのはどんどんヒートアップしてくるホリーの声だけだ。「ちょっと、いい加減にして！ あんたたちふたりをブタ箱に放り込んで、鍵を投げ捨てるわよ！」とホリーは叫んでいた。いっぽう、スーザンは必死に冷静を保とうとしていたが、突然、背後で大きな音が聞こえ、ぎょっとして飛び上がった。舞台裏の重たいドアがきしむように開く。

そしてミランダが、息を切らしてステージに飛び出してきた。ぜいぜい言ってはいるが、何か重要な謎を解いたかのように、満足げにうなずいている。

「ぐるっとこっちまで回ってきたんですか？」とスーザンが尋ねた。「ロビーを抜けて裏からここに？」

腰に両手をあてたミランダは、まだ肩で息をしていた。「できるだけ急いで、できるだけ静かにね」ミランダはスーザンに手のひらを差し出した。「電話を貸してくれる？　ありがとう」

「時間切れよ、ナンシー・ドルー」電話の向こうで、ホリーがかみつく声が聞こえた。「ジョージを連れて、さっさと出てきなさい」

「正面玄関の鍵を開けてくれてもいいんじゃない？」

「勝手に入ったんだから、出ていくときも勝手に出ていったらいいでしょ。おんなじルートでね」

パトカーは路地に駐まっていた。きっとホリーはミランダが、例の窓から路地へと身をくねらせて出てくるのを、面白がって眺めていたに違いない。これが、巡査としてのホリーの本日最後の公務だった。

ハッピー・ロックの警官の厳しい視線にさらされながら、ミランダとスーザンはふたたびスクリュードライバーで掛け金を固定し、ゴミ箱を元の場所に戻し、意気消沈して駐車場に戻った。

スーザンの車に戻ると、ミランダは彼女にホリーから聞いた話、すなわち毒が入っていたのは欠けたグラスではなく、アネットの水筒だったのだと告げた。

結局、狙われていたのは最初からアネットだったのだ。

「いったい誰がわたしを殺したがっているんだろうって、ずっと考えてたんだけど、でも、そんな人はいなかったのよ。そうなると考えるべきは、アネット・ベイリーに死んでもらいたかったのは誰なのか？」

スーザンはずっと黙り込んでいた。「オーウェン」とようやく口を開く。「それならオーウェンしかいませんよね」

「でもエドガーから聞いた話では、オーウェンに対するアネットの中傷は根拠がないということになったそうよ」

それでも、スーザンは納得しなかった。「復讐は、冷静になってからしたほうが、満足度が高いって言いますよ。彼はまだ復讐したかったのかも」

「いいえ」とミランダ。「犯人はオーウェンじゃないわ。わたしたち、ずっと見当違いのことを考えていたのよ」そう言うと、新たな決意のまなざしでスーザンを見た。「マッキューンの自動車修理工場で降ろしてくれる？　ちょっと話をしたい人がいるの。あとで、エドガーの書店で落ち合いましょ。それから、スーザン？」

「はい？」

出発よ」

「気をつけてね。万が一を考えて、バックリー署長を連れてきておいて」そう言うと、ミランダはバッグを引っかき回した。「もう一本だけ、電話をしなきゃ。それが終わったら、出発よ」

ミランダはカールの番号に電話をかけた。

「カール巡査？　ミランダだけど。ロドニーを拾って、あの人殺しの本屋に来てくれる？　理由は、着いたときに説明するから。ええ、営業時間はもう終わってる。でも、スーザンが店に入れてくれるから」

オーウェン・マッキューンの自動車修理工場の営業時間は終わっていた。電気は灯っていたが、そんなことはどうでもよかった。なぜならミランダが向かっていたのは、マッキューンの工場ではなかったからだ。彼女の目的地は別の場所だった。

これ以上先に進むなら、その前に確認しておかなければいけないことがあった。もうこれ以上、間違いは許されない。

欠けた月の下、マッキューンの自動車修理工場の裏を通る砂利道は大きくカーブし、常緑樹が茂る森へと続いていた。道の突き当たりには丸太小屋があり、その正面にはピックアップトラックが駐まっている。ミランダは玄関ポーチを上がると、息を整え、ドアを叩いた。

「こんばんは、バート」戸を開けたバートに挨拶をする。

彼は警戒する目つきでミランダを見た。「もう遅いぞ。いったいなんの用だね？」

「いくつか訊いておきたいことがあるの。舞台装置のことなんだけど」

「なるほど。まあ、入りなさい。お茶をいれるから」

けれどミランダは、ポーチから動かなかった。なかには入らず、硬い笑みを浮かべている。「ありがとう。でも、ここで結構よ。時間はそんなにかからないから」

「そうかね？　それなら、それでいいが、いったい何を訊きたい？」

「舞台装置は全部、大道具も小道具もあなたがつくったのよね？　一からすべて？」

「ああ、そうだ。寸法も本物そっくりだ」

「寸法もそのまま？」

「ああ」

「つまり、舞台装置がどう機能するかはわかってるのよね？　その仕掛けも？」

「ああ、そうだ」

ミランダはほほ笑んだ。「ありがとう」

「ほかに何かあるのか？」

「じつは、あるの。もしよかったら、エドガーの書店まで乗せていってくれる？　わたしは車がないし、途中で受け取らなきゃいけないものがあるの。一緒に行ってくれる？」

「わかった。ちょっとキーを取ってくる」

女性の頼みは断らない。われらがバートはつねに紳士だ。

29　糾弾！

　ドアを開けたのがバックリー署長だと知って、バートは仰天した。まさか、営業時間も終わった夜遅く、エドガーの書店に署長がいるとは、思ってもいなかったからだ。

「ネッドか？」

「やあ、バート！」

　制服姿のネッドは、〝ハッピー・ロックが誇る恐るべきスパイ〟バートを見ると、小学生のように満面の笑みを見せた。やれやれ、とミランダは内心でため息をついた。だが、ネッドにとって、彼は憧れのヒーローなのだからしかたない。とりあえず、その憧れの気持ちが邪魔にならないことを祈るしかない。

「ほら、入って、入って」とネッド。「スーザンが支度をしてる」

　ネッドのあとについて、ふたりは本がずらりと並んだ廊下をメインルームへと向かう。メインルームでは、スーザンが陳列用のテーブルを後ろに下げて、部屋の中央にスペースをつくっていた。年代がさまざまに異なる椅子五脚を一列に並べ、それと向き合うように六脚目の椅子を置いていた。まるで親しい仲間同士の読書会の風情だ。

なんとなく殺気が漂っていたが、ここがどこかを考えればそれも不思議はない。バートが来たのを見て、スーザンもまた驚いていた。ミランダに近づき「オーウェンじゃないんですか?」とささやく。

「自動車修理工場からバートの家まで歩いたの」ミランダはささやき返した。「そうすれば、ここまで乗せてきてもらえるから。もし、彼に車の音が聞こえたら、ここまで送ってもらうわけにいかないでしょ」

バートは立ったまま、室内に目を走らせた。重厚なデスク、背の高い本棚、スーザンが並べた椅子。

「まだ、誰か来るのかね?」と彼が訊いた。

「どうしてそう思うんだ?」ネッドが、ホルスターに手をかけて尋ねる。

「簡単な算数だ。ここには四人しかいないが、椅子は六つある」

「誰かいるか?」

玄関からカールの声がし、制服を脱いだカールがロドニーを連れて入ってきた。ロドニーはいつものように、くすんだ色の服を着て、うつむいている。

「完璧ね!」ミランダが言った。「じゃあ始めましょうか。みなさん、どうぞ席に着いて」

バートは、みんなに向き合って座るのはネッドだと思っていたようだが、ネッドは一列に並んだ椅子のひとつに腰をおろした。

「いったい、なんなんだ？」バートが尋ねる。

「おれも、全然わからんよ」とネッド。「まるで『フラン牧師』の一シーンみたいだな。ビーもここにいたら喜んだろうに」

これを聞いた瞬間、ミランダはネッド・バックリーがビーに抱いている愛情、ほとんど愛と間違いそうな深い愛情に気がついた。だがどうやら、彼はそのことを深刻には考えていないらしい。

ミランダ自身は、あえて立つことにした。そして劇場で観客に語りかけるように、話しはじめた。

「みなさん、こんばんは。まずは、あ、ありがとうという言葉で始めさせてください。今夜、ここにお集まりいただきありがとうございます、それから――」

「もう遅いんだ」バートが不機嫌な声を出した。「その調子で続けるつもりか？」

「たしかに遅いですね」普通の舞台挨拶なら、ここで後援者にも感謝の言葉を述べるのだが、今日は、この書店以外に後援者もいないので、彼女は先を急ぐことにした。「わたしはステージ上でグラスをすり替えました。なので、アネットが命を落としたのは、わたしのグラスから飲み物を飲んだせいだと思いこんでいました。もしそうなら、狙われていたのはわたしだったということになります。でもじつは、毒が入っていたのは、わたしの欠けたグラスではなく、アネットの水筒でした。つまり、わたしは殺人計画の標的ではなく、狙われていたのは最初からアネットだったのです。そうなると、これまでのことすべてを見直さなければいけません。そうやって考えるうちに、ある名前が絶えず浮上してくるようになりました。それは、デニース・ペンティ。グレアムの奥さんです」

観客からざわめきが起こった。

「彼女には動機があります。『アネットは夫の人生を台無しにした。アネットが触れるものはすべて毒になる』と、彼女自身が言っていましたから。毒、とデニースは言っていたんです。では彼女は、殺人の手口を明かしていたのでしょうか？　デニースは夫のグレアムに対するアネットの仕打ちを、グレアム自身よりも苦々しく思っていました。デニースが、イェール大学にうまくなじめなかったことも影響していたのかもしれません。元祖ハッピー・ロックの誇りであった女性が、現役のハッピー・ロックの誇りを排除する。もしそれが事実だとしたら、そこにはある種の詩的な感情があるとも言えるでしょう。そして彼女には動機だけでなく、犯罪を実行する手段もありました。メルヴィンによればグレアムはこれまで、彼の肥料店に肥料や殺虫剤を買いに来たことはない、彼の言葉を借りると『グレアムのところは、ガーデニングは全部奥さんがやってる』のだそうです。では機会はどうでしょうか。犯人は、舞台裏に入れなければいけません。それで、わたしは試してみました。けれど、音響ブースをひそかに抜け出して、舞台裏に行き、アネットの水筒に毒物を入れて、ふたたび音響ブースに戻ること、それもさまざまな場所にいる複数の人たちから見られることなく、そしてその気配も気づかれることなく戻るのは不可能でした。つまり犯人はデニース・ペンティではありません。たとえアネットに死んでほしいという動機や、それを実行する手段があったとしても、です」

ネッドの表情が変わった。もはや、パーティのゲーム気分ではいられなくなっていた。

ミランダは何かに、あるいは誰かに照準を定めているようだが、いったいそれは誰なのか？

「ロドニー」ミランダはロドニーに呼びかけた。「デニースと違って、あなたは舞台裏で多くの時間を過ごしたはずよ。実質的に、住んでいたって言ってもいいくらいにね。そうじゃない？」

バートの目に怒りの炎が燃え上がった。「いったいこれはなんだ？　あんたは、ロドニーを糾弾してるのか？」

「いいえ、彼じゃないわ」

さっきまでの明るい和《なご》やかさは消えていた。いまや事態は深刻だった。恐ろしいほど深刻だ。「ロドニー、あなたはオーディションの手伝いをしていたわよね？　わたしたちのために椅子を並べてくれていたでしょ？　ジュディ用の大きくて座りやすそうな椅子と、役者用に十二脚。そうよね？」

ロドニーは同意するように小さくつぶやき、うなずいた。

「でも、そのあと何が起こったか？　わたしが締め切り時間ぎりぎりに現れたせいで、あなたはわたしのためにもう一脚、椅子を持ってこないといけなくなった。きっと、あなたはすごく嫌だったでしょうね」

「少しはね」

「それについては、ほんとうに申し訳なかったわ。でもわたしがオーディションを受けるなら、その前に適切で厳格な規則、いわゆる『会則と規定』に沿って正式な登録をすませなければいけないのは知ってるわよね」

「まあね」

「自信がなさそうね。じゃあ、説明するわ」

ミランダはロールトップ・デスクに歩み寄ると、例の浅い引き出しを開け、スーザンの台帳と領収書帳を取り出した。そしてそれを、裁判の証拠品でも見せるかのように掲げてみせた。

「この台帳にはわたしの名前が書かれています。そしてわたしの会費が納められたことを示す領収書も発行された。それは、確かよね、スーザン？」

スーザンがうなずく。

ミランダは台帳と領収書帳を傍らに置くと、今度はネッドのほうを見た。「例の消えた財布事件のことだけど、ねえ、ネッド、あの事件を解決したのは誰だったの？」

「誰っていうこともなくてね。何もしなかったが勝手に解決した」

「でもそれって、完全な真実じゃないわよね？」ミランダは確かめるようにスーザンを見た。「解決したのはエドガー。彼がスーザン、あなたの財布を見つけて返してくれた、そうでしょう？」

スーザンがふたたびうなずく。パズルのピースが、はまるべき場所にはまりはじめている。そのことをスーザンは感じていた。けれど、それが何を意味するかはまだよくわからなかった。

ミランダはにっこりほほ笑んだ。「そこでバート、今度はあなたに訊きたいんだけど」

ネッド・バックリーが勤務用のリボルバーの安全装置を静かにはずした。「そろそろ、おれの話になるころだと思ったよ」とバートが低くつぶやく。「役者用の椅子に、消えた財布。いったいそれがどう関係して――」

「舞台装置よ」とミランダ。「エドガーが書いた脚本のモデルは、ここで起こった殺人事件だった。そう、この家のこの部屋で起こった殺人事件よ。そしてあなたは舞台用のセットをつくった。この部屋にあるものすべてを几帳面に再現した。たとえばこの机とか、ね」

「ああ、そうだ」

「でもおかしいのよ。わたしとスーザンは今夜、証拠を探して劇場に忍び込んだのだけど、ステージ上のデスクの引き出しはすごく深いのに、こちらのデスクの引き出しはとっても浅いの。ねえ、バート、あなた寸法を間違えたの？　もちろん、そんなはずないわよね。あなたはこの部屋のすべて、壁紙までをそっくりそのまま再現したんだもの。そうでしょ？」

「ああ、そっくりそのままだ」彼はきっぱりと言った。「自分の仕事には誇り《プライド》を持ってる」

ミランダはチッ、チッ、チッととがめるように小さく舌打ちをした。「誇り《プライド》ねえ。傲慢《プライド》は七つの大罪のひとつですよ、リンダーさん」そして傲慢は、役者の悪癖である〝嫉妬〟に匹敵するものでもある。「あなたはとても几帳面で、自分の仕事を誇りにしている、それでも……あのデスクに隠し引き出しはつくらなかった。なぜでしょう。それは譲歩をしなければならなかったから」

バートはうなずいた。「役者の芝居の妨げになる可能性があったからだ。この引き出しは木製の桟と歯車の仕掛けがある二重底で、うまく開けるにはコツがいる。引き出しを開けるとき、少し押し下げるようにして引っ張らないといけない。ちょっと、やってみよう」

「お願い」とミランダは言い、デスクの脇に立った。

「だが、引き出しのなかで何かが引っかかると、隠し引き出しが間違って開いちまうことがある。それでも無理に開けようとすると、隠し引き出しはまた閉じてしまう」そう言って、彼は引き出しの前の部分をがたつかせてみせた。

「何かが引っかかるって、たとえばお財布とか？」ミランダが尋ねる。

「まあ、そうだな」バートは引き出しを途中まで開けながら言った。

彼が言うように、この引き出しは二重底だった。上の底板は見せかけの仮底、本物の底板はその下にある。このふたつの底板のあいだにある空間が隠し引き出しというわけだ。バートが仮底を押し下げながら引き出しを最後まで開けると、下に隠れていた歯車が仮底をロックし、本来の深さの引き出しが現れた。

「ねえ、スーザン、エドガーはこの隠し引き出しのことを知っていたんでしょう？　あなたの財布がそこに入ってしまい、エドガーがそのことに気がついた。彼からこの引き出しの仕掛けを教えられて、きっとあなたも、なあんだ、と笑ったはずよ」

カール巡査は、驚いた様子で首を振った。「じゃあ、署長、あの財布が消えた事件を解決したのはエドガーだったってことですか？」

「そのようだな」とネッド。「お手柄だよ」

けれどミランダが話したかったのは、消えた財布事件のことではなかった。話したかったのは、この隠し引き出しのこと、そしてそこに隠されているもののことだ。

彼女は引き出しに手を入れると、請求書と書かれた薄紫色の二冊目の帳簿を取り出した。

「わたしは、間違った帳簿を見ていたの」とミランダは説明を始めた。「スーザンの手書きの台帳にはオーディションを受けた十三人の役者の名前が書かれていた。だから、領収書帳を調べれば、会費を支払った十三人分の領収書の控えが見つかるはず。でも……」そう言って、彼女は請求書帳を開いた。「でも、おそらく請求書は十四通、準備されていた」

その十四番目の請求書は探すまでもなかった。請求書帳を開いたとたん、そこからひらりと落ちてきたからだ。落ちてきたのは、オーディションを受けるのに必要な会費を請求する、アネット・ベイリー宛ての請求書だった。明らかにそれは、一度くしゃくしゃに丸められたあと、しわを伸ばして広げられたものだった。そしてそこには、でかでかと「出演するのに、払うわけないでしょ‼」と殴り書きがされていた。

ミランダはもう一度隠し引き出しに手を差し入れ、今度は二本の指で慎重にホウ酸を引っ張り出した。書店宛ての封筒に入っている。

長い沈黙。

ようやく口を開いたスーザンの声に動揺はなかった。「どうしてわかったんです？」

「椅子よ」とミランダ。「ステージに並べられた折りたたみ椅子。あなたは役者用に十二脚の椅子を出すようロドニーに頼んであった。でもわたしが締め切り時間ぎりぎりにオーディションに応募してきたから、ロドニーは椅子をもう一脚、つまり十三脚目の椅子を出すことになった。でもそのあとアネット・ベイリーが押しかけてきたから、ロドニーはまた、もう一脚椅子を持ってきた。けれどアネットは遅刻をしたわけじゃない。彼女はもともと応募さえしていなかったのよ。ただ強引にオーディションに割り込んできて、最終的には主人公の役まで手に入れた。あの日はアネットを含む総勢十四人がオーディションを受けたのに、あなたの台帳で、名前の横に〝会費全額支払い済み〟と記された人は十三人しかいなかった。十三人の名前の最後はわたし。つまり、アネット・ベイリーの名前はなかった。確認してみましょうか？」

その必要はない、とスーザンは手を振った。

「ほかのみんなはちゃんと支払ってくれました」とスーザン。「払わなかったのは、アネットだけ。彼女だけは払わなかったんです！　以前、彼女がこの劇団のメンバーだったときもそうでした。主役を演じていたときも、会費を払わなかった。ただの一度も払わなかったんですよ！　支払ってほしいと頼み、催促し、督促状だって何度も、何度も送りました。それでも笑ってるだけで、取り合おうともしない。結局、わたしが理事会に訴え、最終的に彼女の会員資格は一時停止されたんです。未払いの会費さえ払えば、罰金は免除されたのに、彼女はそうはしませんでした。自分を陥れようとする陰険な一派がいる――その筆頭がグレアムだ――とわめき立てたあげく、劇団もやめてしまった。だから今年、事前に応募もせず、会費も払っていない彼女がオーディションの真最中にステージに乗り込んできたときは、またハッピー・ロックに悪魔が戻ってきたと思いました」

「それであの請求書を渡したの？」ミランダが尋ねた。

「彼女、あの失礼な言葉を殴り書きして、わたしに投げつけてきたんです。ほんとうに、無礼でした。それもわたしに対してだけじゃありません。グレアムやロドニーにはひどい嫌がらせをし、そのうえエドガーから書店を奪おうと企んでいた。この土地を再区分して書店を閉店させ、一番高い値段をつけた人に売るつもりだったんです。この書店が、コミュニティの中心的存在だということなど、お構いなし。アネット・ベイリーはコミュニティのことなんてどうでもいいんです！　実際には、彼女、お金のことだってそんなには気にしていなかった。大事なのは、勝つことだったんですよ。アネットは、ハッピー・ロック合同&統合小劇場協会が掲げるすべての理想に反していました。彼女は……」スーザンは考えられるかぎりもっとも悪い言葉を探しているようだった。「……壊《こわ》し屋だった。最悪だったのは、みんなの楽しみが楽しみじゃなくなったことです！　いつもなら、この公演は一年のハイライトだったのに、彼女はすべてを台無しにした。公演の一番の目的は、みんなが力を合わせて、家族や友人や近所の人といった自分たちのコミュニティにお芝居を見せることだった。それなのに今年は、メンバー内に亀裂が生まれ、嘲《あざけ》りや意地悪ばかりが目立つイベントになってしまった。それもこれもみんな、アネットのせいでした」

「でも、わたしたちはなんとか乗り越えられたはずよ」とミランダ。「初日公演まで、あと数日だったのに」

「あなたにはわからないんです！　主役の座に返り咲いたアネットは、これから何年もずっと主役を続けるでしょう。毎年、毎年ですよ。そして事態はどんどん悪くなる。デニースが言っていたとおりです。わたしが今回のことを思いついたきっかけは、デニースのひと言でした。彼女『誰かがアネットを殺すべきよ。そのほうがこの町のためになる』と言ったんです」

「でも、スーザン、彼女はやらなかったわ。やったのはあなた。未払いの会費、四十三ドル八十七セントのためにあなたはアネットを殺したのよ」

「これはお金の問題ではなく、原則の問題なんです。アネットは規則を無視して押しかけてきた。それなのに公演に参加することになったんですよ？　そんなの不公平じゃありませんか。わたしにとっても、ボランティアの人たちにとっても不公平だし、ほかのキャストにとっても不公平です。人は等しく、敬意と配慮をもって対応されるべきなのに」

それは、出会った最初の日にスーザンがミランダに言った言葉だった。「人は等しく、敬意と配慮をもって対応されるべきなのに」と。

「アネットが死んでも、みんなは心臓のせいだと考えると思ったんでしょう？」とミランダが訊いた。「そしてロドニーが、本人も気づかぬうちにあなたの犯罪の証拠を消してくれると思った。なぜなら彼は、公演の最後にすべての水筒を洗うことになっていたから。ね、そうでしょ、ロドニー？」

「でも、ミズ・ベイリーの水筒は見つからなかった」と彼。

「きっと彼女、死ぬ間際に自分の水筒を見えないところに蹴り込んでしまったのね」とミランダが言うと、ああ、そうか、という表情がスーザンの顔に浮かんだ。「だからあなたは、あの警察の標識、最初の捜索では見つからなかったらしい証拠品を示すあの標識を見てあんなに動揺したのね。その標識が何を意味し、警察が何を見つけたのかがわかっていたから。でもあなたは、ロドニーがすでに縁の欠けたグラスを洗ってくれていたのもわかっていた。だからアネット自身が一番の容疑者に見えるように、わたしたちの捜査を誘導した。アネットは自ら仕掛けた罠に自らはまったんだ、とね。死人に口なしとまであなたは言ってた。『死人から事情を聞くわけにはいかない』って。ねえ、スーザン、あなたはわたしのワトスンじゃなかった。むしろワトスンとは反対の役回り、わざとわたしの捜査を攪乱したのよ」

「悪いのはアネットよ」スーザンは譲らなかった。「彼女があんな目にあったのは、自分のせい。自分で墓穴を掘ったのよ。たとえ毒物を混入させたのが、彼女自身ではなかったとしても、同じこと。わたしだって、彼女が第一幕の終わりに、あんなに突然死ぬなんて思わなかった。ドレスリハーサルの最後まではもつはずだったのよ。そしてアネットは人生最後の喝采を浴びることができたはずだった。わたしは残酷な人間じゃない、だからそのぐらいの配慮はしていたの。でも、彼女の心臓はわたしが思っていたよりずっと弱っていた。わたしが使用した毒物の量は、彼女の体内をゆっくりと巡る程度の量、カーテンコールのあと、舞台裏で心臓発作を起こしたように見える量だった」

スーザンが愛するコージー・ミステリーと、この書店の犯罪ハウツー本が、その方法を教えてくれたのだろう。

ふとミランダは、ネッドと出会った日、彼女を書店の前で車から降ろした彼が言っていた言葉を思い出した。「日がな一日、人殺しの本に囲まれてますからね。そういう人物が何をしでかすかなんて、わかったもんじゃない」と言っていなかっただろうか？

あのときは、エドガーのことを言っていると思っていたけれど、もしかしたらそれは、〈ミステリーしか読みません〉の小柄な店員、スーザン・ラッドゥレイグのことだったのかもしれない。

「ねえ、スーザン、どうしてここにもう一回分のホウ酸があるの？　これは誰に使うつもりだったの？　オーディションを受ける資格さえないアネットに役を与えたジュディに使うつもりだったの？　それとも、真相に近づきすぎたわたしのため？」

「それは、わたし用です。もし捕まったときのために」

ネッドは立ち上がり、穏やかな声で言った。「スーザン、あんたはミステリーをたくさん読んでたから、この次にわたしが何を言うかはわかってるな。あなたには、い、い、い、黙秘権があり……」

アネットが死んだとき、スーザンは舞台袖にいた。それは彼女にとってはある意味、ふさわしかったとも言える。なぜならスーザン・ラッドゥレイグは生まれてからずっと、客席から見えない舞台袖、人の目には触れない場所で過ごしてきたからだ。

ミランダは、コージー・ミステリーとカモミール・ティーを持って留置場のスーザンに面会に行こうと考えていた。その後、彼女がオレゴン州セーラムにある刑務所に収監されても、やはり会いに行くだろう。そして、うわさを聞きつけた記者たちがミランダを待ち伏せし、なぜ自分が逮捕を手伝った殺人犯に会いに行くのかと尋ねる。そのときは、こう答えるのだ。「だって、彼女はわたしの友だちだもの」と。それは、フラン牧師がこれまで刑務所にぶち込んできた無数の犯罪者に対して一度も見せたことのない優しさだが、それも当然だろう。なぜならフラン牧師はミランダほどには思いやりのある人間ではなかったからだ。

フラン牧師は事件を解決するたび、後ろを振り返ることなく次の土地へと移っていった。「たぶん、この次は、わたしの居場所と呼べる場所が見つかるはず。きっと、今度こそは、翼を休めることができる家が見つかるはず。きっと、今度こそは……」そう言って彼女は次の町を目指していた。

けれど、ミランダはそうではなかった。

30　初日公演の興奮

こんな光景を、ビー・マラクルは見たことがなかった。ロープで囲った観客席の〝チケット売り切れ〟エリアは百席から二百席に、さらにそこから三百席に拡大され、最後にはロープもなくなり、桟敷を含む客席すべてが開放されることになった。そこまでしてもなおチケットは飛ぶように売れ、結局、全チケットが完売、観劇希望者を断らざるをえない事態になった。

「これこそ、フラン牧師のおかげですよ！」とビー。「今回の騒ぎが、チケットの売れ行きに貢献したんです！」

たしかに彼女の言うとおりだった。

捜査のために、初日公演は夏の終わりへと延期された。ジュディが「ショー・マスト・ゴー・オンよ！」と言い張ったからだ。さらに、エドガーの逮捕とその後の釈放により、芝居への注目度も急激に高まった。その結果、初日の幕が上がるころには、劇場は満席となった。

第一幕の終わり、メイドが死ぬ場面でのティーナ・カリフォードの熱演に、観客は総立ちとなって拍手喝采を送った。

彼女はこの役柄を完全に自分のものにし、「まずは喉だ！　喉、喉！」という観客の歓声に応えて、喉をつかんでからランプを倒すという大胆な選択をし、それが功を奏したのだ。観客はこれに大喜びし、「もう一回！　もう一回！」という声に、彼女をもう一度舞台に出てきて死ぬはめになった。それでもアンコールの声はやまず、観客は三度目の断末魔のシーンを要求したが、持ち前の謙虚さから、彼女はあえて二度で打ち止めとした。

そしてメイドの様子を見にステージから消えたレジナルド卿がふたたび戻ってきて、「彼女、死んでいる！」と告げると、客席の後ろから「嘘でしょ、シャーロック！」とヤジが飛び、場内は笑いに包まれた。

ミランダはそのヤジが、ホリー・ヒントンの声だと気がついた。双子を出産して以来、初めて公の場に出てきたホリーは、出演者としてではなく観客として、この芝居を存分に楽しんでいた。

オーウェン・マッキューンは自分のセリフをおおむねマスターしていたが、たとえセリフにつまっても、彼本人よりセリフを覚えている観客たちがプロンプターをつとめてくれた。とはいっても、「はっとするようなマリーゴールドに衝撃《ショック》を受けた」と言うところを、「排気マニホルドに触媒コンバージョン」などといった言い間違えは、ちゃんとしていた。

そしてミランダは確信した。彼はこれをわざとやっているのだ、と。

公演日程が延期され、初日公演が春のサケ漁最盛期のあとになったおかげで、ドク・メドウズの妻も今回初めてこの公演を観に訪れた。このときミランダは、前から二列目の席で彼女がじっと、彼だけを見つめている姿を目撃した。ドクの妻は芝居のあいだじゅう、ティーナの断末魔のシーンのときでさえ夫のドクだけを見つめていた。丸顔でえくぼがあり、美しい髪を持つ彼女は、笑顔の多い女性で、その瞳は笑うたびにきらきらと輝いた。まさに、男性がつい恋に落ちてしまう顔だ、とミランダは思った。

モノローグの場面になると、ドクはステージの縁まで歩み寄り、観客全体に語りかけることになっていた演出プランを無視して、自分の妻に、そう妻だけに語りかけた。

彼が語りだし、観客席は水を打ったように静まりかえる。

「回廊には彼女の声が響く。朝目覚めたときも……わたしの心は一生変わらない。わたしは、妻を愛し続ける運命なのだ。いつも、心から、深く、愛する運命なのだ」

そのモノローグのあいだじゅう、ドクの妻は目に涙を浮かべて夫を見つめ続けていた。きっと来年は、彼女はサケ漁の前に必ずここに来るだろう。

いっぽうジュディ・トレイナーは、この芝居の最後のセリフ、「見える……見える……すばらしいコミュニティがここに根付くのが見える。わたしたち全員に訪れる明るい未来が見える」を朗々と語って大喝采を浴び、演出家として、そして予言者の役を演じる役者としての栄光に包まれた。

また、グラッド・ストーンの老人ホームにいるセス・ジェイコブソンも招かれ、彼は自身がかつて演じた役を演じる孫息子の姿を客席から見守った。さらに公演の最後には、拍手喝采のなかセス自身もステージに上がった。いまや歩行器を使い、足どりもゆっくりではあったが、やはり彼は今でも本物の力持ちのセスだった。ダンベルを渡された彼は、それを頭上へと高々と掲げ、かすれた声で「タリーホー」とかけ声をかけた。

客席からいっせいに歓声があがる。

そして観客席が歓声に包まれたそのとき、ミランダは客席の最後列、出口の標識の光の下にエドガーがいることに気がついた。ピンク色の光に照らし出された彼は、あたたかな笑みを浮かべていた。

ではミランダは？　われらがスター、ミランダはどうなったのか？

今回の事件と、彼女がその解決に果たした役割を巡って、メディアは大騒ぎを繰り広げ、ミランダはふたたびスポットライトを浴びることとなった。雑誌や新聞には微妙に異なるさまざまな見出しが躍ったが、基本的にはみな同じで、そのほとんどには盛大に感嘆符がちりばめられていた。たとえば〝ＴＶドラマの主人公フラン牧師！　本物の殺人事件を解決⁇〟とか、〝フラン牧師、殺人ミステリーの公演中に、殺人事件の謎を解き明かす‼〟といった調子だ。

誰もミランダ・アボットとは言ってくれない、とミランダは思った。結局、何があろうと彼女は〝テレビドラマのフラン牧師〟なのだ。そんな彼女は本物の牧師でこそなかったが、本物の探偵ではあったというわけだ。

いっぽう観客たちは、女優としてのミランダに熱狂した。メイミー・ディケンズとして彼女が登場すると客席からは大喝采が巻き起こった。ジャム瓶の蓋を開けようと格闘する発泡スチロールの筋肉マン、メルヴィンに彼女が眉をひそめれば観客は腹を抱えて大笑いし、彼女が「第三代レジナルド・バッキンガム卿、これでもうすべてはおしまいよ！　あなたの淫《みだ》らな誘いよりも、わたしはティラムック湾のさわやかな空気を楽しむことにするわ！」という不朽の名ゼリフを発すれば、観客たちはどよめいた。このセリフが何を意味するのかは、この芝居を書いた脚本家も、ほかの人々もよくわからなかったが、それでもティラムック湾という名が出てくるだけで彼らにはじゅうぶんだった。ティラムック湾、それは彼らのふるさとだからだ。最後のカーテンコールのためにステージに戻ると、ミランダはティーナに次ぐ大喝采に包まれた。たとえセリフが一行しかなくても、ティーナはこの公演のスターだった。まあ、いいわ、とミランダが心のなかでつぶやく。なんと言ってもティーナこそが、新たなハッピー・ロックの誇りなのだから、と。

彼女はイェール大学に合格し、町の人たちは大喜びで彼女のための奨学金を創設した。そしてティーナは初めて実家を離れ、ビーのコテージに引っ越した。これに怒った父親が押しかけてきたが、「必要とあれば、接見禁止命令も出せるんだぞ」とネッドがすごみ、彼を敷地から追い出した。「そんなもの、知ったことか！」と怒鳴り散らすティーナの父に、ネッドは冷ややかに「あんたはそう言っても、フィンケル・アーデリーはそうは思わないかもしれないな。もし、こんなことが広まったら、大騒ぎになるぞ。そんなことになったら、あんたも嫌だろう?」と言い、結局、ティーナの父親が現れることは二度となかった。

そして最後のカーテンコールでは、突然、花束の小山が立ち上がり、ステージに向かって歩きはじめた。それはこの地域の夏の花の花束を集めた、壮大な花束だった。バラ色のグラジオラス、羽根のように白いダリア、華やかなオレンジ色のワスレグサ、そして無数の蝶《ちょう》が集まっているかのようなフサフジウツギ。その花束の山は役者から役者へと移動していき、花束をひとつ、またひとつとステージの上に置いていく。そしてついに最後の花束がミランダの足元に置かれ、そこに現れたのは……

「アンドルー！」

彼はミランダを見上げてにやりと笑った。

「みんな！」彼女は出演者たちを振り返り、観客たちの喝采をしのぐ大声を張りあげた。

「わたしのゲイのアシスタントよ！」

ミランダは無理矢理アンドルーを舞台に引っ張り上げると、彼の唇にキスをし――エドガーが嫉妬したってかまわないわ――うれしさのあまり彼をしっかりと抱きしめた。

「来てくれたのね！」と感激の声が出た。「バスの旅、つらかったでしょう？　もし今度、収容所送りになる役をもらったら、サンフェルナンドからハッピー・ロックへのバスのチケットを予約するだけで役づくりのリサーチはバッチリだと思うわ」

「バスには乗らなかったんですよ」とアンドルー。「飛行機のファーストクラスで来たんです」彼の笑みがさらに大きくなった。「帰りも同じですよ。ぼくたちふたり、一緒にファーストクラスです」

「でも、あなたに……っていうか、わたしたちにそんなお金があるの？」

「詳しい話はあとにしましょう。でも、これだけは言っておきます。今回のことであなたの知名度は爆上がりだ。おかげで『フラン牧師』関連のコレクターアイテムの価値も信じられないほど高騰したんです。だから、あなたのクローゼットにあったグッズを大量に売り払い、ぼくへの未払い分の給料を差し引いて、残りはあなた名義の銀行口座に入れておきました。ものすごい額ですよ」そしてすぐに「もちろん、領収書は全部取ってあります」と付け加えた。

「やめてよ！　もう領収書はたくさん」

思い出の品がつまったあのクローゼットが、そんなに貴重なノスタルジアの宝庫だったなんて、誰が想像しただろう？

「超レア・アイテムのフラン看護師フィギュアまであったんですよ」とアンドルー。「ほら、あなたの名前のスペルが間違っていた、あれですよ。ひとつ、控えに取ってあるんですが、さっき見たら、サイン入りのあの人形、オンラインではなんと一万二千ドルの値段がついてました。あなたが、自分のフラン看護師人形にサインをすれば、もっと高い値段がつきますよ」

ミランダはカールのこと、彼のお母さんのこと、そして彼女に必要な長期的介護のことを考えた。

「その件はちょっと保留にしておきましょ」とミランダは言った。「少なくとも、オンラインに出ている最初のひとつが売れるまではね。それに、わたしのところにあるその人形は寄付をしようと思っているの。もちろんサイン入りで。あそこにいる、才能豊かなお嬢さんのために」そう言って彼女はティーナを仕草で示した。ティーナは満面の笑みで、小麦の束でも抱えるように、両腕で花束を抱えている。「彼女、演劇を勉強するためにイェール大学に行くの。だから支援しなくっちゃ」

「わかりました。では彼女に伝えておきます」

ミランダはアンドルーの肩に手を置いた。「でも、匿名でお願いね？」

「わかりました」そう言ってから、彼はふと足を止めた。「ちょっと待ってください。それは……ほんとうの匿名っていう意味ですか？　それとも――」

「だ・か・ら、いつものようにミランダ・アボットから匿名で寄付されましたって公表すればいいだけよ。あんまり大騒ぎはされたくないから」

「そりゃあ、そうですよね」やはりミランダはミランダだ、とアンドルーは思った。良くも悪くも、だがおもにいい意味でミランダはミランダだった。

その後の祝賀会では、会場は熱気に包まれた。

「大ニュースですよ！」ビーが早足で通り過ぎながら言った。「初日公演が大好評だったので、公演を延長しようっていう話が出てるんです。二日目の夜に追加公演をしようって！」

アンドルーはミランダを振り返った。「まさかこれって、一回のみの公演だったんですか？」

「それがハッピー・ロックよ」ミランダが笑いながら言う。

驚きに首を振りながら、アンドルーはよい知らせを——匿名のよい知らせ——を伝えるためにティーナを探しに行った。いっぽうミランダは、マッキューン特製スパゲッティと、ミランダお得意のホームメード・レモネードがどちらも手つかずのまま残っている宴会用テーブルに目をやった。それでも、ちょっと口をつけただけでそのまま置き去りにされたらしいレモネードのグラスはいくつかある。

「うーん」彼女は新たに磨きがかかった推理能力を駆使して考えた。全員に行き渡るだけのレモネードをつくったのに、誰も飲んでない。つまり、これはどういうこと？　わかった！　きっとみんな、公演後の緊張が続いているんだわ。興奮しすぎて、飲み物も食べ物も喉を通らないのね。

けれど、豆のスープはかなりの人気だった。

「ああ、そうだよな」とオーウェン・マッキューン、別名ウセックス伯爵が相づちを打つ。彼もミランダ同様に首をかしげていた。「おれのスパゲッティにも、誰も手をつけないんだよ。今日は、グルメ向けにつくったんだがな」これは、今日はＶＩＰが集まるから、スパゲッティに入れたフランクフルトソーセージをいつもより高めのものにしたという意味だ。

「辺ぴなところだから」とミランダがわけ知り顔で言った。「味覚の洗練がいまいちなのよ、残念ながら」

バートとネッド、そしてタンヴィルは会場の隅で電動ヤスリ——あるいは敵の歩哨《ほしょう》を絞め殺す最善の方法——について議論し、ハープリートとデニースは今度の学校ミュージカル用の衣装のことを話し合っていた。グレアムが書いたティーンエイジャー向けの作品がついに上演されるのだ。ヤムヤムの木はばっさり切り倒され、薪として火にくべられたというわけだ。

ホリーは、バブバブ言う双子を双子用ベビーカーに乗せてやってきた。ジョージという男の子と、ナンシーという女の子だ。

「昔から、ああいう本が好きだったんですよ」と彼女はエドガーに言っていた。「たぶん、警察に入ったのもそのせいでしょうね」

そしてそういう本の読者が、さらにふたり加わったというわけだ。

いっぽう、メルヴィンはすぐにミランダのとなりに寄ってきた。「あんた、有名人なんだね」と彼。「ユーチューブやいろんなSNSに、あんたの昔の番組のクリップがアップされてた」

「そうらしいわね」ミランダは笑顔で答えながら、そういったものの使用料について、あとでちゃんと調べなくちゃ、と考えていた。

「あんたは今、ほとんどミームみたいになってるよ」

ミランダは、そのミームとやらが何かはまったくわからなかったが、「ありがと、メルヴィン。そんなこと言ってもらってうれしいわ」と愛想を振りまいた。

「あんたの動画、見たよ。ほら、あのオウムが出てくるドラマの場面。あんたが走って線路を渡るやつ。それもスローモーションでさ。あれ、何度も見たんだ。すごく……すごくよかった」

「ああ、あれね。わたしのデビュー作で――」

「あんた、若い男とつきあったことある？　たしかアボットさんとは、別れたとか言ってたよな？」

「はあ？」

「いや、ちょっと訊いてみただけだよ」そう言って彼は、彼女のほうに身を乗り出した。

「でも、もしふたりで会いたいとか思ったら――」

「はあ？」

「なんだよ」とメルヴィン。「照れなくてもいいじゃないか。メイド役をやってたときにおれを見るあんたの目つきで、ちゃんとわかってたよ」

「あれは、演技なの！　わたしはそういう役だっただけ！」

「へえ、でもすっかりだまされたな」

「それが演じるってことなのよ」うんざりしながらミランダは言った。「人をだますのが演技なの」

「ま、よかったら連絡してよ」と、彼は十代の自称女たらしならではの、身のほど知らずの小生意気さで言った。

メルヴィンがのんびりと離れていくと、ミランダは誰かが自分の名を呼んでいるのに気がついた。

ビーだ。「電話ですよ！」と叫んでいる。「チケット売り場に来てください」ミランダは、声をかけてくる人やファンたちのあいだを縫うようにして、劇場入り口にある電話に向かった。

「やあ、ミランダ！　おれの一番のお気に入りのクライアントのご機嫌はいかがかな？」

なんと、電話をかけてきたのは彼女の元エージェント、マーティ・シャープだった。

「マーティ、どうして電話なんてしてきたの？　あなた、わたしをクビにしたんじゃなかった？」

「クビにした？　なんで、そんなふうに思ったんだ？」

「あなたがその口で『きみはクビだ！』って言ったからよ」

「それは誤解だ、きみが悪い意味にとっただけだ。まあ、痴話げんかみたいなもんだ。それより、すごいじゃないか！　フラン牧師が現実の殺人事件を解決！　こいつはでかいぞ、例の『真実のビバリーヒルズ／なつかしのあの人は今』から問い合わせの電話が来たぞ。きみはふたたび、スポットライトの中心だ！」

「ねえ、マーティ、もう行かなくちゃ。今、こっちは初日公演のパーティで――」と言った彼女は「共演者たちと一緒なの」と続けようと思ったが、口から出てきたのは「友だちと一緒なの」だった。

「まだ、話は終わってない。『なつかしのあの人は今』からの問い合わせには、おととい来いって言ってやったよ。おたくみたいな、リアリティ番組の破滅のスパイラルに巻き込まれるには、彼女はビッグすぎるから、ってね。いいか、よく聞いてくれよ、ミランダ。

NBCは今、再始動を検討してる」

彼女の胸がときめいた。「もしかして、フラン牧師シリーズ？」

「いや、『オウム探偵！』の再始動だ。前に出演したあのオウムを使うことも考えてるらしい。ああいう鳥は長生きだからな。だがあのオウムのエージェントはかなり押しが強いから、まだどうなるかはわからない。でも、きみを番組にカメオ出演させるって話は出てる」

「フラン牧師として？」

「まさか、そんなはずないだろ。フラン牧師役は、誰か若くて、ホットな子持ち女優にやらせるらしい。きみはフラン牧師の独身のおばさんの役だ」

「独身のおばさん？」ミランダはあきれて声が出た。「あなた、わたしにオバサンの役をやれって言うの？」

「オバサンじゃない！　一度も結婚したことがなく、今はひとりで猫たちと暮らす年配の女性だ。オバサンなんかじゃない」

「でも……」

「チャンスの窓が開いてるんだよ。でも、窓はすぐに閉まっちまう。この舟に乗らないと、虹の向こう側にある大スターの座は一生手に入らないかもしれないぞ」

大スターの座？　舟？　チャンスの窓に虹？　いったいそれって、どこの言語？　ああ、そうだ、とミランダは気がついた。それはハリウッド語、絶望と妄想が同居する言語だ。

「あの虹は、もう港を出たわ」とミランダ。「さよなら、マーティ」

「今、この電話を切ったら、きっと後悔することになるぞ」彼がキレる。

「最後だから言っておくけど、あなたがニードルポイントで刺繍してる映画スターの肖像、どれもみんなカエルにしか見えないわよ！」とミランダも怒鳴り返した。それは事実だったが、彼女がこれまでに口にした、一番意地悪な言葉でもあった。ミランダが電話を切ると、アンドルーがやってきた。興奮の面持ちで「それで？」と尋ねる。

「仕事のオファーが来はじめてる」とミランダ。「それほどたいした仕事じゃないけど――でもここが始まりよ」

「デ・ラックス・アームズの部屋は退去したんです」とアンドルーが言った。「だから戻ったら、もっといい家を探します。たぶんヒルズの近くに」彼は有頂天だった。「ミランダ・アボットが颯爽《さっそう》と復帰するんですよ！　新しい章の始まり、新たなスタートだ」

ミランダはにっこりほほ笑んだ。「アンドルー、あなたの言うとおりよ。これはビッグチャンスだわ。ついに訪れた、幸せになるためのチャンス」

『ディケンズ家の死』はほんとうに、二夜目も三夜目も上演された。そしてセットはついにバラされ、照明が落とされ、劇場にはゴーストライトの電球の光だけが残った。それはワット数も低く、ぼんやりとした明かりだったが、それでも永遠の炎のようにステージを照らしていた。

翌週、エドガーの書店に封筒が届いた。ミランダはその日の午後ＬＡに飛行機で戻ることになっていたが、彼女の新しい連絡先を知らないエドガーは、車でビーのコテージまで行き、封筒を彼女に手渡そうと考えた。口笛を吹いて呼ぶと、エミーはいそいそとジープの助手席に飛び乗った。

たぶんもう間に合わないだろうとエドガーは感じていた。ミランダはすでに出てしまったに違いない。たとえネッドの運転でも、ポートランド空港までは車でかなりかかるが、きっとミランダはやれパトカーの点滅灯をつけろだの、サイレンを鳴らして邪魔な車をどかせろだのと無理を言っているだろう。そう思ったら、思わず笑みが浮かんだ。

きっとビーなら、ミランダの連絡先を知っているはずだ。エドガーは車を駐め、Ｂ＆Ｂの玄関の階段を上がった。エミーが彼の先を走る。すると、なんとそこにはミランダがいた。ハーフパンツにペンキのはねが飛んだぶかぶかのシャツという格好で、髪は後ろにまとめ、手には太いブラシを持っている。

フロントポーチのペンキを塗っていた彼女は、エミーがはずむように階段を上がってくるのを見て「ちょっと、気をつけて！」と声をかけた。

エミーがペンキ塗り立ての場所から離れ、のしのしとエドガーのところに戻ってくる。

ミランダは夫――元夫だ――に「ペンキを塗るのを手伝ってくれる？　仕事がまだ山ほどあるの。次は、庭をなんとかしないといけないし」と言った。

サニーDが入ったピッチャーを持って現れたビーが「あら、エドガー。何かご用？」と訊く。

彼は手にした封筒を軽く叩いてみせた。この、明るい雰囲気を壊したくなかったからだ。

「例の書類の件だよ。ミランダとぼくが弁護士事務所で署名した書類だ」

「ああ、気を失っちゃうアティカス・ローソンね」とミランダ。「彼、手続きのあいだじゅう、わたしのことをフラン牧師って呼んでた」

「嫌になっちゃいますよねえ」とビー。「どうしてあなたとフラン牧師を混同するのかしら？」

「それが、問題でね」とエドガーは言い、咳払いをした。

そのエドガーの癖をミランダはよく知っていた。何か避けたいことがあると必ず、喉の調子がおかしくなり、視線をそらすのだ。

『フラン牧師』のシリーズが打ち切りになったときも、エドガーはそれを彼女に言い出すまでに二十分ほど咳払いをしていた。

エドガーが封筒に入っていた手紙を開いた。「きみはミランダ・アボットと署名するところを、フラン牧師と署名していたらしい」

ミランダはペンキ用のブラシをペンキ缶の上に置いた。「ほんとうに？」エドガーのところにやってきて書類をのぞき込む。「ごめんなさい、エドガー。わたしのミスだわ。ほんとうに、何をやってもだめね」

「しかたないさ」

「彼、署名用に新しい書類も送ってくれた？」

「アティカスによれば、変更箇所にイニシャルを入れて、この通知書にサインすればいいそうだ」

ミランダは、ペンキで汚れた両手を拭いた。「じゃあ、ペンを取ってくるわ」

そう言う彼女をエドガーが止める。「考えたんだけど、とりあえずしばらくはこのままにしておこう。べつに急ぐ理由もないし」

「え、そう？　それなら、サニーDよりもっと強いものが必要ね。さっき大きなピッチャー一杯、レモネードをつくったの。今、持ってきてあげる」

ミランダがはずむ足どりでいなくなり、レモネードと聞いたエドガーはぎょっとした。だがそれはビーも同じだったらしい。「彼女のレモネード、知ってますよね？」と訊く。

「ああ、知ってる」とエドガー。「すごく、よく知ってるよ」

彼は、ミランダのやりかけの作業に目をやり、ビーに尋ねた。「彼女、ペンキを塗り直すときは、まず、古いペンキを削り落とさなきゃいけないと知ってるのかな？　こんなふうにただ塗っただけじゃ、夏の終わりまでには全部剝げるぞ」

「ええ、わかってます」ビーがほほ笑みながら言った。

「それで？」と彼が尋ねる。

「そうしたら、彼女はここに残って、また同じことを繰り返せばいいだけですよ」


TMZニュース速報！


クーガーは獲物を求めて徘徊《はいかい》中？

TVドラマシリーズのフラン牧師――既婚女性！――が若きアシスタントと密会!?

ミランダ・アボット演じるフラン牧師はこのところ、若いツバメと熱愛中の模様だ。人目を忍んで過ごしたオレゴン州北部での「熱い週末」が激写され、元スター女優の破廉恥な行動には不穏な視線が投げかけられている。


そして記事には、ミランダがアンドルーにキスをしている場面を切り取った写真が添えられ、写真のクレジットは、フィンケル・アーデリーとなっていた。

謝辞

このプロジェクトに最初から関わってくれたハーパーコリンズ・カナダのジェニファー・ランバートの情熱と疲れ知らずのサポートに心より感謝する。彼女のおかげで、たいへん楽しいプロジェクトだった。

また、このシリーズをアメリカで立ち上げるために情熱を注いでくれたミラブックスのリア・モルにも感謝したい。

イアンは俳優、劇作家、芸術監督として演劇界で長いキャリアを積んできたが、彼が演劇界で出会った実在の人物で、この作中の登場人物のモデルになった人はひとりとしていないことを、ここで強調しておきたい。真面目な話（ここで咳払い）、登場人物にモデルはひとりもいない。

わたしたち著者は以前から、テレビ・ドラマは最後にクレジットが出るのに、なぜ書籍にクレジットはないのかと不思議に思っていた。どのような小説でも、それができあがるまでには多くの人がチームとして関わっている。そして本書が世に出たのも、このハーパー・コリンズ・カナダのチームのおかげだ。というわけで、以下が本書のクレジットだ。

『ミステリーしか読みません』

上席副社長兼エグゼクティブ・パブリッシャー　アイリス・タップホーム
編集長　ジェニファー・ランバート
制作担当編集者　ケイナン・チュー
原稿整理編集者　キャスリン・ドートン
校正者　スー・スメラージ
表紙デザイナー　リサ・ベッテンコート
広報担当　シェイラ・リオン
マーケティング・マネジャー　ニール・ワドゥワ
シニア・マーケティング・ディレクター　コリー・ビーティ
パブリシティ・ディレクター　ローレン・モロッコ
シニア・セールス・ディレクター　マイケル・ガイ・ハドック
営業&マーケティング担当シニア・バイス・プレジデント　レオ・マクドナルド
出版業務&副次的権利担当ディレクター　リサ・ランドル

さらに

サリシュ文化コンサルタント　スティーヴ・スウィートホルト

東南アジア文化コンサルタント　ジャジット・ゴールデヤ

パーネル・ホールを偲んで。

訳者あとがき

本書は、カナダ人の作家の兄弟、イアン・ファーガソンとウィル・ファーガソンによる初のコージー・ミステリーです。日本では知られていないふたりですが、彼らは二〇〇一年にカナダで発表したユーモア・エッセイ『How to Be a Canadian』がメガヒットとなった兄弟です。その後も、ウィルはカナダのスティーブン・リーコック・記念ユーモア賞を複数回受賞しており、イアンは映画・テレビ業界の脚本家兼クリエイティブ・ディレクターとしても活躍しています。

そんなふたりが書いた初のコージー・ミステリーである本書はまさにユーモア満載です。主人公のミランダ・アボットは、かつてテレビドラマの人気シリーズ『フラン牧師の事件簿』で一世を風靡《ふうび》した元人気女優。そのドラマで彼女は、セクシーなさすらいの牧師、フラン牧師を演じ、知恵と空手チョップで事件を次々解決するという役柄で大人気を博したのですが、その栄光の日々も今は昔。六年近く続いたこのシリーズが打ち切られたあとは、パッとしないまま十五年の歳月が流れ、現在はハリウッドの片隅でかなりの苦境にあります。年齢的にも女優としてはかなり微妙なうえ、仕事のオファーも不本意なものばかり。それなのに大女優気分がまったく抜けないミランダの言動は、端から見ていてもなかなかイタいものがあります。そのうえアパートからも追い出されかけ、長年つかえてくれたアシスタントで心優しいゲイの青年アンドルーからも見放されそうになった今、彼女はまさに絶体絶命、崖っぷちです。

そんなとき、ミランダのもとにメッセージが届き、彼女はオレゴン州の海辺の町、ハッピー・ロックへと呼び出されます。それは待ちに待った便りであり、彼女がこれぞ起死回生のチャンス、といそいそとハッピー・ロックへ出かけるところから物語は始まります。そして、その町でミランダは、自身の人生に大きな関わりを持つ人物と再会を果たすのですが……。人生が思うように行かないのは世の常で、当初、彼女がハッピー・ロックにやってきた目的とはまったく違う方向へと運命は彼女を誘っていきます。そしてなぜか、彼女はこの田舎町のアマチュア劇団の公演に出演することになるのです。小さな町ならではの濃密な人間関係や葛藤、そして彼女の個人的な事情もからみ、やがて事件が起こります。俳優がひとり、多くの観客の目の前で命を落とすのですが、その死の詳細はわからない。そこで「ショー・マスト・ゴー・オン!」とばかりに、かつて素人探偵フラン牧師を演じたミランダが、事件の真相を探りはじめます。

この作品の一番の魅力は、大女優気分がまったく抜けないミランダ・アボットの強烈なキャラクターと、彼女を取り巻くハッピー・ロックの個性豊かな住人たち、そして物語全体を貫くユーモアでしょう。ミランダは驚くほど自己中心的で自分のことしか見えていない女性ですが、不思議と憎めないのは、そこに悪気がまったくないからかもしれません。悪気がないからたちが悪い、という場合もありますが、彼女に関して言えば、最初はうんざりするけれど、だんだん憎めなくなってくるというタイプです。それは、彼女にさんざん振り回されてもなお、ミランダを心配し、世話を焼かずにはいられないゲイのアシスタント、アンドルーを見ていてもよくわかります（そして、彼のキャラクターもとってもいいのです）。

また、ハッピー・ロックの個性強めの人々も、物語を味わい深くしています。B&Bの主人で、ミランダが主演した『フラン牧師』の熱狂的な大ファンのビー。お人好《ひとよ》しでビーのB&Bに入り浸っている警察署長。元スパイとうわさされている大道具係の老人、コージー・ミステリーが大好きな書店員、元はTVの朝番組のキャスターで今は不動産会社で大成功している高慢な実業家。こういった田舎町のさまざまな人たちと関わるうち、ミランダは少しずつ成長していきます（四十代でも人間は成長します！）。それでもなお、良くも悪くも結局のところミランダはミランダというところが、また彼女の魅力でしょう。ここではある重要な登場人物についてあえて触れていませんが、その人物こそがこの物語でミランダが奮闘する最大の目的でもあります。さて、それは誰で、ミランダとその人物の関係はどうなるのか。それを見守るのもまた楽しいと思います。ミステリーではありながらも、クスクス笑えてちょっとほろりとする、ユーモアたっぷりの本作を訳者同様に楽しんでいただければ幸いです。

二〇二四年三月

訳者紹介　吉嶺英美

サンノゼ州立大学卒、英米文学翻訳家。おもな訳書にジェイムソン『第九代ウェルグレイヴ男爵の捜査録』（ハーパーBOOKS）、グローヴ『マップメイカー　ソフィアとガラスの地図』（早川書房）などがある。

ハーパーBOOKS

ミステリーしか読《よ》みません

2024年4月20日発行　第1刷

著　者　イアン・ファーガソン&
ウィル・ファーガソン

訳　者　吉嶺英美《よしみねひでみ》

発行人　鈴木幸辰

発行所　株式会社ハーパーコリンズ・ジャパン
東京都千代田区大手町1-5-1
04-2951-2000（注文）
0570-008091（読者サービス係）

印刷・製本　中央精版印刷株式会社

定価はカバーに表示してあります。

ISBN978-4-596-77600-6